HOULILUN SHIDAI DE WENXUE
YU WENHUA YANJIU

王宁 著

"后理论时代"的文学与文化研究

商务印书馆
The Commercial Press
创于1897

2019 年 · 北京

图书在版编目(CIP)数据

"后理论时代"的文学与文化研究 / 王宁著. — 北
京：商务印书馆，2019
ISBN 978-7-100-17262-2

Ⅰ．①后… Ⅱ．①王… Ⅲ．①文学理论－研究 Ⅳ．
① I0

中国版本图书馆 CIP 数据核字 (2019) 第 060224 号

"后理论时代"的文学与文化研究
王宁 著

商 务 印 书 馆 出 版
（北京王府井大街 36 号 邮政编码 100710）
商 务 印 书 馆 发 行
艺 堂 印 刷（天 津）有 限 公 司
ISBN 978－7－100－17262－2

2019 年 12 月第 1 版　　　　开本 710×1000　1/16
2019 年 12 月第 1 次印刷　　　印张 17¼
定价：47.00 元

序

    本书是作者的一本专题研究文集，其中大部分曾以单篇论文的形式率先发表于内地和港台地区的学术刊物，少数文章曾以英文的形式在国际学术刊物上发表，或在境外高校和科研机构演讲。现按照所讨论的主题修改成专著的形式，分为四章，将本书定名为《"后理论时代"的文学与文化研究》。我之所以率先在中文的语境下提出"后理论"这个概念，是因为 2003 年以来，西方的文化理论和文学批评界发生了三个对其后的理论思潮走向有着直接影响的事件：第一是后殖民理论大师爱德华·赛义德与世长辞，给进入全球化时代以来再度兴盛的后殖民批评理论以沉重的打击；第二是曾以《文学理论导论》一书蜚声欧美两地的英国马克思主义理论家特里·伊格尔顿出版了颇具冲击力的专著《理论之后》（*After Theory*, 2003），为"理论的终结"或"理论的死亡"之噪音推波助澜；第三就是当代解构主义大师雅克·德里达的去世。毫无疑问，德里达的去世是后结构主义理论思潮在经历了福柯、拉康、德勒兹、利奥塔等大师级理论家和思想家的辞世以来西方思想界和理论界的又一次重大的损失。在伊格尔顿看来，西方文化理论的"黄金时代"已经过去，人文科学研究应该返回所谓的"前理论"的"天真时代"。针对这一偏激的观点，西方的文化理论界已经作了回应，我本人不仅参与了这场国际性的理论争鸣，并和美国批评家 W.J.T. 米切尔共同在他主编的国际权威刊物《批评探索》（*Critical Inquiry*）上发表文章提出自己的见解，同时也通过一些具体的事例来反驳这一观点。在我看来，当代西方哲学和人文思想已经进入了一个"后德里达时代"（Post-Derridian Era），或者说一个"后理论时代"（Post-theoretic

Era）。在这样一个"后理论时代"，"纯粹的"文学理论已经不复存在，理论本身越来越具有跨学科和跨文化的特征，越来越突破其原有的学科疆界而具有普遍意义。但是另一方面，正如乔纳森·卡勒所注意到的，理论并没有完全脱离文学，因此他致力于探索所谓"理论中的文学性"（literary in theory）。因此，在我看来，"后理论时代"并不标志着理论的终结，而恰恰标志着，在这样一个时代，理论的功能发生了变化：理论不可能作为一种无所不包的万能的工具来解决现实生活中的一切问题。但理论也不可能仅限于文学文本的解释，它的有效范围应该是适中的：它既可以用于阐释包括文学艺术在内的当代各种文化现象，也可以用于解释古典文学中的文化现象。这应该是文化理论的力量和价值所在。本书的写作正是本着这一科学的态度来考察"后理论时代"西方各种仍在进行着并有着广泛影响的主要理论思潮，并且试图从元理论和元批评的角度对之进行理论阐释和分析批判。由于本书所涉及的西方理论大多已经介绍到了中国，并对中国当代的文学和文化研究也产生了相当的影响，因此本书的各篇章也从中国的视角将这些源自西方的文化理论予以"本土化"，使之用于中国当代文学和文化现象的阐释和研究。

　　本书的研究思路是从文化理论的维度来考察全球化在"后理论时代"的各个文化领域内的影响和作用，我认为，后殖民主义经过一段时期的式微之后再度崛起：赛义德、斯皮瓦克和巴巴这三位代表人物先后发表新著，使得学界对后殖民主义的研究与文化身份、种族问题、流散现象以及全球化问题融为一体，并在一些第三世界国家酿起了民族主义的情绪。早先的女权主义/女性主义理论批评以性别研究的形式出现，并逐步分化为"性别研究""同性恋研究"和"怪异研究"等，这些研究课题分别从不同的角度显示了女权主义或女性主义的多元走向。全球变暖和人类生存环境的恶化导致文学批评中生态理论话语的异军突起，生态批评家一方面注重生态环境写作和对经典文学文本的生态视角阅读，使文学作品被隐匿的意义得以发掘出来，另一方面又试图从文学文本的阅读和阐释之角度出发对生态批评的理论本身进行思考和重构。本书第三章中的一篇文章就是作者试图从生态批评的角度建构后现代生态环境伦理学的初步尝试。随着全球性移民潮的愈演愈烈,"流散"现象日益引起人们的注意,而作为其必然结果的"流散写作"的崛起,尤其是华裔流散写作的崛起,则在某种程度上起到了对文化重建和文学史重新书写的导向作用。文化研究在经历了一段时期的发展演变后已经愈来愈不满足于英语世界的局限,因而逐步发展为"跨(东西方)文化"的研究。它虽然对传统意义的比较文学产生过某种挑战和冲击,但在另一方面,又与后者形成了某种互动和互补作用。传统的"欧洲中心主义"意义上的比较文学虽然在西方被认为已经"死亡",但它的"跨学科""跨文化"以及"跨边界"等特征则使其在全球化的时代又获得了"新生"。在一个以信息传播为主的高科技时代,人们对文字阅读的兴趣逐渐转向对图像的迷恋,因而出现在文学批评和文化批评中的"图像的转折"就有着重要的意义,它在某种程度上标志着"后理论时代"的来临和理论的功能的转变。我在本书中试图从一个广阔的跨文化理论阐释的视角对上述各种出现在"后理论时代"的人文思潮进行评介和理论阐释,并结合其在中国语境中的传播和变形提出可与国际同行进行讨论和对话的独特见解。我认为,后理论时代的来临为中国的文学和文化研究走向世界进而在国际人文科学研究中发挥重要的作用铺平了道路,在这方面,经过改造和重新建构的后现代和后殖民语境下的"新儒学"至少能够成为全球化语境下的普适性理论话语之一。在这方面,我们中国的人文学者有许多工作可做,而本书的讨论只是一个初步的尝试。此外,本书还对哈罗德·布鲁姆的修正主义批评理论、让·鲍德里亚之于中国当代消费文化的意义等热点问题作了探讨,并提出了自己的观点。应该说,上述这些课题都与"后理论时代"的理论思潮有着密切的关系。

目　录

第四章 后殖民语境下的文化建构

第一章

"理论"衰落之后

"后理论时代"的西方理论与思潮走向

　　早在后现代主义大潮衰落之际，我就曾在不同的场合作过这样的预测，即西方文学和文化理论进入了一个全球化的时代，这是一个真正的多元共生的时代，一个没有主流的时代，一个多种话语相互竞争、并显示出某种"杂糅共生"之特征和彼此沟通对话的时代。[①] 事实证明，在经过后现代主义大潮的冲击以后，西方知识界和思想界普遍关心的一个问题仍然是：当代文化理论界还会出现什么样的景观？面对"理论死亡"的噪音越来越大，理论本身还能产生何种功能？如果理论的功能已经萎缩或消退的话，理论的作用体现在何处？如此等等。本章将继续自己过去的思考和研究，旨在讨论后殖民主义在西方的第二波浪潮兴起后理论批评的发展走向以及另一些颇有影响力的理论思潮。后殖民主义经过一段时期的式微之后再度崛起：三位代表人物先后发表新著，使得学界对后殖民主义的研究与文化身份、种族问题、流散现象以及全球化问题融为一体，并在一些第三世界国家酿起了民族主义的情绪。早先的女权主义／女性主义理论批评以性别研究的形式出现，并逐步分化为"性别研究""同性恋研究"和"怪异研究"等，这些研究课题分别从不同的角度显示了女权主义或女性主义的多元走向。全球环境的恶化导致文学批评中生态理论话语的异军突起，注重环境写作和对经典文学文本的生态视角阅读，使文学作品被隐匿的意义得以被发掘出来。随着全球性移民潮的愈演愈烈，"流散"现象日益引起人们的注意，而作为其必然结果的"流散写作"的崛起，尤其是华裔流散写作的崛

　　[①] 关于后现代主义之后西方理论思潮的走向，我曾撰写《"非边缘化"和"重建中心"——后现代主义之后的西方理论与思潮》一文，发表于《国外文学》1995年第3期，后收入《20世纪西方文学比较研究——王宁文化学术批评文选之二》，第30—54页，人民文学出版社，2000年版。

起，则在某种程度上起到了对文化重建和文学史重新书写的导向作用。文化研究在经历了一段时期的发展演变后已经愈来愈不满足于英语世界的局限，因而逐步发展为"跨（东西方）文化"的研究。它虽然对传统意义的比较文学产生过某种挑战和冲击，但在另一方面，又与后者形成某种互动和互补关系。传统的"欧洲中心主义"意义上的比较文学虽然在西方被认为已经"死亡"，但它的"跨学科""跨文化"以及"跨边界"等特征则使其在全球化的时代又获得了"新生"。在一个以信息传播为主的高科技时代，人们对文字阅读的兴趣逐渐转向对图像的迷恋，因而出现在文学批评和文化批评中的"图像的转折"就有着重要的意义，它在某种程度上标志着"后理论时代"①的来临和理论功能的转变。

"后理论时代"：理论的"终结"？

熟悉当代西方文论的读者一定不会忘记，2003 年和 2004 年间，西方的文化理论和文学批评界发生了三个对其后的理论思潮走向有着直接影响的事件：第一是久病不愈的后殖民理论大师爱德华·赛义德与世长辞，给了进入全球化时代以来再度兴盛的后殖民批评理论以沉重的打击；第二是曾以《文学理论导论》一书蜚声欧美两大陆的英国马克思主义理论家和文化批评家特里·伊格尔顿出版了颇具冲击力的《理论之后》（*After Theory*，2003），为已经有之的"理论的终结"或"理论的死亡"之噪音推波助澜；再者就是当代解构主义大师雅克·德里达的去世。毫无疑问，德里达的去世是后结构主义理论思潮在经历了福柯、拉康、德勒兹、利奥塔等大师级理论家和思想家的辞世以来西方思想界和理论界的又一次重大的损失。如果说，20 世纪 80 至 90 年代上述各位大师级人物的相继去世标志着后结构主义盛极而衰的话，那么此时德里达的去世则标志着解构主义的终结，也就是说，当代哲学和人文思想已经进入了一个"后德里达时代"（Post-Derridian Era），或者说一个"后理论时代"（Post-theoretic Era）。在这样一个"后理论时代"，文学和文化理论的命运及其在未来的前途将如何呢？正如特里·伊格尔顿在书中所哀叹的："文化理论的黄金时代早已过去。雅

---

① "后理论时代"这个命名得益于伊格尔顿的《理论之后》一书，关于该书的评论，参阅拙作《"后理论时代"的文化理论之功能》，载《文景》2005 年第 3 期。

克·拉康、克罗德·列维－斯特劳斯、路易·阿尔都塞、罗兰·巴尔特和米歇尔·福柯的开拓性著述已经远离我们几十年了。甚至雷蒙德·威廉斯、露丝·伊瑞格里、皮埃尔·布尔迪厄、朱丽亚·克里斯蒂娃、雅克·德里达、爱莱娜·西克苏、于尔根·哈贝马斯、弗雷德里克·詹姆逊和爱德华·赛义德早期的那些具有开拓意义的著述也远离我们多年了。"[1] 毫无疑问，他的这番描述向从事理论研究的学者提出了一个十分尖锐的问题：后结构主义之后的西方理论还剩下什么有价值的东西？理论果真就要趋于"终结"了吗？平心而论，按照伊格尔顿的看法，在近十多年内，随着上述大师的先后离去或逐渐年迈，当代文化理论再没有出现什么震撼人心的巨著，理论的衰落和虚弱无力使之无法面对严峻的现实，这已经成为无人可以挽回的趋势。因此在伊格尔顿看来，由于文化理论提不出什么新的思想观点，因此在"9·11"之后以及其后的伊拉克战争之后，"一种新的即将来临的全球政治阶段已经展现在人们眼前，对于这一点甚至最为与世隔绝的学者也不能不注意。"[2] 在列举了一系列令人沮丧的例子之后，伊格尔顿总结道，"文化理论简直无法使对阶级、种族和性别所做的同样叙述作出详细的说明……它需要不惜代价去冒险，摆脱一种十分令人窒息的正统性并且探索新的话题。"[3] 在文学批评领域内，理论的衰弱使之陷入了一种自我演绎乃至"自恋"的怪圈，理论家写出的著作并不是面对广大读者的，而是写给少数玩弄"元理论"推演的学者互相传阅并引证的。当然，伊格尔顿这本书出版时赛义德已病入膏肓，德里达的癌症也已进入晚期，因而他的预言确实有着一定的超前性，但同时也在西方学术界和理论界引起了一场轩然大波。人们不禁要问道，难道理论真的像伊格尔顿所描述的那样已经"死亡"了吗？如果答案是否定的话，那么当今文化理论的走向如何？理论究竟还能产生何种功能？

　　具有讽刺意味的是，由伊格尔顿这位曾在某种程度上借助于编写文学理论教科书而蜚声世界文学理论界的理论家来宣布理论的衰落甚至"终结"确实是难以令人理解的，因此在理论界引起的争论就是理所当然的了。但确实，我们又不得不承认，赛义德和德里达的相继去世确实在某种程度上应验了伊格尔顿的预言。今天，作为后结构主义大潮之中坚力量和后殖民

---

① Cf. Terry Eagleton, *After Theory*: London: Penguin Books, 2004, p. 1.

② Ibid., p. 7.

③ Ibid., p. 222.

理论批评之核心观念的解构主义已经不可改变地成了一个历史现象，但解构的批评原则却依然存在，它已经以不同的形式渗透到了包括文学理论和文化批评在内的人文学科的各个相关领域。也就是说，曾被人认为"铁板一块"的所谓解构早已自身分化为碎片，渗透在研究者和批评家的批评意识和研究方法中。在今后的历史长河中，解构也只能通过其散发在各个时代的"踪迹"被后来的历史学家梳理和总结出一部解构主义的历史。我们今天从文学理论的角度来对"后理论时代"的西方理论思潮之走向作出描述，首先要搞清楚，德里达及其解构理论将留给我们何种遗产？它所产生的"消解中心"和"挑战权威"的结果究竟体现在何处？在进入 21 世纪的头几年里，文学理论和文化批评将向何处发展？文学和文化理论将产生何种功能？对于上述这几点，虽然西方学者已经试图进行种种预测，[①] 但作为中国的文学理论和文化研究者，我们理应作出我们自己的反应，并以积极的姿态介入国际性的理论争鸣，从而在这种跨文化的争鸣中发出中国理论家的独特声音。我想本书的写作就是基于这方面考虑的一个初步尝试。

后殖民理论与少数人的话语

毫无疑问，在当代后殖民理论大潮中，赛义德（Edward Said，1935—2003）的影响力始终是最大的，他的著述被人们讨论和引证的频率也始终居高不下，这无疑与他生前的多产和在美国学术界的较早崛起不无关系。这位后殖民理论大师于 2003 年的去世已经在学界引起了强烈的反响，[②] 来自不同国度和不同阵营的人们都从不同的角度纪念这位身居帝国的中心但却不时地发出异样声音的后殖民批评家。确实，赛义德是在西方学术的中心地带以一个有着第三世界背景的后殖民地知识分子的身份发出自己的独特言论的，因此也自然会同时受到东西方学者的重视和非议。尽管人们不免会对赛义德本人的双重身份提出种种质疑，但他仍然在不止一个场合为自己所拥有的独特身份进行辩解。我们不难看出，作为一位有着深刻的流亡

---

① 在这方面尤其值得一提的是美国《批评探索》杂志举行的2003年编委研讨会，其主要理论性的陈述刊于 *Critical Inquiry*, Vol. 30, No. 2（Winter 2004）。部分文章的中译文也可见《文学理论前沿》第二辑。

② 这方面的最近反响尤其可见 *Critical Inquiry*, Vol. 31, No.2（Winter 2005），专题论文：Edward Said: Continuing the Conversation, edited by Homi Bhabha and W.J.T.Mitchell。

体会的第三世界裔知识分子,赛义德对自己民族的痛苦记忆是始终难以忘却的,这一点尤其体现在收入他生前的最后一部专题研究文集《流亡的反思及其他论文》(*Reflections on Exiles and Other Essays*,2000)的一篇题为《流亡的反思》的文章中。赛义德也和不少被迫走上流亡之路的第三世界知识分子一样,内心隐匿着难以弥合的精神创伤,而对于这一点,那些未经历过流亡的人则是无法感受到的。由此可见,赛义德的不同凡响之处正在于他能够将这种痛苦的经历转化为一种既能在帝国的中心求得生存同时又能在当代文坛发出批判声音的强大动力。毫无疑问,受到赛义德等后殖民理论家的启发,一大批远离故土流落他乡的第三世界知识分子也从自己的流亡经历中发掘出丰富的写作和理论批评资源,从而使得"流散写作"在全球化的时代方兴未艾,并且越来越为研究全球化和后殖民问题的学者所重视。本章下一部分将专门讨论流散问题和流散写作,并在本书的专门一章中讨论全球化时代的后殖民批评理论。我这里只想指出,赛义德虽然离开了人世,但他所留下的丰富的文化和批评理论遗产却值得我们认真研究。赛义德曾经批判性地建构的东方主义已经成为我们研究(后)殖民地文学和第三世界文学的理论视角,而他对流亡经验的独特感悟则是我们研究流散写作及批评的不可忽视的重要理论资源。

佳亚特里·C.斯皮瓦克(Gayatri C. Spivak,1942—)通常被当作其名声仅次于赛义德的当代最有影响、同时也最有争议的一位后殖民地或第三世界知识分子,或后殖民批评家,这在很大程度上也许是由于她的双重边缘身份所致:既是一位知识女性同时又有着鲜明的第三世界背景。在世纪之交,斯皮瓦克的批评思想主要体现在 90 年代末出版的新著《后殖民理性批判》(*A Critique of Postcolonial Reason*:*Toward a History of the Vanishing Present*,1999)。通过对这本书的主要观点的简略评介,我们大概不难把握斯皮瓦克本人以及进入全球化时代以来后殖民批评理论的新进展。[①] 一般认为,在斯皮瓦克迄今已经出版的整本著述中,《后殖民理性批判》可以说是她的第一部有着一定体系性和完整理论思想的专著。这本书除了序言和一篇题为《解构的开始生效》(The Setting to Work of Deconstruction)的附录外,整体部分分为四章:第一章题为"哲学",第二章题为"文学",第

---

① 在中文语境中对这本书的评介,参阅拙作《全球化时代的后殖民批评及其对我们的启示》,载《文学理论前沿》第一辑(北京大学出版社 2004),第 44—72 页。

三章题为"历史",第四章题为"文化",这种分类大概使人不难看出斯皮瓦克作为一位思想家的宏伟理论抱负。其中写得最为精彩的部分当推第一和第四章,这正好也反映了她本人在这两个学科领域内的深刻造诣。按照她本人的说法,"我的目的在于通过各种实践——哲学、文学、历史和文化——来追踪本土信息提供者的形象",但是随着她的论述的展开,"某种后殖民主体反过来却一直在重新揭示殖民的主体,并且在挪用信息提供者的观点。"① 显然,斯皮瓦克这部著作的问世使她的批评理论达到了全球化时代后殖民主义的理论巅峰,她所讨论的许多问题将为今后的理论争鸣和批评实践提供丰富的资源。进入新世纪以来,斯皮瓦克虽然仍在不断地发表论文和演讲,只出版了一本讨论比较文学衰亡及转机的小册子,但这本被她本人认为"过时的"书却在比较文学和文化研究领域内产生了极大的反响。对此我将在后面专门讨论。斯皮瓦克认为,包括中国和印度在内的第三世界国家的理论家应该团结一致反对帝国主义的霸权并在国际论坛上发出自己的独特声音,为了更为直接地了解中国文学和理论批评的最新进展,她从 21 世纪初就开始学习中文,并希望有朝一日能直接和中国学者进行直接的交流和对话。② 毫无疑问,斯皮瓦克对中国语言文化的重视和关注给了我们这样的启示:西方的主流学者已经开始关注中国的人文学科研究了,我们将拿出什么样的成果奉献给国际学术界呢?面对中外文化学术交流中出现的"逆差"现象,我们将采取何种积极的对策?这也许是我们的人文学者和文化理论家面临的一个艰巨任务。

尽管后殖民理论曾在北美的文学批评和文化研究界名声很大,但在很大程度上仍是一种少数人的话语,这一点霍米·巴巴(Homi K.Bhabha,1949—)尤为清楚。与他的另两位后殖民理论同行相比,巴巴的著述并不算多,但他在理论上的独特建树却是无人可以否认的:首先,他创造性地将马克思主义和后结构主义理论糅为一体,并且颇为有效地将其运用于自己的批评实践,从而发展了一种颇具挑战性和解构性的后殖民文化研究和文化批判风格;其次,他的混杂理论影响了当今全球性后殖民语境下的民族和文化身份研究,并且提出了第三世界批评家进入学术主流并发出自己

---

① Cf. Gayatri Spivak, *A Critique of Postcolonial Reason: Toward a History of the Vanishing Present*, Cambridge, Mass: Harvard University Press, 1999, "Preface", p.ix.

② 确实,据斯皮瓦克本人告诉我,她最近五年来一直在哥伦比亚大学东亚系旁听中文课,并已经初步具备了简单阅读和对话的技能。

独特声音的具体策略；此外，他的模拟概念以及对一些殖民地题材的作品的细读也对第三世界批评家的反对西方文化霸权的努力有着巨大的启迪作用，对文学经典的重构也有着一定的推进作用；再者，他所发展出的一种文化翻译理论强有力地冲击了翻译研究领域内长期占统治地位的以语言转述为主的文字翻译，从文化的层面消解了以语言为中心的逻各斯中心主义，为翻译研究领域内出现的文化转向起到了进一步推进的作用。据说人们期待已久的巴巴的专著《全球性的尺度》(*A Global Measure*)和另一本专题讲演集将于近年分别由哈佛大学出版社和哥伦比亚大学出版社出版。可以预见，随着他的这两本书的出版，已经日渐冷却的后殖民主义理论思潮将再度"热"起来，并进入一个新的发展阶段。

近几年来，巴巴的后殖民批评理论又发生了新的转向：从居于第一世界内部后殖民论辩性逐步转向关注真正的后殖民地人们的反殖和反霸斗争，并对他过去的那种具有戏拟特征的后现代风格有所超越。根据他近几年在中国以及亚洲其他国家和地区的一系列演讲，他目前关注的一个课题就是"少数族裔"或"少数族群体"所面临的困境。随着全球化时代的人们越来越关注身份认同问题，霍米·巴巴的后殖民批评理论越来越显示出新的活力。巴巴提出的"少数人化"(minoritization)策略，被认为是一种类似全球化的历史演变过程，也即在某种程度上标志着另一种形式的全球化。①但是这种过程针对全球化的大趋势将在何种程度上产生多大的影响，还有待于时间的考验。

流散写作和文学史的重新书写

在全球化的时代，大规模的移民致使流散问题已经越来越明显地凸现了出来，并日益成为文化研究和社会学研究的一个重要课题。鉴于流散写作伴随着流散现象的出现而来，因此对流散写作的研究也成了比较文学和文化研究学者们的一个重要课题。流散现象的出现及流散写作的兴盛导致了传统的民族—国家疆界的模糊和语言的裂变：一个流散作家具有多重民族和文化身份已不足为奇。在一个身份"裂变"(splitting)的全球化时代，一些主要的世界性语言也经历了这种"裂变"的过程：曾经作为大英

---

① 巴巴演讲的中译文见《文学评论》2002 年第 5 期。

帝国的母语的英语曾几何时已经成为一种世界性的语言，它一方面大规模地拓展其疆界，向其他非英语国家渗透，另一方面它本身也陷入了一种"身份危机"，英语的裂变导致了复数的"世界英语"（world Englishes）或"全球英语"（global Englishes）的出现，客观上为一种文学史写作的新方向——以语言为疆界的文学史写作——奠定了基础。作为世界上另一大语言，汉语的情况又如何呢？随着最近数十年来的华人大量向海外移民，汉语也逐步演变为一门其影响力和使用范围超越了中国疆界并仅次于英语之影响力的世界性语言，因而撰写一部汉语文学史也应当提到学者们的议事日程上来。毫无疑问，这一切现象的出现都与"流散"这一课题不可分割，而考察和研究流散文学则应当是文学理论和比较文学学者尤其关注的一个新的理论课题。

　　流散（Diaspora）出现在西方的语言文化语境，最初主要指犹太人向海外的移民和散居，后来逐步拓展为指所有的（处于边缘地位的）第三世界国家的居民向（处于中心地位的）西方国家的移民。因此这个词从一开始起就有着某种"殖民主义"的色彩。但是进入全球化时代以来，中心与边缘的天然屏障被打破了，处于中心地带的人也流向边缘，因而"流散"这个词也逐步打上了中性的色彩。应该指出的是，除去其全球化时代的大规模移民这一主要来源外，流散文学也有着自己独特的源头。早期的流散文学并没有冠此名称，而且流散写作及流散作家也可以分为两种类型：一种主要指不确定的写作风格、尤其是让作品中的人物始终处于一种流动的状态的小说，如西班牙的塞万提斯、英国的亨利·菲尔丁和美国的马克·吐温等作家的部分小说，但并不说明作家本人处于流亡或流离失所的状态中；后者则指的是这样一些作家：他们往往由于其过于超前的先锋意识或鲜明的个性特征而与本国的文化传统或批评风尚格格不入，因此他们只好选择流落异国他乡，而正是在这种流亡的状态中他们却写出了自己一生中最优秀的作品，如英国的浪漫主义诗人拜伦、挪威的现代戏剧之父易卜生、爱尔兰意识流小说家乔伊斯和荒诞派剧作家塞缪尔·贝克特、英美现代主义诗人艾略特、美国的犹太小说家索尔·贝娄以及出生在特立尼达的英国小说家奈保尔等。他们的创作形成了自近现代以来的流散文学传统和流散文学发展史，颇值得我们的文学史家和比较文学研究者仔细研究。而出现在全球化时代的流散文学现象则是这一由来已久的传统在当代的自然延伸和发展。对此我们将专门予以讨论。

　　我们今天在阅读那些流散作家的作品中，往往不难读到其中隐匿着的矛盾的心理表达：一方面，他们出于对自己祖国的某些不尽人意之处感到不满甚至痛恨，希望在异国他乡找到心灵的寄托；另一方面，由于其本国或本民族的文化根基难以动摇，他们又很难与自己所定居并生活在其中的民族—国家的文化和社会习俗相融合，因而不得不在痛苦之余把那些埋藏在心灵深处的记忆召唤出来，使之游离于作品的字里行间。由于有了这种独特的经历，这些作家写出的作品往往既超越本民族固定的传统模式同时又对这些文化记忆挥之不去，因此出现在他们作品中的描写往往就是一种有着混杂成分的"第三种经历"。正是这种介于二者之间的"第三者"才最有创造力，才最能够同时引起本民族和定居地的读者的共鸣。

　　在当今的世界文化语境中，华裔流散作家及其作品所取得的成就尤其引人注目。这主要指一些生活在海外的用英语写作的华裔作家及其作品，例如早先的汤亭亭、黄哲伦、赵健秀和谭恩美等，以及最近新崛起的哈金和裘小龙等，他/她们的创作实践引起了主流文学研究者的瞩目，对文学经典的重构起到了重要的挑战作用，使得中华文化和文学率先在西方主流社会引起人们的关注。对此我们切不可轻视。若将他们的创作放在一个广阔的全球语境之下，我们则自然而然地想到把他们叫作华裔"流散作家"（diasporic writers）。这些作家不仅仅只是离开祖国并散居海外的，他们中的有些人近似流亡状态，有些则是自觉自愿地散居在外或流离失所，他们往往充分利用自己的双重民族和文化身份，往来于居住国和自己的出生国，始终处于一种"流动的"状态。也就是说，这些作家中有相当一部分是自动流落到他乡并散居在世界各地的，他们既有着明显的全球意识，并且熟练地使用世界性的语言——英语来写作，同时又时刻不离开自己的文化背景，因此他们的创作意义同时显示在（本文化传统的）中心地带和（远离这个传统的）边缘地带。另一个使我们感到欣喜的现象是，这些华裔流散作家的写作已经同时引起了海外汉学家和主流文学史家的重视，并被认为对重新书写文学史和重构文学经典有着重要的理论意义。

　　面对流散现象和流散写作的"越界"行为，我们对国别文学史的书写是不是也受到了某种挑战？如前所述，全球化时代的大规模移民以及流散现象的出现已经导致了语言疆界的模糊，这种语言疆界之拓展已经给文学身份的建构和文学史的重新书写带来了新的可能。近十多年来，在西方和中国的文学理论界以及比较文学界，重写文学史的尝试依然没有减少，我在此仅想提出，语言疆界的拓展对文学史的重新书写也将产生重要的作用，它将为文学史的重写带来新的契机：从简单地对过去的文学史的批判性否定进入到了一种自觉的建构，也即以语言的疆界而非国家或民族的疆界来建构文学的历史。①

毫无疑问，流散现象实际上早已对英语文学史的重新书写产生了影响，国际英语文学研究已经成了一门新兴的学科领域。这一新的以语言来划分文学疆界的趋势早在 20 世纪 80 年代的文学撰史领域内就已出现，而全球化时代后殖民主义理论思潮的再度崛起则对此起到了有力的推进作用。同样，汉语作为一种越来越具有世界性影响的语言，我们是否也可以以（汉语）语言来重新书写中华文学的历史呢？这个问题应该引起我们当代文学和文化理论界的思考。

全球化与文化的理论建构

自 20 世纪 90 年代后期以来，关于全球化与文化问题的讨论不仅在西方学术界②而且在中国学术界也方兴未艾，③几乎当今所有最有理论敏感性的人文学者都介入了这场讨论。虽然全球化现象最早出现在经济领域内，但这一话题已经成为整个人文社会科学领域内的学者最为关注的话题之一，尤其是在近年出现的全球金融危机时，人们对全球化的关注就更是直接。诚然，全球化现象的出现在不少人看来，实际上预示着某种程度的西方化，而在欧洲人看来，全球化则更是某种形式的美国化。这一点尤其体现在美国式的民主制度在全世界的推广和美国式的英语及代表美国文化的麦当劳和可口可乐在全世界的普及。但我始终认为，在人文社会科学领域内，马克思和恩格斯是最早探讨全球化现象以及对文化生产和文学批评的作用的

---

① 关于流散写作对国家疆界和语言疆界的突破以及对文学史写作的冲击，参阅拙作《全球化语境下汉语疆界的模糊与文学史的重写》，载《甘肃社会科学》，2004 年第 5 期。

② Cf. Roland Robertson & Kathleen White eds. *Globalization: The Critical Concepts in Sociology*, Vols. 1–6. London and New York: Routledge, 2003. 应该指出的是，在这部 2559 页、收入 125 篇重要英文论文的六卷本专题研究文集中，仅有两篇出自中国（包括港台地区）学者之手。幸运的是，这两篇文章都是我本人所撰写并发表在国际学术期刊上的。

③ 关于文化全球化问题在中国语境下的讨论，尤其可参阅葛涛的综述性文章：《旅行中的理论："文化全球化"在中国文学理论界的接受与变形》，载《文学理论前沿》第二辑，北京大学出版社，2005 年版。

思想家和理论家，因而从事全球化与文化问题的研究必须从细读马克思主义创始人的原著开始，据此我们才有可能结合当代的具体实践提出自己的创新性见解。当然，我们不可否认，全球化从经济领域运动到整个社会科学和人文科学领域，并日益影响着我们的文化研究和文学研究。在当今的文化语境下讨论全球化问题也已经成为文化研究和文学理论界的一个热门话题。因此当我们在一个全球化的语境下重读《共产党宣言》时，便不难发现，早在1848年，当资本主义仍是一个正在崛起的新兴力量并处于发展期时，马克思和恩格斯就窥见了其中隐含着的种种矛盾，并且在描述了资本的扩张之后给文化生产造成的影响时颇有远见地指出："物质的生产是如此，精神的生产也是如此。各民族的精神产品成了公共的财产。民族的片面性和局限性日益成为不可能，于是由许多种民族的和地方的文学形成了一种世界的文学。"①

虽然东西方的马克思主义研究者都在不同的场合引用过这段文字，但我们此时再加以细读便不难看出，全球化作为一个历史过程，确实曾在西方历史上的两个层面有所表现：其一是1492年始自欧洲的哥伦布远涉重洋对美洲新大陆的发现，它开启了西方资本从中心向边缘地带的扩展，也即开始了资本主义现代性的宏伟计划，在这一宏伟的计划下，许多经济不发达的弱小国家不是依循欧美的模式就是成为其现代性大计中的一个普通角色；其二便是马克思恩格斯所预示的"由许多民族的和地方的文学形成了一种世界的文学"的现象，这实际上也预示了文化上出现全球化趋势的可能性。当然，对于文化上的全球化现象，人们有着不同的认识，有人认为根本不存在这样一种可能；而另一些人则认为，这已经成为一种不争之实，例如英语的普及、麦当劳餐馆在全世界的落户和变形、美国好莱坞影片对另一些弱小民族文化和电影的冲击、大众传媒及国际互联网的无所不及之影响，等等。这一切事实都说明，文化上的全球化趋势正在向我们逼近，它迫使我们必须思考出某种积极的对策。不承认这一点就不是一个真正的马克思主义者；反之，认为文化上的全球化趋向只表明一种趋同的倾向而忽视其多样性和差异性，也容易从一个极端走向另一个极端。对此我将在后面从文化和文学的视角予以阐述。

讨论全球化语境中的文学与文化的生存价值和命运前途，我们就应该

---

① 马克思和恩格斯：《共产党宣言》，北京：人民出版社，1966年版，第30页。

以世界文学（Weltliteratur）作为出发点。对于世界文学的最初含义和历史演变，本书将辟专章予以讨论。我这里只想指出，"世界文学"这个概念最先是由歌德于1827年正式提出并加以理论化的，后来马克思主义创始人根据当时的政治、经济形势以及对文化知识生产的影响提出了新的"世界文学"概念，这对比较文学这门新兴的学科在19世纪后半叶的诞生和在20世纪的长足发展都起到了推波助澜的作用。但是对于"世界文学"这个概念，我们将作何解释呢？① 我始终认为，从文化差异和多元发展走向这一辩证的观点来看，这种"世界的文学"并不意味着世界上只存在着一种模式的文学，而是在一种大的宏观的、国际的乃至全球的背景下，存在着一种仍保持着各民族原有风格特色的、但同时又代表了当今世界最先进的审美潮流和发展方向的世界文学。这样一来，与经济上由西向东的路径所不同，文化上的全球化进程也有两个方向：其一是随着资本的由中心地带向边缘地带扩展，（殖民的）文化价值观念和风尚也渗透到这些地区；但随之便出现了第二个方向，即（被殖民的）边缘文化与主流文化的抗争和互动，这样便出现了边缘文化渗入到主流文化之主体并消解主流文化霸权的现象。对于这后一种现象，我们完全可以从原先的殖民地文化渗透到宗主国并对之进行解构以及中国文化的发展史上曾有过的西进过程见出例证，而在当今时代，这种东西方文化的相互影响和渗透则更是日益明显。

如前所述，即使从文化的角度对全球化进行理论建构，西方马克思主义者以及具有左翼倾向的学者也做出了相当的贡献。对全球化有着精深研究的美国人类学家阿君·阿帕杜莱（Arjun Appadurai）在从文化的维度阐释全球化现象时指出，全球文化体系经历了某种"脱节"或"断裂"（disjuncture），"……探索脱节状态的一个基本的框架就是从全球文化流动的五个维度（dimensions）来考察这种关系，这五个维度即：（1）种族的方面（ethnoscapes），（2）媒介的方面（mediascapes），（3）技术的方面（technoscapes），（4）金融的方面（financescapes），以及（5）意识形态的方面（ideoscapes）。"② 当代新马克思主义的代表人物弗雷德里克·詹姆逊

---

① 关于歌德创造"世界文学"这个词以及其后的历史演变，参阅 David Damrosch, *What Is World Literature?* Princeton and Oxford: Princeton University Press, 2003, especially "Introduction: Goethe Coins a Phrase", pp. 1–36.

② Cf. Arjun Appadurai, *Modernity at Large*: *Cultural Dimensions of Globalization*. Minneapolis and London: University of Minnesota Press, 1996, p. 33.

对全球化与文化的关系方面也有着精深的研究，他在谈到全球化的全方位影响时也主张从另五个方面，或者说五种形式的影响，来讨论全球化现象：（1）纯技术方面；（2）全球化的政治后果；（3）全球化的文化形式；（4）全球化的经济；（5）社会层面的全球化。[①] 虽然他们两人的观点有些重合，但对我们结合中国的具体实践进行进一步的理论建构仍有所启发。鉴于国际学术界对全球化这一现象的研究已经进行了十多年，而且已经取得了相当显著的成果，因而我在此提出的理论建构在很大程度上是基于这些研究成果，当然我的出发点是中国的文化知识实践。

毫无疑问，全球化现象的出现已经对我们的文学理论和比较文学研究产生了深刻的影响，它使得我们在考察和研究各民族文学现象时自觉地将其置于一个广阔的世界文学背景之下，评价一个作家或一部作品也必须将其与国际范围内的前辈或同时代人相比较。在今天的全球化语境下重温世界文学这个理论概念，我认为，我们应当同时考虑到文化趋同性和文化差异性的并存：若将其应用于文学批评，我们便可得出这样的结论，即既然文学具有一定的共性，那么我们就应当将各民族的文学放在一个广阔的世界文学背景下来评价其固有的文学形式和审美风尚，因而得出的结论就更带有普遍性，对不同的民族文学也有着一定的指导意义。另一方面，各民族文学所表现的内容又带有强烈的民族精神和文化认同，它们分别是由不同的语言作为其载体的，因此我们又必须考虑其民族文学的固有特征和特定的时代精神。即使同样是用英文创作的英国文学与美国文学也有着较大的差异，更不用说那些用带有明显的地方土语和语法规则创作的后殖民地"英语"文学了。随着华人在全世界范围内的大规模移民和汉语的日渐普及，国际华文文学研究也将成为文学理论和比较文学研究的一个新的课题。

生态批评与环境伦理学的建构

毫无疑问，全球化时代的到来对全人类的现代化进程起到了有力的推动作用，但同时也带来了一系列令人难以回避的问题甚至危机。人类生存环境的危机就是地球上的资源被过分利用所带来的一个必然后果。从事人

---

① 参阅詹姆逊：《论全球化文化》，收入拙编《全球化与文化：西方与中国》，北京大学出版社，2002年版，第105—121页。

文学科研究的学者，尤其是从事文学创作的作家对之尤为敏感。崛起于 20 世纪 70 年代后期和 80 年代初、目前主要活跃于美国文学批评理论界的生态批评便是对资本主义现代性造成的种种后果的一个反拨。面对全球化时代文化环境的污染、商品经济大潮下的物欲横流和生态环境的破坏，从事人文学科研究的学者不得不对我们所生活的环境进行反思：我们的环境究竟出了什么问题？人与自然的关系为什么会变得如此紧张起来？作为人文学者或文学批评家，我们将采取何种对策？对此，生态批评家均试图面对并予以回答。

　　生态批评研究的一个重要课题就是人与自然的关系，也即正如生态批评家彻里尔·格罗特菲尔蒂（Cheryll Glotfelty）所定义的"生态批评就是对文学与物质环境之关系的研究"。[①] 诚然，文学是人类对现实生活的审美化的反映，因而在不同的文学作品中表现人与自然之间的不同关系就是颇为正常的：在大多数情况下这种关系应该是一种和谐的关系，如在华兹华斯和陶渊明的自然诗中，自然被作者顶礼膜拜，生活在其中的人甚至试图与之相认同，以达到人与自然的合一。而在少数情况下，尤其是当人们的改造自然、重整环境的欲望无限制地膨胀时呈现出的人与自然的关系就是一种紧张的对立关系。因此，人与自然的关系历来就是中外文学作品中取之不尽、用之不竭的一个老的主题。崛起于 50 至 60 年代美国社会的"垮掉的一代"诗人盖瑞·史耐德（Gary Snyder，1930—）始终自觉地从中国古代自然诗人和生态思想那里汲取丰富的资源，将其应用于想象性文学创作中，在后现代语境下的美国诗坛独树一帜。[②] 他的生态写作和批评文字无疑对中国的生态学者努力在中国文化中发掘丰富的生态资源并介入国际生态批评和研究领域具有启发意义。而在其后崛起的生态批评家则试图面对全球化时代生态环境的破坏这一现实率先在文学批评界作出回应。在生态批评家看来，人类的现实生活总是离不开自然环境，但关键的问题是我们应该如何看待我们所生存的自然环境？究竟是按照客观的自然规律来美化自然还是按照人的主观愿望来改造自然，这无疑是两种不同的自然观。应该说，生态批评家并不反对美化自然，但他们更倾向于前者。从文学的环

[①] 　Cf. Cheryll Glotfelty and Harold Fromm eds., *The Ecocriticism Reader*, Athens and London: The University of Georgia Press, 1996, "Introduction", p. xix.

[②] 　关于史耐德与中国文化之关系的详尽论述，参阅钟玲的专著《美国现代诗人史耐德与中国文化》，北京：首都师范大学出版社，2006 年版。

境伦理学视角来看,文学应当讴歌前者按照客观自然规律对大自然的美化,鞭笞任意改造大自然的不切实际的做法。作为专事文学现象研究的批评家也更应当如此。

不可否认,长期以来,人们总是希望按照自己的主观意愿来美化自然并改造自然,希望自然能够最大限度地服务于人类,当这种愿望不能实现时就以暂时牺牲自然作为代价。当然这种"以人为本"的善良愿望是可以理解的。但久而久之,在不少人的心目中逐渐形成了某种人类中心主义的思维模式,认为自然毕竟是人类的附庸,因此它理所应当地服务于人类,并为人类所用。殊不知对自然资源的过分利用总有一天会使地球上的资源耗尽,最终导致大自然对人类的无情报复。文学家既然要写出具有理想主义倾向的作品,那就更应该关注人类生活的未来和反思当下生存的危机。在生态批评家看来,人类中心主义的发展观把人从自然中抽取出来并把自然视为可征服的对象,人与自然对立的观念造成了割裂整体、以偏概全、用人类社会取代整个生态世界的现象,产生了目前的这种生态危机之后果。作为以关注自然和人类生存环境为己任的批评家,我们理应将自己的研究视野投向一向被传统的批评所忽略的自然生态环境,把在很大程度上取自自然的文学再放回到大自然的整体世界中,以便借助文学的力量来呼唤人们自然生态意识的觉醒。应该说,这在某种程度上已经带有一种文学批评的环境伦理学的建构,其意义是不可忽视的。对此,我将专文予以探讨。

长期以来,人类在使自己的国家现代化的过程中不惜以牺牲自然和生态环境为代价,做出了不少破坏自然环境的错事。我们应当从自身的环境伦理学角度来作一些反思。毋庸讳言,现代性大计的实施使得科学技术有了迅猛的发展,人们的物质和精神文化生产也取得了巨大的成果。但是这种发展同样也催化并膨胀了人类试图战天斗地的野心,促使人们不切实际地提出了征服自然的口号,导致了人类中心主义意识的逐步形成和膨胀。我们可以回顾一下最近几年内频频发生的地震、火山喷发、台风、洪水和干旱,这些无不在暗示,地球所能承受的被改造性已经达到了极限,它正在向人类进行报复,并毫不留情地夺去数以万计的人的生命。十多年前出现的全球范围内的非典的冲击便为人类生命的延续罩上了可怕的阴影,而最近几年出现在亚太地区的印度洋海啸和美国南部城市新奥尔良市的飓风及其所带来的巨大损失更是向人类敲响了警钟:必须善待自然,否则将后患无穷!作为文学批评家和人文学者,生态批评家率先作出了自己的回应。

因此，从这个意义上来说，生态批评在当代文学理论界的异军突起实际上在某种程度上就是对这种人类中心主义思维模式的解构和挑战。但是它的终极目标并非仅在于解构，而是在解构的过程中建构一种新的文学环境伦理学。我认为这才是生态批评的更为远大的目标。

令我们感到欣慰的是，近几年来，生态批评在中国大陆和台湾地区也得到了热烈的响应，出现了一些令人可喜的发展方向，学者们几乎同时在几个层面从事生态批评理论建构和生态研究实践：一方面，在不受任何外来影响的情况下，根据中国的生态环境状况进行生态文艺学的理论建构，他们的研究成果一旦介绍到国外或通过英语这一国际性的学术语言的媒介表达出来，定能对突破生态批评界目前实际上存在的西方中心之局限起到重要的作用；另一方面，在北美生态批评理论的启迪下，不断地向国内理论界介绍西方生态批评研究的最新成果，使得国内学者的研究更具有理论的规范性和学术性，并逐步达到与国际学术界平等对话的境地；还有一些青年学者，则有意识地在一个跨越中西方文化的广阔语境下，试图从环境生态学的角度对中国当代文学进行重新书写。对此，我们可以乐观地认为，如果说，确实如有些人所断言的，中国的文学理论批评在某种程度上患了"失语症"的话，那么至少在生态批评这一层面上，我们完全可以从中国的本土实践出发，充分发掘中国古代丰富的生态学批评资源，通过与西方生态批评的比较研究，提出自己的理论建构，进而对西方的生态批评学者头脑中固有的"西方中心主义"思维模式产生一定的影响。[①] 对此，正如美国生态批评的代表性人物劳伦斯·布依尔所指出的："我非常有信心地认为，中国艺术和文化中肯定存在着丰富的资源，它保证了中国的生态批评家在介入这场运动时是具有十足潜力的……我另外还想说的是中国对现代化的独特经验也将使中国的生态批评家在这一领域里做出卓越的贡献。"[②] 这不仅是布依尔等西方学者对我们的期待，更是我们自身所无法回避的一个研究方向。

---

① 关于中国与西方学者就生态批评所进行的对话，参阅我为国际刊物主编的两个主题专辑：*Beyond Thoreau*: *Literary Response to Nature*, a special issue, *Neohelicon*, 36.2（2009）；*Global in the Local*: *Ecocriticism in China*, a special issue, *ISLE: Interdisciplinary Studies in Literature and Environment*（Autumn 2014）21（4）。

② 参见劳伦斯·布依尔和韦清琦《打开中美生态批评的对话窗口——访劳伦斯·布依尔》，载《文艺研究》，2004年第1期，第69页。关于中国生态批评研究的新进展则可参照《深圳大学学报》2005年第1期上刊登的曾繁仁等人关于生态美学和文学批评的文章。

文化研究向何处去?

尽管文化研究进入中国已经有了十多年的历史，而且它在中国大陆和港台地区所引发的讨论也引起了国际学术界的瞩目，[①]但时至今日，我们所说的"文化研究"之特定内涵和定义仍在相当一部分学者中十分模糊，因而导致的一个直接的后果就是相当一部分文学研究者甚至错误地认为文化研究与文学研究天然就是对立的，因此文化研究的崛起标志着文学研究的末日。我认为在讨论文化研究的未来走向之前有必要再次将其加以限定。我这里所提到的"文化研究"用英文来表达就是 Cultural Studies，这两个英文词的开头都用的是大写字母，它意味着这已经不是传统意义上的精英文化研究，而是目前正在西方的学术领域中风行的一种跨越学科界限、跨越审美表现领域和学术研究方法的话语模式。它崛起于英国的文学研究界，崛起的标志是成立于 1964 年的伯明翰大学当代文化研究中心（CCCS），或者说它实际上是一种伯明翰学派意义上的"文化研究"[②]。既然文化研究是在英语世界崛起的，那么它在其他语种中并没有固定的表达，所以我们只好按其字面意义将其翻译成中文的"文化研究"。实际上，本章这一部分所讨论的"文化研究"的未来走向，并不是指那些写在书页里高雅的精致的文化产品——文学，而是当今仍在进行着的活生生的文化现象，比如说我们的社区文化，消费文化，流行文化，时尚和影视文化，传媒文化，甚至互联网文化和网络写作等等，这些都是每天发生在我们生活周围的，对我们的生活产生了无法回避的影响的文化现象。

毫无疑问，对于上述种种文化现象，过去的精英文化研究者是不屑一顾的，他们认为这是不登大雅之堂的。在他们看来，我们所研究的文化应

[①] 这方面的英文著述虽然不多，但可以参阅下列两种：Wang Ning, "Cultural Studies in China: Towards Closing the Gap between Elite Culture and Popular Culture," *European Review* 11. 2（May 2003）: 183–191；Tao Dongfeng and Jin Yuanpu eds., *Cultural Studies in China*, Singapore: Marshall Cavendish Academic, 2005.

[②] 具有讽刺意味的是，我于2003年2月去伯明翰大学访问时，应邀出席了该校文学院院长爱丽斯·休斯教授举行的欢迎宴会，当我提出要参观蜚声海内外的该校当代文化研究中心时，休斯教授却出人意料地告诉我，该中心已经关闭了，其理由是，随着全球化进程的日益加快，他们已经越来越认识到非英语国家民族文化的发展，因此校方决定整合全校人文学科的力量成立一个国际性的跨文化研究中心，并把建立和发展与中国学界的学术交流关系放在一个重要的位置。我认为这无疑是当代文化研究的日益国际性／全球性的一个重要转机。当然，据说该中心关闭的另一个原因在于其管理不善，经费不充足。

该是高雅文化的结晶——文学作品，但是他们却忘记了另一个无法否认的事实，即我们今天所说的"文化研究"，如果在英语世界里追溯其本源的话，应该是从早期的文学研究演变而来，特别是始自英国的新批评派学者F.R. 利维斯的研究。利维斯作为精英文化的代表人物，其精英思想是根深蒂固的，他始终认为，要想提高整个劳动人民的文化修养，必须开出一个文学名著的书目，让大家去阅读这些名著，通过对这些文学名著的阅读和欣赏而达到向广大劳动大众进行启蒙的作用，最终使人民大众逐步提高自己的文化修养。① 可以说，今天的指向大众文化甚至消费文化的文化研究正是从早期的精英文化研究那里发展而来的。伯明翰学派的另两位代表人物霍加特和霍尔早先也是专事文学研究的学者，尽管他们的主要注意力后来转向了文化研究，但学界也无法否认他们早先在文学研究领域内的建树。如果再算上雷蒙德·威廉斯这位身兼作家、文学理论批评家和文化研究者等多重身份的集大成者，我们就更无法把文化研究与文学研究截然分开了。这种情形在当代几乎所有主要的文学/文化研究学者的学术和著述生涯中都可见出。因此武断地认为文化研究与文学研究天然对立的观点显然是站不住脚的。

　　文化研究作为一种异军突起的非精英学术话语和研究方法，其主要特征就在于其"反体制性"（anti-institution）和"批判性"（critical）。在这方面，不可否认的是，西方马克思主义对文化研究在当代的发展起到了不可替代的作用，例如英国的威廉斯和伊格尔顿，以及美国的詹姆逊等马克思主义理论家，都对英语世界的文化研究和文化批评的发展和兴盛起到了很大的导向性作用。由于文化研究的"反精英"和"指向大众"等特征，所以它对文学研究形成了严峻的挑战和冲击，致使不少恪守传统观念的学者，出于对文学研究命运的担忧，对文化研究抱有一种天然的敌意，他们认为文化研究和文化批评的崛起，为文学研究和文学批评敲响了丧钟，特别是文学批评往往注重形式，注重它的审美；但也不乏在文化研究和文学研究之间进行沟通和协调者。美国文学史家爱莫瑞·艾略特在一次演讲中曾指

---

　　① 利维斯的这种精英思想始终贯穿在他的一系列著作中，例如《大众文明和少数人的文化》（*Mass Civilisation and Minority Culture*, 1930），《教育和大学：略论"英文学派"》（*Education and the University: A Sketch for an "English School"*, 1943），《伟大的传统：乔治·爱略特，亨利·詹姆斯，约瑟夫·康拉德》（*The Great Tradition: George Eliot, Henry James, Joseph Conrad*, 1948）等。

出一个现象:在当今时代,美学这个词已逐步被人们遗忘了。"aesthetic"这个词也可以翻译成"审美",照他看来,"审美"这个词已经逐渐被人们遗忘了,它越来越难以在当代批评话语中见到,因此应该呼吁"审美"重新返回到我们的文化生活和文化批评中。他的呼吁一方面给我们敲响了警钟,使我们考虑到,如果一味强调大而无当的文化批评而忽视具有审美特征的精英文化研究,有可能会走向另一个极端,但另一方面则为关注日常生活中的审美现象提供了合法性依据。

毫无疑问,文化研究在当代人文学术诸领域内所占据的重要地位已经持续了十多年,有人认为它即将盛极而衰,文学研究将重返中心。我对此并不苟同,虽然文化研究也出现了不可避免的危机,但当今的全球化语境仍然更为有利于文化研究的发展,只是那种封闭的文化研究领地必须突破。那么进入新世纪以来的文化研究将向何处发展呢?这自然是学者们所关心的问题。我认为,在全球化的语境下,文化研究将沿着下面三个方向发展:(1)突破"西方中心"及"英语中心"的研究模式,把不同语言、民族—国家和文化传统的文化现象当作对象,以便对文化理论自身的建设做出贡献,这种扩大了外延的文化理论从其核心——文学和艺术中发展而来,抽象为理论之后一方面可以自满自足,另一方面则可用来指导包括文学艺术在内的所有文化现象的研究;(2)沿着早先的精英文学路线,仍以文学(审美文化)为主要对象,但将其研究范围扩大,最终实现一种扩大了疆界的文学的文化研究;(3)完全远离精英文学的宗旨,越来越指向大众传媒和所有日常生活中的具有审美和文化意义的现象,或从人类学和社会学的视角来考察这些现象,最终建立一门脱离了文学艺术的"准学科"领域。对于我们文学研究者而言,专注第二个方向也许是最适合我们大多数人的,它既可以保持我们自身的文学研究者的身份,同时也赋予我们开阔的研究视野,达到文学自身的超越。而第一个方向则应成为少数理论家的研究目标,第三个方向则是非文学研究者的任务。在当今的北美文化研究领域,大批社会学和人类学学者的加盟,已经使得这门"准学科"越来越远离传统意义上的文学研究,但即使如此,文化人类学的方法仍可为文学研究者所借鉴和参考,尤其对当代"文学的文化"(literary culture)的书写更是有着重要的意义。

性别研究的新课题：女性同性恋和怪异研究

毫无疑问，当代文化研究的一个重要方面就是性别研究。既然在文化研究的语境下考察性别政治和身份问题，我们自然不可回避这两个突出的社会文化现象：女性同性恋和怪异现象。在当今的全球化时代，由于人们的生活节奏的加快和人际交流的减少所导致的人际关系的淡漠，不少女性，尤其是有着较高文化修养和知识背景的知识女性越来越陷入某种"自恋"的情境中，她们出入于女性自己的俱乐部和沙龙，很少与男性交往，甚至公开与男性对立，久而久之甚至淡漠了传统的"异性恋"，因而女性同性恋和怪异现象便凸现了出来，并越来越受到社会和文化界的关注。① 在这里，我们主要讨论女性同性恋现象以及由此而产生的女性同性恋批评和研究。

众所周知，20 世纪 50 至 60 年代在一些欧美国家曾经兴起过性开放的浪潮，大批青年男女试图尝试着婚前无拘无束的性生活，致使传统的婚姻和家庭观念受到强有力的挑战。之后随着女权主义运动对妇女权益的保护，尤其是对女性怀孕后人工流产的限制，这种性开放的浪潮逐渐有所降温。由此而带来的后果则是三种倾向：其一是传统的婚姻和家庭观念的逐渐淡薄，青年人虽然对结婚和生儿育女持审慎的态度，但对婚前的同居生活则更加习以为常，这一点和目前中国社会的状况颇有几分相似之处；其二则是呼唤一种新的和谐家庭和婚姻观，这实际上是对传统的家庭和婚姻观念的继承；其三则是在经历了性开放浪潮的冲击之后，一些知识女性也模仿早已在男性中流行的同性恋倾向，彼此之间建立了一种亲密的关系，久而久之便发展为对异性恋的厌恶和拒斥以及对同性朋友/伙伴的依恋。人们对这些有着较高的文化修养和社会地位的知识女性的所作所为感到极为不解，甚至认为她们十分"怪异"。② 起源于 70 年代、兴盛于 80 至 90 年代的所谓"女性同性恋研究"（lesbian studies）以及兴起于 90 年代的"怪异研究"（queer studies）或译"酷儿研究"就是在这样一种历史和社会背景

---

① 实际上，这种情况在目前中国的知识女性中也有所体现。但有人认为，女性的自我封闭和自我欣赏在很大程度上是由于这些高智商的成功知识女性很少受到同龄的男性的欣赏和青睐，或很难与不如自己的男性朋友相处并组建家庭，因而甚至有的青年知识女性在征婚广告中居然不敢公开自己的（高）学历和（成功的）职业。

② 例如在中国，就有一些人不分青红皂白地把女博士当成"另类人"来看待，致使这些知识女性在繁忙的学业之余不禁感到由衷的苦恼。

下应运而生的。目前对这两种现象的研究已经被纳入广义的文化研究的性别研究范畴下，并逐步成为其中的一个相对独立的子学科领域。

在西方的语境下，早期的女性同性恋现象及其批评（lesbian criticism）的出现与先前已经风行的男性同性恋（gay）现象及其批评（gay criticism）有着密切的联系，但同时也与早先的女权主义运动有着某种内在的继承或反拨关系。作为女权主义批评的一个分支，"女性同性恋批评尤其起源于有着女性同性恋倾向的女权主义政治理论和运动，因为它本身就是由妇女解放和男性同性恋解放运动发展而来的"。[①]一些知识女性，主要是白人知识女性，既不满于妇女本身的异性恋，也不满于男性同性恋者的那种肆无忌惮的性行为，因而她们自发成立起自己的新组织，并称其为"激进女性同性恋者"（radicalesbians）或把自己的事业当作一种类似"女性同性恋解放"（lesbian liberation）的运动。她们认为女性同性恋主义使妇女摆脱了父权制的束缚和压迫，可以成为所有妇女效仿的榜样，因此女性同性恋主义是解决女权主义的没完没了的抱怨之最佳方式。[②]还有一些更为极端的女性则公然号召妇女与男性"分居"，同时也与异性恋妇女"分离"，她们认为这不仅仅是性行为上的分离，而且更是政见上与前者的分道扬镳。当然不可否认的是，也有相当一部分女性本身也曾结过婚并育有子女，随着自己年龄的增长和子女的成年而逐渐淡漠了对异性伴侣的依恋，作为某种补偿，她们便自然而然地把过多的感情投入到与自己情投意合的女性朋友/伴侣上。对这种情况我们应该区别看待。毫无疑问，上述这些早期的极端行为为女性同性恋批评及其研究在80年代的逐步成型以及90年代的蔚为大观奠定了基础，应该说当代女性同性恋文学理论正是从这种女性主义和分离主义的语境中发展而来的。

尽管迄今女性同性恋文学批评家和学者大多为白人知识女性，而且阅读和研究的对象大多为经典的女性作品，但有色人种和少数族裔女性也开始了自己的批评和研究，这方面最有影响的早期著述为芭芭拉·史密斯（Barbara Smith）的论文《走向一种黑人女权主义批评》（Toward a Black Feminist Criticism，1977），其中花了不少篇幅从女性同性恋的理论视角来解读黑人

---

① Bonnie Zimmerman, "Lesbian", *The Johns Hopkins Guide to Literary Theory and Criticism*, Michael Grodon and Martin Kreiswirth. Baltimore and London: The Johns Hopkins University Press, 1994, p. 329.

② Ibid.

女作家托尼·莫里森的小说《苏拉》。在这之后研究非裔美国同性恋女性主义的著述也逐渐多了起来，这显然与美国这个多元文化社会的混杂的民族和文化身份有关。而相比之下，在欧洲的批评界和学术界女性同性恋批评的声音就要小得多。如果说"古典的"女性同性恋理论还有着不少令人可以分享的概念的话，那么经过解构主义训练、崛起于80年代的新一代批评家则把这些东西抛在了脑后，再加之有色人种妇女的参与以及男性同性恋理论的吸引，女性同性恋理论愈益显得驳杂，它与其说与异性妇女围绕性别的轴心有着关联倒不如说更与男性同性恋理论相关联。显然，进入20世纪90年代以来直到21世纪初，女性同性恋理论依然方兴未艾，批评家们围绕自我的本质、社群问题、性别和性等问题而展开异常活跃的讨论，此外，学界也越来越尊重传统的女性同性恋女性主义（lesbian feminism）的不少观念。这一切均为这一研究领域的稳步拓展营造了良好的外部文化环境。在文化研究的大视野中，性别研究和性别政治成了其不可缺少的重要方面，甚至包括男性同性恋研究在内的这方面的研究机构也在一些大学建立了起来。但相比之下，对女性同性恋的研究更加引人瞩目。这一方面是由于人们在传统的观念中对女性的婚育和"母性"有着某种期待，但更可能的倒是与90年代崛起的"怪异理论"或"怪异研究"不无关系。

尽管人们难以接受女性同性恋现象，甚至对研究这种现象的女性学者也抱有一些偏见，但对其反抗男权话语的激进批判精神还是可以理解的。而对于怪异及其怪异理论，人们则有着某种天然的敌意，这主要是出于对怪异现象本身的误解所导致。实际上，怪异在很大程度上是由男性同性恋和女性同性恋发展演变而来的，或者说这是二者平行发展到一定阶段的一个必然产物。由于男性同性恋者的不懈努力，男性同性恋运动在相当一部分国家已经成为合法化，因而对男性同性恋的研究也就被认为是理所当然的。而对于女性同性恋行为，不少人，尤其是女性内部的一些坚持传统者，则认为是大逆不道的行为。由于被认为"怪异者"的人都是女性，而且大多是由女性同性恋发展而来，与前两种同性恋既有着一定的联系又不无差别，因此研究者往往对之的研究也自然会将其与前二者相关联。

"怪异"（queer）根据其英文发音又可译为"酷儿"或"奎尔"，意为"不同于正常人"（non-normative）的人，而用于性别特征的描述而言则显然有别于"单一性别者"。也即如果作为一个男人的话，他也许身上更带有女性的特征，而作为一个女人，她又有别于一般的女性，他／她也许不满足甚至讨厌异性恋，更倾向于同性之间的恋情，等等。因而在不少人看来，这样的人与正常的有着鲜明性别特征的人不可同日而语，属于"怪异"一族。但是对于究竟什么是"怪异"，人们至今很难有一个准确的定义。正如怪异研究者安娜玛丽·雅戈斯（Annamarie Jagose）所不无遗憾地总结的，"显然，迄今仍没有一般可为人们接受的关于怪异的定义，而且，确实对这一术语的许多理解都是彼此矛盾的，根本无济于事。但是怪异这个术语被认为是对人们所习惯于理解的身份、社群以及政治的最为混乱的曲折变异恰在于，它使得性、性别和性欲这三者的正常的统一变得具有或然性了，因此，造成的后果便是，对所有那些不同版本的身份、社群和政治都持一种批判的态度，尽管这些不同的版本被认为是从各自的统一体那里演变而来的。"[①] 这实际上也就道出了怪异这一产生于西方后现代社会的现象所具有的各种后现代和解构特征：在怪异那里，一切"整一的""确定的""本真的"东西都变得模棱两可甚至支离破碎了，因此怪异在这里所显示出的解构力量便十分明显了。

从当代美国怪异研究的主要学者的思想倾向来看，她们大都受到拉康和德里达的后结构主义理论的影响：前者赋予她们对弗洛伊德的"利比多"机制的解构，而后者则赋予她们以消解所谓"本真性"（authenticity）和"身份认同"（identity）的力量。身份认同问题是近十多年来文化研究学者普遍关注的一个课题。在传统的女权主义者那里，女性与男性天生就有着某种区别，因而要通过争得男人所拥有的权利来抹平这种差别。但女性同性恋者或怪异者则在承认男女性别差异的同时试图发现一个介于这二者的"中间地带"。比如说，传统的女权主义者仍相信异性恋，并不抛弃生儿育女的"女性的责任"，而怪异女性则试图用"性别"（gender）这一更多地带有生物色彩的中性术语来取代"性"（sex）这一更带有对异性的欲望色彩的术语。

在全球化的语境下，人们的身份也发生了裂变，也即身份认同问题变得越来越不确定和具有可讨论性：从某种单一的身份逐步发展为多重身份。这一点对怪异理论也有着影响，因此怪异女性也试图对身份认同这个被认为是确定的概念进行解构，也即对身份的本真性这一人为的观念进行解构。传统的观念认为，一个人的身份是天生固定的，而后现代主义者则认为，

---

① Bonnie Zimmerman, "Lesbian", *The Johns Hopkins Guide to Literary Theory and Criticism*, Michael Grodon and Martin Kreiswirth. Baltimore and London: The Johns Hopkins University Press, 1994, p. 99.

身份既是天生形成的，同时也是一个可以建构的范畴。对于怪异者而言，即使她生来是一个女性，也可以通过后来的建构使其与异性恋相对抗，因而成为一个更具有男子气质的人。对男性也是如此，并非所有的人都必须满足于异性恋的，有的男人即使结了婚，有了孩子，照样可以通过后来的同性恋实践使自己摆脱传统男人的异性恋和对女性的性欲要求。因此怪异与其说是诉求身份不如说更注重对单一身份的解构和批判。①

美国怪异研究的主要理论家朱迪斯·巴特勒（Judith Butler）认为，反身份的本真性恰恰是怪异所具有的潜在的民主化的力量："正如身份认同这些术语经常为人们所使用一样，同时也正如'外在性'经常为人们所使用一样，这些相同的概念必定会屈从于对这些专一地操作它们自己的生产的行为的批判：对何人而言外在性是一种历史上所拥有的和可提供的选择？谁是这一术语的某种用法的代表，而又是谁被排斥在外？究竟对谁而言这一术语体现了种族的、族裔的或宗教的依附以及性的政治之间的一种不可能的冲突呢？"② 这些看来都是当代怪异理论家和学者必须面对的问题。而在目前的文化研究语境下，已经有越来越多的学者关注性别研究和身份政治，而处于这二者之焦点的怪异则无疑是他/她们最为感兴趣的一个课题。

怪异现象一经出现，就受到了各方面的关注，出于对怪异理论的科学性的怀疑以及其研究方法的主观性的怀疑，一些学者还试图从遗传基因的角度甚至人的大脑的结构等角度来对这一现象进行科学的研究。于是"怪异学"（queer science）也就应运而生了。在一本以《怪异学》为名的学术专著中，作者试图从科学的角度来探讨这样两个问题：究竟什么原因使一个男人变成同性恋者或异性恋者的？以及谁又在乎这些呢？③ 由于这样的探讨已经大大地超越了文化研究的领域和范围，我将另文予以评介。我这里只想指出，随着中国的现代化进程的大大加快，一些一线大城市已经率先进入了后工业或后现代社会，繁重的工作和学术研究压力以及自身的超前意识致使一些知识女性对异性冷漠甚至厌恶，因而女性同性恋的征兆也

---

① Bonnie Zimmerman, "Lesbian", *The Johns Hopkins Guide to Literary Theory and Criticism*, Michael Grodon and Martin Kreiswirth. Baltimore and London: The Johns Hopkins University Press, 1994, p, 131.

② Judith Butler, *Bodies That Matter*: *On ther Discursive Limits of "Sex"*, New York: Routledge, 1993, p. 19.

③ Simon Le Vay, *Queer Science*, Cambridge, Mass: The MIT Press, 1996，p1.

开始出现在一些知识女性中。因此对这一社会文化现象的研究也将成为中国的文化研究语境下的一个令人瞩目的课题。

比较文学学科的死亡与再生

2003年，美国的比较文学界发生了一件不大不小的事件：一向把自己看作是"英文和比较文学讲座教授"的后殖民理论家佳亚特里·斯皮瓦克（Gayatri C. Spivak）将自己于2000年在加州大学厄湾分校所作的雷内·韦勒克系列讲座的讲稿改写出版，取名为《一门学科的死亡》（*Death of a Discipline*）。[①] 该书的出版虽没有像英国的马克思主义理论家特里·伊格尔顿的《理论之后》（*After Theory*，2003）那样在理论界引起那么大的轩然大波，但至少已经被不少人认为是相当权威性地宣告了比较文学学科的死亡。当然，在斯皮瓦克之前公开鼓吹"比较文学消亡论"者并不在少数，但却没有人能够比得上斯皮瓦克这样的重量级理论家的著作所产生的广泛影响。好在在此之前，比较文学作为一门学科就已经经历了多年的"冷却"甚至"萎缩"：面对形形色色的后现代理论的冲击，它已经无法验明自己的身份了，只能依附于这些理论的演绎和推论；而文化研究的崛起则更是使这门日益不景气的学科淹没在文化研究的大潮中。一些原先的比较文学学者纷纷离开这一领域，致力于传媒研究或其他形式的文化研究。而另一些试图坚守这一阵地的学者们则面对其无可挽回的衰落之情境发出几声哀叹。人们不禁要问，事情果真如此简单吗？难道斯皮瓦克真的希望比较文学这门学科很快消亡吗？答案自然应该是否定的。

我们首先可以从斯皮瓦克的挚友朱迪斯·巴特勒为她的辩护中见出这本书的几分真谛："佳亚特里·斯皮瓦克的《一门学科的死亡》并未告诉我们比较文学已经终结，而恰恰相反，这本书为这一研究领域的未来勾画了一幅十分紧迫的远景图，揭示出它与区域研究相遭遇的重要性，同时也为探讨非主流写作提供了一个激进的伦理学框架……她还描绘出一种不仅可用来解读文学研究之未来同时也用于解读其过去的新方法。这个文本既使人无所适从同时又重新定位了自己，其间充满了活力，观点明晰，在视野和观念上充满了才气。几乎没有哪种'死亡'的预报向人们提供了如此之

---

① Cf. Gayatri C .Spivak, *Death of a Discipline*, New York: Columbia University Press, 2003.

多的灵感。"① 也就是说，这本书的最终目的并非是要宣布比较文学学科的死亡，而是要在这一有着"欧洲中心主义"精英意识的传统学科内部进行革新，使之越过文学研究与文化（区域）研究的边界，填平（以阅读原文为主的）经典文学与（以英文为主的）翻译文学之间的鸿沟，从而使这门行将衰落的学科经过一番调整之后重新走向新生。因此，这本书与其说是一部"死亡之书"，倒不如说更是一部"再生之书"。应该指出的是，只有像巴特勒这样的熟谙解构策略和技巧的女性学者才能如此清晰地窥见斯皮瓦克这本书的真正目的。同样，也只有像斯皮瓦克这样的兼通东西方文化和理论并精通多种东西方语言的大师级比较文学学者才有资格宣布这门其定义和研究范围一直都"不确定"的学科的"死亡"，因为在当今的美国大学（同时也包括一些英联邦国家的大学）的文学系，很少有人像早先的比较文学学者那样用原文来阅读并研究世界文学，今天学生选修的"世界文学"课实际上是"（英文）翻译的世界文学"课。由此可见，传统意义上的讲究严谨求实的比较文学学科确实已经不复存在。而在巴特勒看来，斯皮瓦克的这本书非但没有宣称比较文学学科的死亡，反而在为一种与文化研究融为一体的"新的比较文学"学科的诞生进行理论上的铺垫，并在实际上起到了推波助澜的作用。果不其然，就在斯皮瓦克这本小书出版后不久，她就担任了哥伦比亚大学比较文学与社会研究中心的主任：终于承担了重整这门处于衰落状态的学科的重任。

实际上，由斯皮瓦克的这本书所引发的争论在另一方面却表明，我们谈论了多年的"比较文学的危机"问题终于在当今这个全球化的时代有了暂时的结论：作为日趋封闭和研究方法僵化的传统的比较文学学科注定要走向死亡，而在全球化语境下有着跨文化、跨文明和跨学科特征的新的比较文学学科即将或者已经诞生。这种征兆具体体现在诸方面。首先是比较文学这门学科的身份认同问题，也即我们所热衷于讨论的其学科定位问题。

首先，我们应该对"身份"或"认同"（identity）的双重含义作出界定：它既指一种天然生成的固定特征（natural-born identity），同时也包括后天人为建构的多重特征（constructed identities）。具体到指涉一个人的身份：他可以是祖籍在中国的江西，但经过多年漂泊之后，他先后跟随父母去台湾受基础教育，最后赴美国攻读博士学位后加入了美国籍。因此他本

---

① 参阅印在该书封底的专家评语。

来固定的身份便发生了裂变，由原先的单一身份发展为多重身份。这种多重身份的状况在全球化的时代随着大规模的移民而越来越趋明显。以此来描述比较文学这门定位不确定、疆界不断拓展、内容不断更新的开放的学科的身份，我们仍然可以以此为出发点。在比较文学学科的发源地欧洲诸国，尤其是在德国和荷兰等国家的大学，比较文学学科往往都和总体文学（即我们国内所称的文艺学）系科相关联，因为这些系科的课程设置大都跨越了语言的界限和国别的界限，有时甚至跨越了文化传统的界限，因而才进入了真正意义上的"比较"研究之境地。在英国，比较文学虽然不算发达，但在有些学校也有着类似的系所，如在沃里克大学、伦敦大学等学校，这些系所也几乎无一例外地和另一种或另几种语言和文化相关联，在伦敦大学，比较文学与亚非语言文学学科有着更为直接的联系，该校比较文学研究中心的几位主要教授几乎都从事的是非英语文学研究。而在沃里克大学，比较文学和比较文化则与翻译学科相关联，共同处于一个研究中心之下，所涉及的国别、民族文学和文化有中国的、印度的、东欧的、加勒比地区的和非洲的文学和文化。这当然主要是曾任该校副校长的苏珊·巴斯奈特的直接干预的结果。众所周知，巴斯奈特也曾经是一位"比较文学消亡论"的鼓吹者，但与斯皮瓦克所不一样的是，她并未直截了当地宣布这门学科的死亡，而是试图将其纳入翻译研究的范畴之下，因为在她看来，所有的比较文学都摆脱不了翻译，当然她所说的翻译已经超越了传统的"文字翻译"之局限，而是上升到了一种文化翻译的高度。在她看来，既然比较文学所研究的文学是来自不同文化的，因而在不同的文化之间协调实际上就充当了一种文化上的"翻译"或"再现"。早在20世纪90年代初，她就在对比较文学和翻译研究这两门既有密切联系同时又不尽相同的学科作了比较研究，并断然指出："我们从现在起应该把翻译研究看作是一门主要的学科，而比较文学则作为一个有价值的但从属于它的次要学科领域。"① 当然，我们不难发现她的这番激进的论断也不无几分道理。从事比较文学研究必然跨越国别文学和语言的界限，推而广之也必然跨越文化的界限，而素来以跨语言和跨文化研究见长的翻译研究则恰恰可以弥补这一缺憾。近几年来，在全球化的大背景下，巴斯奈特又将这种文化翻译拓展

---

① Cf. Susan Bassnett, *Comparative Literature: A Critical Introduction*, Oxford UK & Cambridge USA: Blackwell, 1993, pp. 160–161.

到了整个传播媒介,她目前主持的一个大型国际合作项目就是"全球传媒研究"(Global Media Studies),在这之下翻译研究只不过是其中的一个子项目。因此,我们不难看出,巴斯奈特在消解传统的比较文学学科的同时,又以翻译这一手段对之进行了重新建构。而作为一位思想家和理论家的斯皮瓦克,其勃勃雄心则远远大于此,因而在圈内产生的影响也就大大地超过了人们的预料。

最近几年,由于文化研究对比较文学领地的"侵犯",不少原先的比较文学研究中心同时也从事包括传媒和电影在内的大众文化研究。我们如果考察一下美国比较文学界的状况,就不难看出一个独特的但又具有悖论意味的景观:一方面是有众多的文学和文化学者称自己所从事的是比较文学研究,但另一方面则是加入比较文学学会的学者并不多,其原因在于,美国的比较文学学界内部仍有着"欧洲中心主义"的阴影,他们仍强调比较文学学者应具备的语言技能和多语种文学和多学科的广博知识。一些大师级的理论家兼比较文学学者,如弗雷德里克·詹姆逊、J. 希利斯·米勒以及斯皮瓦克本人等,都掌握了多种语言,其著述大都涉猎多门学科:詹姆逊的行文风格至今仍被不少人认为受到德国启蒙哲学的影响,而他本人则曾经长期在耶鲁大学担任法文和比较文学教授;米勒曾经是现象学批评日内瓦学派的重要人物,他对法国思想大师的理解基于他对原文的细读。最近几年来,由于他频繁来中国访问讲学,对中国文学也发生了浓厚的兴趣。他多次宣称,如果自己再年轻二十岁,一定要从学习中国语言开始。至于后殖民理论大师斯皮瓦克则更是有着得天独厚的多种语言文化之优势,她除了十分精通英法两种比较文学学者必须掌握的语言外,还精通德文,此外,光是她所拥有的印度的几种语言之优势就使她完全有资格从事东西方文学的比较研究。但她仍不满足于此,自 21 世纪初始,她一直以一个普通学生的身份在哥伦比亚大学东亚系中文部听课,尽可能地参加所有的考试,并试图与中国学者进行直接的交流。因而与这几位大师相比,不少本来想从事比较文学研究的国别文学研究者不禁望而却步,迟迟不敢进入这一神圣的殿堂。由此可见,在美国的大学,比较文学学科实际上包括了英语文学以外的其他语种的文学,因而从事比较文学研究者也都必须具备一个基本的素质:至少掌握(除英语之外的)一门或一门以上的外语和外国文学知识。即使是在一些英美大学,外国文学课的讲授往往是通过英文翻译进行的。但由于目前的"全球英语"(Global Englishes)之多元发展走向，使得不同的"英语"之间的差别越来越大，因此不同的教授用带有不同音调和乡音的"英语"讲授比较文学和世界文学课，实际上也在进行一种基于文化翻译的比较。

其次，就是比较文学与世界文学的关系问题。比较文学与世界文学的密切关系是早已存在的。众所周知，在马克思和恩格斯合著的《共产党宣言》中，两位作者在描绘了资本的全球性扩张和渗透后稍微涉及了一点点文化知识的生产，也即许多种民族的和地方的文学的互相交流便形成了一种世界的文学。当然这里所提及的世界文学范围相当广泛，涉及所有的精神文化的生产，但其要旨在于，各民族文学的相互交流是不可抗拒的，因而由此形成了一种世界的文学。当然马克思和恩格斯在这里提到的世界文学，主要是受到歌德当年关于世界文学构想的启迪，因而提出这样一种理想化的未来文学发展的前景，绝非意味着世界上只有一种语言写作的文学，更是与当今有人鼓吹的"趋同性的"文化全球化相去甚远。可以说，马恩在这里提出的世界文学实际上就是比较文学的早期阶段。它要求从事比较文学研究的学者必须具备一种世界的眼光，只有把自己的国别和民族文学放在一个广阔的世界文学大背景下才能对特定的国别/民族文学提出实事求是的评价。所谓"越是民族的就越是世界的"这种说法既对又不对：对的地方在于，只有具有鲜明民族特色的精神文化产品才能受到国际同行的瞩目，只有那些仅仅产生于特定民族土壤的东西才有可能在一个世界性和全球性的语境下显示出其独特性；但反之，如果我们的流通手段不畅通的话，世界是无法了解你的，怎么又能发现你的独特之处呢？因此，我认为，即使是那些具有鲜明民族特征的东西也应该放在一个广阔的世界语境下来估价才能确定其独特的新颖之处。而比较文学研究恰恰就是要把本民族的东西放在世界的大平台上来检验、来估价，这样才能得出客观公允的结论。对于中国的比较文学学者来说，即使是在大学的中文系讲授世界文学课，也至少应该具有自己在某一国别文学研究中的较高造诣和较为全面的知识，通过用原文直接阅读那种文学的文本给学生带来一些新鲜的知识，此外也通过阅读原文撰写的理论著作和期刊论文，向学生通报学术界对某一专题的研究现状和最新进展。因此，从事世界文学教学和研究，并非是要排除国别文学研究，倒是恰恰相反，只有具有某一国别文学研究的广博知识和深厚造诣的人才有资格进行世界文学的教学和研究。

因此在我看来，比较文学的最高境界应当是世界文学阶段，也即评价一个民族/国别的文学成就应将其置于世界文学的大背景之下才能取得绝对意义上的公正。从这个意义上来说，斯皮瓦克所说的那种为比较而比较的牵强比附式的"比较文学"确实应该死亡，而一种新的融入了文化研究和世界文学成分的比较文学学科就在这其中获得再生。对此，本书有两章专门讨论比较文学在中国的历程和发展方向以及世界文学的历史演变。

语像时代的来临和文学批评的图像转折

随着全球化时代精英文学市场的日益萎缩和大众文化的崛起，人们的视觉审美标准也发生了变化：由专注文字文本的阅读逐渐转向专注视觉文本的观赏和阅读，在这方面，作为后工业社会的一个必然产物的后现代美学在文学艺术上的一个重要标志就是语像时代的来临。[①] 人们不禁要问，何谓"语像时代"？它和文字时代有何本质的不同？这方面，美国的图像研究专家米切尔有着精辟的解释：

> 对于任何怀疑图像理论之需要的人，我只想提请他们思考一下这样一个常识性的概念，即我们生活在一个图像文化的时代，一个景象的社会，一个外观和影像的世界。我们被图画所包围；我们有诸多关于图像的理论，但这似乎对我们没什么用处。[②]

当然，米切尔提出这一问题时正是1994年，文字文本的力量还很强，人们似乎并未注意到一个全新的语像时代即将伴随着全球化的进程而到来，但此时此刻，当这一时代已逼近我们时，我们首先便会想到近几年在西方和中国兴起的摄影文学文体（photographical genre）：这实际上也是一种典型的跨越多种艺术界限、多门学科甚至跨越时空界限的综合艺术。它在全球化时代的勃兴实际上预示着一种新的文体的诞生：摄影文学文体。由于这种文体同时兼有图像和文字表达的特征，我在本书中将其称为"语像写作"（iconographical writing），以区别于传统的摄影文学写作，因为在后者的

---

① 关于语像批评的理论性阐述，参阅拙作《文学形式的转向：语象批评的来临》，载《山花》，2004年第4期。

② Cf. W.J.T.Mitchell, *Picture Theory*, Chicago and London: The University of Chicago Press, 1994, "Introduction", pp. 5–6.

以文字表达为中心的文本中，图像仅作为附加的插图形式，而在语像写作中，图像则在某种程度上占据了文本的主导地位和意义的中心。毫无疑问，语像写作所具有的后现代特征是十分明显的。

诚然，我们不得不承认，早期的后现代主义艺术具有其无可置疑的先锋性，但另一方面它又常常表现为怀旧的特征，在某种程度上甚至具有一种返回原始的倾向。将这种二重性用于解释语像写作的特征倒是比较恰当的。不少人认为，以图像为主要媒介的语像写作实际上是一种复合的文学艺术，也即综合了各种高科技手段的照相技术——尤其是后现代时代的数码相机的日趋数字化潮流——和人类固有的本真的审美理想，以真实、审美地记录自然的照相术和有着多重意义张力的文字之魅力的结合创造了一个"第二自然"。这也就类似所谓的"照相现实主义"（photographical realism）对自然本真状态的崇拜和对原始图像的复归。因此作为一种越界的文体的语像写作就有着不同于其他写作文体的三大特点：依赖图像、崇尚技术和诉诸解释。

语像写作的第一个特点体现在，它依赖图像无疑是有史以来人们欣赏艺术的习惯。语像写作的第二个特点则体现在，它崇尚现代科学技术，因为这一新的文体不同于其他文体的特点恰在于，它的文字部分只能起到画龙点睛的辅助作用，或作为一种必要的补充性说明，并不能取代文学作品对自然的细腻描绘和对人物心理的刻画。语像写作的第三个特点在于诉诸解释，这具体体现在这种文本的图像往往是高度浓缩的，一幅静态的画面实际上蕴涵着几十幅甚至上百幅动态画面的意韵，而充当注脚的文字性说明也不可能一览无余地对之作详细的描述，它的画龙点睛效果只能起到一种导读的作用，对深层意义的理解完全取决于读者—观赏者的能动性解读。因此在上述语像写作的三个特点来看，我们完全可以这样认为，语像写作的崛起并非意味着文字写作的终结，而是对后者的审美意义的高度凝练和提升，但应该指出的是，即使语像写作达到了其发达的阶段，它仍不能取代后者的存在意义和价值。

语像写作作为后现代社会的一个独特产物，它的崛起也和网络写作一样在很大程度上取决于后工业社会的信息和电子技术的发展。在一个硕大无垠的网络世界，人们完全可以在虚拟的赛伯空间尽情地发挥自己的艺术想象力和丰富的文字表现力，编织出一个又一个能够打动人的故事。当然，网络文学中精芜并存，其中大部分作品作为一次性消费的"快餐文化"很快将被历史淘汰而成为文化垃圾，但我们不可否认，这其中的少数精品也完全有可能会随着时间的推移而逐步被人们发现其价值，最终也将跻身经典的行列。此外，网络文学也可以借助于网络的无限空间和快速普及之优势使得一大批备受冷落的精英文学艺术作品走向大众，从而产生一定的影响。这样看来，网络写作实际上也有着"越过边界—填平鸿沟"的作用。那么以图像为主要表现媒介的语像写作又是如何"越过边界—填平鸿沟"的呢？我认为我们在从事语像批评时，又可以看出语像写作的另三个主要特征：（1）语像写作的主要表达媒介是影像而非文字，这样便赋予这些有着众多色彩的画面以生动的故事性或叙事性，同时也给读者—阐释者留下了广阔的想象空间。（2）语像写作的精美画面显然依赖于后现代社会的高科技和数字化程度，它使得艺术对自然的模仿仿佛又回到了人类的原初阶段：这些画面既更加贴近自然的本来面目，同时也是艺术家带有审美意识进行精心加工的结果，这样便越过了自然与艺术之间的界限，使得描写自然、模仿自然在当今这个后现代社会成了艺术家的神圣职责。（3）语像写作缩小了读者与作者之间的距离，使得读者同时与作者—摄影师以及语像文本在同一个平台进行交流和对话，读者的期待视野越是广阔，他／她所能发掘出的文本意义就越是丰富。由此可见，语像写作丝毫没有贬低读者的作用，相反地正是弘扬了读者的能动和阐释作用，文本意义的最终完成主要依赖于读者以及读者与作者和文本的交流和对话。正是这种多元的交流和对话造成了文本意义的多元解释。

毫无疑问，语像写作的崛起客观上也为语像批评的异军突起奠定了基础，也即如米切尔所指出的当代文化理论中的一种"媒介理论"转向，[①] 它为"后理论时代"的理论风云无疑将增添一道亮丽的风景线。自从结构主义叙述学衰落以来，对语像写作和语像批评的研究也引起了当代叙事理论研究者的重视。关于叙事理论研究的发展走向比较复杂，涉及的理论和学科也更多，对此笔者将另文专论。

以上仅粗略地勾勒了"后理论时代"西方人文学科（主要是文学和文化研究领域）的几种主要的理论思潮及其历史演变。由于这几种主要的理

---

① 关于媒介理论及其功能，参阅 W.J.T.Mitchell, "Medium Theory: Preface to the 2003 Critical Inquiry Symposium," *Critical Inquiry*, Vol. 30, No. 2（Winter 2004）, pp. 324–335.

论思潮都在中国的文学和文化研究中有所反应，并受到学者们的热烈讨论，因此本书在接下来的各章中将对之进行进一步的深入探讨。我在这里仅想指出的是，"后理论时代"的来临决不意味着理论的终结，而是从另一个方面对理论的"无所不在性"进行了必要的限制，使之既不可能无限制地用于解释一切现象，同时又必须有效地用于解释当今的所有文学和文化现象。因此，理论的功能必须转变，理论的"普适性"也应当得到限制：它确实来自西方，并且成为东西方学者共同使用的工具，但它在用于非西方语境时则必须经历某种"本土化"的异变，这也许是理论之所以有价值的一个重要原因之所在吧。最后，"后理论时代"的来临打破了西方中心主义一统天下的局面，为东方，或更具体地说，为中国的文化理论工作者建构自己的理论话语并将其输出到国际学术理论界提供了一个可与国际同行进行切磋和对话的平台。可以说，本书正是在今后这方面所要做的一系列努力所迈出的第一步。

"后理论时代"西方文论的有效性和出路

　　2003 年，英国文论家特里·伊格尔顿出版了一部颇有争议的专著《理论之后》(*After Theory*)，为已经在西方学界响起的"理论之死"的声音进一步推波助澜。确实，按照伊格尔顿的看法，文学和文化理论的"黄金时代"已经成为过去，未来的文学理论将返回前历史时期的天真烂漫状态。他的这种看法毫无疑问在西方文论界引起了很大的争议。但是令人感到吃惊的是，伊格尔顿 20 世纪 80 年代以其《文学理论导论》一书蜚声世界文论界，而此时他却用了一个更为宽泛的术语"文化理论"来描述当今西方文论的态势。人们不禁问道，文学理论是否真的已经消亡？它究竟还有无出路？如果理论已经处于穷途末路之境地的话，我们还有什么理由去从事理论研究呢？如果理论尚有出路的话，那么它的出路究竟何在？这是许多西方从事文学理论研究的学者所共同关心的问题。他们也和我本人一样，不愿看到理论的终结，试图在各种场合为之指明出路。我作为一位同时从事中国和西方文学理论研究并同时在中文和英文世界著述的中国学者，也在不同的场合作出了自己的回应。[①]我认为，文学理论，或曰文化理论，既然是一种人文学术话语的建构，那么它就有一定的相对性，也即它也许在用于彼时彼地的文学现象的阐释时是有效的，而用于阐释另一文化语境中的文学现象就有可能发生某种形式的变异，其有效性则会大打折扣甚或荡然失却。当前，文学理论在西方之所以处于衰落状态，其中一个重要的原因就在于，一些掌握理论话语的人把理论的重要性看得过高，认为理论可以君临一切，并解决一切问题。他们似乎忘记了，来自文学和文化实践的

---

　　① Cf. W.J.T.Mitchell and Wang Ning, "The Ends of Theory: The Beijing Symposium on Critical Inquiry", *Critical Inquiry*, Vol. 31. No. 2（Winter 2005）：265–270.

理论充其量只应该在解释文学现象时才有效，或者进一步说，解释稍微宽泛一点的文化现象也能奏效，但是一旦越过这个雷池，它的有效性就会丧失。但无论如何，笔者也不同意"理论死亡"的说法，因为在我看来，文学或文化理论在西方式微后已经进入一个"后理论时代"。就这个话题，我已经发表了大量著述，此处无须赘言。[①] 本章将通过三个例子来说明，西方文学或文化理论如何在其他国度，包括在中国旅行、应用和语境化并且发生变异的，因而它势必与当地的文化语境相碰撞和交融，最终产生出的一种形式已经不再是它本来的那种"本真"形式，而是一种受到"语境化"（contextualized）的变体。这样它就有可能取得一定的相对有效性。

精神分析学及其在中国的变体

精神分析学曾经在西方和中国的文学理论批评界都产生了持久的影响，而且这种影响现在依然存在，那么我们首先来看看这一批评理论的相对有效性及其在中国的变形。笔者在讨论张江关于"强制性阐释"的观点时，曾以当年弗洛伊德精神分析学的崛起和衰落证明，一种理论的提出一定有某种特定的语境，它之所以能被众多的批评家所采用，就说明它至少有一定的有效性，但是一旦越过这一语境，它的有效性就有可能失去或受到限制，此处毋庸赘言。[②] 我这里只想指出，弗洛伊德当年之所以提出他的精神分析学说，其目的在于通过临床实验的结果来进一步划分人的心理结构的不同层面：意识（Bewußtsein）、无意识（Unbewußte）和前意识（Vorbewußten）。应该承认，经过心理科学家们的多年研究，弗洛伊德的这个得自临床经验的心理结格划分被证明有一定的道理，因而弗洛伊德本

---

① 关于"后理论"问题，笔者在国内已经发表了多篇论文，并出版了一部专著。这方面可以参阅拙著：《"后理论时代"的文学与文化研究》，北京：北京大学出版社，2009 年版；以及论文：《"后理论时代"的文化理论》，《文景》，2005 年第 3 期；《"后理论时代"西方理论思潮的走向》，《外国文学》，2005 年第 3 期；《穿越"理论"之间："后理论时代"的理论思潮和文化建构》，台湾《中央大学人文学报》，第 32 期（2007 年 10 月）；《"后理论时代"中国文论的国际化走向和理论建构》，《北京大学学报》，2010 年第 2 期；《再论"后理论时代"的西方文论态势及走向》，《学术月刊》2013 年第 5 期；《"后理论时代"的理论风云：走向后人文主义》，《文艺理论研究》，2013 年第 6 期；以及《"后理论时代"中国文论的国际化》，《中国高校社会科学》，2015 年第 1 期。

② 参阅王宁，《关于"强制阐释"与"过度阐释"——答张江先生》，《文艺研究》，2015 年第 1 期，第 52—53 页。

人也几经周折最终确立了自己在现代心理学界的重要地位。我们可以从弗洛伊德的著述中看到，他在这里并没有使用潜意识（Unterbewußtsein）这个词。在他看来，介于意识和无意识之间的是一种"前意识"，它有可能滑入无意识的深井之中，也有可能转化为意识。那么为什么在中文的语境下会出现"潜意识"这个词的呢？这就是翻译所带来的变异。当代翻译研究理论家安德列·勒菲弗尔（André Lefevere）认为，翻译是一种改写形式，译者不管出于什么目的，都完全有可能根据自己的需要对原作进行符合自己意愿的改写。越是具有主体意识和独特风格的译者对之的"强制性翻译"就越是明显。因此人们长期以来对翻译者的一个看法便可用一句意大利语中的格言来概括：翻译者，背叛者也（Traduttore，traditore）。但是对于自己也从事多种语言的翻译实践的勒菲弗尔来说，这种背叛行为首先是不得已而为之的，因此，他为之辩护道，"永远地消除那句格言吧，翻译者不得不成为背叛者，但是在大多数场合下，他们本人却不知道这一点，而且在几乎所有的时候，他们别无选择，只要他们还留在自己生来就驻足或后来移入的那一文化的疆域里就无法不这样做，因此，只要他们试图去影响那种文化的演进，他们也无法不这样做，因为这是他们想做的极具逻辑性的事情。"[1] 勒菲弗尔并不反对忠实于原作，但他清醒地认识到，对于译者来说，既然已经不得已而走上了这条"背叛"之路，那就要把这项"背叛"工作做得更好，也即尽可能少地背离原文，或者说尽可能再现原文的精神和风格。但是具有悖论意味的恰恰在于，一位真正具有主体意识的译者是不甘心屈尊于原作的，他总是试图以各种方式彰显自己的语言个性和表达风格，因此在翻译实践中，他就不得不扮演一个对原作进行改写的"叛逆者"之角色，这一点尤其体现在文学和理论的翻译中。弗洛伊德的"无意识"说在美学家朱光潜那里被译成"隐意识"，而在心理学家高觉敷那里则被译成"潜意识"。这两位学者对弗洛伊德的理论都有着精深的研究，但并非全盘接受，而是带有某种形式的批判性扬弃。[2] 当然，他们对弗洛伊德的精神分析理论的翻译主要是据英文译本进行的第二次翻

---

[1]　André Lefevere, *Translation*, *Rewriting and the Manipulation of Literary Fame*, London and New York: Routledge, 1992, p. 13.

[2]　关于朱光潜和高觉敷对弗洛伊德的理论进入中国所做出的贡献，可参阅我的长篇英文论文，"Freudianism and Twentieth-century Chinese Literature," in Tao Jiang and Philip J. Ivanhoe eds., *The Reception and Rendition of Freud in China*, London and New York: Routledge, 2013, pp. 3–23.

译,也许朱光潜参照了德文原文和法文译本。尽管无意识这个术语的英译是"unconscious",但他们根据自己的理解依然将其译为"隐意识"或"潜意识",这就带有他们自己的理解和重构。由于高觉敷在中国当代心理学界的权威性,后来的中国心理学家便将"潜意识"这个术语一直沿用至今。这也说明了上述两位学者与弗洛伊德的理论的分歧,他们通过翻译对之进行了改写和重构。实际上,理论的翻译和变异即使在德国和法国的理论译成英文后也比比皆是,但关键是这种变异是否能带来一种新的东西。如果能带来一种新的理论或批评方法,那就是值得的,也即我们经常所称的"创造性背叛"。对此,解构主义批评家希利斯·米勒有着较为令人信服的看法。

米勒在一篇题为《越过边界:翻译理论》(Border Crossings: Translating Theory,1993)的演讲中强调指出,理论在从一个国家旅行到另一个国家、从一个时代流传到另一个时代、从一种语言文化语境被传送到另一种语言文化语境时会发生变异,造成这种变异的一个重要因素是什么呢? 无疑是翻译。但是在他看来,理论经过翻译的中介之后有可能失去其原来的内在精神,但也有可能产生一个"新的开始"。因此他以提问的方式指出:

> 当一部理论著作从一种语言被译成另一种语言或从一种文化被传载到另一种文化并在那里产生影响时,将会出现什么样的情况? 诗歌和小说中的场景描写起到什么样的作用? 这些描写是如何给读者一种伦理的要求,或迫使他/她具有伦理道德上的义务的? 在何种意义上文学作品可以被说成是为读者或读者群体提供了新的开始? 正如人们可以轻易见到的,这四者是密切相关的,因此便成了这个问题的四种形式:文学或理论不仅仅反映或描述其读者的文化,它们又是如何在那种文化中繁衍、并产生新的东西的? ①

在米勒看来,理论通常是不可译的,但是如果通过翻译的中介能够带来某种新的东西,这种不可译也可以转化为可译,但前提是在转化的过程中有可能出现变异。尽管根据学者们的研究,在弗洛伊德所使用的术语中,

---

① J.Hillis Miller, *New Starts: Performative Topographies in Literature and Criticism*, Taipei: Academia Sinica, 1993, "Foreword", p. vii. 对米勒的翻译观的阐释,还可参考宁一中的文章《米勒论文学理论的翻译》,《外语与外语教学》1999 年第 5 期,第 37—39 页。

很少出现潜意识这个词，但是由于翻译的原因，在中文语境中却经常出现这个术语，而且使用者常常将其加在弗洛伊德的头上，这显然是一种误读和有意识的变异。当然，如果我们再将其翻译成欧洲的语言，我们就会发现这并不是弗洛伊德的德文原文中所使用的术语，而更是法国的精神分析学先驱让-马丁·沙可（Jean-Martin Charcot 1825—1893）的建构。实际上，在中文语境下，"潜意识"这个词不仅为批评家所使用，而且也经常为作家所使用，这样，便使得弗洛伊德的理论在中国发生了变形。但是这样的一种变异既然带来了新的意义，就证明了它的相对有效性。具有讽刺意味的恰恰在于，这种有效性的变化也发生在弗洛伊德本人身上。我们都知道，弗洛伊德早年提出的人格结构说在很大程度上基于他的临床治疗经验。在他看来，人的心理结构组成就像一座冰山，露出水面的只是一小部分的意识，而隐藏在水下的绝大部分则属于无意识，而介于这二者之间就是一种前意识。应该承认，他的这种二分法由于主要得自临床实验，因而可以通过谈话疗法对患者进行精神分析来证明其有效性。后来，弗洛伊德成了名，他便不再满足自己的理论仅仅在精神分析学领域内所产生的有效性，他试图使之成为解释人类所有精神文化现象的一种放之四海而皆准的普适性理论。尤其是他在为一部百科全书撰写"精神分析"这个条目时，修改了早先的人格心理二分法，将其修正为"本我"、"自我"和"超我"三分法，这样就使得他的假说更具有哲学性而失去了其原有的科学性，因而引起的争议和批评就不足为奇了。当然，一种理论概念的提出能够引起讨论和争议至少也说明这种理论本身所具有的批评价值。

平心而论，在西方的语境下，弗洛伊德的理论用于与精神分析学相通或受其影响的作家的作品的阐释确实有一定的有效性，例如用于分析劳伦斯的《儿子与情人》、卡夫卡的《审判》、乔伊斯的《尤利西斯》以及托马斯·曼的《魔山》就有一定的效果。但是有的精神分析学派批评家将弗洛伊德的理论滥用于所有作家的人格分析，就会显得牵强附会。有鉴于此，后来的法国精神分析学家雅克·拉康便从结构主义和后结构主义的角度对传统的精神分析学作了修正和创造性阐述。拉康的一个着重点就是强调其语言的中介作用，他认为，传统的精神分析学用于文学批评之所以会失去有效性就在于它缺少语言的中介。拉康在重视语言中介作用的同时，也强调了主体的作用，因此他的新精神分析学便把作者的精神分析转向文本的精神分析，这样便为批评家提供了一个崭新的"主体"理论。诚然，拉康在重新阐释弗洛伊德的理论时，也作了翻译，只是他的翻译是从德语到法语，在我们看来似乎变化不大，但在西方学界已经是一种革命性的变化了。至少说明弗洛伊德的理论在法语世界被"语境化"了。按照精神分析学研究者的概括，从传统的弗洛伊德精神分析学过渡到拉康的新精神分析学，在文学批评中实际上就是从作者无意识向文本无意识的转变，因为在拉康看来，"无意识也像语言一样是有结构的"。[①] 而作为读者—阐释者，批评家有权从文本出发对隐于文本表面的深层意义进行阐释，而无须涉及作者本人。因为作者无意识与文本无意识有时并不是一回事。

精神分析学在许多人眼里几乎与弗洛伊德的名字紧密联系在一起，确实，如果纯粹从精神分析学本身来看的话确实如此，但是若将其推广到精神分析学以外的学科领域，那就是另一回事了。尤其是当我们说到各种文学的精神分析批评（psychoanalytic criticism）时，那就已经远离了弗洛伊德本人的初衷。美国文化批评家莱昂内尔·特里林曾这样描绘弗洛伊德与文学的关系：弗洛伊德影响文学，但弗洛伊德首先受到文学的影响。确实，弗洛伊德最喜爱的文学作品包括古希腊悲剧、莎士比亚、歌德的作品以及19世纪的浪漫主义诗歌。在这些古典文学名著的熏陶和影响下，他自觉地对文学进行了接受，并逐渐通过欣赏、归纳和概括等方式，零零散散地提出了一些闪烁着文学理论思想的见解，其中有些观点至今仍对文学创作和理论批评有着启迪和指导意义。他的这些文学观点概括起来大致表现在这六个方面：1.作为文学创作动因的"力比多说"；2.用来概括文学创作活动和过程的无意识或自由联想说；3.塑造人物形象的"升华说"；4.作为文学创作和理论批评主题的"俄狄浦斯情结说"；5.作为文学的"游戏说"之翻版的文学创作与白日梦的关系；6.文学艺术家与精神病症状，等等。但实际上，后来的精神分析学批评家只是各取所需地主要将其"俄狄浦斯情结说"和"力比多说"用于文学和文化批评。这就导致了本来仅仅属于一家之说的弗洛伊德的文学观演变成了一种具有普适意义的精神分析学批评。那些精神分析学批评家拿起精神分析的武器到处在作品中寻找与"情结"和"力比多"有关的象征物，甚至从作品推衍到其作者的"无意识"动机，这样就暴露了其牵强性和无效性。而在用于中国的文学作品阐释时，

① Elizabeth Wright, *Psychoanalytic Criticism: Theory in Practice*, London and New York: Routledge, 1984, p. 114.

如果该作品的写作确实受到精神分析学的影响，如曹禺的《雷雨》、新感觉派的小说、徐小斌的《对一个精神病患者的调查》、刘恒的《伏羲伏羲》等，那么这种分析和阐释便具有一定的有效性，[①] 但即使如此，在用精神分析学理论分析上面这些作品时也经历了某种形式的语境化。也即要严格区分作者无意识与文本无意识，这样就能发掘出隐于文本深处、甚至连原作者在创作时也未曾意识到的文本无意识因素，并使人信服。因此，我们可以说，如果将精神分析学理论用于其他仅仅具有一些精神分析因子的作品的话，那么我们就要首先将其语境化后仅仅用于作品本身的分析才能使其显示出一定的有效性，否则其自身的谬误就会暴露无遗。如果不分青红皂白地硬是将西方某种在特定的情形下有一定效果的理论用于所有中国文学现象的阐释，就会出现"强制性的阐释"，其有效性就会变成无效。这一点正是我们在将西方文学理论用于中国文学阐释时应该克服的。

从生态批评到生态美学的理论建构

现在我们再来看看在当今的西方和中国都十分风行的生态文学批评是如何在中国被语境化并与中国的生态理论资源相结合的。由于现代性给人类带来了一系列后果，尤其是我们所生活在其中的生态环境变得愈加恶劣，谈论生态问题在今天的西方和中国都成为一种时髦，不仅是环境研究学者和环境保护主义者大谈生态问题，更有广大的人文学者介入其中，当然也包括许多作家和生态文学批评家。作为作家和批评家，他们对生态环境的恶化格外敏感，于是他们便积极地在各种场合发表自己的见解，呼吁人们重视生态环境的保护，文学的生态批评便在这种情况下应运而生，并很快地得到了长足的发展。

生态批评家在自己的文学阅读和批评实践中，从生态环境的角度发掘出文学作品的深层含义，建构了一种生态写作和批评话语，这无疑为繁荣当代文学批评有着积极的意义。但实际上，生态批评界也有着目标截然不同的两类人。一部分人作为环境保护主义者，他们试图通过生态批评来表达对环境恶化现状的关注和焦虑，他们所主要关注的并不是文学的生态写

---

① 这方面可参阅笔者的专题研究文集《文学与精神分析学》中的两篇文章:《〈雷雨〉中的弗洛伊德主义因素》(172—187页) 和《中国当代文学中的弗洛伊德主义变体》(208—226页)，北京: 人民文学出版社, 2002 年版。

作和理论批评，而更在于环境和生态状况本身。也许文学只是他们信手拈来的一个工具，通过对文学作品的阅读和阐释来表明他们对生态环境保护的态度。尽管他们也知道，自己的声音还很微弱，并不能影响到决策者的决定，但至少可以据此给决策者提出一些必要的警示，使这些掌握权力的人们在做出重大决策之前广泛听取各方面的意见并考虑到可能产生的各种后果。这也许是这部分生态主义者的初衷，因此严格说来，这部分人并不能算作是真正的生态（文学）批评家，而是广义的生态主义者或生态批评家。他们的兴趣并不在于文学理论的建构，而更在于行动和实践。而另一部分人则是文学研究者和批评家，他们在各种纷繁的文学批评理论中发现了生态问题的缺席，因此试图从生态批评的理论视角出发来解读文学作品中表现出的生态环境主题，通过对文学作品的细致阅读和分析发掘出其中的生态含义，以弥补以往的"生态缺席"之遗憾，从而丰富文学的阅读和分析。我认为这部分人的批评实践仍然是指向文学的，他们仅仅是批评视角来自生态，所阅读的文本则仍是文学文本，最后的结论也是为了丰富文学文本的意义，因此他们可以被称作文学的生态批评家和研究者。因为我们都知道，在文学史的各个时期都出现了一大批以生态环境为题材的文学作品，这些作品的出现使得人与自然这个话题成为所有时代的文学都取之不尽、用之不竭的一个永恒的主题，同时也为生态批评家和研究者提供了大量的文学文本。因此这些批评家便以生态批评作为理论视角，通过对这些以生态环境为题材的作品的解读来发掘文学作品所内含的生态学意义。应该说，他们的批评实践为当代文学批评开辟了一个新方向，对长期以来的文学中业已形成的某种"人类中心主义"思维定式无疑是一个反拨，此外对文学批评的多元发展方向也是一个拓展。目前生态批评无论在西方还是在中国都方兴未艾，并与动物研究以及后人文主义批评形成了新一波生态批评热。但中国的生态批评却经历了这样几个阶段：从西方引进概念和将其语境化，然后从自身的生态理论资源中提炼出特定的理论批评范畴，最终从中国的视角出发建构出自己的生态美学和批评理论。

也许西方学者会问道，生态批评在当代中国颇有影响是不是与中国的生态环境恶劣有关？我的回答是既有关也不一定有关。与之有关的地方是，确实，由于中国在近三十年的经济大发展中没有同时注意到保护我们所生存的环境，因而我们所生活在其中的环境出现了一系列严重的问题，例如城市的无限制膨胀，空气的污染，水质的变化，汽车工业的过快发展，人文景观的破坏，等等。这一切均引起人们的关注和不安，作为作家和文学批评家，他们对此异常敏感，因此不断地在各种场合呼吁净化我们的生态环境，并通过生态批评来唤醒人们的生态环境保护意识，并为政府的决策提供一些参考意见。不可否认，生态批评（ecocriticism）这一理论概念确实是从西方引进到中国的，而且是非常及时和颇为有效的。其原因恰在于中国当代文学批评界需要这样一种生态批评，因此它一进入中国就立即受到中国学者和批评家的接受和推广。就这一点而言，生态批评在中国的兴起与中国社会的环境恶化确实有关。但是与环境恶劣无关的另一点则体现在，在现代化大计实施之前的几千年前，中国古代哲学思想中就已经蕴含了丰富的生态哲学和生态批评的理论资源，而那时的环境却是很好的，根本就没有任何污染，甚至自然都没有被人化。那么为什么中国文学中会出现一些描写人与自然的作品呢？这就需要我们从中国文化的本土资源中去加以发掘。因此在当今时代，当西方的生态批评被译介到中国时，一些有着深厚中国古典文学和文论造诣的学者很快便看出，来自西方的生态批评理论与中国古代的老庄哲学中的生态主义资源有着很多相通的地方，同时也与儒家的"天人合一"的理念相吻合。因此他们一方面将来自西方的生态批评理论语境化，另一方面则从中国的生态文学和哲学视角出发，创造性地建构出一种可与西方生态批评对话的生态美学和生态伦理学，[①] 从而使得生态批评由一种在西方世界被认为是"运动"并缺乏理论和方法论的批评学派在中国却成了一种有着清晰的方法论和问题导向的文学批评理论。但是令人遗憾的是，由于翻译的缺席，中国的这些生态美学和批评理论研究者的著述并未引起国际生态批评学界的应有关注和重视，而中国学界和翻译界在这方面的推介也不力。我认为，既然中国古代的生态哲学思想通过翻译的中介曾经影响了爱默生和梭罗这些美国生态批评的先驱者，同样，只要我们有力地加以推介，当代中国的生态美学思想也完全可能从中国走向世界，并对西方世界的生态批评产生一定的影响和启迪。在这方面翻译

---

① 这方面尤其可参照我最近为国际英文刊物 *ISIE* 编辑的主题专辑：*Global in the Local*: *Ecocriticism in China*, in *ISLE*: *Interdisciplinary Studies in Literature and Environment*（Autumn 2014）21（4）。另外，在中文的语境下，鲁枢元的《生态批评的空间》（上海：华东师范大学出版社，2006年版）和《陶渊明的幽灵》（上海：上海文艺出版社，2012年版）以及曾繁仁的《生态美学导论》（北京：商务印书馆，2010年版）堪称代表性著作，但是由于翻译的缺席，这些著述却鲜为西方乃至国际同行所知。

和语境化是必不可少的因素。生态批评虽然在中国当代文学批评界方兴未艾，但它也会经历一种双向的旅行：一方面从西方旅行到中国，从而为生态批评在中国的兴起推波助澜，另一方面则从东方旅行到西方，最终为一种具有普适意义的生态文学批评提供中国的模式和理论方法。在这方面，中国的生态批评家确实任重而道远。

走出英语中心主义的文化研究

最后我们再来看看文化研究的语境化以及中国学者的创造性建构。众所周知，文化研究是英语世界的一个产物，或者更确切地说，是英语文学研究界的一个产物，因此它长期以来所形成的一种英语中心主义的思维定式也不足为奇。确实，文化研究早先作为一个反学科建制和反理论的跨学科研究领域，在英语世界有着很大的影响。尽管文化研究的理论资源大多来自欧陆，但经过在英语世界的语境化以及英国学者的创造性建构之后，逐步形成了自己的特色，因此很快便在英语人文社会科学界取得了长足的发展。自 20 世纪 90 年代初文化研究引入中国以来，在中国的语境下也吸引了众多的推介者和实践者，因而文化研究在中国发展得异常迅速。到了 21 世纪初，中国的文化研究已逐步开始旅行到周边的国家和地区甚至西方世界，并且以其自身的特色引起了西方学者的瞩目。[①] 应该承认，中国的文化研究之所以引起国际同行的瞩目，不仅是因为中国的文化研究确实有自己的独特发展路径和方向，[②] 此外还因为它经历了在中国本土的语境化而显示出其与英语世界的文化研究不同的特色。既然中国的文化研究带有不同于西方的特色，那就必然使西方的乃至国际的同行发生兴趣并引起他们的重视。那么人们不禁要问，这些特色具体体现在哪里呢？我想在这一部分简略地阐述这些特色。在我看来，这些特色具体体现在下面四个方面。

首先，中国的文化研究学者大多数来自文学研究界，这便使得文化研究在中国并不企图与文学研究形成某种对立的态势，而在很大程度上与文

---

① 这方面可参照笔者发表在欧洲科学院院刊《欧洲评论》上的一篇文章："Cultural Studies in China: Towards Closing the Gap between Elite Culture and Popular Culture, " *European Review* 11. 2（May 2003）: 183–191.

② 关于中国的文化研究在英语世界的影响，参阅 Tao Dongfeng and Jin Yuanpu eds., *Cultural Studies in China*, Singapore: Marshall Cavendish Publishing, 2005.

学研究形成一种对话和互补的态势。我们当然也可以说，这种情况也出现在西方学界，尤其是美国学界，在美国的一些大学，比较文学常常与文化研究融为一体。但是在中国的文化研究界，处于领军地位的学者一般都是从事文学理论教学和研究的学者，因此与英语世界的文化研究的"反理论"倾向所不同的是，中国的文化研究学者从一开始就十分重视理论，其中不少人有着深厚的中国和西方文学理论的造诣，还有一些人甚至将文化研究也当作一种来自西方的理论思潮来研究，因而并不存在"反理论"的倾向。既然这些研究者大多来自文学研究界，那么他们本身的深厚文学造诣和文论造诣就促使他们不可能远离严肃文学研究而醉心于通俗文学和大众文化现象的研究。他们从文化研究那里汲取有效的研究视角和方法，用于文学现象的分析，此外，也通过文学作品的分析来对一些社会现象提出分析和批判。再者，他们中的不少人，包括我本人在内，往往对文化研究在西方学界的最新发展走向紧密跟踪，并将其在"后理论时代"的多元发展方向也纳入研究的范围。由于我们有意识地运用文化研究的一些理论概念来分析文学作品，从而实现了文化研究与文学研究的对话和互补。

其次，中国的文化研究学者不仅关注当下的大众文化甚或流行文化，而且试图从审美的角度发现其中的价值和审美特征。这尤其体现于几年前曾在中国学界引起广泛讨论的"日常生活的审美化"这个话题。[①] 这个话题表面看来并没有多少理论的含量，但实际上却涉及一个重要的理论问题：审美是否仅仅存在于形而上的理论象牙塔中还是存在于我们的日常生活中？毫无疑问，精英文学研究者认为审美带有形而上的哲学意义，而同时关注大众文化现象的文化研究者则认为，审美也存在于我们的日常生活中，它无时无刻不在影响着我们的生活和消费观。当然，我们也可以说，19世纪的俄国批评家也曾涉及"美是生活"这个命题，但他们仍是居于形而上的地位进行理论推演，并且无法预示21世纪初后现代社会的状况。而现在这个话题之所以吸引了众多学者的关注，则是因为它与我们的日常生活密切相关。既然日常生活中出现的这些现象展现在我们面前，我们作为文化研究学者，就必须正视这些问题并给予回答。但是从事这一现象研究的学者既不像伯明翰学派那样对这些现象横加批判，也不像有些美国学者那样

---

① 这方面可参阅陶东风，《日常生活的审美化与文艺社会学的重建》，《文艺研究》，2004年第1期，第15—19页；童庆炳，《"日常生活审美化"与文艺学》，《光明日报》，2005年2月3日号。

与之合流，而是以一种亲近的态度与之进行对话和批评性分析，甚至对这种倾向加以必要的引导。在这些学者看来，我们今天所生活的时代早已不是当年伯明翰学派崛起的时代。进入全球化时代的中国经济的飞速发展使得中国较早地进入消费社会，后现代消费社会的各种征兆都可在当今中国觅见，并直接影响了中产阶级和广大青年知识分子的消费观，这些现象的存在必然有一定的道理。另一方面，由于西方理论思潮，现代主义的和后现代主义的，纷至沓来蜂拥进入中国，而中国又在90年代后期融入了全球化的进程，这样客观上便使得精英文学受到严峻的挑战，大众文化和消费文化在中国的崛起使得审美与商业化相联姻，日常生活中出现一些审美化特征也就不足为奇了。在这方面，中国的文化研究者的介入至少可以在精英文化与大众文化之间进行沟通并充当某种协调者的角色，所起到的"后启蒙"作用是显而易见的。

再者，中国的文化研究学者不仅仅沉溺于文化学术的领域来研究各种当代文化现象，他们中的一些人更注重行动和实践，也即注重作为一种文化产业的文化现象的研究，并使之带有产、学、研三位一体的特征。我们当然也可以说，在西方学界也有这样的情况出现，但那毕竟是很少的，而且在西方学界，文化研究学者往往甘愿在学术体制外的边缘处发出批判的声音，以显示其与主流学术体制的对抗，作为一个后果，他们很少得到来自学术体制内的支持和资助。而在中国，文化研究学者则不甘心仅仅在边缘处发出微弱的声音，他们仍试图跻身人文社会科学的主流，不仅在体制外扮演公共知识分子的角色，而且也注重在体制内获得应有的地位，这样他们便能同时从国家层面和学术体制内得到有力的支持和资助，从而就能发挥积极能动的作用。这也许是中国的文化研究学者能够轻易地做成很多事情的一个重要原因。另一个与西方学界所不同的是，文化研究在中国已经有了自己的建制，[①]并纳入了研究生的招生计划，它虽然没有成为一个独立的学科，但至少已经成为学术共同体内的一员，这样就能确保文化研究能够得到长足的可持续发展。

最后，众所周知，文化研究是英语世界的一个产物，因而长期以来有着某种英语中心主义的思维模式，甚至在欧洲其他国家仍受到某种程度的

---

① 在首都师范大学，北京市人民政府甚至投入较大的资金设立了相当于二级学院的文化研究院，并面向全国发布项目招标，给每一位中标者提供资助。这一点在西方学界是不可能做到的。

打压。但是有幸的是，文化研究一旦走出英语中心主义的囚笼，旅行到其他国家，尤其是操持汉语的中国，便迅速得到长足的发展。①尽管海峡两岸暨香港、澳门地区的文化研究学者有着不同的政治倾向和意识形态背景，但他们在文化研究这一公共的平台上走到了一起，并且进行密切地合作和交流，实际上形成了中文语境下的独特的文化研究学派，也即关注东亚地区的跨文化研究的模式。此外，中国的文化研究学者也绝不满足于仅仅在中文的语境下发挥作用，他们还通过各种途径与国际同行保持密切的合作和交流，从而使得来自英语世界的单一的文化研究在中国迅速发展成为一种多语言、多文化背景的跨文化研究。这就是文化研究为什么在中文的语境中有着强大的生命力的原因之一。尽管文化研究在西方学界早已出现了式微的征兆，甚至连一些西方文化研究的领军人物也宣称，"文化研究在西方已经死亡"，但是它在中国却依然方兴未艾，经过我们的共同努力，也许文化研究的未来就在中国。②可以说，在这方面，中国学者的异军突起和走向世界必将对这一国际性的跨学科研究领域的振兴有所作为。

暂时的结论

通过上面对西方文论在中国的接受和变形的分析和讨论，我们至少可以得出暂时的结论：任何一种文学或文化理论，在阐释文学现象时都有着自己的相对有效性，所谓放之四海而皆准的"绝对有效性"是不存在的。如果要想使一种理论在一切语境下都具有有效性，那就应该将其在不同的民族/国家加以语境化，从而使得那种理论永远保持一种开放的姿态拥抱全世界的文学和理论现象，也即通过与其接受者所在的文化的碰撞和对话而实现其语境化。当然作为代价，它完全有可能出现某种形式的变异，甚

---

①　尽管文化研究在西方总是在边缘处发挥作用，但在中国却居于学术主流的位置：在大陆，同时在顶尖学府北京大学和清华大学驻足并吸引了一大批学者；在台湾，文化研究的大本营也一度在新竹清华大学；在香港，虽然文化研究的中心在岭南大学，但这所纯文科的大学对之十分重视，也使得文化研究最早在香港的高校实现建制化。这些因素都使得文化研究在中国得以长足发展并形成自己的特色。

②　我在修改本章的过程中，有幸见到前来中国访问讲学的美国文化研究的领军人物劳伦斯·格罗斯伯格（Lawrence Grossberg），并聆听了他在上海交通大学人文学院所作的一个关于文化研究的讲座，他在讲座中宣称，"文化研究在西方已经死亡，也许未来的希望就在中国"。这无疑是对中国的文化研究学者的一个激励。

至与其本真的含义大相径庭。但是正如米勒所指出的，如果这种变异能够带来一个"新的开始"，那就是值得的。这一点我们完全可以从弗洛伊德的精神分析学在拉康那里发生变异和德里达的解构主义在耶鲁批评家那里发生的变异见出端倪。我们完全可以设想，如果没有英语世界的翻译者的推介和创造性阐释，即使像弗洛伊德和德里达这样的欧洲理论大家也完全有可能和他们的许多德语和法语界同行一样忍受边缘化的境遇。① 而正是通过这种变异和"新的开始"，精神分析学和解构主义才通过英语世界的中介获得了更大的发展空间和有效性。因此，一种理论通过翻译和旅行所发生的变异，有可能从相对有效变成绝对有效，有时这种语境化也可能将那种理论化为本土的理论话语，就如同西方文论的中国化实践一样。我们今天的大学文学理论教科书中就充斥了来自三方面的理论概念和范畴：来自西方的，来自俄苏的和来自中国古代文论的各种资源。通过多年来的博弈和语境化或现代转型，显然，来自西方的文论概念和范畴明显地占了上风，并主导了相当一批当代批评家的想象力和批评话语。这在很大程度上并不能说明西方文论就一定比后两种文论概念高明多少，而恰恰在于它的包容性和在中国得到的语境化，使用者通过将其语境化为中国现代文论的一部分，实现了西方文论的中国化。这种经验应该为我们今天实现中国古代文论的现代化所参照。既然来自异域的理论通过翻译的中介都可以在中国的语境下化为本土的理论资源，为什么同样来自中国的古代文论就不可以实现现代转型呢？可以肯定的是，如果中国古代文论不实现现代转型，就不可能在当代被激活，更无法走向世界进而发挥更为广泛的普适性作用。这一点将随着时间的推移而得到进一步证明。

当然，也许有人会说，中国古代文论的一些概念和范畴是不可译的，如果翻译成英文就会失去很多东西。这确实是事实。但是我们要反过来问，古希腊柏拉图和亚里士多德的理论为什么就可以翻译成世界上数十种语言而成为具有普适意义的理论呢？儒家的一些经典教义为什么能引起世人的广泛关注进而带有相当的普适性和有效性呢？我们今天有谁能证明他们的理论在翻译的过程中丧失了多少东西呢？即使对于今天的希腊人来说，柏拉图和亚里士多德时代的古希腊语也几乎是一门难以读懂的外语，他们在

---

① 我的这一观点已经在我于2015年2月在法国巴黎索邦大学作的演讲"法国理论在中国：萨特、德里达和巴迪欧"所产生的反响得到证实。演讲之后向我提问的各位学者都认为，这三位学者，除了作为作家的萨特外，在法国的影响远不及在美国和中国。

学习古希腊文论时也得依赖现代希腊语译本，更遑论翻译成有着截然不同的文化背景的汉语了。在本章中，笔者通过上述三种理论形态在中国实现语境化后仍然有效便证明了这一点。最后，笔者想指出，理论的"黄金时代"过去之后，我们进入了一个"后理论时代"，在这样一个没有主流的"后理论时代"，各民族/国别的文学理论都处于同一起跑线上，而作为占据主导地位的（西方的）文学理论的一个出路就在于它应该拥抱西方世界以外的理论，在这方面，中国的文学理论应该在走向世界的进程中有所作为，也即中国的文学理论家应该勇于以积极的姿态走向世界，与占据国际主流的各种西方理论进行平等的交流和对话，并建构出具有相对普适意义的自己的理论话语。①关于这一点，笔者将另文专论。

---

① 这方面可参阅笔者的一篇论文，《世界诗学的构想》，《中国社会科学》，2015年第4期。

再论"后理论时代"中国文论的
国际化

把当今的文学理论所处的时代称为"后理论时代"并非我本人的发明，西方和中国学界都有人这样认为，尤其是西方学者的命名还在我之前，只是我当时由于孤陋寡闻，竟然对之全然不知。现在，越来越多的迹象表明，从文学理论的视角来看，我们这个时代已经越来越带有了某种"后理论时代"的精神和特征。也许在一些不关心理论的人看来，在这样一个"后理论时代"侈谈文学理论未免有些不合时宜，但是作为专事文学理论研究的学者，我们确实是不得已而为之：我们不但要谈，而且还要为加快中国文学理论的国际化进程而推波助澜。在这方面，已有些学者先行一步了，他们对当代西方文论所处的困境的质疑以及对中国当代文论发展的展望成为本文写作的一个出发点。可以说，本文的写作也是对我以往的主张的一个继续和深化。

"后理论时代"的来临

我们说，"后理论时代"的文学和文化理论已经具有了自己的特色，并有着不同的发展方向，那么这些方向具体体现在何处呢？如果说，"后理论时代"的文学和文化理论确实有着与理论的"黄金时代"截然不同的特征的话，那么这些特征又体现在何处呢？对于上面这两个问题，我曾经在一篇文章中提出我本人的简单概括和回应。当时在我看来，无论在西方还是在中国，下面这几个方向都可以概括当今文学和文化理论的发展方向：（一）后殖民理论的新浪潮；（二）"流散"现象的突显及流散写作研究；（三）全球化与文化问题的研究；（四）生态批评和后现代生态环境伦理学建构；（五）文化研究的跨文化新方向；（六）性别研究，（女）同性恋研究和怪异研究;(七)走向世界文学阶段的比较文学;(八)图像批评与视觉文化建构。① 现在看来,这样的概括还不够全面,还应该再加上另外两大重要的理论思潮:世界主义和后人文主义理论思潮。② 我认为,在这样一个后理论时代,文学理论已经不像以往那样纯粹地来自文学实践,它也来自其他学科或文化表现领域,而且来自文学理论界以外的一些理论家往往将自己的理论强制性地用于文学现象的解读,因而造成的一个后果就是文学理论越来越远离文学。对此,英国文学理论家和文化批评家伊格尔顿干脆笼统地称之为"文化理论",并认为文化理论的"黄金时代"已经成为过去,我们应该回到前理论时代的天真烂漫的时代。③ 人们不禁要问,情况果真像伊格尔顿所估计的那样悲观吗? 如果说,文学理论的黄金时代已成为过去还说得通的话,那么称文化理论的黄金时代已成为历史则有些不合逻辑了:文学理论刚刚演变为范围更广的文化理论,远未进入所谓的"黄金时代",怎么可能一下子又成为过去了呢? 因此在我看来,我们首先应该为当今的文化理论作一个准确的定位,也即它究竟较之传统的文学理论有何独特之处,以及它与传统意义上的文学理论是一种什么样的关系。

　　我之所以称当前的时代为"后理论时代",并不否认理论的存在,而是这样一个时代,理论的发展已经有了不同的方向和特征。上面所描述的"后理论时代"的理论走向虽然大多出现在西方的语境下,但这些理论思潮在中国的文学和文化理论界也产生了一定的反响,并滋生出不同的变体,因而具有相对的普适性意义,因此我们完全可以将它们在中国语境下产生的变体也看作中国文论的一部分。而我们从事文学理论研究的学者则应"穿越理论之间",也即既穿越西方与中国的理论之间,同时也穿越文学理论与文化理论之间。这也许正是"后理论时代"的理论思潮所显示出的"混杂"和"多声部"特征。④ 近十多年来,全球化的浪潮席卷整个世界,并直接影响了中国的政治、经济、社会和文化的各个方面。在经济上,中国应该是全球化最大的受益者之一,这一点尤其体现于中国经济在全球

---

　　① 上述几个论题都在本书前两篇中有较为详细的阐述,本文仅作进一步发挥。

　　② 这方面可参阅拙作《世界主义与人文社会科学的国际化》,《探索与争鸣》,2012年第8期;《世界主义与世界文学》,《文学理论前沿》第九辑,2012年;以及《"后理论时代"的理论风云:走向后人文主义》,《文艺理论研究》,2013年第6期。

　　③ Terry Eagleton, *After Theory*. London: Penguin Books, 2004, p.1.

　　④ 参阅拙作《穿越"理论"之间:"后理论时代"的理论思潮和文化建构》,台湾《中央大学人文学报》,第32期(2007年10月)。

经济大萧条的形势下仍然一枝独秀以及中国在全球金融危机中所发挥的重要支撑作用。在文化上，中国也受益匪浅，只是我们目前还没有能够及时地把握这一机遇。在我看来，这正是中国向国外输出文化和理论的一个难得的机遇。换言之，对于我们专事文学理论研究的学者而言，这也正是我们大力推进中国文论国际化的大好机遇，只是我们在输出我们的理论之前，首先要做出自己的梳理和建构，以辨识哪些是别人已经有的理论，哪些是在借鉴别人的理论并加以消化后逐步转变成了我们自己的理论，哪些才是我们自己所独有和原创的。否则的话，不了解国际文学理论界的发展态势，一味重复别人已有的成果，即使通过翻译的中介送出去了别人也不会接受。这样的例子我们已经从最近几年的中国文化外译的成败得失中见出。

因此，在我看来，我们应当既有广阔的东西方文化视野，同时也应当对文化的某个方面，如文学，有着精深的研究和深厚的造诣，此外还应具备深厚的理论素养，这样才能承担起文学和文化理论重建的重任。就比较文学而言，当年由歌德设想后来又由马克思和恩格斯进一步发展的"世界文学"实际上就是比较文学的早期阶段和雏形，在经历了一百多年的风风雨雨之后，比较文学终于进入了它的最高阶段：世界文学阶段。文学理论也相类似：在过去的一个相当长的时间内，亚里士多德的《诗学》一直被当作诗学和文学理论界的金科玉律，后来的西方理论家只是在不同的时期从不同的视角对之进行修正或发挥，因此他们的"创新"也只是一种"传承式"的创新，而非对前者的全盘否定。文学理论在相当长的时间内一直是欧洲中心主义占据主导地位。后来的一批有着深厚理论素养的东方学家逐步认识到了这一局限，开始把目光移向西方世界以外的地方，从那里的文学和理论中发掘新的资源，从而开拓出了比较诗学或比较文论的新领域，为东方文论观念和美学原则的跻身世界文学话语中打开一个突破口。

毫无疑问，在有着全球化特征的"后理论时代"，传统的注重形式的文学理论在很大程度上已经为更为具有包容性的"文化理论"（cultural theory）或"理论"（theory）所替代，但这并不意味着注重形式的文学理论已经死亡，实际上它仍然在一个有限的空间发挥应有的作用，例如叙事学就依然有着众多的研究者和关注者，而且从叙事学最近的发展趋势来看，它已经走出了形式主义的狭隘领地，进入了整个人文和历史的叙事宏大语境。①同样，任何一种出自西方的理论若要成为普适性的理论就必须能够用于解释非西方的文学和文化现象；但是具有悖论意义的恰是，任何一种出自非西方的理论一旦被西方理论界"发现"，就有可能从"边缘"向中心运动，最后由一种带有本土特征的"地方性"（local）理论逐渐发展演变成"全球性"（global）的具有普适意义的理论。由一些具有第三世界背景的西方学者和前殖民地学者共同发展起来的后殖民理论就是这样一个例子；同样，由一些具有中国文化背景的海外华裔学者发展建构的第三代"新儒学"也正在全球化的语境下经历着某种"非边缘化"和"重返中心"的过程。可以说，经过改造和重新建构的新"儒学"若作为一种文化理论，必将在"后理论时代"显示出自己的独特作用。它至少有可能成为一种相对具有普适性意义的世界性的文化学术理论话语，与出自西方语境的现代性话语形成一种双峰并峙的格局。

不可否认的是，在过去的一百年里，中国文学始终在朝着世界开放，并且深深地受到了西方文学及其各种文化理论思潮的影响。这样一种开放的做法自然带来了两方面的后果：一方面中国与世界的关系更加密切了，中国学者与国际同行的交流更加便利了；但另一方面，中国与自己的传统离得更远了。另一个令人不安的事实是，中国与国际同行的交流在很大程度上是单向度的，也即中国学者十分注重外部世界发生了什么，但外部世界却断然忽视中国的文学和文化理论界发生的事情。即使当代中国吸引了众多国外学者的关注，但其中大多数人所关注的只是中国的政治和经济，很少关注中国的文化和文学，因而在相当长的时间内造成了中国文学理论家的"自说自话"状态。②这种文化学术交流上的不平衡状态应该在新世纪有着根本的改变。

在当今这个全球化的时代，汉语的崛起和成为另一大世界性的语言已经成为一个不可抗拒的大趋势。由于中国政府的大力推进，现在在全世界123个国家已经建立了465所孔子学院，其任务就是大力推广汉语和中国文化。③我认为，如果汉语的发展仍然保持现在这个势头的话，那么我们完

① 这方面尤其可以从2014年国际叙事学年会的一些分会和圆桌会议的主题中见出端倪。
② 例如，美国艺术与科学院院刊Daedalus今年就发表了一个关于中国的主题专辑，由哈佛燕京学社社长裴宜理（Elizabeth J. Perry）主编，所收文章几乎全是社会科学方面的研究论文，参见 Daedalus, 143（2），Spring 2014.
③ 参见《人民日报》2014年9月12日号:《孔子学院魅力何来》。

全有可能促使汉语成为仅次于英语的世界第二大语言：它在某些方面将起到英语所无法起到的作用，而在另一些方面，则与英语一道成为可以与之互动和互补的世界性语言。但是汉语的复杂书写和语法规则导致了汉语在全世界普及的困难，因此要让外国人在短时间内掌握这门语言并表达复杂的思想理论大概是不现实的，即使对有着深厚汉语和中国文化造诣的汉学家来说也绝非易事。那么在全世界大力推广中华文化和文学理论方面，我们除了借助于目前仍处于强势和霸权地位的世界通用语——英语外大概别无选择。虽然在人文学科领域内，大多数学者还不能用英语写作和发表，但在国际同行的帮助下以及翻译的中介下，不少中国人文学者已经开始活跃在国际学术界并发出中国学者的声音了。[①] 这无疑是一件令人鼓舞的事情。可以预言，随着中国人文学者的国际意识的日益强烈，将有更多的中国文化和文学研究著作展现在国际学术界。[②] 另一方面，用汉语书写的文学和文化理论也必将从边缘向中心运动，最终打破文化理论上的西方中心主义和英语中心主义格局。所有这一切都给我们专事文学理论研究的学者提出了严峻的挑战：我们将如何把握这一难得的机遇呢？这正是我在下一部分将要展开讨论的。

"后理论时代"赋予我们的机遇

如前所述，我们现在正处于一个"后理论时代"，这样一个时代对于我们非西方国家的理论工作者有何意义呢？我们经常说，我们只有抓住机

[①] 就单篇论文而言，仅仅在我所从事的文学研究领域，我们就可以在这样一些公认的国际权威学术刊物上见到中国学者的论文：*New Literary History*（新文学史），*Critical Inquiry*（批评探索），*Boundary 2*（疆界 2），*Modern Language Quarterly*（现代语言季刊），*Semiotica*（符号学），*Comparative Literature Studies*（比较文学研究），*ARIEL*（国际英语文学评论），*PMLA*（现代语言学会会刊），*Neohelicon*（比较文学与世界文学评论）等，其中相当一些论文出自中国大陆文学研究者之手。这与 20 世纪 80、90 年代中国文学理论批评在国际上"失语"的现象形成了鲜明的对比。

[②] 在这方面，比较热心于出版中国问题研究著作的国际著名出版机构有美国的哈佛大学出版社，普林斯顿大学出版社，斯坦福大学出版社，普渡大学出版社，哥伦比亚大学出版社等，英国的劳特利奇（Routledge）出版社，德国的斯普林格出版公司，英国麦克米兰出版公司，英国剑桥大学出版社和牛津大学出版社等，新加坡的马歇尔·卡文迪西出版社（Marshal Cavendish Academic），以及荷兰的博睿出版社（Brill）。在这些出版社中，普林斯顿大学出版社和博睿出版社近来还约请中国研究专家从中国学者用中文撰写的优秀著作中物色佳作，并组织翻译出版。

遇才有可能发展自身，那么"后理论时代"的来临为我们提供了何种机遇呢？我认为，"后理论时代"的来临为我们非西方理论工作者步入当代理论的前沿提供了难得的契机。我经常在和我的西方同行进行交流中指出，文学理论在西方遇到了困境，这并不意味着文学理论在世界上的其他地方也遇到了困境。坦率地说，中国是一个文学理论大国，光是各高校从事文艺学和比较文学教学的教师就数量众多，加上中国社会科学院以及各省市的社会科学院专事文学研究的学者，再加上中国作协以及各省市的作家协会中专门从事文学理论批评的人员，这个队伍在整个世界范围内说来都是最为庞大和独一无二的。但是我们进一步问到，我们的理论产出又如何呢？对此我们照样可以理直气壮地回答，我们的产出从数量上说来确实是惊人的，在中文的语境下所产生的影响也是很大的。但是与我国的自然科学家在国际学术期刊上频繁发表论文并在国际学界产生较大的影响这一事实相比，我们马上就会无语了：因为中国的文学理论一旦走出国门，在中文世界以外所产生的影响简直微乎其微。即使就其数量来说也实在不敢恭维：西方的二流理论家或学者的著述很容易在中国找到译本并常常受到追捧，而中国的顶尖思想家和理论家的著作却难以产生世界性的影响，甚至在英语世界的权威学术期刊或著名的出版机构都很难有机会出版。这究竟是什么原因呢？中国的自然科学家完全有能力冲击《科学》和《自然》这样的世界顶尖学术期刊，而且其质量和影响力也在不断提高，为什么中国的人文社会科学就不能达到这一境地呢？2012 年，中国作家莫言荣获诺贝尔文学奖，至少是圆了中国文学界多年来的一个梦，另一位中国作家的问鼎诺奖也指日可待，这些对我们从事理论研究的学者来说都是巨大的激励和鞭策。中国文论进入世界主流话语并产生世界性影响的目标也应该提到我们的议事日程上来了。我想在这里举几个发生在非西方国家以及我们身边的例子来证明实现这一目标的可能性和必然性。

我们经常说，中国的文学之所以能够走向世界，在很大程度上是因为世人想通过阅读中国文学来了解中国的社会和文化，这当然也有几分道理，因为毕竟文学的市场要大大地好于文学理论和其他人文学术著作的市场。但是我们也不能以此为理由来为中国的文学理论和人文学术在国际学界的"失语"状态和"边缘"地位作辩护。当然，中国的文学理论和人文学术要想跻身国际主流还有一定的难度，但绝非不可能做到。我这里完全可以通过一个当下的个案来说明这一可行性。近十多年来，来自小民族／国家斯洛文尼亚的中年理论家斯洛沃热·齐泽克（Slavoy Žižek，1949—）不仅在西方学界大获成功，而且又通过英语世界的中介旅行到中国，在当今的中国文学理论界也成了一个炙手可热的人物。显然，齐泽克在西方学界并不只是被看作一个来自前东欧阵营的异己分子，而更被看作是20世纪90年代以来最为耀眼的国际学术明星之一，甚至被一些国家的理论研究者奉为黑格尔式的思想家和理论家。连英语世界的文学和文论教师也很难在上面发表论文的国际顶级文学和文化理论刊物《批评探索》（*Critical Inquiry*）、《新文学史》（*New Literary History*）等也争相发表他的论文或访谈，[①] 这些均为他的"非边缘化"和步入中心起到了极大的作用。此外，他还在一些世界一流的大学受到了空前的"礼遇"：他以访问教授的身份出没于法国巴黎第八大学、美国明尼苏达大学、哥伦比亚大学、普林斯顿大学、芝加哥大学等数十所著名高校或科研机构发表演讲，并在各种哲学、精神分析学和文化批评方面的国际学术研讨会上作主题报告，受到人们广泛的注意和主流媒体的追捧，大有超过当年印度裔学者斯皮瓦克和霍米·巴巴在美国受到追捧的情形。更有甚者，通过翻译的中介，齐泽克的主要著述被译成了20多种文字，并在中文的语境下有着众多的读者和研究者，一些出版社也争相出版他的著作甚至文集。这与中国的一流学者和理论家在西方世界所受到的"冷落"之境遇形成了鲜明的对照。2011年，美国的东亚研究权威学术期刊《立场：东亚文化批判》（*Positions：East Asia Cultures Critique*）约请加拿大华裔学者吕彤邻主编一个主题专辑《从中国的视角讨论齐泽克和从齐泽克的视角看中国》（*The Chinese Perspective on Žižek and Žižek's Perspective on China*）[②]，该专辑发表了吕彤邻本人以及美国华裔学者刘康以及中国学者张颐武和杨慧林等人的文章，再加之齐泽克本人的两篇文章和一篇针对刘康文章的回应性文章，形成了一种理论的争鸣和对话。虽然争论的双方所使用的理论话语都是出自西方，但所讨论的问题却是中国当下的政治、社会和文化问题，通过这样的理论争鸣实际上实现了理论的双向旅行和重构。试想，一家以东亚研究为主的学术期刊竟以整个一期

---

① 据最新的统计数据表明，齐泽克自1998年以来，一共在《批评探索》上发表了11篇论文，是该刊有史以来发表文章最多的作者之一。专事文学研究的《新文学史》也于2001年发表了 Christopher Hanlon 的长篇访谈 "Psychoanalysis and the Post-Political: An Interview with Slavoj Žižek", *New Literary History*, 32.1（2001）1–21.

② Cf. *Positions: East Asia Cultures Critique*, 19: 3（winter 2011）.

作为主题专辑来讨论一个非中国研究的东欧学者关于中国问题的著述，这实属罕见，这也充分说明了西方的中国研究学界也希望听到一些非西方和非中国的"第三种"声音，而齐泽克所扮演的正是这样一个独特的角色。这究竟意味着什么呢？我想这不仅意味着齐泽克是一位来自小民族的非西方阵营的学者和理论家，更意味着他已经被当成国际主流的一种声音，来和一些中国研究专家进行平等对话。这无疑对试图走向世界并在国际论坛上发出自己声音的中国学者和理论家是一个极大的启示。作为兼通中西学术和理论并能用英语著述的中国学者，为什么就不能做到这一点呢？对于这一点，我本人有着充分的信心和决心，并已在国际学术期刊上发表了大量论文和主题专辑，但我希望我的同行也共同努力。因为我们清楚地知道，要使中国的文学理论和文学研究真正实现国际化的战略目标，光靠少数人孤军奋斗是难以见成效的，必须靠集体的力量和智慧。但令人遗憾的是，对于这一点，我们中的许多人并没有意识到。

　　另一方面，我们也可以从中国旅美人文学者和美学家李泽厚的论文《美学四讲》收入 2010 年出版的国际权威的《诺顿理论批评文选》（第二版）这一事实看到希望。[①] 但是，同样令人遗憾的是，作为一位早在年轻时就已在中国成名并有着一定国际知名度的现已年过八十的老人，这一天的到来确实太晚了，因为和他同时收入《诺顿文选》的还有两位如日中天但却比他年轻近二十岁的理论家——齐泽克和巴巴，以及更为年轻的性别理论家朱迪丝·巴特勒（Judith Butler，1956—）和新马克思主义理论家迈克尔·哈特（Michael Hardt，1960—）。所以难怪李泽厚在一篇访谈中谈到自己对中国文化走向世界的看法时不无悲观地说了这样一番话："我估计中国问题让西方感兴趣要 100 年以后，100 年以后对我个人而言我早就不在了，但对历史长河而言并不漫长。"[②] 也许国内学者和文论界并没有认识到这一事件的重大意义，但我在此要指出的是，如果说李泽厚最近几年在国内学术界和出版界大力推广自己的新思想和新理论并取得显著效果的话，[③]

---

　　① Cf. Li Zehou, "Four Essays on Aesthetics: Toward a Global View," in *The Norton Anthology of Theory and Criticism*, ed. Vincent B. Leitch. 2nd ed., New York: Norton, 2010, pp. 1748–1760.

　　② 参见《文化重量与海外前景——王岳川与李泽厚在美国的学术对话（上）》，《中华读书报》2010 年 8 月 9 日"国际文化版"。

　　③ 这方面尤其应该参阅李泽厚、刘绪源的两本对话录：《该中国哲学登场了？——李泽厚2010 年谈话录》，上海：上海译文出版社，2011 年版；《中国哲学如何登场？——李泽厚 2011年谈话录》，上海：上海译文出版社，2012 年版。

那么他的那篇经过他本人修改的旧著的收入《诺顿文选》则意义更为深远：它一方面标志着国际权威的理论批评界认可了李泽厚本人的理论的普适意义和价值，为他的著述的大面积译介为英语和其他主要语种奠定了基础；另一方面则预示着曾长期为欧美理论家把持的国际文学和文化理论界也开始认识到西方中心主义的不完备了。它需要听到来自西方世界以外的理论家的不同声音，尽管这些声音中依然有不少西方的影响，但却带有更多的来自非西方国家的经验和文化精神。因此可以预言，在今后的十年内，将是中国的人文社会科学全方位地走向世界进而进入国际学术理论前沿的时代。在这方面，比较文学和文学理论学者理应充当先锋。对此我们决不可妄自菲薄，也无须妄自尊大，因为前者将导致我们在国际性的理论争鸣中怯场和失语，后者则会使我们中的一些人的无知达到令人啼笑皆非的地步。我认为，《诺顿理论批评文选》收入李泽厚著作的意义就体现在，国际权威性的理论批评文选的主编已经意识到，要使得一部理论批评文选真正做到客观公正和经典性，就不能受制于西方中心主义的思维模式，而应当向更为广大的非西方世界开放，在这方面，中国的文学理论和批评有着自己的独特传统，因此随着中国文化和文学理论著作外译的步伐日益加快，随着中国文学理论家更为频繁的国际学术交流，可以预言，在未来的第三版和第四版中，《诺顿理论批评文选》将收入更多的中国当代理论家的著作，同时，另一些权威性的世界文学理论批评文选也会应运而生，到那时，我们就可以自豪地说，中国文学理论已经真正走向世界并对世界文论产生实质性的影响了。为了缩短这一时间，我这里仅提出我本人长期以来一直在思考的一些对策。

首先，我们要认真梳理历史上有影响并有可能经过翻译的中介对当今的国际文学理论界有意义并可能产生影响的理论经典名著，组织中外合作翻译，再加上一篇由本领域内的一流专家撰写的导论，对这些著作进行准确深入的评介和阐释，这样才能尽可能准确无误地将中国文学理论的精髓译介到国外，当然首先是译介到英语世界，然后再由此波及世界其他地区。这也是那些印度裔后殖民理论家成功的经验。

其次，经过我国高校和国外著名高校的多年教育和培养，新一代中国人文学者已经茁壮地成长起来了，他们兼通中学和西学，尤其掌握了一至两门外语的阅读和写作技能，并能自由地进行国际学术交流，在国际论坛上发出越来越强劲的声音。他们完全可以直接用外语著述，将自己的研究心得和学术观点准确地表达出来，这样既可以避免不必要的由翻译而导致的"叛逆"和误译，同时也可以把当代学者对文论经典的理解和阐释介绍给国际文学理论界。但是他们中的许多人由于久居国外，回国后一时难以适应国内的学术环境和氛围，甚至试图在国内刊物上投稿都困难重重。我认为国家有关教育和科研部门应及时地发现这股潜在的力量，给他们以大力的支持，使他们早日发挥中国的人文学术走向世界的先锋作用。

再者，随着越来越多的外国留学生来到中国的著名高校攻读中国文学和文论博士学位，我们完全可以在他们中培养出优秀的新一代汉学家和翻译家。这样他们学成回国后，一方面可以在教学中普及中国文学和文论，另一方面也可以用自己的母语著书立说，为传播中国文学和文论做出我们中国学者无法做出的独特贡献。在这方面，我们中的不少人尚未充分认识到海外汉学家在传播中国文化方面已经并将继续做出自己独特的贡献。他们所发出的"另一种声音"也许现在还很微弱，但随着时间的推移和他们自身队伍的扩大，他们的声音也将变得越来越强劲。[①] 另一方面，我们都知道，由于一大批华裔学者的加盟，海外汉学家的队伍已经发生了质的变化，新一代汉学家，尤其是华裔学者，一改以往的"重古典轻现代"的做法，更加注重对中国当代社会、政治和文化问题的研究，他们所用以分析的文本也大多是文学和电影文本，因此客观上起到了在全世界范围内普及和传播中国文化的作用。所有这一切都能对中国当代文学理论走向世界起到推波助澜的作用。对此我们切不可视而不见。

走向世界的中国当代文论

我们十分欣喜地注意到，对于中国当代文论的国际化问题，一些身居要职并有着广泛影响力的学者已经开始行动了，张江先生就是这些学者中的一个代表。他最近在繁忙的科研管理工作之余发表了一系列文章和访谈，不仅对当代西方文论所遭遇的"强制阐释"之困境作了有力的批判，同时也对如何推进中国文论走向世界作了阐述，我也在其他场合对他的一些观点作了回应，在这里我再次强调，张江所提出的看法确实是颇有见地的，

---

① 这方面可参阅季进的《另一种声音——海外汉学访谈录》，上海：复旦大学出版社，2011年版。

即要注重中国当代文论的国际化，而不能仅仅纠缠在中国古代文论的现代转型这个老问题上。应该说，张江不仅从中国文学理论批评的实践出发，针对当代西方文论所遭遇到的困境提出了质疑和批判性分析，同时也基于中国学者的本土立场，提出了若干促使中国文论走向世界的对策。我认为，张江的看法是基于他对当代西方文论若干问题的研究和反思提出的，有着很强的现实意义和可操作性。此外，他也根据国内文论界的现状，提出了重建中国文论的三个策略：（1）全方位回归中国文学实践；（2）坚持民族化方向；（3）外部研究与内部研究的辩证统一。如果说前两者是大的方向和方针的话，最后一点则告诉我们该如何进行具体操作。① 在此，我再次作出回应和进一步阐述，以就教于张江先生。

关于第一个策略，张江在文章中指出了这样一个紧迫的问题："当前中国文学理论建设最迫切、最根本的任务，是重新校正长期以来被颠倒的理论和实践的关系，抛弃一切对外来先验理论的过分倚重，让学术兴奋点由对西方理论的追逐回到对实践的梳理，让理论的来路重归文学实践。"② 这应该说也是我们每个从事文学理论批评的学者所共同关心的问题。面对文学理论的危机和困境，西方的一些理论大家也表现出不同程度的担心：他们一方面眼看着理论的跨学科性和泛文化性愈演愈烈而无可奈何，但另一方面确实也在做一些力所能及的工作，以促使文学理论返回到对文学现象的研究。但是既然文学理论在当今时代已经变得与以往面目全非了，我们还有必要再返回过去的老路吗？显然走回头路是没有出路的，而且实践也证明，它根本无助于挽回文学理论的衰落之境地。对此，西方的一些理论家已经提出了一些对策。

十多年前，英国理论家伊格尔顿在一本题为《理论之后》的小书中哀叹，"文化理论的黄金时代已成为过去"，但他在描述文化理论衰落的种种征兆之后又呼吁人们返回到"前理论的天真烂漫时代"（an age of pre-theoretical innocence）。③ 但这显然是不可能的，而且他自己也没有沿着这条道路走下去，他在其后的著作中依然徘徊在文学理论、文化批评和社会

---

① 参阅张江，《当代西方文论若干问题的辨识——兼及中国文论建设》，《中国社会科学》2014 年第 5 期，第 4—37 页。

② 同上，第 29 页。

③ Terry Eagleton, *After Theory*, London: Penguin Books, 2005, p. 1.

政治批评之间，并没有为挽救文学理论的危机做出什么卓有成效的工作。[①]
美国文论家卡勒早在 20 世纪 80 年代就面对文学理论的多学科来源和跨学
科走向，主张用"理论"或"文本理论"等术语来概括这种情景，但他最
近则重新拾起早被他抛弃的"文学理论"这一术语，提出了"理论中的文
学性"（literary in theory）这一颇有见地同时又多少无奈的观点。在他看
来，理论中的多学科来源和跨学科方向是一种大趋势，文学理论家所能做
的就是在这些形形色色的（来自文学以外的）理论中发现文学的因素。我
想这也是他的一个不得已而为之的权宜之计吧。卡勒于 2011 年应我的邀
请，在清华大学、北京大学、上海交通大学、南京大学等中国主要高校作
了巡回演讲，他在演讲中反复描述了当代（西方）文学理论的方向，大致
可以概括为这样六个方向：（1）叙事学的复兴；（2）更多地谈论德里达而较
少谈论福柯和拉康；（3）伦理学的转向；（4）生态批评；（5）后人文研究；
（6）审美的回归。[②]细心的读者不难发现，这六个方向都与文学有着密切的
关系，而对于性别理论、后殖民理论和马克思主义理论这些带有鲜明意识
形态特征的理论却不在他归纳的范围。当我针对他的这种粗线条概括提出
质疑时，他的答辩也依然含糊其辞，并没有直截了当地回答我的问题。显
然，卡勒的这个带有"去意识形态化"的描述试图把漫无边际的理论拉回
到文学理论的轨道上来，和张江所担心的文学理论偏离文学批评实践的怪
现象不谋而合。这也说明中国的文学理论家在讨论文学理论的基本问题时
已经达到了与西方乃至国际同行平等对话的境地了。但是张江的努力还不
止于此，他还进一步就中国文论如何走向世界的策略和路径作了阐述，在
张江看来，中国文论的国际化有着广阔的前景，这主要体现在，"时代变

---

① 自 2003 年出版《理论之后》以来，伊格尔顿表现出了极大的创造力，其多产程度是十分
惊人的，我们可以从他自 2003 年之后出版的著述的题目看出他所关注的问题和研究兴趣之广
泛：*Figures of Dissent: Reviewing Fish, Spivak, Zizek and Others*, London: Verso, 2003; *The English
Novel: An Introduction*, Oxford: Wiley, 2005; *Holy Terror*, Oxford: Oxford University Press, 2005;
The Meaning of Life, Oxford: Oxford University Press, 2007; *How to Read a Poem,* Oxford: Wiley-
Blackwell, 2007; *Trouble with Strangers: A Study of Ethics*, Oxford: Wiley-Blackwell, 2008; *Literary
Theory: An Introduction*（25th Anniversary Edition）, Oxford: John Wiley & Sons, Limited, 2008;
Reason, Faith, and Revolution: Reflections on the God Debate, New Haven: Yale University Press,
2009; *Why Marx Was Right*, New Haven: Yale University Press, 2011; *The Event of Literature*, New
Haven: Yale University Press, 2012; *How to Read Literature*, New Haven: Yale University Press,
2013; *Culture and the Death of God*, New Haven: Yale University Press, 2014.

② Cf. Jonathan Culler, "Literary Theory Today", 2011 年 10 月 25 日在清华大学的演讲。

了，语境变了，中国文学的表现方式也变了，甚至汉语本身也发生了巨大的历史变异。在此情势下，用中国古典文论套用今天的文学实践，其荒谬不逊于对西方文论的生搬硬套。"①在这里，张江正好说出了问题的两个极端：其一是对西方文论概念和术语的生搬硬套，"强制性"地用来阐释中国文学现象，这一点他是坚决反对的；其二便是反其道而行之，用中国古典文论来套用今天的文学实践，这在他看来也是"荒谬"的。那么人们便问道，他所主张的是怎样一种批评阐释呢？

张江认为，在了解了西方文论中曾经历的内外部转向后，我们应该针对中国文论界的现状提出我们的对策，也即要"融入世界，与西方平等对话"，他认为一些中国学者已经有了这种愿望，这本身是无可指责的。但是他又强调，"对话的前提必须是，我们的理论与西方相比要有异质性，有独特价值。"②也即他所谓的"外部研究与内部研究的辩证统一"，至于如何统一法，如何才能实现中国文论话语的重建，他在那篇长文中并没有作详细阐发，倒是在另一篇访谈中弥补了这一缺憾。在那篇访谈中，张江提出了自己的"本体阐释"的设想。③

张江的努力可以概括为这样一句话，就是要使无所不在、无所不包的"理论"返回到它的出发点，也即返回对文学现象的考察研究，而非用于解释各种文化和社会现象。这一点和我所描述的"后理论时代"的文学理论状况基本一致，也即在"后理论时代"，理论将失去其大而无当、无所不能的功能，但是它将返回对文学现象的解释和研究上，它也许会丧失以往的批判锋芒，但却会带有更多的经验研究色彩和分析阐释的成分。也就是说，理论应该果断地回到它应该安身立命的地方，而不应该像过去那样包打天下。这也是伊格尔顿十多年前就已经呼吁过的，在那篇题为《文化之战》的文章中，他在论述了文化研究的大行其道之后呼吁，文化的滥用已经使这个辞藻变得厚颜无耻，我们应该果断把它送回到它应该发挥作用的地方。④同样，张江的意思在我看来也是如此，理论已经越来越远离文学本

---

① 张江，《当代西方文论若干问题的辨识——兼及中国文论建设》，《中国社会科学》2014年第5期，第34页。

② 同上，第37页。

③ 关于张江"本体阐释"的具体内容，参阅毛莉《张江：当代文论重建路径——由"强制阐释"到"本体阐释"》，载《中国社会科学报》，2014年6月16日。

④ 参见特里·伊格尔顿，《文化之战》，王宁译，《南方文坛》2001年第3期。

身，它的大而无当已经令不少从事文学批评和研究的学者感到讨厌，因此我们应该让它返回到它应该发挥功能的地方：对文学的批评和研究。

在阐述了中国当代文论的走向世界的必然性和可行性之后，我在此再次强调，"后理论时代"的来临，虽然标志着文学理论在西方的衰落，但并不意味着它在其他地方也处于衰落的境地，可以说它为非西方文论从边缘步入中心进而与处于强势的西方文论平等对话铺平了道路。抓住这个机遇，大力发展和深化中国文学理论的现有成果，并把目光转向更为广阔的世界，我们就有可能在西方文论界遭遇困境的地方作出我们自己的建树，这样，也就正如张江所说，我们就能够与西方乃至国际文论界平等对话，因为要想与国际同行进行平等对话，首先要具备一定的资格，也即"我们的理论与西方相比要有异质性，有独特价值"。那么这种异质性如何产生呢？一味跟进别人便丧失了自我，而对别人的成果全然不顾、全部依赖自己提出的一套理论，这至少在现在是无法实现的，更无法让别人认可并接受你。那么唯一可行的路径就是在跟进西方的同时加进本土的东西，使得西方的强势话语的"纯正性"变得不纯，也即取得中国文论的"异质特征"，接下来在与西方理论进行对话的过程中对之进行改造或重构。我认为这是我们中国的文学理论面对西方的强势话语所能采取的有效策略。这也是我近十多年来通过与西方学界的交流和对话而不断地削弱西方中心主义强势话语的一点尝试。我对中国当代文论话语的重建以及将产生的国际性影响始终抱有一种乐观的态度，同时也希望世界文论或世界诗学的时代早日来临。关于世界诗学的建构，我将另文专论。

哈罗德·布鲁姆的"修正主义"批评理论

在当今的欧美文论界乃至整个知识界,哈罗德·布鲁姆的名字确实十分显赫,招来的非议自然也很多。早在20世纪80年代初,也就是布鲁姆的批评生涯进入高峰之际,评论家就已经注意到,一方面,"布鲁姆的著作被人们贪婪地阅读,并经常受到热烈的评论,诸如肯尼斯·伯克、爱德华·赛义德、海伦·凡德勒(Helen Vendler)这些颇具洞见的评论家以及布鲁姆在耶鲁的同事德曼和米勒都高度赞扬他的著述是对当代思想史的极为卓越和重要的贡献"。但另一方面,也有一些批评家在承认他的才华和渊博学识的同时却对他的激进观点和著述风格持尖锐的批评态度。① 近十多年来,随着文化研究和文化批评对文学研究的挑战的日益明显,布鲁姆在文化研究及其同情者中引起的争议就更多:坚持文学研究的精英立场者把他看作是当代精英文学研究的旗手和最后一位捍卫者,而介入后现代理论及文化研究领域的学者则认为他是一个十足的保守派和"过时的"人文主义卫道士。在中国,布鲁姆的名字常常和德里达以及耶鲁"四人帮"放在一起讨论,其实这完全是一种误解。2001年9月,德里达来北京讲学时,我曾有幸拜访了这位哲学大师。当我们谈到他当年离开耶鲁的不愉快经历时,不禁提到布鲁姆这位老朋友的名字。我无意说了一句,"布鲁姆现在名气可大了"(Bloom is now so well-known)!而善于玩弄文字游戏的德里达却淡淡地说道,"是嘛? 他倒是十分走红,但不能说著名"(He is indeed popular,but not famous)。这倒是说明,成为一位显赫的公众人物的布鲁姆从另一方面来说失去了学术界的一大批老朋友。但是毕竟布鲁姆是一位

---

① 有关美国学术界对布鲁姆的不同评价,cf. David Fite, *Harold Bloom: The Rhetoric of Romantic Vision,* Amherst: The University of Massachusetts Press, 1985, pp. 4–5.

著述甚丰的大批评家，其学术地位和影响是公认的，因此究竟应当如何评价布鲁姆的批评理论及其对当今的文学和文化研究的意义，正是本章所要探讨的。

布鲁姆：从弑父到修正主义诗学

为了全面地了解布鲁姆的批评理论的发展轨迹及重要影响，我们首先来看一看他的学术批评道路的独特性。正如格雷厄姆·艾伦（Graham Allen）所坦率地承认的，"与诺斯洛普·弗莱和艾布拉姆斯这些老一辈浪漫主义文学研究者所不同的是，哈罗德·布鲁姆属于这样一代批评家，他们的批评生涯似乎进入一种'先于'（before）和'后于'（after）多样性发展的叙事中。然而，与他先前的耶鲁同代人，杰弗里·哈特曼、保罗·德曼以及希利斯·米勒形成对照的是，上述所有那些人都通过在自己的解释风格和批评实践中出现的深刻变化而流露出欧陆理论在英美批评界的影响，而要解释布鲁姆批评观念的转向则似乎很难。"[1] 言下之意就是，布鲁姆的耶鲁同事大多师从某一位欧陆理论大师，或者是某种欧陆理论在北美的主要代言人或阐释者，而布鲁姆的理论发展脉络则十分复杂，在他身上很难找到某个欧陆理论大师的独特影子，也很难说他师承的是哪一位欧陆理论家。有人认为他的修正主义理论可以在弗洛伊德的俄狄浦斯情结说中找到源头，而他本人则在承认弗洛伊德对他的影响和启迪的同时，却断然否认，"我绝不是一个弗洛伊德主义文学批评家，我也不承认有这样一类文学批评家。在我的书中所列举的那么多玩笑话中，我最喜欢的一个而且经常重复的一个就是，弗洛伊德主义文学批评就像一个神圣罗马帝国（Holy Roman Empire）：既不神圣，也不罗马，又非帝国；而且既不具有弗洛伊德的特色，也非文学，又非批评。我对弗洛伊德的兴趣来自这样一种与日俱增的认识，即弗洛伊德是威廉·莎士比亚的编码者或抽象者。"[2] 众所周知，莎士比亚也是弗洛伊德最喜欢的作家之一，弗洛伊德的重要批评概念"俄狄浦斯情结"说在很大程度上就源于他对包括莎士比亚的《哈姆雷特》在内的世界文学名著的阅读。因而布鲁姆试图证明的

---

[1]　Graham Allen, *Harold Bloom: A Poetics of Conflict*, New York: Harvester Wheatsheaf, 1994, p. 1.

[2]　引自伊麦·萨鲁辛斯基（Imre Salusinszky）对布鲁姆进行的访谈, in Salusinszky, *Criticism in Society*, New York and London: Methuen, 1987, p. 55.

是，他和弗洛伊德都直接受惠于莎士比亚（文学），而决非受惠于某种理论。可以说，布鲁姆是一位植根于美国文学批评传统之土壤的天才，或如有人所称的"怪才"。他在经历了多次"弑父"的实践后发展了一套自己的批评理论，也即一种具有"修正主义"特征的文学批评理论。这种理论并非那种指向理论本身的元批评理论，而更是直接指向作家及其作品的实践性很强的理论。这也许正是他颇受正统学院派理论家非议的一个重要原因。

哈罗德·布鲁姆（Harold Bloom，1930—2019）出生于纽约市东布朗克斯的一个犹太人家庭，是早年从俄罗斯移居美国的移民。据说布鲁姆很小的时候就学了意第绪语，并受到希伯来文学的熏陶，只是后来才学英语的。1951 年，他毕业于康奈尔大学，师从著名的浪漫主义研究学者艾布拉姆斯，后来又转到新批评派的大本营耶鲁大学继续学业，1955 年获得博士学位。年仅 25 岁的布鲁姆只用了四年就拿到了文学博士学位，这在当时的耶鲁大学文科各系科都是极为罕见的。布鲁姆毕业后长期在耶鲁大学任教，现任该校斯特林人文学科讲座教授，并兼任纽约大学伯格英文讲座教授，美国艺术与人文科学院院士（American Academy of Arts and Letters）。和他的耶鲁同行不一样的是，由于布鲁姆的批评理论中的想象性"创作"的成分过多，很少道出对他产生影响的前辈宗师，他一直被排斥在更加具有学院和科学色彩的美国艺术与科学院（American Academy of Arts and Sciences）院士的大门之外。当然，布鲁姆对此也未必很在乎，他认为，无论是一个学者或是一个作家，写出的著作都应该拥有众多的读者，应该承认，他在这方面是一个独一无二的成功者。

确实，布鲁姆一生著述甚丰，其高产程度在整个西方人文科学史上都是罕见的。他迄今已出版专著近三十部，而由他编校并撰写序言的文学作品和其他书籍则达五百多部。他的主要著作包括《雪莱的神话创造》（Shelley's Mythmaking，1959）、《虚幻的陪伴：英国浪漫主义诗歌解读》（The Visionary Company：A Reading of English Romantic Poetry，1961）、《布莱克的启示：诗歌论辩研究》（Blake's Apocalypse：A Study in Poetic Argument，1963）、《叶芝》（Yeats，1970）、《塔中的鸣钟人：浪漫主义传统研究》（The Ringers in the Tower：Studies in Romantic Tradition，1971）、《影响的焦虑：一种诗歌理论》（The Anxiety of Influence：A Theory of Poetry，1973）、《误读的地图》（A Map of Misreading，1975）、《卡巴拉与批评》

（*Kabbalah and Criticism*，1975）、《诗歌与压抑：从布莱克到史蒂文斯的修正》（*Poetry and Repression：Revision from Blake to Stevens*，1976）、《能够想象的构图》（*Figures of Capable Imagination*，1976）、《华莱士·史蒂文斯：我们时代的诗歌》（*Wallace Stevens：The Poems of Our Climate*，1976）、《竞争：走向一种修正主义理论》（*Agon：Toward a Theory of Revisionism*，1982）、《容器的破裂》（*The Breaking of the Vessels*，1982）、《毁灭神圣的真理：从圣经到当下的诗歌和信念》（*Ruin the Sacred Truths：Poetry and Belief from the Bible to the Present*，1989）、《J 的书》（*The Book of J*，1991）、《美国的宗教：后基督教民族的出现》（*The American Religion：The Emergence of the Post-Christian Nation*，1992）、《西方的经典：各时代的书籍和流派》（*The Western Canon：The Books and School of the Ages*，1994）、《莎士比亚：人的创造》（*Shakespeare：The Invention of the Human*，1998）、《如何阅读，为什么阅读》（*How to Read and Why*，2000）、《天才》（*Genius*，2002）等。几乎他的每一本书的出版都会引起媒体的较大反应，但美国的学术界近几年来却在有意识地冷落他，甚至把他当作一位流行的、通俗的大众学术明星。我认为，这是有失公允的。仔细追踪布鲁姆的批评和学术生涯的发展，我们可以发现一条清晰的发展轨迹，那就是误读和修正。这应该算是布鲁姆对当代文学和文化理论的最重要贡献。

　　确实，对布鲁姆的渊博学识和自然天成的天赋，无论是他的同道或反对者都无法否认，因而他通常又有学术"怪才"之雅号，但对他的批评理论的激进性和对抗性却大有人持非议甚至否定的态度。应该承认，他既曾一度是解构批评在美国的鼓吹者，后来又是对这种后现代主义的批评模式提出激烈批评的反对者。布鲁姆的理论背景比较复杂，但有一点必须指明的是，他对弗洛伊德的精神分析学始终情有独钟，尽管他不想承认这一点，并且如同他的理论先驱者一样，也十分喜爱浪漫主义文学，并且在这方面有着精深的造诣。布鲁姆作为一位通晓多种语言的文学理论大师，对修辞手法的使用尤其精当，但他却不像他的耶鲁同事德曼和哈特曼那样"极端地专注文本"。作为一位人文主义者，他认为文学是一个特殊的研究领域，从事文学批评和研究的人也和从事创作的人一样，必须具备较高的才气，而这种才气并非后天可以培养的，而是与生俱来和自然天成的。可以说他本人在事业上的成功就是这种与生俱来的才气和后天的勤奋相结合的产物。这也正是他为什么赞同精神分析学的不少理论观点的一个原因，在他的理论批评中，从来就不否认人的主体作用。他和加拿大文学和文化批评家诺思洛普·弗莱一样，对浪漫主义诗歌尤其专注，并以一种浪漫主义诗人的气质和才性批评理论与学院式批评相对抗。因此，无论我们赞同与否，我们都会觉得，阅读他的著作可以感觉到他本人的气质和才华，我们仿佛在和一个才华横溢的批评大师直接对话，往往在对他的激进理论的困惑不解之中得到瞬间的顿悟。

此外，布鲁姆也在很大程度上继承了他的导师艾布拉姆斯的研究：

> 正如布鲁姆所表明的，他本人不仅受到弗莱的强烈影响，同时也受到艾布拉姆斯的影响，在他早期论述英国浪漫主义的三本书中，充满幻想的想象有四个特征：第一，富于幻想的想象代表了一种胜过所有仅仅属于"被给予者"的完全的胜利，尤其是胜过那个自然的世界，因为自然世界的魅力对于富有创造性的人来说是一个潜在的陷阱。第二，幻想的动力在力争得到表现时，十分独特地展现出一种探险，这是一种可以用图志来标出其线路的具有独特浪漫主义危机意识的抒情诗人的旅程。第三，一首浪漫主义诗歌中的纯粹的幻想或纯粹的神话制造的时刻……第四，这种崇高既然通过其超越所有语境而到达一种绝对幻想的纯洁性而存在，因而在某种意义上说，它便没有任何所指对象，而始终聚焦于纯粹幻想的欲望的盖然性上。[①]

即使是阅读他的理论著作，我们也很难看到冗繁的注释，听他给研究生讲课，更是桌上连一张纸都不放，但他却能闭上眼睛大段大段地背诵经典作家的诗句。当我在他的寓所里与他访谈并对此提出质疑时，他笑着说，谁说我不引证别人的著述？"我的著作中只引用经典作家的原文，而对那些缺乏真知灼见的二手资料则一律不予引证。"他的这种风格在当今的欧美学术界确实独树一帜。

毋庸置疑，布鲁姆有着广博的学识和多学科领域研究的造诣，对英语世界的文学批评理论之发展做出了独特的贡献。纵观他的大部分著述，我们不难作出这样的总结，布鲁姆对当代文学批评所做出的贡献主要体现在

---

① David Fite, *Harold Bloom: The Rhetoric of Romantic Vision*, Amherst: The University of Massachusetts Press, 1985, p. 17.

这样几个方面:(1)他早先的对抗式批评起到了对陈腐的、缺乏想象力的学院派批评的反拨作用,从而使得当代批评仍不丧失鲜活的文学性和美学取向;(2)他的加盟耶鲁学派则使得这一变了形的美国式解构批评更接近新批评的形式主义,从而仍贴近文学文本的阅读和分析,这也是他最终与解构批评分道扬镳的原因所在;(3)他的"误读"理论标志着当代批评的修正主义倾向,而这一倾向越到当前越是显示出富有理论性的启迪;(4)他的文学经典形成和重构的理论对比较文学和文学理论学者研究经典的形成与重构的问题做出了重要的贡献;(5)近几年来,他致力于一种类似后现代主义式的启蒙,通过走向普通大众来实现提高读者大众文学修养之目的,使得在一个缺乏想象力的物欲横流的后现代社会,文学仍有生存的一席之地。而在上述五个方面,直接对当代文学批评和文学研究有着积极影响的则是他的修正式批评理论和阅读策略。在当今的西方评论界看来,"哈罗德·布鲁姆仍然是最卓越的文学修正主义理论家。他肯定地认为文学史本来就是如此。他发明了一个刺激性的术语——'误读',并认为误读是诗人摆脱前人创作的必要的、开拓性的偏离"。[①]这就相当权威性地肯定了布鲁姆之于当下文学批评的重要意义。

我们说,布鲁姆的批评理论是一种修正式的理论,是因为他的创新是建立在对前人的误读和修正之基础上的。早在他的批评生涯之开始,他就大胆探索,勇于尝试着将比喻的理论、弗洛伊德的精神分析学和犹太教的神秘主义结合起来,经过一番修正和改造糅合进自己的批评话语。他特别对华兹华斯、雪莱、济慈等人的浪漫主义"危机诗歌"(Crisis Poems)感兴趣,因为他认为这些诗人的实践与他所持的"误读"理论较为符合。他认为上述诗人都是"强者",每一位这样的强者诗人都力图发挥自己的创造性才能去误读自己的前辈大师,因而他们的每一首诗似乎都经过了"修正"的各个阶段,而每一阶段又都显示出这种修正的程度。针对所谓的"误读"与创新之关系,他争辩道,自从密尔顿创作了《失乐园》等不朽的诗篇以来,诗人们仿佛都经受着一种"迟到"(belatedness)意识的折磨:由于自己在诗歌史上姗姗来迟而害怕前辈诗歌大师们早已把"灵感"使用殆尽了。为了适应这种迟到的写作,诗人们必须与自己的前辈大师进行殊死的搏斗,

---

① 让-皮埃尔·米勒,《修正主义、反讽与感伤的面具》(Revisionism, Irony, and the Mask of Sentiment),中译文见王宁编《新文学史1》,清华大学出版社,2001年版,第27页。

以便进入心灵世界，努力发掘，创造出一个富于想象力的独特空间。这种"竞技"式的拼搏就如同弗洛伊德描绘的一种"弑父"情结：只有"杀死"父辈诗人自己才能脱颖而出。正如彼德·德·波拉（Peter de Bolla）所指出的，"当然，只有误读（misreading）或误解（misinterpretation），这些术语所具有的负面价值才会丧失或降低。在布鲁姆的理论中，强者批评家，也即那些发现自己处于一种与其他批评家和诗歌文本的阐释有着影响关系的批评家，在这一点上与强者诗人是同类的：因为他们都施行了误解或误读的行为，而这些行为恰恰等同于对新的'诗歌'文本的创造。"① 因而在这方面，布鲁姆从精神分析学的"弑父"概念中得到颇多裨益，并创造性地将其用于自己的批评实践。他的这些感悟和洞见均体现在他早期的代表性著作《影响的焦虑》和《误读的地图》中。

　　《影响的焦虑》可以说是布鲁姆将弗洛伊德的理论创造性地应用于文学批评的一部力著。在这部篇幅不大的著作中，布鲁姆通过厚今薄古的"修正"主义策略，发展了一种"对抗式"（antithetical criticism）的批评。这种批评模式的特征体现在他颇为别出心裁地将弗洛伊德的"杀父娶母"的俄狄浦斯情结说运用于文学批评中，因而发展出一种具有布鲁姆特征的"弑父式"修正主义批评理论。根据这种理论，前辈诗人犹如一个巨大的父亲般的传统，这一传统无时无刻不给后人带来无法超越的巨大阴影，使后来者始终有一种"迟到"的感觉，因为当代人的每一个创造性活动似乎都已经被前人做过了，为了超越这种传统的阴影，当代的强者诗人唯一可采取的策略就是对前人的成果进行某种"修正"或创造性"误读"，通过这种误读来"弑去"父辈，也即以此来消除前辈的影响。当然，这种创造性误读是建立在对前辈有着充分理解之基础上的，因而其结果便可导致某种程度的创新。布鲁姆还别出心裁地提出了六种"修正比"：（1）"克里纳门"（clinamen），即真正的诗的误读或有意的误读；（2）"苔瑟拉"（tessera），即"续完和对偶"；（3）"克诺西斯"（kenosis），即一种旨在打碎与前驱的连续的运动；（4）"魔鬼化"（daemonization），即朝向个人化了的"逆崇高"运动；（5）"阿斯克西斯"（askesis），即一种旨在达到孤独状态的自我

---

① Peter de Bolla, *Harold Bloom: Towards Historical Rhetorics*, London and New York: Routledge, 1988, p. 24.

净化运动；（6）"阿波弗里达斯"（apophrades），或"死者的回归"。[①] 这六种"修正比"的提出为他后来的系统性"弑父式"修正主义批评实践奠定了理论基础。在德·波拉看来，"因此，影响并不是用来作用于诗歌阅读的一个范畴，它充其量不过是诗人写诗经验的一个方面；更为重要的是，它通过联觉心理学和弗洛伊德表现为一种连接情感时代与我们自身经历的力量，这样作为读者的我们在阅读时就必定会面临那种连接关系的各种比喻。在布鲁姆的意义上，误读就是使我们意识到那种比喻，并且估量修辞偏离原意的程度和对原意的维护，因为这二者确定了我们现在所处的位置"。[②] 由此可见，布鲁姆所鼓吹的误读或修正都是有限度的，它以原文意义为出发点，经过批评家的创造性阐释之后成为原作者和阐释者共同创造的一个新产品，而并非那种远离原文的过度阐释和滥加发挥。正如艾伦所总结的，"通过《影响的焦虑》，布鲁姆形成了他的诗歌理论的特色：一种根本上消解理想（deidealising）的理论。这种消解理想的原则取决于布鲁姆不断地以自己的方式来阅读诗歌的努力，而无须把任何诗歌以外的标准和语境强加于它。正如我们所注意到的，这种企图达到的诗歌阅读'诗学'代表了布鲁姆对被他用另一些对立的解释形式批判的还原性的有力抗拒。"[③]

　　和他的"耶鲁学派"其他同事一样，布鲁姆年轻时也曾醉心过新批评派的那套文本分析方法，但他从一开始就感觉到那套成规太束缚他的手脚了，使他难以展开联想和想象的翅膀，因此他早在 20 世纪 50 年代末就主张对新批评派的批评原则进行反拨和修正。他自己也力图摆脱新批评派所惯用的"反讽"和"自足"等陈规陋习，以捍卫诗歌的"幻想"和"宗教"价值。在 20 世纪西方文化界的科学主义和人文主义两大思潮的冲突中，布鲁姆始终站在后者一边。他也和弗洛伊德一样，十分重视人的作用，反对结构主义批评的那种抹杀人的主体性的"科学"做法。他在《误读的地图》中指出，拯救浪漫主义的人文主义意图，"使我们想起了我们所承受的人文主义的失却，如果我们使口头传统的权威屈从于写作的同仁，屈从于德里达和福柯那样的人的话，因为他们为所有的语言孕育了歌德曾错误地为荷马的语言所断言的东西，即语言本身可以写诗。实际上是人在写作，是

---

　　① Harold Bloom, *The Anxiety of Influence: A Theory of Poetry*, New York: Oxford University Press, 1973；中译文参见徐文博译，三联书店 1989 年版，第 13—14 页。

　　② Peter de Bolla, *Harold Bloom: Towards Historical Rhetorics*, p. 34.

　　③ Graham Allen, *Harold Bloom: A Poetics of Conflict*, p. 32.

人在思考,人总是寻求抵抗另一个人的攻击,不管那个人在强烈地想象那些迟来这个场景的人时多么富有魅力。"[1]坚持文学批评的个人色彩和个性特征是布鲁姆的修正式批评的一个主旨,这一点始终贯穿于他的批评生涯。但是另一方面,在尼采的权力意志和弗洛伊德的俄狄浦斯情结说的影响和启迪下,"布鲁姆通过将诗的想象和阐释力量非个人化",从而可以说最终"建构了一种批评的媒介,通过这种媒介,想象可以与最原始的独创性冲动相一致,也即达到一种把握真实的意志"。[2]显然,这种将批评当作一种生命体验的做法与解构的文字游戏是大相径庭的,因此不加分析地简单地将布鲁姆划归为解构主义批评家的行列至少不能全面地反映布鲁姆批评理论的真实面目。正如艾伦所总结的,"布鲁姆的整个'诗歌理论'可以说是建立在他对意义和权威的优先联想上的,同时也建立在他与之相类似的断言上,即'强者'诗歌总是而且不可避免地在迟到的诗人那里通过拒绝接受这一事实而产生出来。"[3]可以说,布鲁姆本人的修正主义批评理论也是建立在对前人的理论的不断修正和不断扬弃的基础上而产生出来的,这也许正是他的理论不同于其他"耶鲁学派"批评家的有着欧陆背景的批评理论的原因所在。

去经典化和文学经典的重构

30多年前,福柯在为德勒兹和佳塔里合著的《反俄狄浦斯》一书撰写的序中,从历史和文化的高度对那本书给予了高度的评价,他甚至预言20世纪后半叶将是一个"德勒兹的世纪"(a Deleuzian century)。在进入新世纪的今天,我们大概可以体会到福柯这一断言的前瞻性了。确实,在今天的英美批评家看来,《反俄狄浦斯》在理论上的一大建树就在于其对以传统的弗洛伊德式的俄狄浦斯中心为象征的法西斯主义/权力的解构。若将其运用于文学批评或文学文本的阐释,它也可以被当作从弗洛伊德的深层心理学结构向后结构主义的精神分裂式结构的一种消解中心(decentralizing)和非领地化(deterritorializing)之尝试的过渡。这里我仅简略地提及福柯

---

① Harold Bloom, *A Map of Misreading*, New York: Oxford University Press, 1975, p. 60.

② Cf. Michael Groden and Martin Kreiswirth eds., *The Johns Hopkins Guide to Literary Theory and Criticism*, Baltimore and London: The Johns Hopkins University Press, 1994, p. 96.

③ Graham Allen, *Harold Bloom: A Poetics of Conflict*, p. 30.

关于这本书的意义的一些看法。在福柯看来，反俄狄浦斯的尝试实际上意味着削弱甚至消除一种极权的法西斯主义的权力欲和霸权主义。从这个意义上讲，这本书"最好可以当作一门'艺术'来解读，例如就'性爱艺术'这一术语所转达的意义而言正是这样。"① 同样，如果我们沿着这条线索来阅读布鲁姆的批评理论著作，我们也许不难看出其中的对传统学院式批评的消解和"弑父式"的修正。在布鲁姆看来，那些才华横溢的"强力诗人"只有通过对象征"父亲"之权威的消解才有可能脱颖而出。就他本人的学术和批评生涯来看，正是由于他的藐视传统和对前辈诗人／作家的"弑父式"的阅读和批评才使得他在当代群星璀璨的英语文学批评理论界独树一帜。这一点尤其体现在他对当前的文学理论和比较文学界所热烈讨论的文学经典的构成和重构方面的独特见解和巨大影响。

在过去的 30 多年里，对文学经典的构成和重构的讨论至少波及三个领域：比较文学、文学理论和文化研究。如果说前两者对经典构成的讨论仍试图在文学领域内部对既定的经典作出某种修正和补充的话，那么在当前对经典的质疑乃至重构方面最为激进的实践便来自文化研究学者。众所周知，文化研究的两个重要特征就在于非精英化和去经典化，它通过指向当代仍有着活力、仍在发生着的文化事件来冷落写在书页中的经过历史积淀的并有着崇高的审美价值的精英文化产品；另一方面，它又通过把研究的视角指向历来被精英文化学者所不屑的大众文化甚或消费文化。这样一来，文化研究对经典文化产品——文学艺术生产的打击就是致命的：它削弱了精英文化及其研究的权威性，使精英文化及其研究的领地日益萎缩，从而为文学经典的重新建构铺平了道路。当然，它招来的非议也是颇多的，尤其是它有意地将"审美"放逐到批评话语的边缘，并且有意地冷落精英文学作品，这些做法就受到精英文学研究的反对和抵制。具有反讽意味的恰恰是，布鲁姆和一大批恪守传统观念的文学研究者对文化研究始终持反对的态度甚至天然的敌意。但是另一方面，由于他们本人对既定的经典的不满，因而在去经典化的斗争中竟不知不觉地和文化研究学者站到了一起。由于经典的形成与权力关系有着千丝万缕的联系，因此，"改变经典也许就要改变权力关系：承认多元主义也许就要驱散权威的势力；而接受真正的

---

① Cf. Michel Foucault's "Preface", p. 7, in Gilles Deleuze and Félix Guattari, *Anti-Oedipus: Capitalism and Schizophrenia*, trans. Robert Hurley Mark Seem and Helen R Lane, New York: The Viking Press, 1977.

民主的后果也许就要颠覆垄断寡头",因为这是相辅相成的。[①] 但颠覆了旧的经典之后又将有何作为呢?布鲁姆在近十多年里实际上所从事的正是对旧的经典的修正及颠覆和重构新的经典。但与文化研究者不同的是,他一方面仍然坚持文学研究的精英立场,并在一切场合为经典的普及推波助澜;另一方面,他仍然对远离文学文本阅读的文化研究和文化批评提出了尖锐的批评。因此在与文化研究和文化批评关系密切的左翼文学研究者看来,早先激进的布鲁姆现在却摇身一变,成了阻挡新生事物出现的"保守派"和右翼学者。实际上,更多的一批早先的文学研究者所主张的则是,文学研究与文化研究应当呈一种对话和互补的关系:这样便可以把文学研究得越来越狭窄的领域逐步扩大,并把文学置于一个广阔的(跨)文化研究的语境下来考察,只有这样才有可能使文学研究摆脱出危机的境遇,而适当地分析一些(包括精英和大众文学在内的)文学文本也不至于使文学的文化研究走得过远。[②]

尽管布鲁姆对文化批评和文化研究有着一种天然的敌对情绪,但他的修正主义理论之于当代文学研究和文化研究的意义仍体现在,他对文学经典的构成和重构提出了自己独特的见解。这种"去经典化"(decanonization)的尝试与文化研究者的实践实际上有着某种共通之处。文化研究学者在反对文学研究的精英意识的同时也扩大了经典的范围,使得一些长期被压抑在"边缘"地带的非经典或第三世界的文学跻身于经典的行列,可以说他们的努力是从文学外部着手的;而布鲁姆近十多年的努力则使得文学经典构成的神话被消解了,经典终于走出了其狭隘的领地,进入到千家万户,得到更大范围的普及。应该说,他的努力是从文学内部着手的,虽然立足点不同,但最后的归宿仍很接近。另一个具有讽刺意味的事例是,布鲁姆讨论文学经典的著作也和文化研究学者的论著一样十分畅销,有时甚至大大超过了后者的普及程度。在至今仍畅销不衰的《西方的经典》一书中,布鲁姆站在传统的保守派立场表达了对当前颇为风行的文化批评和文化研究的极大不满,对经典的内涵及内容做了新的调整,对其

① Carey Kaplan and Ellen Cronan Rose, *The Canon and the Common Reader*, Knoxville: The University of Tennessee Press, 1990, p. 3.

② 这种开阔的文学的文化研究视野可以从最近的一个例子中见出,也即法国的结构主义理论家茨威坦·托多洛夫新近发表的文章:"What Is Literature For?", *New Literary History*, Vol. 38, No. 1 (2007): 13–32.

固有的美学价值和文学价值作了辩护。针对经典（canon）这一术语所含有的文学和宗教之双重含义，他更为强调前者，因而他首先指出，"我们一旦把经典看作为单个读者和作者与所写下的作品中留存下来的那部分的关系，并忘记它只是应该研究的一些书目，那么经典就会被看作与作为记忆的文学艺术相等同，而非与经典的宗教意义相认同。"也就是说，照他看来，文学经典是由历代作家写下的作品中的最优秀部分所组成的，这样一来，经典也就"成了在那些为了留存于世而相互竞争的作品中所做的一个选择，不管你把这种选择解释为是由占主导地位的社会团体、教育机构、批评传统做出的，还是像我认为的那样，由那些感到自己也受到特定的前辈作家选择的后来者作出的"。① 因而写下这些经典作品的作家也就成了经典作家。由于经典本身的不确定性、人为性和流动性，只有少数才华横溢的年轻作家在与传统或经典的激烈的"弑父"般搏斗中才得以脱颖而出，而更多的人则被长期压抑甚或埋没了。面对前人创作成就的巨大阴影，他们本身很难有什么全然的创新，倒是布鲁姆的"误读"理论给了他们新的武器，通过"误读"和"修正"等手段他们也许能很快达到创新的境地。因而在布鲁姆看来，文艺复兴以来的西方文学所走过的道路如果写下来实际上足以构成一幅"误读的地图"。

　　当然，布鲁姆的"去经典化"尝试也并非纯粹消极的和破坏性的，他依然主张建构文学的理想和文学世界，并积极为之奔走。在当今这个后现代时代，不少精英文学作品受到大众文化和文学的冲击而被束之高阁，高校的比较文学专业研究生往往不去做文学研究的论文，却更加热心地去关注电影和电视作品。包括莎士比亚在内的一大批经典作家也受到当代阐释者的任意改编乃至阉割，这引起了布鲁姆等老一辈学者的不安。出版于1998 年的鸿篇巨制《莎士比亚：人的创造》就以其大胆的想象力和富于人文关怀和同情的创造性使一个备受冷落的莎士比亚又回到了人间，回到了普通读者中。该书的意想不到的畅销程度实际上也是布鲁姆这位"弑父"者和修正主义者在与前辈莎学者进行殊死搏斗之后的必然结果，它同时也向年轻的学者作了这样的启示：传统并非一成不变的，传统应是一个可供后代人不断进行修正和阐释的流动概念。莎士比亚及其作品的价值正是体

---

① Harold Bloom, *The Western Canon: The Books and School of the Ages*, New York: Harcourt Brace and Company, 1994, p. 17, p. 18.

现于其不断的可阐释性，人们可以从不同的角度来阅读莎士比亚，并从不同的角度建构出不同的莎士比亚，这样莎士比亚就永远活在文学的世界。同样，前辈学术大师也并非永远能够独占鳌头，即使在人文学科，也应当是一代胜过一代，而不会是一代不如一代。要实现这一目的就必须采取修正和"弑父"的策略，不断地对传统作出新的阐释和修正。而《莎士比亚》一书的成功就是这种修正策略的成功典范。正如布鲁姆所指出的，莎士比亚的戏剧"超越了我们的头脑所能想到的东西，我们简直无法跟上他的节奏。莎士比亚将继续对我们作出解释，至少在某种程度上是如此，因为他创造了我们，这就是我这本书贯穿始终的一个观点。"① 但另一方面，在具体阐释莎剧时，布鲁姆又试图超越前人的观点，以证明是莎士比亚在创作自己的作品时，也在同时"阅读我们""解释我们"，并且"创造我们"。也就是说，莎士比亚并不是神，而是一个活生生的人，他不断地在和同时代及后代读者进行交流和对话。因此，布鲁姆在"去经典化"的同时又创造了一个新的经典。

2000年问世的《如何阅读，为什么阅读》一书更是为布鲁姆赢得了众多的普通读者，据说光是这本书的版税他就拿了一百万美元，这对于一个从事文学研究的知识分子来说确实是十分令人羡慕的，同时他也因此遭到了更多的嫉妒。他过去的学生和同事詹姆逊奋力拼搏了一生，才在2008年获得蜚声人文学科领域的霍尔堡奖（Holberg Prize），若纯粹从经济角度来看，詹姆逊的奖金还不足一百万美元，还抵不上布鲁姆一部畅销书的版税。这确实使人对布鲁姆颇有微词。但对文学情有独钟的布鲁姆来说，好的文学作品仍不失读者，在当今的文学界，"理论已经死亡，而文学则仍有生气，并且有着众多的读者"，② 而他本人就要继续充当引导大众阅读和欣赏文学作品的"启蒙者"。在谈到阅读的目的和意义时，他开宗明义地指出，"我把阅读当作是一种孤独的实践，而非一种教育事业。当我们只身独处时，我们此时阅读的方式就保持了与过去的某种连续性，尽管这种

① Harold Bloom, *Shakespeare: The Invention of the Human*, "To the Reader", pp. 17–18. New York: Riverhead Books, 1998.
② 1998年5月，我应布鲁姆之邀在他的纽约住所和他进行了长时间的访谈。在谈话中，布鲁姆断言，"理论已经死亡，现在的理论家写出的东西只是相互间自己传阅，或相互引证，并没有广大读者，而文学则将永存。"虽然他的这番言辞不无偏激，但至少说明了西方文化理论界存在的一种现象，颇为值得我们深思。

阅读是在学院里进行的。我的理想的读者（同时也是我毕生的英雄）就是塞缪尔·约翰逊博士，因为他懂得并且表达出了持续不断的阅读的力量和局限。"① 应该承认，布鲁姆的这种向广大读者大众进行文学启蒙的实践与 F.R. 利维斯等文化研究先驱者的早期尝试并不矛盾，而与当代越来越脱离精英意识的非文学性大众文化则显然格格不入。因而一大批文化研究学者对他持有种种非议便不足为奇了。但另一方面，那些呼吁文学研究要返回美学和文学性的学者们则不约而同地把布鲁姆当作他们的理论指引者和精神领袖。所以在当今的英语文学理论批评界，布鲁姆仍有着很大的影响和众多的追随者。

布鲁姆之于当今中国文学批评的意义

毫无疑问，布鲁姆是美国或者说西方独特的文化土壤里产生出来的一位天才的文学学者和批评家。应该说，他的出现在其他文化土壤中是不可复制的。早在 20 世纪 80 年代，在美国的学术界，就有好几位青年学子以刚过 50 岁的布鲁姆为研究对象，并以他的批评理论来撰写博士论文，这充分说明了布鲁姆及其批评理论的重要性和影响。对于布鲁姆的批评理论之特色及巨大影响，艾伦曾做过这样的总结，"在最为直接的层次上，我们有可能这样描述，即对美国传统的关注为布鲁姆在历史的叙述中提供了最后的篇章，因为这一叙述支撑了他对影响的焦虑所作的理论描述，也为缪斯的逐渐西行的叙述提供了一个终结点，这一叙述在许多方面实际上就是影响的焦虑的理论。"② 今天，在非西方的语境下谈论影响的焦虑这一话题已并不算新鲜，尤其是在中国的文学和文化研究语境之下，就更是如此。众所周知，20 世纪的中国文学和文化受到西方文学和文化的极大影响，以至于不少保守的知识分子竟认为中国现代文学和文化被西方"殖民"了，对此我不敢苟同，但同时也不得不问道：我们在对布鲁姆的文学批评理论作了匆匆巡礼之后必然会考虑这个问题，对于有着悠久文学批评传统的中国文学理论界，布鲁姆能够带给我们何种启示？毫无疑问，我们完全可以从布鲁姆那横溢的才性和渊博的学识想到我国已故的文化昆仑钱钟书。曾经

---

① Harold Bloom, *How to Read and Why?* New York: Simon and Schuster, 2000, p. 21.

② Graham Allen, *Harold Bloom: A Poetics of Conflict*, p. 128.

有人拿钱钟书与德里达相比较，并得出了一些洞见，[①]但若立足于文学批评和文学研究领域的话，我觉得将钱钟书与布鲁姆相比较，倒是能做出一篇大文章，但本章在这有限的篇幅中不想去冒这个风险。我这里仅想指出，随着钱钟书的停止著述和去世，当代文学批评界再也没有出现过这样博学和富有才性的批评大家，文学批评和文学研究著述中常常充斥着半生不熟的套用西方理论术语的现象，批评远离文学文本，研究更是假大空，这样怎能推进文学创作的发展和文学理论的建设呢？我们的中国文学理论要走向世界，进而和国际文学理论界进行平等的对话，就必须有自己的独创性和理论特色。而面对前人和西方理论家著述的巨大阴影，我们每说一句话，每写一篇文章，都有可能在重复别人已说过的话或已做过的事情，那么我们又能有何作为？在这方面，同时具有博学和才性的布鲁姆及其批评理论应该给我们以极大的启示。首先是博学，只有博学才能对别人已做过的工作有所了解，才不至于再做重复性的工作。但若是仅仅以冗繁的注释和对别人工作的述评是很难得出创新性见解的，因而必须把自己的批评文章写得富有才性，这样才不至于仅仅在狭窄的同行小圈子内流传。当然，布鲁姆是西方文化的语境下，或更确切地说，是在英语文学批评界，产生出来的学者型理论家，他的局限性也是明显的。他不可能像钱钟书那样兼通中西，更谈不上同时用英文和中文这两种世界上最普及的语言著述了。对此他也有所认识。[②]而对于我们当今的中青年学者型理论家来说，用布鲁姆的修正式理论和实践来超越布鲁姆的局限，应该是我们今后的努力方向。只有这样，我们才能谈到在国际文学理论和文化理论争鸣中发出中国学者的声音进而向世界输出我们的批评理论。[③]

---

① 参阅袁峰《德里达与钱钟书：解构批评的遗产》，《文学理论前沿》第四辑（2007），第219—267页。

② 在我1998年5月和布鲁姆的那次访谈中，他明确地表示对自己不通中文而且不能阅读中国文学作品深感遗憾。

③ 关于中国的文学和文化理论的输出，参阅拙作《穿越"理论"之间："后理论时代"的理论思潮和文化建构》，载台湾《中央大学人文学报》第32期（2007年10月），第1—34页。

第二章

"后理论"时代的比较文学

比较文学学科的"死亡"与"再生"

　　在西方的语境下谈论比较文学的"危机"问题早已就不是什么新鲜话题了。我们只要追溯一下比较文学史上的几次重大的"危机"事件就可见出端倪：1958 年，在美国北卡罗来纳州的教堂山举行的国际比较文学协会第二届年会上，著名的文学理论家、英美新批评派的代表人物雷内·韦勒克（René Wellek）作了一个题为"比较文学的危机"的专题报告，这一报告在国际比较文学界产生了强烈的反响，被认为是标志着比较文学美国学派的崛起和法国学派的式微。从此，国际比较文学界就出现了美国学派和法国学派平分秋色的新格局，一向以注重事实考证和资料追踪分析的比较文学影响研究逐步在英语世界转向注重对跨越国界或民族界限的文学现象的平行比较和对文学文本的美学分析。之后，由美国学派的代言人亨利·雷马克（Henry Remak）于 1961 年对比较文学做出的著名定义更是使得比较文学研究的范围大大地扩展了。也就在此之后不久，在雷马克的故乡德国，接受美学的崛起使得传统的比较文学影响研究得到极大的刷新：研究者一反以往那种以追踪两种文学事实上的联系来说明一国文学对另一国文学的影响，而是更加注重另一国文学对这种影响的能动性接受和创造性转化。结果，影响研究演变成了接受—影响研究。这无疑对文学史的重新书写起到了积极的作用。因此，就这个意义上来说，谈论比较文学的危机问题并非是一件坏事，它在另一个方面倒是促进了这门学科的自我更新和朝向新的方向发展。在本章中，我将通过两个案例来讨论比较文学所受到的挑战和发生的转折，进而说明，这种"危机"并不一定非导致这门学科走向"死亡"，它也许在另一个方面来说是一次难得的"转机"。

比较文学的危机与翻译研究的崛起

　　尽管前几次对比较文学"危机"的预告并没有从根本上削弱这门学科

的力量和价值，但是也没有阻止人们对这门学科之正统性和合法性地位的消解尝试。这方面的一个代表性事件就是 20 世纪 90 年代英国比较文学和翻译研究学者苏珊·巴斯奈特（Susan Bassnett）从大力弘扬翻译研究的角度对比较文学学科的冲击和解构。巴斯奈特是当代英国比较文学和文化研究的一位颇有代表性的人物，她同时在比较文学和（文化）翻译研究两个领域内著述，并有着较大的影响。她在英国率先把比较文学扩大到比较文化研究的广阔语境，并与翻译研究相结合。但是也许正是这种对学科领域的拓展和其他学科领域的结合使她得以看出比较文学学科内部隐含的一些问题和危机。

进入 20 世纪 90 年代以后，巴斯奈特也和一些后现代和后殖民理论家一样，介入了对比较文学学科的批判性研究。她出版于 1993 年的专著《比较文学：批判性导论》就从翻译研究的角度对比较文学作了一个批判性的介绍，曾在学界产生过一定的影响。她的那本专著的一大特色就在于厚此薄彼（比）：借翻译研究的兴盛来贬抑比较文学。在那本书中，巴斯奈特在大谈翻译研究的合法性学科地位之后，直截了当地宣布，"今天，比较文学在某种意义上来说已经死亡了。二元差别的狭隘性、非历史方法的无助性以及作为普世文明力量的文学（Literature-as-universal-civilizing-force）这一看法的沾沾自喜的短视性都为这一死亡推波助澜。"[①] 但是就在她宣布比较文学"死亡"的同时，人们却不可忽视另一个具有悖论意义的现象，也即比较文学学者在当今的全球化时代仍十分活跃，他们出没于各个领域的学术会议，著书立说，各大学里的比较文学系所也不断地举行各种学术活动，甚至对整个人文学科都产生了一定的影响，对于这种状况又作何解释呢？巴斯奈特显然也注意到了这一现象，因此她接着指出，"但是它是在另一些旗号下存活的：当前在世界许多地方进行的对西方文化模式的激进的重估，通过性别研究或文化研究提供的新的方法论洞见超越了学科的界限，以及对发生在翻译研究内部的跨文化传播过程的审视。"[②] 所有这些现象均说明，自 20 世纪 90 年代以来的比较文学研究确实陷入了一个悖论式的危机：作为一门学科，它的领地变得越来越狭窄，许多原有的领地不是被文化研究占领就是被（文化）批评理论侵吞；但另一方面，比较文学学者的

---

　　① Susan Bassnett, *Comparative Literature: A Critical Introduction*, Oxford UK & Cambridge USA: Blackwell, 1993, p. 47.

　　② Ibid.

广博的多学科知识和对前沿理论的敏锐感觉，再加之他们那训练有素的写作能力又使得他们很容易"越界"进入一些跨学科的新领域并发出独特的声音。这正好与这门学科本身的衰落形成了鲜明的对照。当然，这带来的一个必然结果就是，相当一大批比较文学学者今天并不在研究文学，而是在从比较的视角研究其他学科的论题，比如性别研究、翻译研究以及影视传媒研究，甚至还涉及消费文化研究，等等。但另一方面，他们又不得不在体制上依附于比较文学学科，例如已故翻译研究学者安德烈·勒弗菲尔（André Lefevere）和曾经一度十分活跃的爱德温·根茨勒（Edwin Gentzler）等人就一直在比较文学专业内指导研究生。对于这一现象，巴斯奈特也十分清楚，所以她一直在寻找各种机缘为翻译研究的学科地位的确立而努力。因此，在平行讨论了比较文学和翻译研究之间的关系之后，巴斯奈特在该书最后一章"从比较文学到翻译研究"中，大胆并直白地指出，有鉴于比较文学的衰落，"然而，形成对照的是，翻译研究却赢得了地盘，并且自20世纪70年代以来凭借其本身的实力而逐步被看作是一门学科，它有一些专业学术团体、期刊和出版书目以及大量的博士论文"。[①] 因此，"我们从现在起应当把翻译研究看作一门主干学科，而把比较文学当作一个有价值但却是辅助性的研究领域"。[②] 可以说，巴斯奈特的这本书至少在理论上完成了对比较文学学科的解构和对翻译研究学科的建构。

今天，在全球化的语境下，文学的疆界已经大大地扩展了，许多被过去的形式主义文论家认为不属于文学的东西今天已经堂而皇之地进入了文学的殿堂，当然，这样所导致的一个后果便是，不仅比较文学的面目发生了根本的变化，文化研究也在朝着新的方向发展。人们也许会关心，巴斯奈特是否仍坚持翻译研究应有的学科地位呢？她是否还会像当年那样为翻译学的合法性大声疾呼呢？但是出人意料的恰恰是，她于2006年在《比较批评研究》（*Comparative Critical Studies*）丛刊第三卷第1—2期上发表了一篇令人震惊的文章：《21世纪比较文学反思》（Reflection on Comparative Literature in the Twenty-First Century），在这篇文章中，她改变了过去的厚此薄彼（比）的激进立场，而是更为激进地宣称，她当年写作《比较文学：批判性导论》一书的主要动机，"一是要宣布比较文学的死亡，一是要提升

[①] Susan Bassnett, *Comparative Literature: A Critical Introduction*, Oxford UK & Cambridge USA: Blackwell, 1993, p. 138.

[②] Ibid., p. 161.

翻译研究的形象。今天，反观那个主张，看来基本上是错误的：翻译研究在过去 30 年里发展并不快，对比依然是翻译研究学术的核心。要是我今天来写这本书，我会说比较文学和翻译研究都不应该看作是学科：它们都是研究文学的方法，是相互受益的阅读文学的方法。比较文学的危机，源自于过分规定性与明显具有文化特殊性的方法论的结合，它们实际上并不具有普遍适用性，也互不相关。"① 这样，关于比较文学危机的话题就再次被提了出来，而且也隐含着翻译研究的内在危机。她在此实际上同时将两个学科的合法性都予以了彻底的消解，应该说，巴斯奈特对问题的敏感性和洞察性确实是具有前瞻意义的，但是研究者们将如何从理论上来回应这一现象带来的新的挑战？因此就这一点来说，巴斯奈特并没有给出令人满意的答案，倒是为她本人以及别人的更为激进的观点的产生埋下了伏笔。

比较文学学科的"死亡"？

由于英国比较文学研究在国际学术界的不那么显赫的地位和影响，同时也由于巴斯奈特本人主要被认为是一位翻译研究者，因而她对比较文学学科的冲击所产生的影响仍然有限，并没有从根本上动摇比较文学这门学科所赖以生存的根基。2003 年，美国后殖民理论家佳亚特里·斯皮瓦克将自己于 2000 年在加州大学厄湾分校所作的雷内·韦勒克系列讲座的讲稿改写出版，取名为《一门学科的死亡》(*Death of a Discipline*)。② 这既有着反讽的意义，同时也有着内在的必然联系。众所周知，虽然韦勒克是公认的比较文学大师，同时也是美国学派的奠基人，但当年也正是他宣布了"比较文学的危机"，从而结束了法国学派的影响研究在国际比较文学界一统天下的格局，为美国学派的平行研究的崛起铺平了道路。所以比较文学的危机实际上演化成了新的转机。因此由斯皮瓦克担任以韦勒克冠名的系列讲座演讲者，讨论比较文学自然更有意义。只是斯皮瓦克比当年的韦勒克走得更远，她不仅预告了比较文学的新的危机，更是直截了当地宣布了这门日趋老化的学科的"死亡"。

《一门学科的死亡》一书的出版虽没有像出版于同年的伊格尔顿的《理

---

① 参阅苏珊·巴斯奈特《21 世纪比较文学反思》，黄德先译，《中国比较文学》2008 年第 4 期，第 6 页。同时也可参考该刊 2009 年第 1 期发表的几篇中国学者对该文的讨论。

② Gayatri C . *Spivak, Death of a Discipline*, New York: Columbia University Press, 2003.

论之后》那样在理论界引起轩然大波，但至少已经被不少人认为是宣告了比较文学学科的死亡。当然，在斯皮瓦克之前公开鼓吹"比较文学消亡论"者并不在少数，但却没有人能够比得上斯皮瓦克这样的重量级理论家的广泛影响。好在在此之前，比较文学作为一门学科就已经经历了多年的"冷却"甚至"萎缩"：面对形形色色的后现代理论的冲击，它已经无法验明自己的身份了，只能依附于这些理论的演绎和推论；而文化研究的崛起则更是使这门日益不景气的学科淹没在文化研究的大潮中。一些原先的比较文学学者纷纷离开这一领域，致力于传媒研究或其他形式的文化研究，也有一些大学的比较文学系或研究所改名为比较文化系或研究所，而另一些试图坚守这一阵地的学者们则面对其无可挽回的衰落之情境发出几声哀叹。人们不禁要问，事情果真如此简单吗？难道斯皮瓦克真的希望比较文学这门学科很快消亡吗？至少从我本人和她的接触和多次交谈中，我觉得答案自然应该是否定的。

首先我们可以从斯皮瓦克的挚友朱迪斯·巴特勒为她的辩护中见出这本书的几分真谛：

> 佳亚特里·斯皮瓦克的《一门学科的死亡》并未告诉我们比较文学已经终结，而恰恰相反，这本书为这一研究领域的未来勾画了一幅十分紧迫的远景图，揭示出它与区域研究相遇的重要性，同时为探讨非主流写作提供了一个激进的伦理学框架……她坚持一种文化翻译的实践，这种实践通过主导权力来抵制挪用，并且在与文化擦抹和文化挪用的淡化的独特的争论不休的关系中介入非主流场域内的写作具体性。她要那些停留在占主导地位的认识观念的人去设想，那些需要最起码的教育的人是如何看待我们的。她还描绘出一种不仅可用来解读文学研究之未来同时也用于解读其过去的新方法。这个文本既使人无所适从同时又重新定位了自己，其间充满了活力，观点明晰，在视野和观念上充满了才气。几乎没有哪种"死亡"的预报向人们提供了如此之多的灵感。[①]

也就是说，这本书的最终目的并非是要宣布比较文学学科的死亡，而是

---

① 参阅该书封底的评论。

要在其内部进行革新，从而使这门行将衰落的学科经过一番调整后重新走向新生。因此，这本书与其说是一部"死亡之书"，倒不如说是一部"再生之书"。应该指出，只有像巴特勒这样的熟谙解构策略技巧的女性学者才能如此清晰地窥见斯皮瓦克这本书的真正目的。总之，在巴特勒看来，斯皮瓦克的这本书非但没有宣称比较文学学科的死亡，反而在为一种与文化研究融为一体的"新的比较文学"学科的诞生进行理论上的铺垫，并在实际上起到了推波助澜的作用。当我于2005年4月在弗吉尼亚大学举行的一次国际学术会议上有幸和斯皮瓦克见面交谈时，她不无兴奋地告诉我她已经接任哥伦比亚大学比较文学与社会中心的主任，"我虽然不是一位擅长行政工作的人，但我们这些有着第三世界背景的比较文学学者应当携起手来共同推进学术的进步。因此我期待着你今年秋天来哥伦比亚大学访问演讲。"从那以来，我们就建立了比较频繁的学术交流：她两次邀请我前往哥伦比亚大学演讲，我也安排了她对中国的正式访问和在清华大学的演讲；此外她还应我邀请为我和谢少波主编的《国际英语文学评论》(ARIEL)"全球后殖民性"专辑撰写了论文。确实，通过和她本人的直接交往和讨论，我也看出，她丝毫没有要促使比较文学学科死亡的意思，倒是更加注重一门新的比较文学学科的诞生。就这一点而言，她和前辈学者韦勒克的目的是一致的。

我这里为什么要引证这个事件来作为我的论据呢？实际上，我只是想说明，我们已经谈论了多年的"比较文学的危机"问题终于在当今这个全球化的时代有了暂时的结论：作为日趋封闭和研究方法僵化的传统的比较文学学科注定要走向消亡，而在全球化的语境下有着跨文化、跨文明和跨学科特征的新的比较文学学科即将诞生。这种征兆具体体现在诸方面。首先是比较文学这门学科的身份认同问题，也即我们所热衷于讨论的其学科定位问题。

比较文学学科的再生与重建

在当今的全球化时代，谈论民族和文化身份已成为一种时髦，最近也把对身份认同的讨论扩展到了学科领域，也即比较文学的学科身份：它还像以往那样是一门"纯粹的"精英文学研究吗？它对语言和文学知识还有那么高的要求吗？如果答案是肯定的话，那为什么有那么多的人声称自己所从事的是比较文学研究呢？它的学科身份如何界定？我想要回答上述这一系列问题首先要回到身份的本来含义。

首先，我要澄清的是，我这里所讨论的身份认同绝不是单一的和固定不变的。对于"身份"或"认同"（identity）的双重含义，我们应作出这样的界定：它既指一种天然生成的固定特征（natural-born identity），同时也包括后天人为建构的多重特征（constructed identities）。它可以用来描述一个人的身份的变化和多重特征，也可以用来描述比较文学这门定位不确定、其疆界不断拓展、其内容不断更新的开放的学科的身份。我们仍然可以以此为出发点来进一步讨论比较文学的学科定位问题。在比较文学学科的发源地欧洲诸国，比较文学学科往往都和总体文学系科相关联，并涉及世界文学课程的教学，因为这些系科的课程设置大都跨越了语言的界限和国别的界限，有时甚至跨越了文化传统的界限，因而才进入了真正意义上的"比较"研究之境地。在巴斯奈特所在的英国，比较文学虽然不算发达，但在有些学校也有着类似的系所，这些系所也几乎无一例外地和另一种或另几种语言和文化相关联。在伦敦大学，比较文学与亚非语言文学学科有着更为直接的联系，该校比较文学研究中心的几位主要教授几乎都从事的是非英语文学研究。而在巴斯奈特任教的沃里克大学，比较文学和比较文化则与翻译学科相关联，共同处于一个研究中心之下，所涉及的国别、民族文学和文化有中国的、印度的、东欧的、加勒比地区的和非洲的文学和文化。这种多元文化共存的格局客观上为学者们从事比较研究提供了极为便利的条件。而在牛津大学和剑桥大学，却没有这样一个以比较文学冠名的研究中心或系所，但仍有学者积极地参与比较文学和文化研究方面的学术活动。由此可见，学科的身份并不是最重要的，重要的是你是否能拿出与之相符的研究成果。

我们再来看看比较文学学科在中国的定位。在香港和台湾地区，比较文学率先作为一门学科在一些主要大学的研究院设立，而从事比较文学研究的学者则大都出自外文系（台湾）或英文系（香港），其中绝大多数教师都在英美大学获得博士学位，这些专职或兼职从事比较文学研究的学者大都受过西方文学理论的严格训练，并有着广博的多语种文学的知识。因此这些学者经常参加国际比较文学界的学术活动，并能够在国际场合发表著述。而相比之下，中国语言文学系所的教师和研究生，虽然也不乏外语优秀者，但主攻的仍是传统的中国文学。这里的原因也很简单，因为作为一门学科的比较文学是一门从国外"引进"的学科，直接涉及两种或两种以上的文学，跨越了国别、语言、学科以及文化传统的界限。因此从事比较文学教学和研究，必须首先具备这样一种"资格"，否则你就走不上课堂。由于中国大陆的高校建立比较文学学科较晚，而且这一学科几经反复最后落在了中国语言文学一级学科之下，冠名为"比较文学与世界文学"。这一方面符合国际比较文学发展的方向——与世界文学融为一体，另一方面也人为地把一大批外语知识扎实的外文系的教师排斥在了学科的大门之外。当然这种情况最近已有了很大的改观，不少高校不仅是中文系开设比较文学课，外文系也开设这样的课。在美国的一些大学也有这样的情况：有些学校的比较文学系与英文系合为一体，如在几年前的哥伦比亚大学等校，但在更多的学校则单独设系或建立一个跨越系科的比较文学研究中心。最近几年，由于文化研究对比较文学领地的"侵犯"，不少原先的比较文学研究中心同时也从事包括传媒和电影在内的大众文化研究。我们不难看出美国比较文学界的一个具有悖论意义的景观：一方面有着众多的文学和文化学者声称自己所从事的是比较文学研究，但另一方面则是跻身比较文学学术体制的学者并不多，其原因在于，美国的比较文学学界内部仍有着"欧洲中心主义"的阴影，他们仍然强调比较文学学者应具备的语言技能和多语种文学和多学科的广博知识。由此可见，在美国的大学，比较文学学科实际上包括了英语文学以外的其他语种的文学，因而从事比较文学研究者也都必须具备一个基本的素质：至少掌握（除英语之外的）一门或一门以上的外语和外国文学知识。即使是在一些英美大学，外国文学课的讲授往往也是通过英文翻译的，但阅读英文文本或用英文写作实际上也涉及了比较的因素。

其次，就是比较文学与世界文学的关系问题。如前所述，在当今的中国学术界，经过多年来的历史演变和沧桑，比较文学终于在中国语言文学一级学科之下和世界文学一道赢得了一个二级学科的地位，对于这种学科分类，中国的比较文学界和外国文学界都曾有过不少争议。其实，比较文学与世界文学的密切关系是早已存在的。众所周知，在马克思和恩格斯合著的《共产党宣言》中，两位作者在描绘了资本的全球性扩张和渗透后稍微涉及了一点点文化知识的生产，说明"许多种民族的和地方的文学，形成了一种世界的文学"。[①] 当然马恩在这里所提及的世界文学范围相当广泛，涉及所有的精神文化的生产，但其要旨在于，各民族文学的相互交流

---

① 马克思和恩格斯《共产党宣言》，北京：人民出版社，1966年版，第30页。

是不可抗拒的，因而由此形成了一种世界的文学。当然马克思和恩格斯在这里提出的世界文学，主要是受到歌德当年关于世界文学的一种构想，所提出的一种理想化的未来文学发展的前景，而绝非意味着世界上只有一种语言写作的文学，更是与当今有人鼓吹的"趋同性的"文化全球化相去甚远。可以说，马恩这里提出的世界文学实际上就是比较文学的早期阶段，它要求从事比较文学研究的学者必须具备一种世界的眼光，只有把自己的国别和民族文学放在一个广阔的世界文学大背景下才能对特定的国别／民族文学做出实事求是的评价。我们过去常常说，越是民族的就越是世界的，这种说法既对又不对：对的地方在于，只有具有鲜明民族特色的精神文化产品才能受到国际同行的瞩目，只有那些仅仅产生于特定民族土壤的东西才能在一个世界性和全球性的语境下显示出其独特性；但反过来，如果我们的交流手段不畅通的话，世界都无法了解你，怎么能发现你的独特之处呢？因此，我认为，即使是那些具有鲜明民族特征的东西也应该放在一个广阔的世界语境下来估价才能确定其独特的新颖之处。而比较文学研究恰恰就是要把本民族的东西放在世界的大平台上来检验、来估价，才能得出客观公允的结论。我们的不少学者在自己的"比较文学"研究中，只是依靠阅读翻译文本，引进一些十分肤浅的"比较"方法，拿两个作家或两部作品放在一起，通过牵强的比附得出一些用另一些方法也能得出的肤浅结论，这怎么能不败坏比较文学这门学科的良好声誉呢？即使是在大学的中文系讲授世界文学课，也至少应该具有自己在某一国别文学研究中的较高造诣和较为全面的知识，通过用原文直接阅读那种文学的文本给学生带来一些新鲜的知识，此外也通过阅读原文撰写的理论著作和期刊论文，向学生通报学术界对某一专题的研究现状和最新进展。因此，我认为，从事世界文学教学和研究，并非是要排除国别文学研究，倒是恰恰相反，只有具有某一国别文学研究的广博知识和深厚造诣的人才有资格进行世界文学的教学和研究。

因此在我看来，比较文学的最高境界应当是世界文学的阶段，也即评价一个民族／国别的文学成就应将其置于世界文学的大背景之下才能取得绝对意义上的公正。从这个意义上说来，斯皮瓦克所说的那种为比较而比较的牵强比附式的"比较文学"确实应该死亡，而一种新的融入了文化研究和世界文学成分的比较文学学科就在这其中获得再生。对于世界文学，我在本书中将辟专章进行讨论。

中国比较文学的"全球本土化"历程及方向

近几年来，在中国的比较文学学者中，谈论全球化或全球性问题已经成为一种时髦，这并不足为奇。显然，全球化现象的出现在许多人看来只是当代的一个事件，其实这并非事实。如果我们从经济和文化的角度来追溯其在西方语境中的历史渊源，我们便不难发现，这一现象远非发生在 20 世纪 80 年代的事件，诞生于 19 世纪后半叶的比较文学在很大程度上正是这一始于哥伦布发现美洲新大陆的历史过程在文化领域内的一个必然后果。[①] 尽管全球化已经影响了西方的比较文学和文化研究，因而一些学者甚至认为传统意义上的比较文学这门学科已经死亡，[②] 但我依然要论证，与西方学术界的情形恰恰相反，比较文学在中国依然是最具有活力的一门人文类的学科，并且可以说在很大程度上直接得益于文化全球化或全球性的进程。进入新世纪以来，随着中文在全世界范围内的普及，中国的比较文学学者自然也应当对国际人文科学研究做出自己的独特贡献。

比较文学学科真的死亡了吗？

如前所述，2003 年，文学和文化理论界以及比较文学界接连受到两次严峻的挑战，发起挑战的是两位在学术界享有盛誉的学术大师，他们曾经

---

① 关于比较文学与全球化获全球主义的关系，参阅英文拙作："Comparative Literature and Globalism: A Chinese Cultural and Literary Strategy," in *Comparative Literature Studies*, Vol. 41, No. 4, 2004: 584–602.

② 这里应该指出的是，尽管佳亚特里·斯皮瓦克的具有挑战意义并引起较大争议的专著多少宣布了作为一门传统学科的比较文学的死亡，但她却在书中指明了全球化时代新的比较文学的一些新的研究方向。参阅 Gayatri Spivak, *Death of a Discipline*, New York: Columbia University Press, 2003，especially Chapters 1 and 3.

为这两门学科的发展做出过卓越的贡献，因而他们的发难不仅使人们对这两门学科的前途感到忧心忡忡。首先发起挑战的是英国的马克思主义理论家和文化批评家特里·伊格尔顿，他曾经是当代文学理论的积极鼓吹者，并以其专著《文学理论导论》（1983）而蜚声世界文论界，但他却在专著《理论之后》（2003）中哀叹道，"文化理论的黄金时代早已过去"①。毫无疑问，西方和中国的一些学者受其影响，也跟着宣称理论已经死亡，文学研究迟早要被文化研究所取代。对于这样一种激进的观点，文学和文化研究学者不得不正视并提出这样的问题：难道这一现象是普遍存在的现实吗？如果情况果真如此的话，我们的文学理论家和研究者将如何面对这一严峻的挑战？所幸的是，对理论的未来所抱有的这种悲观的论点已经受到了西方和中国的学者的批评性回应。②

那么另一个挑战，也即针对比较文学的挑战，则来自后殖民理论家斯皮瓦克的一本题为《一门学科的死亡》的专著，因而其影响就更大了，因为斯皮瓦克自 20 世纪 90 年代以来一直活跃于国际文学理论和文化研究的前沿。因此比较文学学者们也许会提出这样的问题：斯皮瓦克真的希望比较文学这门学科死亡吗？或者说她已经发现这门学科气数已尽了？比较文学还有没有前途？如果说传统的"欧洲中心主义"意义上的比较文学确实已经死亡的话，那么其他地方的比较文学，特别是中国以及其他东方国家的比较文学研究又处于何种情形呢？很显然，在读完全书之后，我得出的印象却是，斯皮瓦克并非真的希望比较文学这门学科死亡，因为她本人就是在这一学科内开始其学术生涯的。对此，她的朋友朱迪斯·巴特勒已经作了辩护。③确实，作为比较文学学者，我在读完斯皮瓦克的书后，也并未带有对比较文学学科之未来前景的悲观感觉，倒是惊异地发现，中国的比较文学在过去的几十年里所走过的道路或多或少已经预示了斯皮瓦克对全球化时代的新的比较文学学科的重新定位："比较文学与区域研究可以携手合作，不仅培育全球南方的民族文学，同时也培育世界各地的各种地

---

① Terry Eagleton, *After Theory*, London: Allen Lane, 2003, p. 1.

② 关于这两次回应的英文文献，参阅美国《批评探索》杂志举行的专题研讨会系列论文，*Critical Inquiry*, Vol. 30, No. 2（Winter 2004），pp. 324–479；以及 W.J.T.Mitchell and Wang Ning, "The Ends of Theory: The Beijing Symposium on Critical Inquiry", *Critical Inquiry*, Vol. 31, No. 2（Winter 2005），pp. 265–270.

③ 参见斯皮瓦克书封底上的巴特勒评论。

方语言写作的文学，因为这些语言的写作在新的版图绘制开始时注定要灭绝……实际上，新的比较文学并不一定是新的。但我必须承认，时代将决定'可比性'（comparativity）的必然观念将如何实行。比较文学必须始终跨越界限。"① 假如我们认为中国研究（China studies）属于区域研究范围的话，那么中国的比较文学研究无疑既是区域研究的一部分（在国际性的文化研究框架内）同时也是世界文学的一个方面。至于"越界"（crossing borders）的现象，我则认为，中国的比较文学在 20 世纪 80 年代复兴并逐步发展成长为一门学科以来立即就带有了"越界"的特征：我们的研究成果既超越了东西方之间的界限，同时也超越世界文学与民族文学之间的界限；既超越了文学与其他相关学科领域之间的界限，同时也超越了汉语文学与亚洲其他地区的其他语言写作的界限。在全面阐释中国比较文学在全球化时代的研究现状及未来走向之前，我认为有必要对其历史形成及发展作一简略的回顾。

中国比较文学的历史形成及发展

尽管在许多西方学者看来，讨论中国的比较文学教学和研究始于 20 世纪 80 年代，因为这时中国才开始实行改革开放，中国的学术才开始有机会与外界接触和交流。但是实际上，比较文学在成为一门独立的学科之前，已经在中国的语境中有了一百多年的发展历程：它在 20 世纪上半叶基本上处于被打压的边缘地位，直到新时期开始才逐步从边缘向中心运动，而到了新世纪伊始，又受到各种后现代理论和文化研究的挑战，但最终还是幸存了下来并得到了长足的发展。

正如杜威·佛克马（Douwe Fokkema）所认识到的，中国的比较文学始于 1907 年鲁迅发表《摩罗诗力说》，因而鲁迅应被当作中国比较文学最早的开拓者之一。② 如果我们并不否认这一点的话，那么我们就应该进一步推论，比较文学最初在中国的出现并非作为一门学科，而更是作为一种研究方法。正是采用这种方法，中国的一些有着广博的西方文学、日本文学或俄罗斯文学知识的人文知识分子才能以比较的视野来研究中国现代文学

---

① Gayatri Spivak, *Death of a Discipline*, New York: Columbia University Press, 2003, pp. 15–16.

② 参见佛克马在中国比较文学学会成立大会暨首届年会上代表国际比较文学协会的致辞，1985 年 10 月，深圳。

的，因而他们可以将中国文学放在一个广阔的跨文化的国际语境中来考察研究。在那前后，中国已经有了大面积的翻译外国文学和文化理论思潮的过程，这不仅给中国作家提供了创作灵感，同时也要求中国的人文学者将中国现代文学视为世界文学的一个组成部分，它不断地在走向世界并逐步具有了世界性和全球性特征。几乎在短短的十多年里，浪漫主义、现实主义以及现代主义等主要的西方文学思潮都通过翻译而进入了中国，对中国现代文学经典或传统的形成起到了有力的推进作用。面对这一事实，大学的文学教授将如何从事文学课的教学呢？这确实是教授们必须认真对待的一个问题。

　　所幸的是，在20世纪的20至30年代，中国的文学研究界有一批在西方著名大学受过良好教育然后又在中国的著名大学任教的学者，例如在哈佛大学获得博士学位的范存忠，回国后在东南大学讲授中英文学关系和18世纪的中国园林在英国文学中的再现；在哈佛大学获得硕士学位的吴宓回国后在清华大学教授中英比较文学，并从比较的视角讲授文学与人生问题；在耶鲁大学获得博士学位的陈嘉在清华大学讲授莎士比亚及其与元杂剧的比较研究；在法国斯特拉斯堡大学获得博士学位的朱光潜回国后同时在北京大学和清华大学讲授文艺心理学和现代西方文学理论思潮，等等。另一些有着在西方大学访学或从事研究经历的学者，也在自己任教的大学开设与中外文学比较研究相关的课程，如在清华大学以及其后的西南联合大学任教的闻一多、叶公超和钱钟书，在清华大学任教其后调入东南大学的陈铨，在北京大学任教的冯至和卞之琳等。时任西南联大中文系主任的闻一多甚至提议将中文系和外文系的文学专业打通，以便培养出学贯中西的通才，可惜他的早逝使得这一美好的愿望未能实现。但致力于培养兼通中西、会通古今的博学人才的目标已经为新的清华大学人文学科沿袭下来并取得了初步的成效。尤其值得在此一提的是，还有一些应邀来华讲学的西方著名文学学者，如瑞恰慈（I.A.Richards）、燕卜孙（William Empson）等，也为中国学生开设了中外文学比较和文学理论课程。他们在中国的高校任教时，通过课堂讲授和课外与中国学生的直接交流使得广大学生开阔了视野，拓宽了知识领域。这些有着广博学识的西方学者不仅以比较的方法讲授了各种现代文学理论，同时也向学生们提供了西方语境下的比较文学研究的最新进展和前沿理论课题。虽然他们并未能系统地把比较文学当作一门学科介绍给中国学术界，但他们的比较方法和广阔的国际视野却无疑开阔了学生们的眼界，扩大了他们的知识面，为他们日后从事比较文学教学和研究打下了坚实的基础。再加之一些具有开拓意义的比较文学专著的译介，如保罗·梵第根（Paul Van Tieghem）的《比较文学》（*La Littérature Comparée*）等，比较文学尽管在当时未能成为一门独立的学科，但已经被列入一些大学的课程，并在实际操作层面上取得了一些成果。

确实，作为一门学科的比较文学是从西方旅行到东方来的，并在其初始阶段为中国学者提供了新的研究方法和理论。但是这种由西向东的理论旅行到了 20 世纪 40 年代之后并未能继续下去，主要是因为当时的战乱时期政治的动荡和知识环境的压抑所造成。1949 年中华人民共和国成立之后，比较文学本来应当会有长足的发展，并逐步成为一门独立的学科，但是由于中国的教育政策和文艺路线在很大程度上受到苏联的影响，比较文学在中国谈不上健康长足地发展，这种情况一直延续到 1976 年"文革"的结束。但令人感到欣慰的是，即使是在那些受到压制和排挤的年代，仍然有一批学识渊博的文学研究者自觉地运用比较的方法著书立说，研究中国文学与外国文学的关系，这批学者包括朱光潜、范存忠、陈铨、钱钟书、季羡林、吴宓、杨周翰、方重、伍蠡甫等。他们的辛勤耕耘无疑为 20 世纪80 年代比较文学在中国的全面复兴进而发展成为一门独立的学科奠定了重要的基础。

由于比较文学是一门从西方到中国的"旅行的学科"（travelling discipline）或研究领域，因而当代中国的比较文学研究从一开始就同时受到法国学派和美国学派的影响。在方法论上，中国的比较文学学者不仅依循法国学派的严谨缜密的实证方法，考察中西文学关系的渊源和影响因子，并进行分析，同时也特别注重并汲取了美国学派重视文学现象的审美分析的平行研究方法的长处。在过去的三十年里，经常为中国的比较文学学者引证的一个关于比较文学的定义就是美国学派的代表人物亨利·雷马克的颇有争议的定义："比较文学是超越一国范围之外的文学研究，并且研究文学与其他知识领域及信仰之间的关系。包括艺术（如绘画、雕刻、建筑、音乐）、哲学、历史、社会科学（如政治、经济、社会学）、自然科学、宗教等。简言之，比较文学是一国文学与另一国或多国文学的比较，是文学与人类其他表现领域的比较。"① 虽然不少中国学者对这一过于宽泛的定义并不满意,但至今却也未能拿出另一个使大家都能接受的新的定义,因此也就只好沿用这一定义了。由于中文系和外文系学者的共同努力,比较文学一直快速发展并最终成为一门独立的二级学科,隶属于中国语言文学一级学科之下。在学术研究方面,它不仅跨越了学科的界限,而且渗透到世界文学和文学理论等研究领域。② 我这里仅列举几个具有标志性的例子来证明这门学科在过去的三十年里不断发展并日臻成熟的事实。

首先,中国的比较文学研究已出版了数百种专著和数千篇论文,再加上那些译自英、法、德、俄、日等语言的国外著述,确实蔚为大观,比较文学曾经是中国出版界首选的学术论题之一,不仅产生过较大的学术影响,同时也有着众多的读者。1985 年,《中国比较文学》杂志在上海的创刊,更是标志着这门学科的逐渐成形和成熟。

其次,自 1994 年以来,在中国的高等院校中,已经先后有七所高校建立了独立的比较文学与世界文学博士专业,再加上另外 20 多所高校的中国语言文学一级学科,全国共有 30 多所高校可以招收比较文学与世界文学专业方向的博士研究生。此外,还有更多的高校同时在本科和硕士阶段开设了比较文学与世界文学方面的课程。自 2011 年以来,中国高校的外国语言文学一级学科之下也开始设立比较文学与跨文化研究,作为二级学科招收研究生。

第三,1985 年在深圳成立的中国比较文学学会基本完成了全国性的比较文学研究的体制化,而中国比较文学学会在成立的同时也就成为国际比较文学协会的团体会员,从一开始就为这一学科的国际性特征奠定了基础。在 2016 年的国际比较文学协会第 21 届年会上,美籍中国香港学者张隆溪当选为协会主席,并决定于 2019 年在中国举办第 22 届国际比较文学大会。另一个与西方国家的情形所不同的是,在中国的大多数省、市、区,都建立了地方性的比较文学学会,这无疑为比较文学的普及起到了重要的作用。

---

① Henry Remak, "Comparative Literature, Its Definition and Function", in Newton Stallknecht and Horst Frenz eds., *Comparative Literature: Method and Perspective*, Carbondale: Southern Illinois University Press, 1961, p. 3.

② 根据一本最近出版的编著统计,在中文的语境下,从 1904 年至 2005 年这一百年间,共出版了 1200 多种可纳入比较文学研究范畴的专著和编著,几乎涉及了该学科的所有分支领域。参见唐建清和詹悦兰编《中国比较文学百年书目》,北京:群言出版社,2005 年版。

我们可以说，在当今的全球化语境下文学研究的其他不少分支学科都受到影响并呈萎缩状态，唯独比较文学仍然繁荣并具有活力，其"边界"不断地向当代文化理论和文化研究开放。

第四，中国的比较文学学者频繁地出席国际学术会议，并从一开始就十分重视在国际学术刊物上发表具有原创性的论文，以便在国际论坛发出中国人文学者的声音。因此在过去的三十多年里，中国比较文学学会共举行过十二届年会，而且每一届年会都要邀请数量可观的国际知名学者前来进行交流。另一方面，近年来，已经有越来越多的在西方高校受过教育的比较文学学者在国际权威学术期刊上发表原创性的论文，从而在国际学术界发出越来越强劲的声音。可以说，中国的比较文学学者再也不沉默了，他们正在从边缘向中心运动，一方面试图在世界学术的中心发出声音，另一方面则以来自东方的话语和声音消解了国际比较文学界一直存在的"欧洲中心主义"和"西方中心主义"的话语霸权。

这就是中国的比较文学如何从无到有，如何从一种引进的研究方法发展成为一门独立的学科的过程。鉴于比较文学在中国香港和台湾地区沿着另一不同的路径而发展，本章暂不予讨论。

比较文学与文化研究：对立还是对话？

毫无疑问，没有人能否定，全球化在近十多年里已经对当代文化，包括比较文学研究的各个方面都产生了影响。尽管有人仍然忽视全球化对文化生产以及精英文化研究的影响，但文学市场和研究领地的萎缩不得不大大地影响了比较文学研究。正如弗雷德里克·詹姆逊所指出的，"我认为全球化是一个传播学的概念，因为它遮蔽并传播了文化或经济的含义。我们有一种感觉，即在今天的整个世界，都有一些既密集同时又扩散的传播网络，这些网络一方面是各种传播技术的明显更新的结果，另一方面则在世界上所有国家，或至少是其大城市里，有着越来越大程度的现代化取向的基础，包括这些技术的转移"。[①] 如果我们认为全球化在当代的出现有助于文化研究的繁荣发展的话，那么其直接的后果就是作为一门精英文学研究

---

① Cf. Fredric Jameson, "Notes on Globalization as a Philosophical Issue," in Jameson and Masao Miyoshi eds., *The Cultures of Globalization*, Durham, NC: Duke University Press, 1998, p. 55.

的比较文学领地的日益萎缩。如果不仅仅限于比较文学研究领域的话，这一点既出现在许多西方的大学，同时也波及了一些中国的大学。因此毫不奇怪，中西方的不少文学研究者竟然认为，全球化时代文化研究的崛起敲响了比较文学的丧钟，但是另一些胸襟较为开阔的学者对之则不以为然。那么到底比较文学与文化研究的关系如何呢？这正是我们要从中国的比较文学和文化研究实践出发来给予回答的问题。

自从 20 世纪 90 年代以来，中国已经在一个广阔的全球资本化背景下逐步进入了市场经济的过程，这不可能不影响到文学和精英文化的研究。面临经济全球化导致的一个直接后果，市场经济的极大影响，大众文化已经成为文化研究学者必须正视的一个热门课题。有着大宗制作、商业性和消费性的大众文化无疑破坏了其固有的优雅和崇高性，使其带有鲜明的商品经济特征。但是在中国的语境下对大众文化的关注却与西方学界的情形迥然不同：在西方学界，大多是一些第一流的人文学者，如让·鲍德里亚、弗雷德里克·詹姆逊等，在关注或研究大众文化或消费文化，而在中国，则是新一代中青年学者在关注这一现象。尽管如此，中国的文学研究者不得不面对这一问题：我们如何迎接大众文化和消费文化的挑战？难道中西比较文学研究将改变其方向、方法甚至研究兴趣吗？既然在全球化的时代，信息的传播极其迅速，甚至不受固有的疆界所限，一些传统的学科濒临死亡，那么比较文学的未来前景又是如何呢？

精英文化以及文学研究之所以在当今时代受到严峻的挑战，其原因恰恰在于它们把自己局限于孤立的象牙塔内，与广大文化消费群体格格不入，因此很难摆脱这样一种困境。在西方，比较文学也处于类似的境遇，因为它仍被当作一门与大众文化研究相对立的精英研究领域。但另一方面，各种后现代理论则试图填平高雅文化与大众文化之间的鸿沟，使得两种不同形态的文学和文化能够进行平等的交流和对话。在过去一个相当长的时期内，作为精英文学和文化研究者，比较文学学者未能涉及非精英文化和文学现象，尽管也不乏热情投入国际性的后现代主义讨论的理论大家。詹姆逊也许是当时的比较文学学者中极少数从非精英视角关注后现代主义问题者之一。早在 20 世纪 80 年代初，他就从马克思主义的基础和上层建筑之辩证关系的视角分析了作为一种消费文化现象的后现代主义，在他看来，后工业社会的大众文化甚至消费文化的崛起使得精英文化和经典文学受到严峻的挑战，这一现象自然也引起了有着强烈社会责任感的比较文学学者以及文学和文化理论家的关注，但是他们的关注不应当表现在从一种居高临下的精英立场与包括区域研究和性别研究在内的文化研究相对立，而应当正视这一复杂的现象，以便从一个广阔的跨文化理论视角对之进行分析阐释，通过分析和阐释提出一些切合实际的应对策略。我认为这才是一种积极的态度，其结果并不一定会加剧现存的两种不同形态的文学和文化之间的对立，反倒会使这二者在一个多元文化的氛围中达到共存和互补。所谓的多元文化语境实际上意味着在一个宽松自由的氛围下，各种文化和文学话语，不管高雅的还是低俗的，不管是西方的还是东方的，都能发现自己的活动空间，这样不同的观点才能碰撞和交流，通过这种碰撞和交流开拓出新的研究空间。这也是各种后现代理论带给我们比较文学学者的一个积极的方面。

今天，我们十分欣喜地看到，在后现代教义的启迪下，中国和西方的比较文学学者已经认识到以一种跨文化和超学科的方法来从事比较文学研究的重要性。因此在这一点上，我赞同斯皮瓦克的看法，即传统的欧洲中心主义意义上的比较文学学科已几近死亡，但正是在破坏老的学科的过程中，一门新的比较文学学科已经诞生。我们同样高兴地看到，在当今的比较文学出版物中，由比较文学学者介入的大众文化研究也占有一定的比重。数量众多的学位论文不仅探讨诸如文学史、经典的形成以及文化价值这样的精英理论课题，同时也讨论诸如电影研究、电视研究、性别研究、区域研究甚至网络研究这样的文化研究课题，甚至分析诸如同性恋、口述文学的亚文体、流散写作、翻译文学甚至网络文学这样的非文学的文化现象。精英文化和文学与大众文化和文学的人为界限变得模糊进而逐渐消解了，比较文学和文化研究之间的平等对话得以有效地进行。这也正是比较文学在中国为什么不但没有"死亡"，反而通过引进诸多文化研究的课题而变得更加繁荣和生气勃勃的原因所在。它的一些课题实际上已经与"区域研究"（中国研究）和（翻译过来的）世界文学研究有着紧密的关系了。

确实，在当前的中国文化语境下以及人文知识界，有些人文学者和文学批评家十分担心全球化的影响，甚至更加担心近几年来的大众文化和文学的崛起，试图通过"挽救人文精神的危机"来与之相对抗。但事实上，大众文化已经占据了当代人们生活的重要位置，并像一个隐形的上帝那样主宰着文学和文化生产和交流。因此如果认识到它的存在的合法性并充分利用它的话，则有助于生产出高水平的文化产品并推进比较文学在一个广阔的跨文化语境下的研究，但若处理不好的话，大众文化则有可能逐渐地吞没已经日益萎缩的文学和文化市场，这样一来，比较文学就真的会落入死亡的境地。令人庆幸的是，当今中国的比较文学学者已经意识到了这一点，并且自觉地"跨越"了人为的界限，致力于关注中西文学的比较研究，将其视为文学视角下的区域研究之变体。

自 20 世纪 90 年代以来，中国的社会主义计划经济逐步转向市场经济，我国进入了一个政治、经济和文化的转型时期。在文化知识界，不同的学术话语呈一种共存互补的状态而非对立的状态：一些学者仍然致力于探讨文化理论的阐释和建构；频繁的国际学术交流使得中西比较文学研究能够在当代市场经济大潮中幸存并与西方乃至国际学术界进行平等的对话；高雅文化产品的生产在市场经济条件下常常以文学艺术的形式来运作，但先锋派的意识此时已经逐步衰落；大众文化的崛起并朝着多元方向发展，使得精英文化和人文学科面临着严峻的挑战，如此等等。但是另一方面，传统意义上的比较文学研究已经在中国的语境下发生了某种形式的变形，它与文化研究的各种论题混合为一体，如后现代和后殖民研究，种族和流散研究，影视和大众传媒研究，同性恋及怪异研究，文化身份研究以及全球化与文化研究等。所有这些论题或多或少都在中国的比较文学学者发表的著述中得到体现，尽管这些著述并不一定研究文学形式和艺术技巧，但也未远离文学。对此一些老派保守的比较文学学者十分担心，总有一天我们的学科会被正在风行的文化研究所取代，因为在他们看来，当前的比较文学研究，特别是一些青年学者所从事的研究课题，正越来越远离文学研究本身，尤其是他们的著述中引入了大量的文化研究学者所从事的课题和术语，使得传统的文学研究不知所云。针对所有这一切，我们将采取何种对策？这正是进入新世纪以来比较文学学者和文化研究学者应共同面对的问题。

走向一种全球／本土方向的比较文学研究

我们既然生活在一个全球化的时代，因而我们就不得不进入全球经济和社会文化资本化的进程。在麦克尔·哈特（Michael Hardt）和安东尼奥·尼戈瑞（Antonio Negri）看来，"毫无疑问，在进入全球化的进程时，尽管民族—国家的主权仍然有效力，但是也逐渐地呈衰落之状态。生产和交换的主要因素——金钱、技术、人力和商品——都随着超越民族疆界的安定而运作；因此民族—国家对于这些流动的宰制权和强加于经济的权力已变得越来越微不足道。甚至那些最具有主导力量的民族—国家，无论在外部还是在自己的疆界内，都再也无法被认为具有至高无上的权威。"① 显然，他们十分中肯地指出，在这样一个全球化的进程中，每一个人都必须多少受到残酷的"丛林法则"（law of jungle）的制约。毫无疑问，全球化使得世界上大多数的人被边缘化了，不仅是政治上和经济上如此，文化知识上也是如此。但是另一方面，尤其是在中国的语境下，正是全球化的到来才使得中国的经济受益无穷，并在政治上和文化知识的生产和传播方面逐渐树立了大国和强国的形象。政治上，中国由于其综合国力的强盛而在国际事务中发出越来越强有力的声音；经济上，由于经济的飞速发展和 GDP 排名进入世界第二，中国正在经历着一种"脱贫困化"的过程。因此，对于包括比较文学学者在内的中国当代人文知识分子来说，正是全球化的到来才使得我们有可能直接地与国际学术界在同一个平台上进行交流和对话。同样，也正是全球化的到来才使得汉语和英语一样，在全世界得到普及和推广，在这一过程中，中国文化也将更为世人所知。正是全球化的实施才使我们得以经常地出席各种国际学术会议或参与国际性的理论讨论，甚至在国际学术刊物上发表论文。当然，我们也应该看到，全球化也给我们的人文知识分子带来了许多不利的因素："精英"文化市场的萎缩，大学文科院系的合并或科研经费的减少等等，这种现象不仅在中国并不鲜见，即使在西方发达国家的名牌大学也经常出现。毫不奇怪，全球化也受到另一种力量的强有力的抵制：本土化，这一点尤其体现在当代人文学科诸领域中。当前，民族和文化认同问题不时地缠绕着中国的人文学者，尤其是比较文学和文化研究学者。实际上，正如艾弗瑞·戈登（Avery Gordon）和克里斯托弗·纽费尔德所指出的，"认同问题和历史问题在本质上都是不同的，前者始终是一个本体论问题。所有的认同问题都是关于这一点的，因为没有一个是在一种集体的历史中萌发出来的……文化认同是本体论性质的，在这里本体论指一种前历史的本质，而这一本质又是种族

---

① Michael Hardt and Antonio Negri, *Empire*, Cambridge, Mass. & London: Harvard University Press, 2000, "Preface", p. xi.

的概念。"① 既然中国是一个有着多民族的大国，那么其文化认同也应该是多元的和可以建构的。作为人文学科的一门分支学科，即使是传统意义上的比较文学在中国也不同于其在美国的命运，它依然没有死亡，但是它却在很大程度上在不断地建构和重构过程中失去其"固有的"文化身份，这当然既是好事也是坏事。

毫无疑问，在一个相当长的时期内，在中西比较文学研究领域，国内许多学者已经试图探寻中国文学，尤其是中国现代文学，是如何受到外国文化和文学思潮影响的。但是他们很少而且也不大可能去发现中国文学是如何在国外得到翻译介绍的，同时又是如何受到汉学家和一般读者接受的，因为这样一来，对他们的外语要求和资料的精确性要求都很高，因而有些人干脆放弃了这样的努力。久而久之，便造成了中外比较文学研究的某种"逆差"，好像中国文学只是单方面地受到外国文学的影响，而在国外则丝毫没有任何影响似的。我认为这样一种误导应该从根本上得到纠正。可以说，在这方面，全球化向我们提供了与西方汉学家以及国际比较文学同行进行平等交流和对话的机会。当前，文化全球化已经导致了我们的研究领域的扩大，戴维·哈维（David Harvey）将其描绘为一种时空还原的阶段（phase of reduction of time and space），② 当然这种时空观念的转换也是文化全球化的一个直接后果。显然，作为中国的人文知识分子，我们已经在不同的程度上感觉到了这一潮流对我们的民族文化的影响，并使我们中的一些人茫然不知所措。我们不得不面临这样一个问题：难道我们一定要人为地造成全球化与本土化的二元对立吗？答案自然应是否定的。我认为，采取一种"全球本土化"（glocalization）的文化视角也许更能准确地描述当前的中国比较文学研究之景观。

自 2015 年以来，我们已经先后庆祝了中国比较文学学会成立三十周年和国际比较文学协会成立六十周年，现在应该向我们的国际同行描绘中国比较文学在当下以及未来的发展走向了。我这里暂且提出我本人对这一发展走向的理解和概括。在西方"后理论时代"的理论思潮之发展走向的启

---

① Avery Gordon and Christopher Newfield, "White Philosophy" in *Identities*, eds. Kwame Anthony Appiah and Henry Louis Gates, Jr. Chicago: University of Chicago Press, 1995, p. 386.

② Cf. David Harvey, *The Condition of Postmodernity: An Enquiry into the Origins of Cultural Change*, Oxford and Cambridge: Blackwell, 1989, p. 84.

迪下，中国的比较文学在当下的主要研究课题体现在下列几个方面。[①]

（1）全球化与文学研究。这已成为近十年来西方和中国语境下讨论得最热烈的一个话题，这一方面说明中国的学术研究已经基本上和国际学术研究处于同一层次；另一方面也说明，具有普遍意义的理论话题不管是西方的还是东方的，不管是谁提出的，只要确实反映了当下理论研究的现实我们就必须应对或应用。正如我在本文中已经讨论过的，大多数学者都认为，全球化拓宽了我们的视野，使我们中国学者能够按照国际公认的学术标准来衡量我们的研究成果，也即把我们的研究成果放在一个国际性标准的层面上来考量这些成果究竟具有多少原创性，究竟在哪一个层面上居于前列：是国内前沿还是国际前沿。如果你的成果属于国内前沿，至少你的成果要反映在 CSSCI（中文社会科学引文索引）的被他引次数上；如果你的成果是国际前沿，至少也应该反映在你发表于国际权威刊物并收录A&HCI（艺术与人文科学引文索引）或 SSCI（社会科学引文索引）数据库中的论文数量及被他引次数。[②]这一标准的确立当然也使得一些善于造假和剽窃别人成果的"伪学者"现了原形。当然这一标准的确立也使得中国的比较文学研究的学术水平有可能大大地提高，其学术影响也可能很快地扩大。既然我们是在中国的语境下从事比较文学研究的，因而我们从一开始就确立了"中西比较"这一既跨越了广阔的文化传统和语言界限同时又最具有挑战意义的领域为我们的主要方向，因而我们实际上也已经使得许多在西方乃至国际学术界风行的理论话题被"全球本土化"了。通过我们的研究，我们又能反过来对这些出自西方语境的理论之合法性和有效性进行质疑、改造甚至重构。这样才能真正达到理论的双向旅行和对话。

（2）流散和海外华人写作研究。随着近三十年来的大规模海外移民，已经有越来越多的文学作品涉及这一主题，这些作品或用西方语言发表，进而在西方主流世界流传，或者用中文发表，主要在华人聚居的社区流传，但他们的创作实践和作品已经使得华人流散写作蔚为大观，而对之的研究

① 关于"后理论时代"的概念以及"后理论时代"西方理论思潮的发展走向，参阅长篇拙作《"后理论时代"的西方理论与思潮走向》，载《文学理论前沿》第三辑（2006），第3—39页。

② 关于笔者在人文社会科学评价标准方面的论述，参阅一篇最近的拙文《对人文社会科学现行学术评价系统的确认与辩护》，《学术研究》，2006年第3期。当然，对于人文学科的学者来说，专著也是一个衡量其学术水平的重要标志，可惜 A&HCI 数据库并未反映这一点。

则相对落后。甚至还有人认为对（包括美国华裔文学在内的）流散写作的研究无甚价值，我认为这种看法至少是短视的。实际上这些有着中国文化背景的流散作家的中文写作不仅引起了海外汉学家的关注，同时也引起了国内的比较文学学者的关注，因而流散写作及其研究同时应该成为国际汉学和比较文学研究的重要课题。我们目前所应当考察的是这些具有中国背景的作家用不同语言的写作是如何为该语言撰写的文学史增添新的篇章的。同时，汉语流散写作的普及也可以与英语世界的流散写作进行对话。

（3）文学的人类学研究和文学文化的书写。从事这一方向研究的学者大多受到西方文化人类学学者的影响，特别是研究方法论的启迪。既然中国有着五十五个少数民族，因而从人类学的角度来研究文学完全有可能得出一些新的洞见，这些洞见反过来又填补了文化人类学领域内的一些空白。例如，通过我们的研究，我们可以发现，那些少数民族作家是如何用自己的语言写作来达到对世界文学之贡献的，同样，他们中的另一些人又是如何通过中文写作而对世界汉语文学做出贡献的，其最终目的则在于建构一种文学的文化。

（4）汉语在全世界的普及以及用汉语撰写的新文学史。近十多年来，随着中国经济和综合国力的飞速增长，汉语也越来越对世界各国人民有着吸引力，甚至在一些地方出现了"汉语热"，这自然会对世界范围内的汉语写作产生一定的影响。正如某些西方学者已经注意到了当代英语文学研究之内涵的改变，世界汉语研究也必定将成为一门逐步走向独立的学科，因此编写新的文学史不一定要以国别或民族为界限，同样也可以以语言为界限：① 我们既然可以编写一部跨越国界的英语文学史，我们也同样可以编写一部世界汉语文学史。由于全球化在文化上的影响，英语变得越来越普及，但同时，英语本身也发生了某种形式的"裂变"，所带来的后果便是由单一的"国王的英语"（King's English）或"女王的英语"（Queen's English）裂变成为混杂的"全球英语"（Global Englishes）。与此相同的是，汉语也在日益普及而成为仅次于英语的世界第二大语言：一方面，汉语的普及使之突破了其原有的疆界而成为一门具有世界性意义的语言；另一方面，汉语的普及也日益使其民族身份变得模糊，汉语在全世界的普及使其

---

① 关于英语文学研究的以语言而非国别为界限的观点，参阅 Paul Jay, "Beyond Discipline? Globalization and the Future of English," *PMLA*, Vol. 116, No. 1（January 2001）: 33.

不仅成为中华民族的母语，同时也逐渐成为世界性的潜在工作和交际语言。作为比较文学学者，我们应该像歌德当年迎接世界文学时代的到来那样，以极大的热情迎接世界汉语或全球汉语时代的到来。这也是我们中国的比较文学学者必须正视并给予关注的一个新课题。①

（5）比较文学和文化研究的翻译转向。正如苏珊·巴斯奈特早在20世纪90年代初在考察比较文学与翻译研究之关系时就已经指出的，"由于比较文学一直在不断地论证自己是否应被看作一门学科，而翻译研究则大胆地宣称，它本身就是一门学科，因为这一领域里的研究所体现出的活力似乎向世人肯定地说明了这一点。因此应该重新考虑比较文学与翻译研究之间的关系了，而且应该有一个新的开始。"②尽管她最近改变了观点，但上述总结仍对我们有着一定的启发。那么究竟应该如何开始呢？巴斯奈特接着总结道，"比较文学作为一门学科气数已尽。妇女研究、后殖民理论以及文化研究中的跨文化著述已经从总体上改变了文学研究的面目。我们从现在起应当把翻译研究看作一门主干学科，而把比较文学当作一个有价值但却是辅助性的研究领域。"③尽管她当年的观点有些激进，但无疑却从比较文学研究的角度指出了翻译研究的重要性，因为比较文学研究从来就不忽视翻译的作用。任何一位从事两种或两种以上的文学比较研究的学者，实际上都涉及了文化翻译和转换的问题，而文化研究的"英语中心主义"也应该打破，因此呼唤文化研究中的翻译转向就更是十分必要的了。正如我在另一场合所指出的，既然翻译在中国现代文学经典或传统的形成中起了重要的作用，④因而我们如果不讨论翻译的问题就无法从事中西比较文学和文化研究。

（6）走向世界文学语境下的比较文学研究。教育部于1998年在制定新的学科目录时决定将比较文学与世界文学合并为一个学科，这一决定曾经在国内的比较文学学者中引起了一些争议，其中一个主要的原因就在于，他们认为，在西方高校，比较文学自诞生之日起就一直作为一门独立的学

---

① 这方面可参阅拙作《全球化语境下华语疆界的模糊与身份的重构》，《甘肃社会科学》，2004年第5期。

② 参阅 Susan Bassnett, *Comparative Literature: A Critical Introduction*, Oxford, UK and Cambridge, USA: Blackwell, 1993, p. 160.

③ Ibid., p. 161.

④ 参阅 Wang Ning, "Canon Formation, or Literary Revisionism: The Formation of Modern Chinese Literary Canon", *Neohelicon*, XXXI（2004）2：161–174.

科而存在，[1] 而世界文学则未听说是一门学科。凑巧，2003 年，美国比较文学学者戴维·戴姆拉什（David Damrosch）出版了一本题为《什么是世界文学?》的专著，在书中，他不仅强调了比较文学的干预作用，同时也强调了翻译的特殊作用。[2] 在这一点上，我们可以说，中国的比较文学研究实践早在 1998 年就预示了戴姆拉什书中的理论阐述，因而具有某种超前性。既然"世界文学"（*Weltliteratur*）这一由歌德于 1827 年创造出来的术语标志着全球化在文化上的直接后果——比较文学——的早期阶段，那么我们同样可以推论，伴随着全球化的全方位实践，今天的比较文学的最高阶段也应当是世界文学。因此我们中国的比较文学学者完全有理由在一个广阔的世界文学语境下从事中西比较文学研究。

尽管我们完全可以在西方学术界找到上述六个研究课题，但在中国的语境下，这些课题都在"旅行"的过程中被"全球本土化"了，因而发生了不同程度的形变，作为其直接的结果和共同点，我们便可据此与我们的西方以及国际同行进行平等的对话，并以积极的姿态介入国际性的理论争鸣，发出中国比较文学学者的日益强劲的声音。

---

[1] 关于这方面的一些争论，参阅陈惇的文章《比较文学教学的回顾与思考》，《中国比较文学》，2005 年第 4 期，第 12—26 页。

[2] 参阅 David Damrosch, *What Is World Literature?* Princeton and Oxford: Princeton University Press, 2003，especially pp. 1–36.

文学研究疆界的扩展和经典的重构

　　最近十多年来，对文学研究疆界扩展的现象的关注已成为文学研究者的一个重要课题。如果说，从 20 世纪 60 年代后期接受美学对文学史的挑战和对既定的文学经典的质疑开始，对文学疆界的重新勾画之尝试在西方学界也已经有四十年的历史了。[①] 最近几年来，国内的一些文学研究者也开始围绕文学本身的概念以及文学研究的疆界问题展开了讨论，[②] 也有人尝试着对中国文学的版图进行重新绘制，以便从一个新的理论视角对中国／汉语文学史进行重新书写。[③] 这一方面是中国当代的文学研究发展的内在逻辑所使然，另一方面则是西方理论从"中心"向边缘"旅行"进而产生的一个直接的效应。因此在对文学研究疆界的扩展及其后果作出评判并提出我们的相应对策之前，我认为有必要对近几十年来的西方，尤其是英语文学研究界关于这方面的讨论作一番回顾。

重划文学研究的疆界

　　确实，在最近三十多年的英语文学研究界和比较文学界，围绕着文学研究疆界日益扩大的现象进行的各种讨论始终吸引着各相关学科及研究领

---

　　① 尤其应该指出的是，国际文学理论界的权威刊物《新文学史》（*New Literary History*）最近一期（Vol. 38, No. 1, Winter 2007）讨论的专题就是"现今什么是文学？"（What Is Literature Now?），十多位欧美著名的文学研究者围绕茨威坦·托多洛夫（Tzvetan Todorov）发表于该刊 1973 年卷的论文《文学的概念》（*The Notion of Literature*）展开了热烈的讨论，托多洛夫本人也作了回应。这可以被看作是大面积地从理论上探讨文学研究疆界问题的一个先兆。

　　② 针对国内有人对文化研究的发难，陶东风曾撰写长文进行辩护，并试图阐明文学研究与文化研究之间的渊源和互补关系。参阅陶文《当代中国的文化研究及其与文学研究的关系》，载《文学理论前沿》第二辑，北京大学出版社，2005 年版，第 53—85 页。

　　③ 这方面笔者也曾作过尝试，参阅拙作《流散写作与中华文化的全球性特征》，载《中国比较文学》，2004 年第 4 期。此外也可参阅杨义、邵宁宁，《"重绘中国文学地图"》，载《甘肃社会科学》，2004 年第 5 期。

域的学者。有人认为这是 20 世纪中叶以来各种来自文学内部或外部的新的理论思潮冲击文学的一个必然后果，特别是国际性的关于后现代主义问题的讨论更是打破了文学与其他人文学科的界限，为一门新的"人文学"（human science）的诞生铺平了道路；也有人则将其看作是文学研究逐步过渡到文化研究的一个必然途径。在从事文学研究的学者那里，不管那些形形色色的新理论如何走红，"文学问题仍然是研究计划的核心"，[①] 这就是乔纳森·卡勒（Jonathan Culler）所谓的"理论中的文学"（the literary in theory）之含义。当年长期主宰英美高校文学讲堂的"英文研究"（English studies）曾几何时已经为"文化研究"所取代，曾经被认为是一个整体的"英国文学的伟大传统"也分化为以时间断代（如文艺复兴研究、18 世纪研究等）或区域和思潮（如美国研究，后殖民研究等）为特征的分支学科领域，文学研究，尤其是在欧洲中心主义意义上的精英学科比较文学已经死亡。[②] 如果要呼唤一门新的比较文学学科的诞生，唯有"与区域研究携手合作"，并且"必须始终跨越界限"。[③] 甚至更有人担心文学研究疆界的无限制扩大最终将导致文学研究这门既传统又处于不断革新之中的学科走向终结。如此等等，不一而足。应该承认，美国的比较文学学者对文学研究疆界的扩大始终抱欢迎的态度，因为美国的比较文学研究素来以跨越语言界限、跨越学科界限以及跨越艺术门类界限的"平行研究"而著称，当年正是韦勒克等人向以资料追踪和实证研究为特色的"法国学派"发起挑战才促使"美国学派"异军突起，并迅速进入国际比较文学的主流。这不能不影响到整个英语文学的研究。众所周知，在美国的许多著名大学，比较文学系长期以来一直依托英文系（如哥伦比亚大学）或文学系（如杜克大学），或者作为一个跨越各主要欧洲语言文学系科的研究中心或研究所，从事精英主义的研究生教育。他们的"超语言""超学科"式的研究与传统的国别/民族文学研究既互动又互补，共同形成了文学研究的多元格局。

到了 20 世纪 80 年代，由于文化研究对文学研究领地的"侵入"，包括比较文学学者在内的所有文学研究者均感到自己的疆界在不断地遭到侵蚀：一方面是固有的传统学科的领地日益萎缩，另一方面则是研究者兴趣的拓宽和研究范围的无限制扩展，进而使得文学研究者不得不对自己的"不确

---

① Cf. Jonathan Culler, *The Literary in Theory*, Stanford: Stanford University Press, 2007, p. 23.

② Cf. Gayatri Spivak, *Death of a Discipline*, New York: Columbia University Press, 2003.

③ Ibid., pp.15–16.

定"身份感到担忧。①毫无疑问,这些现象的出现导致的一个后果就是对固有的文学经典构成和重构的态度以及对之的考察视角的不同。当然,学者们在这些方面出版的著述真可谓是汗牛充栋。但是时过境迁,真正能够经过时间考验和历史筛选的著作并不多见。这里有必要提一提《重划疆界:英美文学研究的变革》(*Redrawing the Boundaries*:*The Transformation of English and American Literary Studies*,1992)一书所具有的历史性作用和当下意义。

这本书由新历史主义的代表人物斯蒂芬·格林布拉特(Stephen Greenblatt)和加州大学系统的资深教授杰尔斯·格恩(Giles Gunn)主编,专门讨论当今英美文学研究的变革问题。应邀为该书撰文的各位学者几乎都是美国高校的英美文学研究某一分支领域内公认的权威或新崛起的学术明星,由他们从内部来讨论该领域的危机和变革当然不会使人感到隔靴搔痒。在进入新世纪的中国文学研究界,我们不难看到,十多年前美国学者所关注并热烈讨论的"文学疆界"划分问题也开始进入了国内部分学者的研究视野,并有可能在这一问题上形成中美学者的真正平等的对话。

这本书所讨论的内容既全面又庞杂,但我们仍然可以看到四条清晰的线索:首先,该书审视了最近几十年来日益扩展的英美文学研究领域内的一系列变革和发展,回顾了各主要历史时期确有价值的学术研究,从中世纪研究、文艺复兴研究、17世纪研究、18世纪研究、浪漫主义研究直到维多利亚时代研究这些带有明显断代特征的传统的文学研究领域,并且对当今的一些新理论思潮和方法论对这些传统领域的"侵入"和所导致的革新作了恰如其分的评价。各位作者一方面看到这些新的理论思潮对上述传统学科研究方法的更新,同时也对这些学科在理论思潮起伏跌宕的年代所遭遇到的"边缘化"境地感到遗憾。他们大多出于对本学科领域之前途命运的关心,认为这些新的理论方法无论如何还是有利于学术创新的,至少说对研究者从一个新的视角来重新审视文学史上的老问题不无启发,因此文学研究领域的扩展乃至整个文学研究疆界的扩大并不一定会导致文学研究本身的消亡。

但是毕竟英美高校的文学研究远远不局限于上述传统学科领域,尤其是

---

① Haun Saussy ed., *Comparative Literature in an Age of Globalization*, Baltimore: The Johns Hopkins University Press, 2006, pp. ix–x.

进入 20 世纪以来，美国文学在英语世界异军突起并且迅速进入世界文学的主流，一大批在欧洲大陆的传统学科内不太受到同行重视的文学学科以外的理论家和思想家，如德里达、福柯、利奥塔、鲍德里亚、布尔迪厄等，经过美国这个世界学术中心的中介迅速成为蜚声世界的学术明星，他们的理论随之也被英美高校的文学学科接纳，成为各个相关文学研究领域内被频繁引用和讨论的"经典"。近几十年内最令人眼花缭乱的莫过于那些既跨越了国别和民族疆界、又跨越了学科界限、同时更带有不同时代精神特征的理论思潮的研究，例如从现代主义研究到后现代主义研究就给学科领域的扩展带来了积极的意义；而后殖民研究则对长期以来被压抑的"第三世界文学"和"非经典文学"浮出历史的地表进而实现经典的重构起到了极大的推进作用；崛起于全球化时代的流散研究则更是打破了民族—国家的界限，为从语言的视角重新书写文学史奠定了一定的基础。由此可见，该书展现给读者的第二条线索就在于一些学者对这些研究的反思和"再研究"，通过对这些曾经激发过人们思考和讨论的理论思潮进行重新审视，最终使其进入大学的研究生课程。因此各位作者一方面不满足既有的"经典"，另一方面则试图通过对其质疑和讨论而达到某种程度上的"重构"，这一尝试的理论意义自然是不容忽视的。该书作为一部主要由美国学者撰写的专题研究文集，因而也体现了鲜明的美国"本土"特色：追求理论上的标新立异和不断的批判性反思，不管是来自欧陆哪个国家的理论，要想在美利坚民族的文化土壤里驻足，就必须经历一种"美国化"的变形，这样才有可能成为一种具有全球性和普适性意义的理论。当年德里达的解构理论正是在他本人的参与和认可下，经历了这样一种"本土化"式的变形，才在美国乃至整个英语文学批评界形成一股解构批评大潮的。因此，在第三和第四条线索方面，该书展现了美国的文学批评和研究的两个方面：首先在学术研究方面，讨论了南北战争前的美国文学研究和其后的美国文学和文化研究等，旨在说明，与起源于"伯明翰学派"的英国文化研究所不同的是，美国的文化研究也有自己的本土渊源和传统；而在由这些研究领域的扩大而带来的批评论争方面，各位作者则考察了一大批既有着超"民族—国别"性同时又极具本土特色的批评流派和思潮：女权/女性主义批评、性别批评、美国的非裔批评、马克思主义批评、精神分析批评、解构批评、新历史主义批评、文化批评、后殖民批评等。可以说，直到 20 世纪 90 年代所有活跃的文学批评流派和倾向都进入了各位作者的研究和考察视角。

既然我们在中国的语境下讨论文学研究疆界扩展的现象，我们就不能仅仅满足于这本书所涉及的各个国别文学研究领域所提供的信息，而更应该从总体上认识这一现象本身对我们进入新世纪以来的英美文学和比较文学研究和教学的理论意义和学术价值。我认为，在今天的全球化语境下，民族—国家的疆界已开始变得模糊，更不用说语言的疆界或学科的疆界了。这不可能不影响到文学研究疆界的变更和重新划分。全球化之于文化的意义在于，它使得欧洲中心主义被突破之后新的世界文化格局的建构成为可能；同样，全球化之于文学的意义则在于它加速了世界文学时代的真正到来。由此可见，这本书的学术价值和理论意义主要体现在如下几个方面：传统研究领域的更新和当代意义，文学研究与文化研究的对话与共融，以及在一个新的世界文化格局中文学经典的形成及重构。

正如两位编者所承认的，英语文学研究界正处在一个"经历着迅速的并且有时令人茫然不知所措的变化"，① 在今天的英美高校文学讲堂，中古英语文学研究和后现代主义研究作为研究生课程同时进入教授的视野，非裔美国文学研究和后殖民的底层研究（Subaltern studies）都可以成为研究生论文的研究对象。此外，还有一些非文学的大众传媒因素，如电影和电视等，也蜂拥进入了以往的高雅文学研究殿堂。这一切均使得这些研究领域内经历了或大或小的变化，因此我们的研究视野也应当做出相应的调整。例如在文艺复兴研究领域，格林布拉特本人就从新历史主义的理论视角来挑战传统的历史研究和莎士比亚研究，使得这门备受冷落的传统学科领域再度焕发出新的生机，并且还和另一些批评家一道开辟了文学研究的新历史主义方向。

毫无疑问，传统的文学研究领地的萎缩和文学研究疆界的扩展是同时并存的一对矛盾，它在另一方面也涉及文学研究与文化研究的关系问题，这不仅是该书编者以及各位作者所关注的一个话题，同时也是西方和中国大多数文学研究者不得不正视的一个问题。文化研究作为一种异军突起的非精英学术话语和研究方法，其主要特征就在于其"反体制性"（anti-institution）、"跨学科性"（interdisciplinary）和"批判性"（critical）。在这方面，不可否认的是，英美国家的马克思主义对文化研究在当代的发展做

① Stephen Greenblatt and Giles Gunn eds., *Redrawing the Boundaries: The Transformation of English and American Literary Studies*, New York: Modern Language Association of America, 1992, p. 1.

出了不可替代的贡献，例如英国的威廉斯和伊格尔顿，以及美国的詹姆逊等马克思主义理论家，都对英语世界的文化研究和文化批评的发展兴盛起到了很大的导向性作用。由于文化研究的"反精英"和"指向大众"等特征，它对文学研究确实构成了严峻的挑战和冲击，致使不少恪守传统观念的学者，出于对文学研究命运的担忧，对文化研究抱有一种天然的敌意，他们认为文化研究和文化批评的崛起，为文学研究和文学批评敲响了丧钟。如此等等。

作为一位中国的英美文学和比较文学研究者，我始终认为，如果从文化研究在英国的兴起来看，它始终与文学研究有着不解的渊源和互补互动的关系：理查德·霍加特、斯图亚特·霍尔、约翰·费斯克这些公认的文化研究大师早先都是在自己的文学研究领域内成就斐然的学者，至于雷蒙德·威廉斯、特里·伊格尔顿、弗雷德里克·詹姆逊等同时在文学研究和文化研究领域内取得重大成就的学者，文学研究更是他们的老本行。在他们那里，种族、阶级、性别、身份等文化研究所特有的视角和细致入微的文学形式分析结合得恰到好处，绝不存在所谓的文学研究与文化研究相对立的状况。在当今这个全球化的语境下，东西方文化的交流和对话已经成为大势所趋，文化研究的"英语中心主义"模式也受到了挑战，甚至文化研究本身也处于某种"危机"的境地。因此我们从文学研究的角度来考察，便不难看出当代文化研究正在沿着三个方向发展：（1）突破"西方中心"及"英语中心"的研究模式，把不同语言、民族—国家和文化传统的文化现象当作对象，以便对文化理论自身的建设做出贡献，这种扩大了外延的文化理论从其核心——文学和艺术中发展而来，抽象为理论之后一方面可以自满自足，另一方面则可用来指导包括文学艺术在内的所有文化现象的研究；（2）沿着早先的精英文学路线，仍以文学（审美文化）为主要对象，但将其研究范围扩大，最终实现一种扩大了疆界的文学的文化研究；（3）完全远离精英文学的宗旨，越来越指向大众传媒和所有日常生活中的具有审美和文化意义的现象，或从人类学和社会学的视角来考察这些现象，最终建立一门脱离文学艺术的"准学科"领域。对于我们文学研究者而言，第二个方向最适合我们的研究兴趣，它既可以保持我们作为文学研究者的独立身份，同时也赋予我们开阔的研究视野，最终达到文学自身的超越。而第一个方向则应成为少数理论家的研究课题，第三个方向则是非文学研究者的任务。但即使如此，一些文化人类学者的研究方法仍可为我们文学研究者借鉴和参考，尤其是他们对当代"文学的文化"（literary culture）的书写更是有着重要的意义。由此可见，所谓文化研究与文学研究的人为的"二元对立"应该被消解，这样也就为我们进一步讨论文学经典的重构和文学史的重新书写铺平了道路。

经典重构与文学史的重写

关于文学经典的形成和重构问题，早在 20 世纪 80 年代后期和 90 年代初期就在英语文学界展开了讨论，最近几年，这一讨论也开始波及中国的文学理论界和比较文学研究界。如果我们将这场讨论的时间再往前追溯的话，自然又可以追溯到接受美学对文学经典的冲击。就经典（canon）这个术语本身所含有的文学和宗教之双重意义来看，从这两个方面探讨其本质特征应该为我们文学和文化研究所借鉴。既然我们在文学研究的语境下讨论经典问题，那么我们所说的就主要是文学经典。关于这方面，西方学者已经作过许多界定和论述。就其文学意义而言，所谓经典必定是指那些已经载入史册的优秀文学作品，因此它首先便涉及文学史的写作问题。仅在 20 世纪的国际文学理论界和比较文学界，关于文学史的写作问题就曾经历了四次重大的理论挑战，其结果是文学史的写作在定义、功能和内涵上都发生了变化。首先是接受美学的挑战，其次是新历史主义的挑战，再者是比较文学的挑战，最后是文化研究的挑战。在这里应该指出的是，接受美学的挑战不仅之于文学史的编写，同时也对比较文学的影响研究模式予以了刷新，使比较文学研究者得以同时从接受—影响研究的角度来从事两种或两种以上的文学的比较研究。而新历史主义的挑战则颠覆了长期以来人们所认为的历史的"客观性"和"科学性"之神话，为一种作为叙述的和具有"文本性"特征的文学撰史实践提供了合法性依据，同时也为文学经典的重构提供了合法性依据。

按照新历史主义者的看法，历史的叙述并不等同于历史的事件本身，任何一种对历史的文字描述都只能是一种历史的叙述（historical narrative）或撰史（historiography），或元历史（metahistory），或"文本化"的历史，其科学性和客观性是大可值得怀疑的。因为在撰史的背后起到主宰作用的是一种强势话语的霸权和权力的运作机制。经过这两次大的冲击和挑战，文学史的神话被消解了，文学史的编写又被限定在一个特定的学科领域之内，发挥它应该发挥的功能：它既不应当被夸大到一个等同于思想史的不恰当的地位，同时又不应当被排挤出文学研究的领地。但这时的文学研究领域已经不是以往那个有着浓厚的精英气息的封闭的、狭窄的领域，而成了一个开放的、广阔的跨学科和跨文化的领域，在这个广阔的领域里，文学研究被置于一个更加广阔的文化语境中来考察。这也许就是新的文学撰史学对传统的文学理论的挑战。正如新历史主义的代表人物之一蒙特罗斯在 20 世纪 90 年代初所总结的，经过一段时间的发展演变，"新历史主义已经构成了一种激烈辩论的玩弄术语的场所，一个被多重挪用和论争的场所，这不仅体现在文艺复兴文学研究领域之内，而且在文学批评的其他领域内也有所体现，此外在历史学和人类学领域，并在文化研究的跨学科空间内发挥作用"。[①] 显然，新历史主义批评也对文学经典的构成提出了挑战，作为这一挑战的一个直接后果，就是促使文学经典的重构问题被提到议事日程上。在 20 世纪 80 年代末和 90 年代初的欧美学术界，讨论文学经典建构和重构的问题甚至成为一个时髦的话题，在这方面，美国的文学理论界起到了相当大的推进作用，尤其是《新文学史》（*New Literary History*）和《批评探索》（*Critical Inquiry*）这两大权威刊物所起到的巨大导向性作用更是不可忽视。此外，现代语言学会（MLA）和国际比较文学协会（ICLA）也从学术体制上对关于文学经典问题的讨论给予了很大的支持。

现在我们再来看看比较文学对经典建构和重构的态度。由于比较文学首先涉及两种或两种以上的文学的比较研究，有时甚至涉及文学与其他学科和艺术门类的比较研究，因而比较文学研究者对经典问题一直十分敏感和关注，他们在这方面发表了大量的著述，对于从跨文化的视角重构经典做出了重要的贡献。尽管比较文学这门学科在一个相当长的时期内，一直是在欧洲中心主义的语境中发展的，但在 20 世纪 80 年代后期，经过后现代主义理论争鸣和后殖民主义理论思潮的冲击，文化研究逐步形成了一种更为强劲的思潮，有力地冲击着传统的精英文学研究。在文化研究大潮的冲击下，比较文学学科也发生了变化，它逐步引入一些文化研究的种族研究、性别研究、身份研究和后殖民研究的课题，并有意识地对经典文学持一种质疑的态度，以便从一个新的理论视角来对经典进行重构。比较文学学者首先关注的问题是究竟什么是经典？经典应包括哪些作品？经典作品

---

① Louis Montrose, "New Historicisms", in *Redrawing the Boundaries*, 1992, p. 497.

是如何形成的？经典形成的背后是怎样一种权力关系？当经典遇到挑战后应当做何种调整？等等。这些均是比较文学学者以及其后的文化研究学者们必须面临的问题。但这两类学者对待文学经典的态度仍有着很大的不同。

早在20世纪80年代后期，一些对文学和文学研究情有独钟、同时又致力于理论创新的学者就感到了文学阅读和文学研究的社会和历史转向。希利斯·米勒在现代语言学会1986年的主席致词中不无感慨地承认，"在过去几年内，文学研究经历了一种突然的、几乎是普遍的对语言本体方向理论的偏离，进而转向历史、文化、社会、政治、机构、阶级和性别状况、社会语境，还有物质基础"，[1] 在今天的全球化语境下，这种转向变得愈演愈烈，甚至连纯形式的文学研究也难以幸免。这一现象不可能不促使人们对固有的文学经典进行重新思考，并对导致这一后果的疆界扩展现象予以重视。确实，"疆界问题的突出也使我们想到，文学并不是某种固定不变的东西，而更是经历着不断建构和重构的东西，不断地转变概念上的名称内涵和局限的产物。不仅任何文类的文学经典作品可以在同时探询疆界和跨越疆界的过程中变得时新，而且文学本身的概念也处在不断的协商和调整中"。[2] 确实，文学经典的概念及其内容构成始终就处于这样一种动态之中：昨天的经典也许由于批评风尚的嬗变而在今天完全有可能失去昔日的光辉，而今天的经典也许正是由于新的批评理论的发现而得以跻身经典的行列。这就是文学经典的形成和重构的辩证法。

实际上，关于经典的形成和重构问题，欧洲的比较文学和文学理论学者早就作过许多界定和论述。今天我们回顾这些先驱者们的早期贡献也许有助于我们在这一问题上的深入研究。早在20世纪80年代后期，荷兰学者杜威·佛克马就涉足了文学经典的建构与重构问题，他提请人们注意接受美学对经典形成所做出的历史性贡献。此外，由于经典的形成往往有着跨文化和跨语言的因素，也即一个民族文学中的非经典文本通过翻译的中介有可能成为另一个民族的文学中的经典，反之亦然。在探讨如何选择经典时，佛克马开宗明义地提出了这样一个问题："……我们都想有一个经典，但是却不知道如何挑选经典；或者说如果我们知道哪些是经典的话，

---

① J. Hillis Miller, "Presidential Address 1986: The Triumph of Theory, the Resistance to Reading, and the Qestion of the Material Base." *PMLA* 102（1987）: 283.

② Stephen Greenblatt and Giles Gunn, eds., *Redrawing the Boundaries*, p. 5.

又如何去说服我们的同事相信我们选取的经典是正确的"①。既然除去欧洲以外，亚洲、非洲和北美的文学研究者都面临着选择经典的问题，那么经典的选取就应当放在一个广阔的世界文学语境之下来进行。在回顾了韦勒克等人关于经典的论述后，佛克马指出，"因为文学的经典是著名文本的精选，而且应当被认为是有价值的，有教育作用的，并可作为文学批评家的参照系。既然这些文本是著名的、受人尊重的，因而出版商便争相出版它们"。②但是对于世界文学语境下经典概念的流变却很少有人去进行梳理。佛克马凭着自己渊博的东西方文学知识，进一步指出，"经典的概念已经经历了不止一次的危机。例如，（1）从中世纪到文艺复兴的过渡时期，（2）从古典主义到浪漫主义的过渡时期，并且为了欧洲文学史以外的语境来选取例证，然后（3）从儒家到现代中国的过渡时期"，③在这些不同国度的不同时期，都有人为经典的确立而努力，因而经典始终是处于一个动态的状态，而且不可能仅有单一的经典。对此，佛克马以中国的文学经典在"文革"时期和"文革"后的改革开放时期的变化为例阐述了自己的观点。他的这种全球的和比较的视野一直延续到他后来对中国当代后现代主义文学的研究。他和蚁布思（E. Ibsch）在一部出版于21世纪初的专著中对"谁的经典""何种层次上的经典"等问题提出质疑后，便大量引证中国文学的例子，指出"我们可以回想起，中国也有着经典构成的传统，这一点至少也可以像欧洲传统那样表明其强烈的经典化过程之意识"。④由此可见，佛克马不仅在理论上较早地对这种现象进行了论证，而且在实践上，他也着手研究中国当代文学，撰写了一些批评性文字。但是像佛克马这样有着宽阔胸怀的西方学者实在是凤毛麟角，因而在长期的比较文学撰史实践中，不少西方学者不是出于无知便是有意识地忽略中国文学的存在。

　　毫无疑问，在当代对经典的质疑乃至重构方面最为激进的实践来自文化研究。文化研究的两个重要特征就在于非精英化和去经典化（decanonization），一方面，它通过指向当代仍有着活力、仍在发生着的文化事件来冷落写在书页中的经过历史积淀的并有着审美价值的精英文化产

---

① Douwe Fokkema, *Issues in General and Comparative Literature*, Calcutta, 1987, p. 157.

② Ibid., p. 159.

③ Ibid., p. 160.

④ Douwe Fokkema and Elrud Ibsch, *Knowledge and Commitment: A Problem-Oriented Approach to Literary Studies*, Amsterdam/Philadelphia: John Benjamins Publishing Company, 2000, p. 40.

品,另一方面,它又通过把研究的视角指向历来被精英文化学者所不屑的大众文化甚或消费文化来挑战经典的地位。这样一来,文化研究对经典文化产品——文学艺术造成的打击就是致命的:它削弱了精英文化及其研究的权威性,使精英文化及其研究的领地日益萎缩,从而为文学经典的重新建构铺平了道路。当然,它招来的非议也是颇多的,进入 21 世纪以来仍然活跃的哈罗德·布鲁姆就是当代反对文化研究和文化批评的主将之一。他一方面从精英文学的立场捍卫西方的经典之完整性和合法性,另一方面则不遗余力地为经典作品的走向大众而奔波。

布鲁姆在出版于 1994 年的鸿篇巨著《西方的经典:各个时代的书籍和流派》(*The Western Canon*: *The Books and School of the Ages*)中,站在传统派的立场,表达了对当前风行的文化批评和文化研究的反精英意识的极大不满,对经典的内涵及内容做了"修正主义式"的调整,对其固有的美学价值和文学价值做了辩护。在布鲁姆看来,文学经典是由历代作家写下的作品中的最优秀部分所组成的,因而毫无疑问有着广泛的代表性和权威性。正因为如此,经典也就"成了那些为了留存于世而相互竞争的作品中所做的一个选择,不管你把这种选择解释为是由占主导地位的社会团体、教育机构、批评传统作出的,还是……由那些感到自己也受到特定的前辈作家选择的后来者作出的"。[1] 但是就在这部《西方的经典》中,布鲁姆也对既定的经典作了"修正主义式的"调整:在文类方面,他加入了蒙田、塞缪尔·约翰逊、弗洛伊德这样一些非"纯文学类"的作家,而在地域方面,则加进了俄国的托尔斯泰和阿根廷的博尔赫斯,此外,也使得惠特曼和狄更生这两位美国作家进入了西方经典的行列。[2]

在今天的全球化语境下,任何形式的欧洲中心主义或西方中心主义思维模式都受到了挑战甚至趋于解体,不少学者认识到,讨论文学经典的重构问题必须具备一种世界文学的视野。那么究竟什么是世界文学呢?显然,我们今天所理解的世界文学之概念应当有别于当年歌德创造这个术语时的"乌托邦式的"初衷,也即我们"若将其作一限定的话,一个可行的概念就是,世界文学依然包含有数量很大的作品,这些作品必须取自范围广泛的

---

[1] Harold Bloom, *The Western Canon: The Books and School of the Ages*, New York: Harcourt Brace and Company, 1994, p.18.

[2] Ibid., p.18.

社会，并分布于不同的历史时期、不同的文化参照系和诗学"，[①] 同时应该包括东西方文学的优秀作品。尽管对于西方读者来说，阅读中国古典诗词和日本的和歌仍然离不开翻译的中介，但这种宽阔的世界文学视野将有助于我们对既定的文学经典进行重构，进而对文学史进行重新书写。对此我将专文予以讨论。

从语言的角度来重写文学史

诚然，本章提到的接受美学和新历史主义都曾经对重写文学史做出过理论上的贡献，但是它们的历史局限也是明显的：它们在一个西方中心主义的语境之下对传统的文学史写作的挑战不可能取得实质性的突破，只有具备一种世界文学的视野才能弥补这一缺憾。好在全球化时代的到来给了我们这样一个难得的契机。同时，一些西方的文学史研究者也已经认识到了这一局限，他们在新世纪伊始对文学史的写作进行了重新思考，在他们看来，"重新思考（rethinking）绝不只是再次思考，而是进行新的思考。这不是一个修改或修正主义的问题，也不是纠正、改变、修补或完善的问题。重新思考意味着重新考虑，也即对那些相关的概念和思考进行仔细的关注和认真的反思"。[②] 这一点对我们中国的文学研究者颇有启发意义。我们在撰写一部（外国的国别）文学史时是紧跟在西方学者之后亦步亦趋，或者仅仅是做一些翻译和介绍工作，还是从我们中华民族文化的本土立场出发撰写一部具有世界性意义的文学史？我想我们应该做的是后者。因为我们处于一个全球化的时代，全球化之于语言的一个重要意义就在于，它重新绘制了世界语言的版图：一些原先处于强势的语言变得越来越强势，而原先处于弱势的边缘的、稀有的语言则或者变得越来越弱势，或者濒临死亡。毫无疑问，我们所从事的英美文学的传载工具——英语是全球化的最大受益者。尤其是在一个有着十三亿人口的大国掀起全民学英语的高潮，更是为这门已经成为世界性的语言的进一步霸权地位推波助澜。但是我们也许忽视了另一个明显的事实：中国也是当今世界全球化的最大受益者之

---

① David Damrosch, *What Is World Literature*? Princeton and Oxford: Princeton University Press, 2003, p. 4.

② Linda Hutcheon and Mario Valdés eds., *Rethinking Literary History: A Dialogue on Theory*, Oxford and New York: Oxford University Press, 2002, p. ix.

一，中国经济在近三十年的飞速发展使得我们的民族主义情绪得到了很大程度的膨胀。要使这种情绪得到有利的疏导，就应该突破狭隘的民族主义的视野，具备一种超民族主义的视野。具体说来，我们在更为有效地掌握英语这门世界性语言以便更为有效地把中国文化和文学的精华介绍给世人的同时，也应该大力推进汉语在全世界的普及。对于汉语在全世界范围内普及的意义，我们也许只注意到了汉语疆界的扩展之积极的方面，却忽视了其另一方面，也即在扩展汉语疆界的同时却模糊了汉语的民族文化身份，使其也像英语一样变得日益包容和混杂：从一开始的民族 / 国别（national）语言发展为区域性的（regional）语言，最终成为世界性的（global）语言。我认为，如果果真能达到这一效果的话，我们应该完全有可能促使汉语早日成为仅次于英语的世界第二大语言。这一未来的前景实际上已经在下面几个方面露出了端倪。

首先，一批又一批华人的大规模海外移民致使汉语始终处于一种动态的状态，它的疆界既是不确定的，同时又是不断扩大的。其次，由于近十多年来中国经济的飞速增长，致使中国政府及其主管文化的官员们逐步认识到在全世界推广汉语的重要性：不仅要在世界各地建立若干个孔子学院，更重要的是要把中华文化的精品推向世界。第三，汉语互联网的建立也起到了大力普及汉语的作用。虽然在现阶段，国际互联网上百分之八十以上的信息都是靠英文传播，但随着汉语网站的日益增多和用汉语写作（至少是将其视为第二语言）的人数的增多，用汉语传播信息的百分比也会逐步上升。

由此可见，全球化打破了固有的民族—国家之疆界，拓展了语言的疆界，在这一过程中，不仅是英语，汉语也受益颇多，因此可以预见，在未来的时代，新的世界文化格局将形成：它绝不是一种单边的（英语）文化（culture），而是多姿多彩的（多语种）文化（cultures）。在这一多元文化共存的新格局中，汉语文化和汉语写作将显示出越来越重要的地位和影响。在这里，我再次对汉语疆界的扩展给文学身份的建构和文学史的重新书写带来的积极影响作一小结。近十多年来，在西方和中国的文学理论界以及比较文学界，重写文学史的尝试依然没有减少。我在此只想提出，语言疆界的扩展对文学史的重新书写也将产生重要的作用，它将为文学史的重写带来新的契机：从简单地对过去的文学史的批判性否定进入到了一种自觉的建构，也即以语言的疆界而非国家或民族的疆界来建构文学的历史。在这方面，英美文学研究者已经自觉地把全世界用英语写作的文学当作一个新兴的学科来建构，把英语文学当作一个整体来研究了。我们中国的文学史撰写者和研究者应当有何作为呢?

毫无疑问，作为仅次于英语的世界第二大语言的汉语，在全球化的时代也面临着语言疆界的扩展和文学史的重新书写问题。我们今天在讨论英文表述的 Chinese literature 时，实际上已涉及两个不同的概念和两套术语:"中国文学"和"汉语文学"，前者作为一种民族/国别文学，专指在中国本土（包括香港、澳门和台湾）产生出的文学（literature produced in China），后者作为一种世界性的文学，则泛指全世界范围内所有用汉语写作的文学（literatures written in the Chinese language）；前者代表了特定的文学所固有的民族性，后者则反映了用（包括汉语文学在内的）所有语言撰写的文学共有的世界性；我们也许已经注意到，前者中的 literature 用的是单数，后者中的 literatures 则用的是复数。而我们撰写一部汉语（世界）文学史，其意义并不亚于国际比较文学协会始自 20 世纪 70 年代的巨大合作项目：多卷本《用欧洲语言撰写的比较文学史》（*The Comparative History of Literature in European Languages*）的"超民族主义"意义，这实际上也是我们中国的文学研究者为新的世界文学格局的建构做出的独特贡献。

流散文学与文化身份认同

　　早在后殖民主义理论思潮高涨的中期，就有不少西方学者，如爱德华·赛义德、霍米·巴巴、阿里夫·德里克（Arif Dirlik）等，或者以其亲身的流散及其写作经历来关注流散现象及流散写作，或者通过分析一些流散作家的文学文本介入了对流散写作的考察和研究。应该说，他们所做的工作为我们在一个全球化的语境下研究流散写作奠定了基础。进入全球化时代以来，随着民族—国家概念的日益不确定和民族文化身份的日益模糊，大规模的移民潮和流散现象仍未见缓慢而且越来越引人注目，这种现象所导致的一个直接后果就是流散写作的方兴未艾。伴随着流散写作而来的另一个现象就是流散作家的民族和文化身份认同的多重性。虽然包括海外华裔在内的流散作家的文学成就十分引人瞩目，但国内对之的关注和研究却较少，至少很少有人从文化研究和身份认同的角度来考察这一发生在全球化历史进程中的独特现象，①这确实与流散写作在全球化时代的繁荣兴盛形成了鲜明的对比。本章实际上旨在弥补这一缺憾。另一方面，我本人通过对流散现象的历史溯源，发现这一现象突然出现在当今时代并非偶然，而是有着漫长的历史潜流和独特的传统，它不仅是一种历史和社会现象，同时也有着其自身的文学进化逻辑。因而同时从社会历史的眼光和文学史的角度来综合考察流散写作的身份认同应该说是本章的一个目的。

---

　　①　为了弥补流散现象及流散写作在我国当代研究中的空白，由清华大学比较文学与文化研究中心和中国比较文学学会后现代研究中心共同主办的流散文学和流散现象学术研讨会于2003 年 9 月 13 日在北京举行。出席研讨会的有来自国内外的高校和科研出版机构的专家学者和作家 50 余人。但这次小型的研讨会只是一个开始，实际上为类似的更为深入的国际研讨会作了一些学术上的准备。

全球化、移民和流散现象的出现

对全球化与文化问题的论述,我已经在国内外发表了不少文字,在此不必赘言。在对全球化现象进行理论建构时,我曾基于目前国际学术界对全球化现象进行的全方位研究已经取得的成果,从七个方面对这一现象作过理论描述和总结。也即(1)作为一种经济一体化的运作方式;(2)作为一个已有数百年历史演变的过程;(3)作为一种全球市场化进程和政治民主化进程;(4)作为一种批评的概念;(5)作为一种叙述范畴;(6)作为一种文化建构;(7)作为一种理论论争的话语。[①] 然而,随着文化全球化问题研究的进一步深入和多维取向,随着上述流散现象在当代的日益明显,我们还应该将全球化的后两个方面——移民潮的形成和流散文学的崛起以及民族文化身份的认同和建构纳入我们对全球化研究的视野。本章主要讨论流散写作及其由此而来的民族和文化身份认同问题。

追溯流散现象出现的原因必然首先考虑到全球化给世界人口的重新组合带来的影响,毫无疑问,造成这一现象的一个根本原因就在于始于 19 世纪,并在 20 世纪后半叶达到高潮的全球性的大规模移民。作为历史上最早关注全球化现象的思想家和理论家,马克思和恩格斯早在 150 多年前就在《共产党宣言》中颇有预见性地描述了资本主义从原始积累到大规模的世界性扩张的历史发展过程,指出,由于资本的这种全球性扩张属性,"它必须到处落户,到处创业,到处建立联系。资产阶级,由于开拓了世界市场,使一切国家的生产和消费都成为世界性的了……"[②] 毫无疑问,伴随着资本的对外扩张,发展和操纵资本的运作与流通的人也就必然从世界各地(边缘)移居到世界经济和金融的中心:欧美发达的资本主义国家,在那里定居、生存乃至建立自己的社区和文化。而一旦他们在经济和金融的中心确立其地位后,便需要大量的廉价劳动力,因此伴随着资本的流动,劳动力的流动便扩大和推进了资本主义的再生产。此外,资本的所有者还不满于在本地扩大再生产,他们必须考虑向海外的边缘地带渗透和施加影响,以便开拓新的市场。在这里,他们一方面通过其代理人或中介机构推销他们的产品,推广他们的文化和价值观念,另一方面,则在当地"本土化"的

---

① 王宁《马克思主义与全球化理论的建构》,《马克思主义与现实》,2003 年第 1 期,第 85—91 页。

② 参见马克思和恩格斯《共产党宣言》,人民出版社,1966 年版,第 27 页。

过程中逐渐形成一种介于中心和边缘之间的"全球本土化"（glocalization）的变体。这实际上就是全球化时代流散的双向流程。不看到这一点，只看到强势文化对弱势文化的施压和渗透而忽视弱势文化对强势文化的抵抗和反渗透，就不能全面地把握流散现象的本质特征。

当今时代的全球化特征已经越来越明显，信息产业早已取代了传统的农业和机器工业。从事信息生产和传播的劳动者早已经不是早先那些没有什么文化教养的产业工人，而更多的则是受过高等教育的白领工作者。他们除了对自己的职业有着特殊的爱好外，还对自己的民族和文化身份认同有着清醒的意识。作为一位同时对全球化问题、后殖民批评以及流散作家的身份认同都有着精深研究的第三世界裔西方学者，阿里夫·德里克同时也是一位汉学家，他尤其对现代中国思想和文化有着独特的见解。他本人是一位土耳其人后裔，在民族身份方面也与赛义德和巴巴一样异常敏感。他在美国学术界的立足实际上也是从边缘向中心运动最后驻足中心的一个比较成功的范例。他对全球化时代的民族身份问题的这段概括性描述也许对我们认识流散现象与另二者之间的内在联系不无启迪：

> 在历史性的评价中民族主义和殖民主义同时是欧洲中心主义的产物和代理人，这一点在殖民主义中表现得更为明显，殖民主义是继欧美在全球的扩张中出现的，并且他们企图把这种殖民化纳入欧美的经济、政治和文化的轨道。而在民族主义中的表现就没有那么突出了。特别是地区—国家的出现，在此区域的构想下，这种民族主义似乎又与全球化的必要性相违背……早期国家内部地区间的联系造成了地区—国家这一状况，而这一点或多或少地促使了先期不同的政治体系中，其范围从部落到帝国的地区性。此后，19世纪后半叶地区形态的全球化的扩展在两方面对全球化的进程起到了推动作用。①

因此民族主义从来就是和殖民主义同时存在的：哪里有殖民主义的"全球化"扩张，哪里就有民族主义的抵抗和"少数人化"的策略，而后者正如

---

① 参阅阿里夫·德里克《跨国资本时代的后殖民批评》，王宁等译，北京：北京大学出版社，2004年版，第177页。

巴巴所言，实际上是另一种形式的"全球化"。①

　　讨论全球化时代的民族和文化身份认同，必然涉及流散现象及流散写作。我们今天所说的"流散"（diaspora）一词又可以译作"离散"或"流离失所"，对这一现象的研究便被称为"流散研究"（diasporic studies）。也许人们会问，为什么这个词要译成"流散"而不是"离散"呢？可以说，在这方面，我本人也受到德里达的一个自创术语"延异"（différance）的中译的启迪：既然英语和法语中都没有这个现成的词，因而中译者也就创造了一个新的中文词"延异"，正好融合了这个词的两个意思：延缓和差异。同样，Diaspora 这个词同时带有"流落他乡"和"散居异地"之义，因此我们将这两个意思都包含在中文译文中就是"流散"：既是散居的同时又是流动的。这用于描绘诉诸文学创作的流散写作应该是最合适的表述。

　　当然，流散这个术语也带有鲜明的意识形态倾向性。它最早的使用是西方人用来描述犹太人的大规模"离家出走"和所处于的"流离失所"和"无家可归"状态，明显地带有某种贬义。现在居住在新加坡的华裔澳大利亚籍学者王赓武曾经气愤地质问道，"西方人为什么不称自己的移民为流散者呢？显然这其中带有殖民主义的种族偏见！因为这个词主要是指涉欧美国家以外的民族和国家在海外的移民族群。"②他指出当今一个非常有趣但又十分严峻的事实：随着大批中国移民在海外的定居，他们首先考虑到的是要融入当地的民族或社区文化，因此有的人不仅不用汉语写作，甚至连姓名也改成了当地人的姓名。就他们的身份而言，除了一张华人的面孔外，我们已经看不到他们身上有任何华人文化的痕迹了。③但是另一个不可忽视的事实则是，不少人还是选择了用国际流行的语言——英文从事写作，因而在客观上达到了在全世界传播中国文化的效果。时至今日，流散这一术语已经越来越带有了中性的意思，并且越来越专指当今的全球化时代的移民所形成的"流散"状态。虽然对流散写作或流散现象的研究始于90年代初的后殖民研究，但进入全球化时代以来，由于伴随着流散现象而来的新

---

　　① 参见霍米·巴巴于2002年6月25日在清华—哈佛后殖民理论高级论坛上的主题发言《黑人学者和印度公主》（The Black Savant and the Dark Princess），中译文见《文学评论》2002年第5期。

　　② 参见王赓武于2004年3月14日在清华大学举办的"海外华人写作与流散研究高级论坛"上的主题发言。

　　③ 同上。

的移民潮的日益加剧，一大批离开故土流落异国他乡的作家或文化人便自
觉地借助于文学这个媒介来表达自己流离失所的情感和经历，他们的写作
便形成了当代世界文学进程中的一道独特的风景线：既充满了流浪弃儿对
故土的眷念，同时又在字里行间洋溢着浓郁的异国风光。由于他们的写作
是介于两种或两种以上的民族文化之间的，因而他们的民族和文化身份认
同就不可能是单一的，而是分裂的和多重的。也即他们既可以以自己的外
国国籍与原民族的本土文化和文学进行对话，同时又在自己的居住国以其
"另类"面孔和特征而跻身当地的民族文学大潮中。在当今时代，流散研究
以及对流散文学的研究已经成为全球化时代的后殖民和文化研究的另一个
热门课题。毫无疑问，在这一大的框架下，"流散写作"（diasporic writing）
则体现了全球化时代的一个独特的文学现象。那么，流散和流散写作究竟
是当今时代发生的一个现象还是有着一段漫长的历史和自身的传统呢？我
们首先来回顾一下流散及其写作的历史渊源以及在当代的最新发展和特征。

流散写作：历史的演变与传统

近几年来，在中国的学术界，主要是比较文学和文化研究界在关注流
散及其写作。这也正好说明，研究流散文学现象可以纳入广义的国外华裔
文学或海外华文文学研究的范围，因为上述两种研究都属于比较文学研
究的大范围。由于流散文学现象涉及两种或两种以上的文化背景和文学传
统，自然属于比较文学研究的范围，因此将其纳入跨文化传统的比较文学
研究视野是完全可行的。而文化研究者所关注的则主要是流散作家的民族
和文化身份和在文化交流中的双重作用。就近三十年来的中国文学创作而
言，我们不难发现一个有趣的现象：在创作界几乎每隔五年左右就为当下
的流行文学理论批评思潮提供一批可供批评家和研究者进行理论阐释的文
本。这恰恰说明了我们的文学在一个开放的时代正在走向世界，并且日益
具有了全球性特征，和国际水平缩短了时间差。而相比之下，理论批评和
研究却显得明显"滞后"。最近我们非常欣喜地读到一些出自海外华裔作
家之手笔的作品，并自然而然想到把他们叫作中文语境中的"流散作家"
（diasporic writers）。当然这个词过去曾被译成"流亡作家"，但用来指这
些自动移居海外但仍具有中国文化背景并与之有着千丝万缕联系的作家似
乎不太确切，因而有人认为叫"离散"作家为好。但这些作家又不仅是离

散，其中有些人近似流亡散居或流离失所，而另一些人则是有意识地自我"流放"和散居海外的，这种流动的和散居的状态正好赋予他们从外部来观察本民族的文化，从局外人的角度来描写本民族 / 国家内无法看到的东西。因此我认为将其译作"流散文学"比较贴切。也就是说，这些作家中有相当一部分是自动流落到他乡散居在世界各地的，他们既有着明显的全球意识，四海为家，但同时又时刻不离自己的文化背景，因此他们的创作意义同时显示在（本文化传统的）中心地带和（远离这个传统的）边缘地带。另一个不可忽视的现象是，我们若考察近三十多年来的诺贝尔文学奖获得者，便同样可以发现一个有趣、然而却不无其内在规律的现象：20 世纪 80 年代以来的获奖者大多数是后现代主义作家，90 年代前几年则当推有着双重民族文化身份的后殖民作家，到了 90 年代后半叶，大部分则是流散作家。当然对流散作家的研究，我们可以追溯其广义的流散文学和狭义的专指全球化过程所导致的流散文学现象。我们不难发现这一过程的演变也有着自己的传统和发展线索。

　　广义的流散写作可以追溯到启蒙主义甚至文艺复兴时期。那时的具有流散特征的文学并没有冠此名称，而是用了"流浪汉小说"（picaresque novelists）或"流亡作家"（writers on exile）这些名称：前者主要指不确定的写作风格、尤其是让作品中的人物始终处于一种流动的状态的小说，如西班牙的塞万提斯、英国的亨利·菲尔丁和美国的马克·吐温、杰克·伦敦等作家的部分小说，但并不说明作家本人处于流亡或流离失所的过程中；后者则指的是这样一些作家，他们往往由于其过于超前的先锋意识或鲜明的个性特征而与本国的文化传统或批评风尚格格不入，因此他们只好选择流落他乡，而正是在这种流亡的过程中他们却写出了自己一生中最优秀的作品，如英国的浪漫主义诗人拜伦、挪威的现代戏剧之父易卜生、爱尔兰意识流小说家乔伊斯、英美现代主义诗人艾略特、美国的犹太小说家索尔·贝娄以及出生在特立尼达的英国小说家奈保尔等。他们的创作形成了自现代以来的流散文学传统和发展史，颇为值得我们的文学史家和比较文学研究者仔细研究。可以说，出现在全球化时代的流散文学现象正是这一由来已久的传统在当代的自然延伸和发展。

　　当然，对流散的现象并不可以一概而论，这其中也有着复杂的因素，在这些因素中，民族和文化身份的认同始终占据着重要的地位。对于流散或流离失所以及所导致的身份认同方面的后果，当代后殖民理论大师爱德华·赛义德有着亲身的经历和深入的研究。早在 90 年代初他就描述了流散族群的状况，"作为一项知识使命，解放产生于抵制对抗帝国主义的束缚和蹂躏的过程，目前这种解放已从稳固的、确定的、驯化的文化动力转向流亡的、分散的、放逐的能量，在今天这种能量的化身就是那些移民，他们的意识是流亡知识分子和艺术家的意识，是介于不同领域、不同形式、不同家园、不同语言之间的政治人物的意识"。① 这些体会和富于洞见的观点均体现在他出版于 20 世纪末的论文集《流亡的反思及其他论文》（ *Reflections on Exile and Other Essays*，2000）一书中。在收入书中的一篇题为《流亡的反思》的文章中，他开宗明义地指出，"流亡令人不可思议地使你不得不想到它，但经历起来又是十分可怕的。它是强加于个人与故乡以及自我与其真正的家园之间的不可弥合的裂痕：它那极大的哀伤是永远也无法克服的。虽然文学和历史包括流亡生活中的种种英雄的、浪漫的、光荣的甚至胜利的故事，但这些充其量只是旨在克服与亲友隔离所导致的巨大悲伤的一些努力。流亡的成果将永远因为所留下的某种丧失而变得黯然失色。"② 赛义德作为一位来自阿拉伯地区的巴勒斯坦人后裔，是一位典型的流散知识分子，他把自己视为一位"流亡者"。在长期的客居他乡的生活中，这种流亡所导致的精神上的创伤无时无刻不萦绕在他的心头，并不时地表露在字里行间。那么他本人究竟是如何克服流亡带来的巨大痛苦并将其转化为巨大的著述之动力的呢？赛义德一方面并不否认流亡给个人生活带来的巨大不幸，但另一方面，他又认为，"然而，我又必须把流亡说成是一种特权，只不过是针对那些主宰现代生活的大量机构的一种不得不做出的选择。但毕竟流亡不能算是一个选择的问题：你一生下来就陷入其中，或者它偏偏就降临到你的头上。但是假设流亡者拒不甘心在局外调治伤痛，那么他就要学会一些东西：他或她必须培育一种有道德原则的（而非放纵或懒散的）主体"。③ 从上述两段发自内心的自我表述来看，我们不难看出，赛义德也和不少被迫走上流离之路的第三世界知识分子一样，内心隐匿着难以弥合的精神创伤，而对于这一点，那些未经历过流亡的人则是无法感受到的。我们在阅读流散作家的作品中，往往不难读到一种矛

---

①　Edward Said, *Culture and Imperialism,* New York: Double Day, 1994, p. 332.

②　Edward Said, *Reflections on Exile and Other Essays*, Cambridge, Mass: Harvard University Press, 2000, p. 173.

③　Ibid., p. 184.

盾的心理表达：一方面，他们出于对自己祖国的某些不尽人意之处感到不满甚至痛恨，希望在异国他乡找到心灵的寄托；另一方面，由于其本国或本民族的文化根基难以动摇，他们又很难与自己所定居并生活在其中的民族国家的文化和社会习俗相融合，因而不得不在痛苦之余把那些埋藏在心灵深处的记忆召唤出来，使之游离于作品的字里行间。由于有了这种独特的经历，这些作家写出的作品往往既超脱（本民族固定的传统模式）同时又对这些文化记忆挥之不去，因此出现在他们作品中的描写往往就是一种有着混杂成分的"第三种经历"。正是这种介于二者之间的"第三者"才最有创造力，才最能够同时引起本民族和定居地的读者的共鸣。因此这种第三种经历的特征正是体现了文化上的全球化进程所带来的文化的多样性，颇为值得我们从跨文化的理论视角进行研究。由于流散文学作为一种正在发展的当代现象，对之的进一步深入研究还有待于另文专述，本章的目的只是提出全球化语境下的流散写作所导致的民族文化身份的认同问题。

华裔流散文学与多重文化认同

关于身份认同问题的讨论始于20世纪90年代初的北美文化理论批评界，在这方面，跨学科的权威批评理论刊物《批评探索》（*Critical Inquiry*）起到了某种导向性作用。在发表了一系列关于"认同的政治"（identity politics）方面的论文后，由芝加哥大学出版社约请凯姆·安瑟尼·阿皮亚（Kwame Anthony Appiah）和亨利·路易斯·盖茨（Henry Louis Gates, Jr.）将这些论文编辑为一本题为《身份认同》（*Identities*）的专题研究文集。从该文集的标题来看，两位编者以及各位作者已经自觉地达成了某种共识，即身份认同已经不是单一的现象了，而是裂变成了多重指向的复杂现象。既然身份认同具有了复数的形式，因而对之的研究视角也自然应是多重的。正如两位编者所言，"来自各学科的学者都开始探讨被我们称为认同的政治的话题"，这显然与后现代主义和后殖民主义的反本质主义"本真性"的尝试一脉相承。在两位编者看来，"对身份认同的研究超越了多学科的界限，探讨了这样一些将种族、阶级与女权主义的性别、女性和男性同性恋研究交织一体的论题，以及后殖民主义、民族主义与族裔研究和区域研究中的族裔性等相互关联的论题"。① 毫无疑问，经过十多年的讨论，这些研究滋生出了当今学术争鸣的许多新的理论和学术话语。文化认同或文化身份研究就是目前广为比较文学和文化研究学者所使用的一种理论话语和研究方法。既然流散写作本身已经同时在几个层面跨越了固定的"界限"：学科的、民族的、语言的、文化的以及人种学的，因而从认同的角度来研究这一现象就是顺理成章的了。

华裔流散作家群体目前主要生活在欧洲、澳洲和北美，就其文化和文学上的成就而言，居住在北美的流散作家成绩最为卓著。汤亭亭、谭恩美、赵健秀、黄哲伦、伍慧明等早先的流散作家以及哈金、裘小龙等改革开放后从中国大陆直接移民去美国的流散作家已经以其自身的文学创作成就为美国的"多元文化"社会带来了丰富的精神食粮。美国的文学史家在编写当代美国文学史的时候已经自觉地将他们的创作成就当作具有多元文化特征的美国文学的一部分，因为他们的作品都是用英文撰写的，并且率先在北美的英语图书市场占据了重要的一席之地，因此，北美乃至全世界的英语读者对中国文化的了解在很大程度上正是通过这一媒介达到的。他们对中国的介绍和描述是否客观真实将直接影响到英语世界的读者对中国的了解。通过阅读他们的作品，我们可以看出，这些作家对中国文化的态度往往是矛盾的：一方面，他们试图认同中国为自己文化的母国，但另一方面，又自觉或不自觉地加入了西方主流意识形态对中国的"妖魔化"大合唱，因而客观上迎合了西方读者对中国以及中国人形象的"期待"。既然华裔作家的文学创作在流散文学现象中表现出独特的特征，那么他们又是如何在自己的作品中处理异族身份与本民族身份之间的关系的呢？正如对华裔流散现象有着多年研究的王赓武所概括的，"在散居海外的华人中出现了五种身份：旅居者的心理；同化者；调节者；有民族自豪感者；其生活方式已经彻底改变者。"② 从文学的角度来研究流散现象和流散写作，必然涉及对流散文学作品的阅读和分析。如前所述，流散文学又是一种"漂泊的文

---

① Cf. Kwame Anthony Appiah and Henry Louis Gates, Jr. eds. *Identities*, Chicago: University of Chicago Press, 1995, p. 1. 关于中文语境下出版的关于认同政治的著作，可参阅孟樊的《后现代的认同政治》，台北：扬智文化事业股份有限公司，2001 年版，尤其是其中的第一章"绪论"部分。

② Cf. Wang Gungwu，"Roots and Changing Identity of the Chinese in the United States，"in *Daedalus*（Spring 1991）：p. 184.

学"，或"流浪汉文学"在当代的变种，或"流亡的文学"，它自然有着自己发展的历史和独特的传统，因此通过阅读华裔文学的一些代表性作品也许可以使我们更为了解漂泊海外的华人是如何在全球化的过程中求得生存和发展的，他们又是如何在强手如林的西方中心主义世界和文学创作界异军突起乃至问鼎诺贝尔文学殿堂的。

由于流散文学研究属于后殖民文化和文学研究的范畴，而后殖民作家和理论家们都有着自己独特的民族和文化身份，他们是以"另类族群"（alien group）生活在异国他乡的。因此他们对殖民主义的态度也是矛盾的：一方面他们认为自己生活在西方殖民主义的宗主国，生来就处于帝国的边缘，因而往往自觉地寻找自己的同胞组成自己的生活和交际圈子。但另一方面，他们又有着可以生活在帝国的中心、并享受着中心的种种优越条件的特权，因此在他们的思想意识深处，自觉或不自觉地也会产生某种新殖民主义的意识。这尤其会表现在他们与真正来自第三世界的人们的交往中，甚至在与他们自己的同胞的交往中，他们也会流露出优越于后者的新殖民主义心态。当年赛义德在评价波兰裔英国作家康拉德时就曾一针见血地指出了他所同时具有的"反殖民主义"和"新殖民主义"的双重意识形态或双重身份认同。当然，以此来描述赛义德本人以及不少海外华裔作家的双重民族和文化身份及矛盾的态度也是颇为恰当的。

我们一般认为，文化身份与认同并非天生不可变更的。身份既有着自然天成的因素，同时也有着后天建构的成分，特别是在当今这个全球化的时代，一个人的民族和文化身份完全有可能是双重的甚至是多重的。就拿曾经以《女勇士》（*The Woman Warrior*，1976）一书的出版而同时蜚声美国主流文学界和华裔文学界的著名女作家汤亭亭为例。她本人是一位在美国华人社区成长起来的华裔女作家，她在学校里受到的几乎全是美国式的教育，但是在她的记忆里和心灵深处，又充满了老一辈华人给她讲过的种种带有辛酸和传奇色彩的故事，再加之她本人所特有的非凡的艺术想象力，她写出来的故事往往本身也并非是传统意义上的小说，而更带有自传的色彩。她的作品被不少华裔作家和批评家认为是对传统的"小说"领地的越界和颠覆，而在那些熟悉她的生活经历的人们看来，其中的自传成分又融合了过多的"虚构"成分。实际上，正是这种融多种文体于一炉的"混杂式"的策略才使得汤亭亭的"非小说"作品得以既跻身美国主流文学批评界，同时又在英语图书市场上大获成功。她以及和她同时代的华裔作家们的成功不仅为有着"多元文化主义"特征的当代美国文学增添了新的一员，同时也客观上为海外华人文学扩大了影响。对他们的写作的价值的评价应该是后来的研究者的任务，但我们仅从身份认同的角度来认定，他们的写作具有一定的批评和研究价值：不仅可以作为文化研究的鲜活材料，而且也可以据此对西方的文化认同理论进行重新建构。由此可见，对流散现象及流散写作的研究仍有着广阔的发展空间，也许我们可以通过对流散写作的考察建构出一种"流散"的认同。对此我将另文专论。

第三章

当代文化的理论剖析

消费社会的视觉文化与当代批评中的"图像转折"

　　最近几年来，伴随着全球化的进入中国，文化的疆界变得越来越宽泛甚至越来越不确定。过去一度被精英知识分子奉若神明的"高雅文化"曾几何时已被放逐到了当代生活的边缘，大众文化越来越深入地渗透到人们的日常生活中，不仅影响着人们的知识生活和娱乐生活，而且也影响了人们的审美趣味和消费取向，并且越来越显露出其消费社会的特征。曾几何时在人们的审美对象中占据主导地位的语言文字也受到了挑战。毫无疑问，这种挑战来自两个方面：大众文化和消费文化的崛起，从根本上改变了人们固有的精英文化观，为大多数人得以欣赏和"消费"高雅的文化产品提供了可能性；而另一种写作和批评媒介——图像的崛起，则从根本上改变了人们的审美趣味和价值取向，当今的后现代消费社会使得人们需要审美地来观赏甚至消费高雅文化及其产品——艺术作品，因此以图像为主要表现媒介的语像写作的应运而生便是一种历史的必然，它可以满足广大读者／观赏者的审美需求。既然全球化时代的文化泛滥现象已经凸现在我们的眼前，我们的文化研究学者就不能不正视这些现象，并对之作出学理性的分析和研究。因此关注消费文化现象并对之进行理论分析和研究就成了当代文化研究和文化批评的一个重要课题。随着消费文化在当代中国的登陆，它在中国的文化理论界也引起了人们的热烈讨论。如果从一个全球化的视野着眼，我们便不难看出，考察和研究消费文化现象实际上也是西方马克思主义理论家和左翼知识分子对后现代主义及其文化艺术进行批判性研究的继续。

后现代消费文化的审美特征

早在 20 世纪 90 年代后期,英国的马克思主义理论家伊格尔顿就从文化批判角度对这种"文化泛滥"的现象作了冷静的分析。在一篇题为《后现代主义的矛盾性》(The Contradictions of Postmodernism,1997)的论文中,他甚至针对西方国家以外的第三世界国家的后现代热和西方文化热发表了不同的意见,他一针见血地指出,"当今为什么所有的人都在谈论文化? 因为就此有重要的论题可谈。一切都变得与文化有关……文化主义加大了有关人类生活所建构和破译并属于习俗的东西的重要性……历史主义往往强调历史的可变性、相对性和非连续性特征,而不是保持那种大规模不变的甚至令人沮丧的一贯性特征。文化主义属于一个特定的历史空间和时间——在我们这里——属于先进的资本主义西方世界,但现在似乎却日益进口到中国以及其他一些'新崛起的'社会"。① 伊格尔顿这番言论显然是有所指的,在该文章发表之前的"文化研究:中国与西方国际研讨会"主题演讲中,他回顾道,与他在 20 世纪 80 年代初首次访问中国的感觉大为不同的是,90 年代中后期的中国社会已经越来越带有了后现代消费社会的特征。应该承认,伊格尔顿十多年前在中国的首都北京天安门广场见到的情景只是后来消费文化崛起的一个前兆,而今天,这一现象已经成为整个中国大陆的中等以上城市的一个普遍现象。在这里,马克思主义与后现代主义相遭遇了,并在文化的生产和消费问题上产生了某种程度的共融。② 伊格尔顿当时讨论后现代主义的出发点是文化,但这已经不是传统的现代主义意义上的精英文化,而是更带有消费社会特征的后现代意义上的大众文化,其中自然也包括视觉文化。这种产生于消费社会的大众文化或通俗文化无疑对曾一度占主导地位的现代主义精英文化及其产品——文学有着某种冲击和消解的作用。而视觉文化的崛起,则对于以文字为主要媒介的精英文学作品的生产和流通也有着致命的冲击作用。关于后者,本章将在

① Terry Eagleton, "The Contradictions of Postmodernism", *New Literary History*, Vol. 28, No. 1 (1997), p. 1. 这篇论文由笔者直接从伊格尔顿的发言打印稿译成中文,先行发表于《国外文学》,1996 年第 2 期。

② 这里的间接引文出自伊格尔顿在我主持的"文化研究:中国与西方国际研讨会"(1995年8月,大连)上的主题发言,后应我和科恩教授约请,将发言改写成一篇论文发表于《新文学史》上,中译文刊于《国外文学》。

后几部分专门讨论。

毫不奇怪，人们在谈论文化时，已经开始越来越关注当代文化的消费特征以及这种消费文化所带有的特定的后现代审美特征。后现代社会的文化无论在其本质上还是在其表现形式上都显然已经大大地不同于现代文化，因此必须首先对文化的不同层次做出区分。在伊格尔顿看来，"'文化'（culture）这个字眼总显得既过于宽泛同时又过于狭窄，因而并不真的有用。它的美学含义包括斯特拉文斯基的著述，但没有必要包括科幻小说；它的人类学意义则宽至从发型和餐饮习惯直到排水管的制造。"实际上，对文化概念的这种无限扩张的担忧早就体现在他以前的著述中，伊格尔顿始终认为，至少有两个层次上的文化可以讨论，一种是用大写英文字母开头的"总体文化"（Culture），另一种就是用小写英文字母开头的各民族的"具体的文化"（cultures），这两种文化的对立和争斗使得文化的概念毫无节制地扩张，甚至达到了令人生厌的地步。在分别分析了各种不同版本的文化概念之后，伊格尔顿总结道，"我们看到，当代文化的概念已剧烈膨胀到了如此地步，我们显然共同分享了它的脆弱的、困扰的、物质的、身体的以及客观的人类生活，这种生活已被所谓文化主义（culturalism）的蠢举毫不留情地席卷到一旁了。确实，文化并不是伴随我们生活的东西，但在某种意义上，却是我们为之而生活的东西……我们这个时代的文化已经变得过于自负和厚颜无耻。我们在承认其重要性的同时，应该果断地把它送回它该去的地方。"① 既然这种后现代意义上的消费文化无处不在，并且已经直接地影响到了我们的日常生活和审美观念，我们就更应该对之进行分析研究了。

讨论不同的文化是如此，在关于后现代主义问题的讨论中，学者们也发现了不同层次的后现代主义：后结构主义的后现代主义，也即以德里达和福柯的具有解构特征的后现代主义表明了对现代主义整体性观念的批判和消解，这是一种形而上的哲学和知识层面的后现代主义；先锋派的智力反叛和激进的艺术实验，把现代主义的精英艺术观推向极致，这实际上在某种程度上继承了高级现代主义艺术的实验性和先锋性特征；以消费文化和通俗文化为主的后现代主义，体现了对现代主义精英文化的冲击和消解。应该指出的是，近十多年来出现的视觉文化和图像艺术，也应纳入后现代

① 这篇论文是伊格尔顿直接寄给我的打印稿，中译文见《南方文坛》2001年第3期。

文化的范畴加以研究。这样看来，无论是对现代主义的推进也好，批判也好，甚至对之进行消解，后现代主义所要批判和超越的对象都始终是它的前辈和先驱现代主义。这其中的一个重要原因就是现代主义使得文化只能为少数人所掌握、欣赏甚至消费，而后现代主义则在大大拓展文化的疆界时使得大多数人都能享用并消费文化。在后现代时代，消费文化所赖以存在并发展的一个重要因素就是日益壮大的消费群体：从跨国公司的白领高级职员到大学教授、公务员、律师、医生以及其他精英知识分子，目前这个群体还在不断地扩大。因此后现代主义与消费文化的密切关系是客观存在的。我们在讨论这种关系时，总免不了会想到或引证美国的新马克思主义理论家詹姆逊写于 20 世纪 80 年代初的一篇论文：《后现代主义与消费社会》（Postmodernism and Consumer Society），他在这篇论文中曾明确地指出，除了考察后现代主义的种种特征外，人们"也可以从另一方面停下来思考，通过对近期的社会生活各阶段的考察对之作出描述……在二次大战后的某个时刻，出现了一种新的社会（被人们从各种角度描述为后工业社会、跨国资本主义、消费社会、传媒社会等）。新的人为的商品废弃；流行时尚的节奏日益加快；广告、电视和传媒的渗透在整个社会达到了迄今为止空前的程度；城郊和普遍的标准代替了原有的城乡之间以及与外省之间的差别；高速公路网的迅速扩大以及汽车文化的到来——这一切都只是标志着与旧的战前社会的彻底决裂，因为在那时的社会，高级现代主义仍是一股潜在的力量"。[①] 对于这一迥然有别于现代社会的现象，詹姆逊描述为后现代社会。如果说，当 1985 年詹姆逊首次访问中国时所引进的西方后现代理论仅仅在少数精英知识分子和具有先锋意识的文学艺术家中产生了一些共鸣的话，那么用上述这段文字来描述新世纪初的中国社会和文化状况，就再准确不过了。人们也许会问，进入后现代社会之后文化会以何种形态显现呢？这正是许多专事后现代主义研究的东西方学者密切关注的现象并试图作出回答的问题。我这里首先以消费文化为例。

我们可以回顾一下现代主义文化艺术的特征：充满精英意识的高雅文化，仅仅为少数人欣赏的文化，表现了自我个性的审美文化，甚至"为艺术而艺术"的文化观念，等等。显然，这一切都是后现代主义艺术家所要

---

① Fredric Jameson, "Postmodernism and Consumer Society", Hal Foster ed., *The Anti-Aesthetic: Essays on Postmodern Culture*, Seattle, Wash: Bay Press, 1983, pp. 124–125.

批判和超越的东西。因此，我们大概不难由此而推论，后现代主义的特征
是反美学、反解释、反文化和反艺术的，但是它反对的是哪一个层次上的
文化呢？这也许恰恰是我们容易忽视的：它反对的正是具有崇高特征和精
英意识的现代主义美学，抵制的是具有现代主义中心意识的解释，抗拒的
是为少数精英分子所把持并主宰的主流文化，超越和批判的是现代主义的
高雅文学艺术，总之，后现代主义文化艺术与现代主义的高雅文化艺术不
可同日而语。它既在某些方面继承了现代主义的部分审美原则，而且又在
更多的方面对之进行批判和消解。因此考察后现代主义文化艺术必须具备
一种辩证的分析眼光，切不可将这种错综复杂的现象简单化。

　　就西方马克思主义对后现代主义的研究来看，尽管詹姆逊从文化批判
的高度对后现代主义持一种批判的态度，但他仍实事求是地承认后现代主
义文化中的不少合理因素，并予以充分的肯定。他认为，后现代主义或后
现代性带来的也并非全是消极的东西，它打破了我们固有的单一思维模式，
使我们在这样一个时空观念大大缩小了的时代对问题的思考也变得复杂起
来，对价值标准的追求也突破了简单的非此即彼模式的局限。如果我们从
上述几个方面来综合考察后现代主义的话，就不难看出，"在最有意义的后
现代主义著述中，人们可以探测到一种更为积极的关系概念，这一概念恢
复了针对差异本身的观念的适当张力。这一新的关系模式通过差异有时也
许是一种已获得的新的和具有独创性的思维和感觉形式；而更为经常的情
况则是，它以一种不可能达到的规则通过某种再也无法称作意识的东西来
得到那种新的变体。"① 因此在詹姆逊看来，后现代主义与消费社会的密切
关系就体现于消费文化的特征。作为一种对现代主义主流的既定形式的特
殊反动而出现的后现代主义，其明显的特征就是消解了大众文化与精英文
化之间的界限，标志着现代主义的精英文化的终结和后现代消费文化的崛
起。应该承认，今天在西方的文化研究学术界人们所热烈讨论的消费文化
问题在很大程度上基于詹姆逊对后现代主义的批判性建构。

　　实际上，另一位对后现代主义思潮有着极大推进作用的法国思想
家让·鲍德里亚（Jean Baudrillard）很早就关注消费文化及其对当代人
们生活的影响。早在他写于 1970 年的专著《消费社会》（*La Société de*

---

　　①　Cf. Fredric Jameson, *Postmodernism, or, The Cultural Logic of Late Capitalism*, Durham, NC:
Duke University Press, 1991, p. 31.

consummation）中，他就开宗明义地指出，"今天，我们到处被消费和物质丰富的景象所包围，这是由实物、服务和商品的大量生产所造成的。这在现在便构成了人类生态学的根本变化。严格地说来，富裕起来的人们再也不被另一些人所包围，因为和那些人打交道已成为过去，而被物质商品所包围。他们并非在和自己的朋友或伙伴进行日常的交易，而从统计学的意义上来说，由于促使消费不断上升的某些功能所致，他们常常把精力花在获取并操控商品和信息上"。[①]这就说明了后现代消费社会的一个明显的特征：人已经越来越为商品所左右，商品的消费和信息的交流主宰了人们的日常生活。因此生活在后现代消费社会的人们所关心的并不是如何维持最起码的日常生活，而是如何更为舒服或"审美地"享受生活。我们说，后现代文化的一个重要特征就在于其消费性，那么是不是就一定说明后现代文化丧失了所有的审美特征了呢？恰恰相反。在后现代社会，特别是进入全球化时代以来，人们的物质生活大大地变得丰富多彩了，这使得他们在很大程度上并不仅仅依赖于物质文化的生产，而更多地崇尚对这些物质文化进行享用和消费。如果说，在现代主义时代，人们的审美观念主要表现在注重文化产品的生产和实用性的话，那么在后现代社会，人们的审美观则更多地体现在文化产品的包装和消费上。如果说，在传统的工业文明时代，这种物质文化的消费只是低层次的"温饱型的"，那么在后现代信息社会，人们对物质文化消费的需求就大大地提高了。后现代社会为人们提供了审美的多种选择：他们不需要去花费很多的时间阅读厚厚的长篇文学名著，只需在自己的"家庭影院"里花上两个小时的时间就可以欣赏到一部世界文学名著所提供的审美愉悦；同样，不少从事精英文化产品——文学研究的学生也改变了过去那种沉溺于书斋中阅读经典著作的做法，代之以观赏和研究更容易激发审美情趣的电影或电视。所有这些都表明，在后现代社会，人们需要"审美地"而非粗俗地实现对这些文化产品的享用和消费。而为了更为"审美地"消费这些文化产品，人们就需要把握消费文化的审美特征。

　　与现代主义艺术的深层审美价值相左的是，产生于后现代时期的消费文化产品所具有的是表面的、浅层次的审美价值。生活在后现代社会的人

　　[①]　本书的英译文可参照：Jean Baudrillard, *Selected Writings*, edited and introduced by Mark Poster, Stanford, California: Stanford University Press, 1988, p. 29.

们的时间和空间观念大大地有别于现代社会的人们的观念：他们的生活节奏快捷而变化多端，这就决定了他们的审美趣味也应随之而变化。既然后现代消费社会的人们生活节奏往往都很快，他们便不可能去细心地品味高雅的文化精品，但同时又不可能把钱花在消费连自己的视觉也难以满足的文化赝品。那么消费文化的审美特征究竟具体体现在何处呢？我这里仅作简单的概括。

首先是表演性。消费文化产品一般并非精雕细琢的文化精品，常常是为了在瞬间吸引人们的视觉注意，以满足他们在短时间内激起的审美愉悦。这样一来，它们，尤其是一些用于舞台演出的艺术小品就需要在表演的过程上下功夫。同样，某些消费品也需要在传媒的广告过程中展示自己的"价值"。因而常常有影视明星加盟的这种"表演性"很强的广告就能起到对这类文化产品的促销作用。

其次是观赏性。如果是表演性仅体现在可用于舞台演出的艺术小品上的话，那么静态艺术品的观赏价值就成为它们能够在瞬间吸引消费者的一个重要环节。为了吸引人们花钱去消费和享用，这类消费文化产品往往在外观上一下子就能吸引人们的眼球，使人们赏心悦目，让消费者心甘情愿地花钱去消费和享用这些产品。

再者是包装性。既然消费文化首先要满足消费者的视觉，那么对于那些外表粗陋的产品采取何种办法呢？自然是通过"包装"使它们变得外观"美丽"和"高雅"起来。所以，一种消费文化产品是否能顺利地走向市场，在很大程度上也取决于如何包装它。尽管大多数产品的内容与其外表的包装相距甚远，但也不乏少数真正的精品能做到表里一致。

最后便有了消费文化的时效性。后现代消费社会的文化是一种追求时尚的文化，既然消费文化仅仅为了满足人们的视觉审美需求，或者仅供后现代社会消费者短期内的审美需求和享用，因而这样的文化产品就仅仅体现了一时的时尚。等到新的时尚取代老的时尚时，这类产品就只能成为"明日黄花"。这就是消费文化的时效性。

如上所述，所有这些审美特征都说明，后现代社会的消费文化产品在很大程度上都诉诸人们的视觉，因而从客观上为一种新的文化形态——视觉文化的崛起奠定了基础。下面我就集中讨论视觉文化以及由此而导致的当代文化批评中的"图像转折"。

视觉文化和当代批评的"图像转折"

在一个全球化的语境下讨论视觉文化现象，已经成为近十多年来文学理论和文化研究界的一个热门话题。这必然会使人想到当代文化艺术批评中新近出现的一种"图像的转折"（a pictorial turn）。由于这种蕴含语言文字意蕴的图像又脱离不了语言文字的幽灵，而且在很大程度上承担了原先语言文字表现的功能，因而我们又可以称其为"语像的转折"（an iconological turn），这样便可将诉诸文字的语符和诉诸画面的图像结合起来。事实上，早在20世纪中期，新批评派的代表人物雷内·韦勒克就曾颇为意味深长地把20世纪称为真正的"批评的世纪"，因为较之19世纪的浪漫主义时代文学想象占主导地位的批评风尚，20世纪才是批评的真正多元走向的时代：伴随着"语言学转向"的逐渐消退而来的是文学批评的"文化转向"。如果他的这一论断确实预示了20世纪后半叶西方文学理论批评之状况的话，那么我们便可进一步推论，进入新世纪的全球化时代以来，由于当代文学创作中出现的一个新的转向：从传统的文字写作逐步过渡到新兴的图像写作，文学批评界也出现了一个"图像的转折"，原先那种用语词来转达意义的写作方式已经受到大众文化和互联网写作的双重挑战，因而此时文字写作同时也受到了图像写作的有力挑战。面对这一不可抗拒的潮流的冲击，传统的文字批评也应当多少将其焦点转向图像批评了。当我们反思20世纪的文学和文化批评所走过的道路时，我们很容易发现，早在80年代的西方批评界，当人们感觉到后现代主义已成为强弩之末时，便竞相预测后现代主义之后的文学理论批评将出现何种景观。有人预测道，后现代主义之后的时代，批评的主要方式不再会是文字的批评，而更有可能的是图像批评，因为图像的普及预示了一种既体现于创作同时又体现于理论批评的"语像时代"（an age of iconography）的来临。① 显然，文学创作的主要方式将逐渐从文字写作转向图像的表达，而伴随着这一转向而来的则是一种新的批评模式的诞生：图像或语像批评。② 虽然不少人对此并未

---

① 应该承认，"语像"（iconography）这个词是我从美国图像理论家W.J.T.米切尔那里移植过来的，他出版于1986年的一本论文集题为"Iconology"，我在此基础上加进了文字的因素，便构成了"语像"这个术语。

② 关于语像写作这个概念的提出及初步阐释，参阅拙作《文学形式的转向：语像批评的来临》，载《山花》，2004年第4期。

有所意识，但对于我们从事文学理论批评工作的知识分子，我们应该对这种转折的意义有所认识，并提出我们相应的对策。因此从这个意义上说来，我们发现，由于后现代消费社会的审美情趣的转变，各种高雅的和通俗的文化艺术产品均难以摆脱被"消费"的命运，一种专注于图像文本的批评方法将随着这一新的审美原则的出现而出现在当代文学和艺术批评中，或者说出现在整个文化批评中。这也正是本章试图推进并从理论上阐述的一种新的批评模式。

随着全球化时代精英文学市场的日益萎缩和大众文化的崛起，人们的视觉审美标准也发生了变化：从传统的专注阅读文字文本逐步转向越来越专注于视觉文本的阅读和欣赏。后现代消费社会使得人们的审美标准发生了变化，文学艺术作品在某种程度上也成了消费者的高级消费品。我们可以说，甚至出现了一个语像的时代，它就是后工业社会反映在后现代文学艺术上的一个必然产物。那么人们也许会问道，既然后现代消费社会的审美特征从整体上发生了变化，那么产生于这一语境中的语像时代具体又有何特征呢？如果当代文学艺术批评中确实存在这样一种"转向"的话，那么它与先前的文字创作和批评又有何区别呢？在这方面，我首先来引证美国当代著名的图像理论家和文化批评家米切尔（W.J.T.Mitchell）对图像时代的概括性描述：

> 对于任何怀疑图像理论之需要的人，我只想提请他们思考一下这样一个常识性的概念，即我们生活在一个图像文化的时代，一个景象的社会，一个外观和影像的世界。我们被图画所包围；我们有诸多关于图像的理论，但这似乎对我们没什么用处。了解图像正在发生何种作用，理解它们并非一定要赋予我们权力去掌握它们……图像也像历史和技术一样，是我们的创造，然而它们也常常被我们认为"不受我们的控制"——或至少不受"某些人的控制"，因而中介和权力的问题便始终对于图像发挥功能的方式至关重要。①

如果这段话出自一位画家或视觉文化生产者之口，也许人们会认为这些言

---

① Cf. W.J.T.Mitchell, *Picture Theory*, Chicago and London: The University of Chicago Press, 1994, "Introduction", pp.5–6.

辞或许过于偏激了，但这恰恰是米切尔这位长期从事文学理论批评教学和研究的学者兼编辑从自己的知识生涯的转变所总结出来的。众所周知，米切尔由于长期担任蜚声国际学术界和理论界的《批评探索》（*Critical Inquiry*）杂志的主编，而在很大程度上亲历了近三十年来西方文学理论和文化批评潮流的此起彼落，他不仅在过去的十多年里积极地在美国和欧洲大力鼓吹图像理论，而且他本人也对于图像理论作过精深的研究，并以极大的热情呼唤当代文学和文化批评中出现这样一种"图像的转折"。近几年来，由于他数次来中国访问讲学，他的理论著作《图像理论》（*Picture Theory*）中译本也于最近问世，[①] 一股"图像热"似乎已经来到了中国大地。

　　毫无疑问，当米切尔最初于 1994 年提出这个问题时，计算机远没有像今天在全世界得到如此普及，而且在文学创作和理论批评界，文字批评始终非常有力，而相比之下，视觉批评或语像批评则几乎被排挤到"边缘化"的境地。此外，人们似乎并未意识到一个新的语像时代将伴随着全球化时代数字化的发展和计算机的普及而来临。米切尔从跨学科和跨艺术门类的角度同时从事文学批评和艺术批评，因而他十分敏锐地预示了最近的将来必将出现的批评注意力的转向。正如他在 2004 年 6 月的"批评探索：理论的终结？"国际研讨会上所指出的，当我们打开世纪之交的《时代》周刊时，我们一下子便会注意到，不同时期的该杂志封面上出现的不同形象就隐含着不同的意义：当一只克隆羊出现在封面上时，显然意味着人类不可战胜的神话的被粉碎和"后人文主义"时代的来临。人类不仅可以创造所有的人间奇迹，人类同时也可以创造出使自己毁灭的东西，这一点已经为越来越多人所认识到。而在"9·11"事件之后杂志封面上出现的燃烧着的世贸大厦，则使人丝毫不感到惊奇：曾经喧嚣一时的理论竟然对这一悲剧性的但却活生生地出现在人们眼前的现实无从解释。[②] 理论的虚弱无力甚至使原先为之呐喊奔波的一些理论家也对之丧失了信心。毫无疑问，这些蕴含深刻的图像较之古人们创造出的形象来确实大大地先进了，它们是全球数字化时代的高技术产生出来并得到后者支撑的，因为这些现代高新技术不仅大大地更新了图像的形式，而且使其得到逼真的组装甚至大面积

---

　　① 该书中译本已由陈永国、胡文征等翻译，北京大学出版社 2006 年 9 月出版。

　　② 可参阅米切尔发言的中译文"理论死了之后"，（After Theory Is Dead），李平译，收入陈晓明、李扬主编《北大年选 2005：理论卷》，北京：北京大学出版社，2006 年版，第 116—120 页。

的"克隆"(复制)。我们不可否认这一事实,即当这一时代已经来到我们身边并影响了我们的生活和工作时,我们便会想到最近几年内在中国和世界其他地方出现的摄影文学文体。这也是一种跨越了不同学科和艺术门类、甚至超越了时空界限的综合艺术,这门艺术的崛起预示了全球化时代的一种新的文体——摄影文体的诞生。由于这一文体既带有图像描述同时又具有附加的文字解释的特征,我暂且称其为语像写作,以便区别于传统的摄影文学写作,因为在早先的那种文体中,图像只起到附加的作用,主要发挥指义功能的仍是文字。

谈到图像、图式和隐喻,一些符号学家也做过仔细的研究以区分这三种形式的语像符号。在他们看来,"图像的特征体现于有着与其对象相同的品质。如果一张红色的纸板被当作符号展示你想买的那幅图画的颜色的话,那么它产生的功能就只是你想要的那种颜色的语像符号,也即一个形象。"[①] 虽然他们并没有涉及语像批评,但却已经明确地揭示出,图像本身也在语像和隐喻两个方面具有指义功能。但是在以文字为中心的文本中,图像只被当作插入文字文本中的附加形象,而在语像写作中,图像则在很大程度上占据了整个文本的主导的核心位置。因此,语像写作具有着多种后现代特征:它不仅表明了文字写作的式微和语像写作的崛起,同时也预示了致力于考察和研究这种写作文体的语像批评的崛起。确实,在一个后现代社会,当人们的生活变得越来越丰富多彩并充满了多种选择时,他们不可能仅仅为传统的文字写作和批评所满足,因为阅读本身也已经成了一种文化消费和审美观赏。按照罗兰·巴特的说法,阅读也应该成为一种审美的"愉悦"(pleasure)。但是究竟如何提供这种审美愉悦呢?显然文字写作是无法满足人们的眼球的。在冗繁的日常生活中,人们很容易由于终日阅读各种以文字为媒介的文献而患上"审美疲劳症",因此,为了满足广大人民群众或消费者的需要,一种新的写作和批评形式便出现了,它主要通过形象和画面为媒介来传达信息,而且信息的含量又高度地浓缩进了画面。这无疑体现了后现代时代的精神和状况:读者同时又是观赏者、批评者和阐释者,他/她对文字/图像文本的能动性接受和创造性建构是无法控制的。再加之互联网的普及更是使得这些"网民"如虎添翼,他们可以最

---

① Jørgen Dines Johansen, *Dialogic Semiosis: An Essay on Signs and Meaning*, Bloomington and Indianapolis: Indiana University Press, 1993, p. 98.

大限度地发挥自己的想象力，在一个虚拟的赛博空间构建各种美好的图画，以满足自己的审美愉悦和需求。所以当代文学创作和理论批评中的图像转折便是一个不以人们的意志为转移的事件，它的出现对于我们建构一种视觉文化提供了合法性的依据。对此我们应当有较为清醒的认识。

后现代语境中的语像批评

虽然关于后现代主义的讨论在国际学术界已经进行了三十多年，但是它的进入中国却是 20 世纪 80 年代末和 90 年代初的事件，毫无疑问，后现代主义在西方社会已经成为了历史，它的盛期已经过去。但在今天，反思不同文化语境中的现代性问题却使我们想到，后现代主义的幽灵依然在我们身边徜徉，它犹如碎片一般已经渗透到了当代人文思想和知识生活的各个方面，并不时地影响着我们的思想和行动。美国学者梅苔·卡林内斯库（Matei Calinescu）出版于 1987 年的著作《现代性的五种形式》（*Five Faces of Modernity*）近年来在中国的语境下不断地被人们引证和讨论，其中的一个独特观点就在于把后现代主义当作现代性的第五种形式加以描述，这样便使得现代性又得以延续到当今的全球化时代。当代新马克思主义理论家弗雷德里克·詹姆逊在讨论现代性的"包容性"和"可建构性"时也十分中肯地指出，"现代性'理论'如果不能容忍后现代预设与现代的断裂的话，那在今天就是没有意义的了。"[①] 实际上，法国后现代理论家让-弗朗索瓦·利奥塔早就在将后现代文体与现代文体相比较加以讨论时断言，先出现的东西未必是现代的，而后出现的也未必就一定是后现代的。当我们考察语像写作时，这一点肯定是适用的，尤其是将其与中国的文学和文化传统相联系时就更是如此。

显然，每一个时代的人们都喜欢将自己标榜为"现代的"，但是当"现代"出现的时候，后现代实际上就已经在内部以其对立面的形式而萌生了。因此从历史的观点来看，我们发现，现代常常是与后现代交织一体的，因为在这二者之间没有泾渭分明的界限。这一点尤其适用于描述中国文化和文学的情形。毫无疑问，现代性及其对立面后现代性是从西方引进的理论

---

① Fredric Jameson, *A Singular Modernity: Essay on the Ontology of the Present*, London and New York: Verso, 2002, p. 94.

概念，但是在中国的语境下，几乎所有的西方理论思潮一旦进入中国就经历了各种"变形式的"建构和重新建构，因而毫无例外地产生了不同形式的变体。艺术家和艺术批评家固然要比从事经验研究的社会科学学者更具有想象力，因而他们更容易而且更加情愿对这些引自西方的理论观念进行想象性发挥和创造性建构。语像写作和批评自然带有打破时空界限并使艺术家和艺术批评家得以从有限的想象和批评空间解放出来等特征，因此它早就在中国的古文字中得到了先在的预示，人们可以从那时的象形文字中猜测其意思。在我早先讨论后现代主义诸形式的著述中，我曾指出，如果将后现代性仅用于文学艺术批评的话，那我们不妨将其当作一种超越时空界限的阐释代码，因为由此视角出发，我们可以解释不同时期和不同文化背景下的文学艺术现象，而无须追踪其历史渊源或原初的民族和文化身份。[①] 在从事文学的语像批评时，我认为这种尝试尤其恰当。

　　毫无疑问，在后现代艺术的所有特征中，一个最为明显的特征就在于其意义表达的不确定性，也就是说，艺术家不可能完整地表达自己想要表达的东西，因而这便给读者／阐释者留下了可据以进行能动性阐释和想象性建构的空间。所以在后现代的意义上，读者／阐释者实际上扮演了双重角色：既是有着深厚理论背景的阐释者，同时也是有着较高批评造诣的批评家。如果我们认为现代主义艺术仍然有着某种总体意识或中心观念，那么后现代主义艺术则体现为具有某种"碎片式"（fragmentary）、"去中心化"（decentralizing）和"解构性"（deconstructive）等特征，在这里意义往往是不确定的和可建构的。后现代主义的文学艺术文本往往留给读者巨大的阅读和阐释空间，因而赋予他们进行创造性阐释和能动性建构的权利。后现代意义上的读者既是文本的阐释者同时又是批评者，因此，他们往往从多元的视角对文本进行阐释，以发掘出文本中可能蕴含的不同的意义。确实，每一代的读者／阐释者都有自己的理论价值取向，久而久之，他们提出的观念便逐渐形成了一部文学艺术作品的接受史。因此从这个意义上看来，文学艺术中的后现代性作为一种必然的结果实际上标志着一个新的语像时代的来临。在这样一个时代，摄影文学文体首先出现在我们面前。正如我前面所说，"语像写作"不同于传统的摄影写作，因为后者依然是以

---

　　① Cf. Wang, Ning, "The Mapping of Chinese Postmodernity", *boundary 2*, 24. 3（fall 1997）, pp. 19–40.

文本为中心的，图像只是表达意义的附加物。而在语像写作中，占据文本中心位置的是本身能够指义的图像而非其他任何表现媒介。因此语像写作的后现代特征在此就显得更为明显了。

显然，我们不得不承认，早期的后现代主义艺术确实具有某些先锋派的特征，但是它本身却又是怀旧的，有着某种返回原始的倾向。将这一双重性用于对语像写作之特征的阐释倒是十分贴切的。有些人认为，以图像作为主要媒介的语像写作只是一种组装而成的文学艺术，缺乏原创性。也即它只是将高技术的照相术与内在于心灵中的审美理想相结合，这一点尤其体现在后现代照相术的日益数字化倾向，从而以照相的手法创造出一种"新的"和"第二"自然，这种手法真实地、审美地描绘了自然和文字的魅力，充满了阐释和建构的张力。这一特征也近似所谓的"照相现实主义"（photographical realism），表明了返回自然和原始图腾崇拜的倾向。因此有着跨越文字和图像之界限的语像写作便不同于任何其他的写作文类，它有着三个特征：依赖图像，诉诸技术，并且有着多重阐释的张力。

首先，当我们说语像写作依赖图像，实际上便意味着早在书面文字出现之前我们就已经有了这种欣赏艺术品的习惯。那时，人们把自己对历史事件的记载、对自然景观的描绘和对自己所熟悉的人物的刻画，甚至包括对艺术品的审美鉴赏，均建基于在对这些画面或形象的理解以及对之的再现。如果我们承认，西方语言是基于有着意形分离之特征的罗马字母的组合的话，那么基于象形文字的汉语即使在现在也仍然在很大程度上有着以形猜义的特征。显然，随着人们文字表达能力的越来越强，他们也就越来越少地依赖图像。但即使如此，以展现自然景观和刻画人物形象为特征的艺术仍然在发展中，并且越来越独立于文字的媒介，因而便逐渐导致了各个绘画流派的诞生。结果，它逐渐成了与文学这一语言的艺术相平行的另一门独立的艺术。这也就是为什么中国的书法总是能真实地再现一个人的理想和抱负，并反映他／她为人处世的原则和心智。毫无疑问，那些能够理解书法艺术并阐释其内在含义的人必定精通中国古文字和诗词书画，因为在中国古典文学中，人们往往看到的是诗中有画，画中有诗，这二者水乳交融，不可分割。此外，他们也必定能充分理解书法的独特特征。而与其相对照，照相术的发展则极大地依赖于当代光学技术的发展：一方面，它应当真实地再现人与自然的原貌，但另一方面，它又不得不以审美的和选择的眼光来实现这一目标。这就是所谓的"能动的"反映或再现。

　　这样我们便有了语像写作的第二个特征：诉诸当代科学技术。既然这一新崛起的文体不同于其他文体之处正在于其文字的部分只起到次要的作用，也就是说，它只是对图像的进一步说明，因此它不能取代文学作品中对自然景观的描绘和对人物的心理刻画。但是另一方面，它的形象部分则应由摄影师的照相机来完成。也就是说，这种艺术再现的质量在很大程度上取决于照相机的质量、摄影师的技术以及他／她在取景时的审美理想而有所不同。尽管当代复制技术作为现代的一个时代产物，早已不再新鲜了，但是数字化和光学技术的飞速发展已经大大地加快了照相机的更新和照相术的更新，使人们得以越来越依赖于对自然景观的直接观察和欣赏。我们都知道，反映在图像中的自然景观或历史事件决不仅仅是人们客观的自然主义式的记载，而更是人们通过各种想象和外在的艺术手段基于其审美观照而创造或"叙述"（narrated）出来的"第二自然"或"历史的叙述"（historical narrative）。这一第二自然来源于自然本身，但由于它经过了摄影师的审美选择和艺术加工又显然高于自然。它不仅隐含了人们对一个更加美好的自然的渴望，同时也展现了他们试图美化大自然、追求人与自然的完美融合的本能愿望。同样，"叙述"出来的历史事件也充满了叙述者的主观联想和想象，体现了叙述者的叙述文字能力，从而弥补了诸多原记载中遗漏的缺憾，当然这种"叙述"和"建构"出来的历史不可与历史事件本身相等同。它的艺术性大大多于真实性和客观性，因此我们在研究以历史为题材的当代电视剧艺术时，切不可将其视为历史的事件本身，而更应将其视为"历史的叙述"。

　　第三，当我们说到语像写作诉诸解释时，这实际上意味着文本所展现的形象是高度浓缩的，并含有丰富的内容。例如，一幅静止的画面实际上包含着数十幅甚至上百幅移动的图画之内涵。解释的部分仅仅能起到阅读和欣赏之导引的功能，因此这些附加的文字解释并不能准确地描述隐含在这幅图画内的所有深刻内涵。只有通过读者／欣赏者的能动性理解和建构性阐释才能发掘出其深刻的不同的含义。因此，读者／欣赏者也就应当具有更强的读图能力和更为深邃微妙的艺术感受力和阐释能力。换言之，读者／欣赏者从他的期待视野中获取的经验越多，他就越能对图像作出精确和到位的解释。所以在这个意义上，语像写作并不意味着文字写作以及人类阅读和欣赏习惯的衰落，倒是与其相反，语像写作更能提升人们的审美感受力，使他／她不仅能解读文字文本，而且也能解读图像文本之多重涵义。他不仅处于被动欣赏者的位置，同时更处于能动阐释者和建构性创造者的位置。他的审美感受力因此也就从原先简单的阅读文字的能力上升为现在这种复杂的能动并审美地解读图像和欣赏艺术品的能力。这样，语像写作的越界特征也就要求其欣赏者既拥有跨学科的知识同时又能欣赏各门类艺术的全面的综合能力。简言之，如果没有一种很强的文字能力和精确到位的艺术再现能力，摄影师就很难建构一个五彩缤纷的艺术图像世界，或者说，这些碎片般的图像就只能是留存在他手中的一堆原始材料。因此我们可以说，语像写作决不意味着文字写作的终结，倒是意味着后者的浓缩和升华。但即使在将来，当语像写作发展到一个完美成熟的阶段时，它也依然不可能取代文字写作的意义和价值。这两者应该是一种共存和互补的关系。

图像的越界和解构的尝试

"越过边界，填平鸿沟"在早期的后现代主义讨论中曾是一个经常为人们引证乃至争论的话题，[①]这一话题在中国当代的文化研究中也被经常使用，一般指越过精英文化与大众文化的界限，填平高雅文化与通俗文化之间的鸿沟。谈到文字写作与语像写作之间的关系，这一概念尤其适用。既然语像写作及其批评也具有这种"越界"的特征，阐述其具体的表现便是颇有必要的。在当代批评界和比较文学界，人们讨论得十分热烈的一个话题就是"越界"（crossing borders），但更为具体地说来，人们针对当代文学和文化中的种种"越界"现象提出这样一个问题：经过后现代主义大潮的冲击，文学的边界究竟在哪里？或者再进一步问道：文学研究的边界在哪里？难道文化研究的崛起终将吞没文学研究吗？也许一些观念保守的文学研究者十分担心一些新崛起的并有着广博知识和批评锐气的中青年学者的"越界"行为，害怕这些新一代文学研究者会越过文学研究的界限而进入到其他研究领域内发挥大而无当的作用。另一些人则对文学研究者对图像的研究的合法性表示怀疑。在我本人以及另一些思想开放的文学研究者看来，这种"越界"行为不仅仅体现了跨越学科界限的后现代文学研究的特征，也即颠覆了文学艺术的等级秩序，解构了日益狭窄的学科界限，进

---

① Leslie Fiedler, *Cross the Border—Close the Gap*, New York: Stein and Day, 1972, p. 80.

而为文学艺术的跨学科研究铺平了道路；而且这种行为本身也带有超学科比较文学研究的特征。众所周知，在中国的语境之下，比较文学研究从一开始就摆脱了单一的"法国学派"和"美国学派"之分，同时从这两个学派的实践中汲取有利于中外文学比较研究的东西，而且从一开始就带有了种种"越界"的特征，因而恰好与亨利·雷马克对比较文学这门学科所下的定义相吻合："比较文学是超越一国范围之外的文学研究，并且研究文学与其他知识领域及信仰之间的关系。包括艺术（如绘画、雕刻、建筑、音乐）、哲学、历史、社会科学（如政治、经济、社会学）、自然科学、宗教等。简言之，比较文学是一国文学与另一国或多国文学的比较，是文学与人类其他表现领域的比较。"[1] 即使发展到今天，当传统的欧洲中心主义意义上的比较文学被宣布已经"死亡"时，按照宣布其死亡状态的佳亚特里·斯皮瓦克的看法，新的比较文学仍应当"始终跨越界限"（always cross borders）。[2] 这也就是为什么比较文学在中国尽管近几年来受到了文化研究的挑战但却从来就没有死亡的原因所在，因为中国的比较文学研究从一开始就不仅十分注意跨越语言的界限，而且还注意跨越学科和文化传统的界限。[3] 既然语像写作及其批评直到后现代主义讨论之后才被介绍到中国来，因而我权且将其视为当今后现代社会的一个独特的文化艺术现象。

作为后现代社会的一个必然后果，语像写作的崛起绝不是偶然的，它同时也是后现代消费社会的一个必然产物。它也像互联网写作一样，伴随着后工业社会信息和电子技术的飞速发展而出现，因此它的独特特征便决定了它只能出现在当今的后现代消费社会，因为在这里人们更加热切地追求着阅读图像而非阅读书本。毫不奇怪，当人们在做完一天的繁冗工作之后，最需要的就是自我放松，而不是在业余时间继续刻苦地阅读书本或专业期刊。因此他们需要轻松愉快并审美地消费着各种文化艺术产品以便满足他们的视觉需求。既然各种图像是由五彩缤纷的画面组成的，因而能够很快地刺激人们的眼球，满足他们的视觉欲望，使他们轻松地通过阅读这

① Henry Remak, "Comparative Literature, Its Definition and Function", in Newton Stallknecht and Horst Frenz eds., *Comparative Literature: Method and Perspective,* Carbondale: Southern Illinois University Press, 1961, p. 3.

② Gayatri C. Spivak, *Death of a Discipline*, New York: Columbia University Press, 2003, p.16.

③ 关于中国比较文学学科的历史发展和当前的现状，参阅拙作《中国比较文学学科的全球本土化发展历程及走向》，《学术月刊》，2006 年第 12 期。

些图画而欣赏图像并进行各种联想和想象。它与传统的影像艺术的区别就在于，它随着当代互联网技术的发展而不断进步：在一个巨大的网络世界，数以千万计的网民们可以在虚拟的赛博空间自由地发挥自己的想象力和文字表现力，编写各种生动有趣的故事、组合甚至拼贴各种颜色的图画或图像。经典的文学艺术作品受到改写甚至"恶搞"而失去了原汁原味的精髓，美丽的图画可以通过电脑的拼贴和组合而"制造"出来，甚至美女帅哥们也可以"克隆"出来。一切都变得如此虚假和浮躁，一切也都变成了转瞬即逝的一次性消费产品。现代主义时期的高雅审美情趣被流放到了何处？这是不少有着艺术良知和高雅审美情趣的后现代社会知识分子所思考的问题。

毫无疑问，我始终认为，充斥在网络上的各种大众文学作品精芜并存，其中的一些"文化快餐"只经过消费者的一次性消费就被扔进了垃圾箱。网络艺术也是如此，因为每个网民都可以上网发挥自己的"艺术家"功能。但是我们却不可否认这一事实，网上的少数真正优秀的艺术作品总是存在的，它们终究会逐渐展现自己的独特艺术魅力和价值，它们也许会被当下的消费大潮所淹没，但却会被未来的研究者所发现。这些作品也有可能最终跻身经典的行列。再者，网络文学艺术也可以使少数真正优秀的但在当代市场经济体制下被"边缘化"的艺术作品被广大网民欣赏进而重返经典。从这个意义上说来，网络写作也具有后现代的"越过边界"和"填平鸿沟"的特征，那么，以图像作为主要表现手段的语像写作及其批评是如何"越界"的呢？我认为这一点具体体现在下面几个方面：

首先，语像写作的所有主要的表现手段都是图像或画面而非文字。在这里，文字依然发挥了重要的功能，但是却再也不可能像以往那样拥有再现的主要功能，因此便颠覆了文字与图像的等级秩序，使得这些五彩缤纷的图像充满了叙述的潜力和阐释的张力。同样，也给读者/阐释者留下了巨大的联想和想象的空间，在这一空间里，他们可以自由自在地进行各种建构和再建构。它还弥合了读者与批评家之间的鸿沟，使得每一位有着一定艺术造诣的读者都能直接地参与文学欣赏和批评活动，对意义建构的最后完成则在很大程度上取决于读者的能动性参与和他与隐含的读者之间的交流和互动。这一点毫无疑问正体现了后现代式的阅读特征。

其次，语像写作中的美丽高雅的画面在很大程度上是后现代社会的高技术和数字化的产物，似乎使得艺术对自然的模仿又回到了人类的原始阶段。但是这些画面一方面更加接近于自然，但另一方面则经过艺术家的审美加工后又明显地高于自然。这样一来，便越过了自然与艺术的边界，使得对自然的描绘和模仿再次成了后现代艺术家的神圣责任。既然后现代艺术也和它的先辈现代艺术一样是一种怀旧的艺术，因而此时的艺术便再一次返回了它原初的模仿特性。

再者，语像写作的第三个特征则在于，它缩短了作者与读者，或者说摄影师与观赏者之间的距离，使他们得以在同一个层面进行交流和对话。这样，读者的期待视野越是宽广，他就越能在图像文本中发掘出丰富的内容。由此可见，语像写作绝不是读者功能的衰落，而恰恰相反，它从另一个方面极大地突出了读者的能动性理解、创造性建构和阐释。对文本意义建构的最后完成主要取决于读者与作者以及读者与文本之间的双重交流和对话。正是这种多元的交流和对话才使得文本意义的阐释变得多元和丰富。这在某种程度上也打破了现代主义的中心意识和整体观念。

毫无疑问，西方后结构主义理论思潮的领军人物雅克·德里达的逝世宣告了解构主义的终结，但曾几何时解构的理论已经分裂成碎片，渗透在整个当代人文社会科学领域内并对之产生了深层次的影响，这其中的一个重要原因就在于，德里达的理论方法已经成为人文社会科学各个领域内的方法论的一个部分。我们今天在评价德里达的历史贡献和总结他的批评理论遗产时，应该特别强调的一点就是，他的理论解构了袭来已久的逻各斯中心主义思维模式。如果这一点确实是他最大的贡献之一的话，那么受其启发，新历史主义则解构了历史的"科学性"和"客观性"的神话，生态批评则解构了人类中心主义的神话，文化翻译学派的尝试解构了"忠实"的神话，如此等等。由此推论，语像写作及其批评的解构性力量又在哪里呢？我认为就在于其有力地解构了文字中心式的思维和写作方式，使艺术家和批评家的创造性和批评性想象力得到了最大限度的解放。对于这一潜在的意义和价值，也许不少人现在还未能认识到，但这正是我在本章中所要强调的。

汉字的挽歌

全球化之于文化的一个重要后果就在于，它的到来实际上重新分布了全球的文化资源，使得原先处于强势地位的文化变得更加强势，原先处于弱势的文化变得更加微不足道，但是原先具有巨大发展潜力的文化则有可能从边缘向中心运动进而消解原先业已存在的单一的"中心"，为一种真正的多元文化格局的形成铺平道路。中国的一些善良的人文知识分子曾经为全球化可能给中国文化带来趋同性影响而倍感担心，但若是从20世纪90年代后期算起，全球化的进入中国也有了20年的历史，中国文化非但没有被同化，而且变得越来越强势，它正在一个新的世界文化格局中扮演越来越重要的角色。中国的文化、文学和艺术的走向世界已经不是幻想，它正在通过众多文学艺术家以及人文学者的共同努力而逐步变成现实。

以汉字为基本组成成分的中国语言文字也面临与之相类似的命运和前途。全球化之于（语言）文化的一个重要后果就是重新分布了全球的语言资源，绘制了新的全球语言体系的版图，从而使得原先处于强势地位的语言变得更为强势，原先处于弱势地位的语言也变得更加弱势。在全球化的大潮冲击下，有些很少有人使用的冷僻的语言文字甚至消亡，而有些使用范围有限但却有着发展潜力的语言则从边缘走向中心，进而跻身于强势语言之行列。汉语就是全球化的一个直接受益者。中国经济近十多年来的飞速发展使得不少汉语圈以外的人认为，要想和中国建立密切的政治、经济和文化关系，首先就需掌握中国的语言，因而全球"汉语热"始终处于"升温"的状态。但也有人却在为汉字的未来前途而忧心忡忡，尤其是在书法艺术中使用的繁体汉字的未来前景。既然联合国为了交流的方便通过了取消繁体汉字作为正式交流的文字之议案，既然互联网的普及使得不少学习汉语的外国人乃至一些将汉语当作母语学习的中国人已经习惯于在电脑上用拼音写字，而在实际生活中竟然写不出汉字了，那么，鉴于上述两方面的因素，汉字是不是有消亡的危险？

我认为，我们不必为汉字的前途而担忧，但我们确实应该认识到，汉字的改革势在必行，否则汉语永远不能为世界上大多数人所掌握，更无法成为一种主要的世界性语言。但是在数字化和拼音化的大潮中，汉字的审美功能将大大提高，能否写出一笔优美的繁体字将成为检验一个人的文化修养和知识的象征。因此汉字不但在未来不会消亡，反而其价值会得到提升，当然所付出的代价就是能够写出繁体字并将其用于书法艺术的人将会越来越少。① 对于这一历史的必然趋势，我们也应该有所认识。

　　当前，语像写作及其批评正在作为一种先锋性的艺术和批评实验而崛起，它也和所有的历史先锋派一样，忍受着孤独和"边缘化"的境遇，即使在西方语境中追随者和实践者也寥寥无几。② 但是语像写作及其批评将在中国的语境下伴随着全球化时代数字化的飞速发展而很快地得到发展，因为在中国的文化语境中，有着悠久的象形文字、诗画合一以及图像写作的传统。它的巨大发展空间和潜力将得到人们越来越清楚的认识。因此在这方面，我们比较文学研究者也应当更多地关注这一新兴的跨学科研究领域。虽然在全球化的时代，精英文学艺术的创作似乎在日益萎缩，但是即使是鼓吹"理论的黄金时代已经成为历史"③ 的特里·伊格尔顿也认识到，"在任何情况下，先锋派都没有失败，因为他们还不够激进或大胆创新，或者因为他们并没有在按自己的意愿在做事。因此至少从这个意义上说来，艺术绝没有掌握自己的命运。它无法如'自足性'（autonomy）这个词所提出的来决定自己的命运。"④ 但即使如此，语像批评仍将伴随着另一些新兴的批评流派，如生态批评，后人文主义批评，性别批评，流散批评等，健康地长足发展。

---

　　① 　正当本文即将写完时，我有幸在位于北京市酒仙桥798艺术区的大厂房展厅出席了邵岩的书法艺术展"从汉字开始"。邵岩先生的精湛的书法艺术和繁体汉字的功力再次证实了我的预言：随着全球化浪潮的愈演愈烈，繁体字的交际功能将逐渐萎缩，但是它将作为一门高雅的艺术表现媒介仅为少数精英知识分子所掌握。

　　② 　在杜克大学举行的国际研讨会上，美国学者简·根茨（Jane Gaines）对我提出的当代文学和文化批评中出现的"语像的转折"（iconographical turn）之现象提出异议。在她看来，尽管米切尔是美国最多产且最热情地鼓吹图像理论的学者，但至今追随者却寥寥无几，因此她认为这一批评倾向是没有前途的。她的这一断言有一定的道理，因为较之她所跻身其中的新马克思主义批评以及文化研究和文化批评，语像批评确属一种边缘话语力量，但若考察中国的情形，她的这一断言则失之偏颇，就目前的中国批评状况而言，对语像写作及其批评的兴趣仍方兴未艾，并肯定会得到长足的发展。

　　③ 　Terry Eagleton, *After Theory*, London: Penguin Books, 2003, p.1.

　　④ 　Terry Eagleton, "The Fate of the Arts", *The Hedgehog Review*, Vol. 6, No. 2（Summer 2004）, p. 13.

鲍德里亚与当代消费文化研究

　　在谈到对当代后现代主义论争有着最直接和最重要影响的几位原创性理论家中，人们无疑会提到米歇尔·福柯和雅克·德里达，尽管这两位理论家总是在不同的场合矢口否认自己是后现代主义理论家，但人们总是忘不了引证他们的著作。接下来应该提到的三位理论家便应该是让－弗朗索瓦·利奥塔、弗雷德里克·詹姆逊和让·鲍德里亚，对于前二者一般人们都没有异议，但是对游离于学术体制内外的鲍德里亚的地位却有着一些争议。英国马克思主义理论家和文化批评家特里·伊格尔顿在出版于2003年的著作《理论之后》中，开宗明义地表明了自己对当代西方文化理论现状的失望心情："文化理论的黄金时代早已过去。雅克·拉康、克罗德·列维－斯特劳斯、路易·阿尔都塞、罗兰·巴尔特和米歇尔·福柯的开拓性著述已经远离我们几十年了。甚至雷蒙德·威廉斯、露丝·伊瑞格里、皮埃尔·布尔迪厄、朱丽亚·克里斯蒂娃、雅克·德里达、爱莱娜·西克苏、于尔根·哈贝马斯、弗雷德里克·詹姆逊和爱德华·赛义德早期的那些具有开拓意义的著述也远离我们多年了。"[1] 在伊格尔顿看来，当代文化理论界再也产生不出令人震撼的理论著作了，这确实是令人遗憾的事。但是，细心的读者却不难发现，在伊格尔顿提及的这份文化理论大师的名单中，却没有见到鲍德里亚的名字，可能在以文学理论家著称的伊格尔顿看来，鲍德里亚主要是一位社会理论家和哲学家，与文学的关系并不那么密切。但是对于同样外在于文学研究领域的布尔迪厄和哈贝马斯，伊格尔顿则没有忘记提及，也许这两人分别对他讨论文化研究和后现代主义都有过某种启迪和影响。但事实上，鲍德里亚对当代文化研究和文化理论的影响却是巨大的和深远的，这一点尤其体现在他对后现代时期消费文化的分析和研究中，而且进入全球化时代以来，随着人们对消费文化、象征符号及

---

① Cf. Terry Eagleton, *After Theory*, London: Penguin Books, 2004, p. 1.

叙事研究的日益深入，这种影响将越来越凸显出来。由此可见，对鲍德里亚的研究，无论是在西方还是在中国，都远非尽如人意。

确实，当鲍德里亚于 2007 年 3 月 6 日去世时，在整个欧洲和北美思想界都产生了很大的反响。我听到这一消息时已经是十天之后，当时我正在北美访问讲学，其中的一个演讲题目就是消费文化的后现代性。当然，在我的演讲中，我更为关注的是中国当代后现代消费社会的各种文化现象，并试图从詹姆逊和鲍德里亚的后现代理论视角对这些现象进行分析和批判。因此在我的演讲中，我不由得花费一些时间提及鲍德里亚这位后现代理论家对中国当代消费文化及其研究的重大影响，并表达了我本人对这位刚刚去世但却影响了我的学术研究转向的理论家的悼念。演讲结束后，照例是问答和讨论。有人提出问题，要我回答鲍德里亚的哪些著作被翻译成了中文，以及中国学者对鲍德里亚的研究现状。我当时只知道这样两部著作已经有了中译本：《完美的罪行》（2000）和《物体系》（2001）。可能由于译文的不甚完美，这两本书在中国读者中影响并不太大。回国后我再次去学校图书馆里查阅了有关资料，又发现了鲍德里亚的三部著作的中译本：《生产之镜》（2005）、《消费社会》（2006）和《象征交换与死亡》（2006），但是这些迟到的中译本并没有妨碍中国学者在学术刊物上发表介绍和研究鲍德里亚的论文。因此我决定写一篇纪念文章，一方面对这位和我本人有过一段短暂的交往但却始终未能谋面的理论大师表达悼念之情，另一方面则结合鲍德里亚的理论继续阐述我对后现代主义和当代消费文化的看法。但由于日常琐事缠身，这篇短文竟断断续续地写了将近半年，这确实使我无颜去面对安卧在九泉之下的理论大师。

毋庸讳言，在当今各种后现代主义理论思潮中，占有重要地位并且影响最大的思想家当推让·鲍德里亚（Jean Baudrillard，1929—2007）。这位思想巨人于 1929 年出生在法国东北部城市兰斯的一个农民家庭。作为一位出身贫寒、全家族第一个受到高等教育的农民的后代，鲍德里亚在 20 世纪 50 年代后期曾在里斯的一所中学任教，毕业后很快便开始了自己的著述生涯。他早年曾参与法国著名的舍依出版社的编辑工作，并在《现代》杂志上发表了译自德文的布莱希特等人的文学作品。他尤其受到彼德·韦斯和罗兰·巴尔特的深刻影响。1966 年鲍德里亚进入巴黎第十大学（南特）成为列菲伏尔教授的助教，并于同年通过论文答辩，从而开始了他在南特的社会学教学生涯。由于他与法国的左翼知识分子关系密切，因此在著名的"五月风暴"中一度投入反对戴高乐政府的抗议运动。因此,从一开始,鲍德里亚就与马克思主义和当代左翼运动有着密切的联系。

另一方面,在当今的各位后现代理论大师中,鲍德里亚是最多产者之一,同时也是有着最鲜明的跨学科特征的理论家之一。正是因为他的这种跨学科性和不拘一格的著述风格,学术界很难把他放在某个特定的学科领域内来研究,同时也正是因为他的著述的跨学科性,他在当代人文社会科学各领域的重大影响才一时令人难以估价。鲍德里亚自20世纪60年代开始其学术生涯以来,出版了一系列著作,广泛涉及社会理论、精神分析学和符号学等学科领域。他早期的著述包括《物体系》(1968),表明了他所受到的罗兰·巴尔特的分析方法的影响。此后他陆续出版了50多部理论著作和随笔集,其中较有影响的包括《消费社会》(1970)、《符号政治经济学批判》(1972)、《生产之镜》(1973)、《象征交换与死亡》(1976)、《仿真与仿像》(1978)等。他早期的三本书首次运用符号学的理论来分析物体是如何隐含象征符号体系的,这些体系又是如何构成了当代传媒和消费社会的意义的。在这些著作中,他创造性地将符号学研究、马克思主义政治经济学和消费社会学结合起来,开始了毕生探讨物体系和形成我们日常生活的各种象征符号的研究,并形成了自己的独特风格。由于他的理论体系十分庞杂,涉及多个学科领域,可以滋生出众多的话题,因而本章主要集中探讨他之于当代消费文化的意义。

鲍德里亚的著述以对消费社会的批判而闻名,他早年虽然深受马克思主义的影响,但他并不满足于这种被动的影响,他总是试图用自己的理论来补充马克思主义的理论。他认为,商品不仅仅具有使用价值和交换价值,它同时还应当具有符号象征的价值,也即风格、名声、奢侈以及权力的表达和商标价值。他指出,整个社会都是围绕着商品消费和展示而组成的,通过这一手段,个人得到了显赫的名声、身份和地位。在这一制度下,一个人的商品(房屋、汽车、衣服等)越是有名气,他在符号象征价值的领域内的地位就越高。他曾和一批知识分子与《乌托邦》杂志过从甚密,并决心置身于当代时尚之外,甘居在边缘处发挥知识分子的批判作用。尽管鲍德里亚长期以来并没有发展出一套自己的社会批判理论,但是从他的理论核心来看,仍比较接近西方马克思主义法兰克福学派的批判理论。鲍德里亚从一开始就在自己的著作中论证到,社会趋同性、异化以及剥削形成了商品的物化过程,技术和物质逐渐主宰人们的生活和思想,剥夺了人们的品质和能力。这形成了后现代消费社会的时代特征，而对于这些现象，由于时代的局限，马克思主义创始人的著作是不可能注意到的。后来，随着鲍德里亚对当代社会现象的越来越深入细致的考察和研究，他对马克思主义就越是产生了不满，最终导致他离开了马克思主义的立场，和另一些左翼知识分子一道，试图寻找更为激进的批判当代资本主义的理论。因此，不少研究者把鲍德里亚当作一位"后马克思主义者"来研究，也即他后期的不少理论背离了马克思主义的一些基本原理，近似某种修正主义的立场，有些甚至与马克思主义有着冲突。

我们都知道，不少欧洲的思想学术明星，多半是通过美国的中介而成为世界级大师的，这一点尤其使人联想到鲍德里亚近十多年来在英语世界的声名鹊起。早些年，确实和他的法国同事福柯和德里达相比，鲍德里亚在英语世界的影响似乎小得多，但最近十多年来，由于他的著作被大量翻译成英文，以及他本人多次在美国的一些大学讲学，他作为法国最后一位刚刚辞世的后现代理论大师，其影响大有后来者居上之势头。可以肯定，随着当代图像时代特征的愈益明显以及对之的研究越来越受到学界的重视，鲍德里亚的去世必将使得当代社会文化理论界产生某种"人去楼空"之感。

在怀念这位始终未能谋面的理论大师的日子里，我不禁回想起我本人和鲍德里亚的"失之交臂"的短暂交往。坦率地说，我们的交往也是通过美国的中介进行的。实际上，我和鲍德里亚的交往并不多，甚至都未能在他生前见上他一面，但和他那短短的三次书信来往却给我留下了深刻的印象。确实，我们生活在当今时代的不少人都会有这样的感觉：有的人你即使天天和他待在一起，一旦分离很快就会把他忘得干干净净，甚至都有可能忘记他的名字；而另一些人，你也许仅和他见上一两次面却会有着某种一生都难以忘却的记忆。更有一些人，你一生也许都没见过他一面，却仿佛有一种"神交已久"的感觉。毫无疑问，我和鲍德里亚的交往就属于最后一种。早在20世纪90年代初期，我就对鲍德里亚的名字有所耳闻。1993年春，我在北京大学工作时，主办过一次主题为"后现代文化与中国当代文学"的国际研讨会。在这次研讨会上，我的荷兰朋友汉斯·伯顿斯（Hans Bertens）的主题发言《后现代主义：全景观照》（Postmodernism：an Overview）对国际性的后现代主义讨论作了全景式的描绘和分析。在讨论到当下后现代主义的状况时，他提到三位最有影响力的思想家，其中利奥塔也是我始终未能谋面的一位后现代理论家；而詹姆逊倒是很早就成了我的挚友，我们多年来一直保持着学术交流和来往；第三位就是这位大名鼎鼎的鲍德里亚。从此我就每每在一些欧美国家的书店关注新出版的鲍德里亚著作的英文本，这样陆陆续续地竟买到了近十本他本人的著作和一本别人研究他的专著，准备日后专门抽时间来研究他的思想和理论。

20世纪90年代后期，我在北京语言大学工作期间，曾应邀去美国加州大学厄湾分校访问讲学，在老朋友希利斯·米勒教授的引荐下，我和德里达相识并持续了一段时间的交往。但却听说鲍德里亚在此之前已经访问过厄湾，在我走后他又去过一趟。可惜这两次我都没能见到他。我和当时厄湾分校的批评理论研究所所长加布里尔·斯瓦布（Gabriel Schwab）商谈于2000年在北京举行的大型国际研讨会"文学理论的未来：中国与世界"。在我们确定的主题发言人中，唯一的一位来自法国的学者就是鲍德里亚，因为德里达当时告诉我们，他已定于2001年9月专程来中国访问讲学，因此他不希望在短时间内连续来华两次。之后，我便以东道主的身份给鲍德里亚发去了邀请信。他很快就通过传真用法文回了我一封短信，主要是两个内容，其一是欣然同意前来出席会议，并问我国际旅费由谁负担，其二是告诉我他发言的题目是关于消费社会的文化理论。我十分坦率地给他回了一封长信，说明由于我们会议的预算比较紧张，只能向所有特邀代表提供国内的食宿，希望他自己解决国际旅费，并再次表达了我们对他的欢迎和期待。他很快又通过传真回复说，他自己已经设法解决了国际旅费，并期待着早日实现中国之行。我当时一方面感到忐忑不安，为自己不能为这位大师级的理论家访问中国提供国际旅费而感到内疚，但另一方面则希望通过在北京对他的热情接待来弥补这一过失。就在会议临近召开的前一个星期，会议的议程手册很快就要送去付印了，我却意外地收到了鲍德里亚的法文传真，告诉我由于他生病无法前来出席会议了，希望以后在其他地方见面。但我万万没有想到，正是这封短短的传真信件竟使我永远地失去了和大师见面的最后机会。但尽管如此，我却没有中断对他的理论的研究，并且于2008年3月，还应德国波茨坦大学教授斯蒂芬·君泽尔（Stephan Günzel）邀请，为他主编的一部探讨鲍德里亚对当代文化理论的影响的专题文集撰写了一篇文章，题为《鲍德里亚在中国的接受》。在撰写那篇论文的过程中，我通过翻阅大量图书资料，不禁发现，当前在中国的语境下讨论得如火如荼的消费文化现象早在三十多年前就在鲍德里亚的著作中出现过，他从各个不同的角度对之作了深刻的批判和分析。由于他的理论著述的深刻洞见和巨大影响，中国的哲学界和文学理论界也于 20 世纪 90 年代后期开始了对鲍德里亚及其理论著作的评介和研究。当然，由于种种原因，中国的鲍德里亚研究并没有走向世界，更没有汇入国际学术研究的主流话语中，这自然有待于我们今后的努力著述，但至少鲍德里亚在中国并没有受到忽视，这也许正是我感到欣慰的一点。显然，中国的鲍德里亚研究仍有着广阔的发展空间。随着鲍德里亚的主要著述中译本的陆续出版，人们对他的兴趣将会越来越浓，对他的研究也就会越来越深入。对此我是深信不疑的。

毫无疑问，最近几年来，伴随着全球化的进入中国，大众文化越来越深入地渗入人们的日常生活，不仅影响着人们的物质生活，而且也影响了人们的精神生活、审美趣味和价值取向，使之越来越显露出其消费社会的特征。大众文化和消费文化的崛起，从根本上改变了人们固有的精英文化观，为大多数人得以欣赏和"消费"文化产品提供了可能性。既然全球化时代的文化泛滥现象已经凸现在我们的眼前，我们的文化研究学者就不能不正视这些现象，并对之作出学理性的分析和研究。因此关注消费文化现象并对之进行研究就成了当代文化研究的一个重要课题。在这方面，鲍德里亚的先驱作用是不可忽视的。随着消费文化在当代中国的登陆，它在中国的文化理论界也引起了人们的热烈讨论。如果从一个全球化的视野着眼，我们便不难看出，考察和研究消费文化现象实际上也是包括鲍德里亚在内的西方马克思主义理论家和左翼知识分子对后现代主义及其文化艺术进行批判性研究的继续。

诚然，鲍德里亚很早就关注消费文化及其对当代人们生活的影响。在《消费社会》中，他开宗明义地指出，"今天，我们到处被消费和物质丰富的景象所包围，这是由实物、服务和商品的大量生产所造成的。这在现在便构成了人类生态学的根本变化。严格地说来，富裕起来的人们再也不被另一些人所包围，因为和那些人打交道已成为过去，而被物质商品所包围。他们并非在和自己的朋友或伙伴进行日常的交易，而从统计学的意义上来说，由于促使消费不断上升的某些功能所致，他们常常把精力花在获取并操控商品和信息上"。[①] 这就说明了后现代消费社会的一个明显特征：人们

---

① Cf. Jean Baudrillard, *Selected Writings,* edited and introduced by Mark Poster, Stanford, California: Stanford University Press, 1988, p. 29.

越来越为商品所左右，商品的消费和信息的交流主宰了人们的日常生活。因此生活在后现代消费社会的人们所关心的并不是如何维持最起码的日常生活，而是如何更为舒适甚或"审美地"享受精神文化生活。

我们经常说，后现代文化的一个重要特征就在于其消费性，那么是不是就一定说明后现代文化丧失了所有的审美特征了呢？实际情况恰恰相反。在后现代社会，特别是进入全球化时代以来，人们的物质生活大大地丰富了，这使得他们在很大程度上并不仅仅依赖于物质文化的生产，而更多地崇尚对这些物质文化进行享用和消费。如果说，在现代主义时代，人们的审美观念主要表现在注重文化产品的生产和实用性的话，那么在后现代社会，人们的审美观则更多地体现在文化产品的包装和消费上。如果说，在传统的工业文明时代，这种物质文化的消费只是低层次"温饱型的"，那么在后现代信息社会，人们对物质文化消费的需求便大大地提高了。后现代社会为人们提供了审美的多种选择：他们不需要花费很多时间去阅读厚厚的长篇文学名著，只需在自己家里的"家庭影院"里花上两个小时的时间就可以欣赏到一部世界文学名著所提供的审美愉悦；同样，不少从事精英文化产品——文学研究的学生也改变了过去那种沉溺于书斋中阅读经典著作的做法，代之以观赏和研究更容易激发审美情趣的电影或电视。在当今的美国高校比较文学博士论文的题目中，有相当一部分是研究电影和电视以及消费文化的，因而难怪一些恪守传统观念的老学者哀叹"比较文学的危机"。所有这些都表明，在后现代社会，被各种象征符号和影像包围的人们需要"审美地"而非粗俗地实现对这些文化产品的享用和消费，尽管这些消费的行为也许是短暂的，或者一次性的，但至少生产出来的文化产品首先要满足消费者的需求。而为了更为能动地、"审美地"欣赏和消费这些文化产品，人们就需要把握消费文化的审美特征。在这方面，重读鲍德里亚早期的著作无疑对我们有着理论上的启迪和方法论上的指导作用。

确实，与现代主义艺术的深层审美价值相左的是，产生于后现代时期的消费文化产品所具有的是表面的、浅层次的审美价值。后现代消费社会的人们生活节奏往往都很快，不可能细心地品味高雅的文化精品，但同时又不可能花钱去消费连自己的视觉也难以满足的文化赝品。这一现象虽然出现在新世纪伊始的中国，但却在三十多年前就在鲍德里亚的著作中得到预示。由此想来，我们更加怀念这位能够预示未来的理论大师。

生态批评与文学的生态环境伦理学建构

讨论后现代社会的生态和环境问题，已成了不少人文知识分子的一个关注焦点，尤其是对于有着强烈人文关怀的文学工作者来说，生态和环境问题更是他们最感兴趣的话题之一。这也是文学批评界的生态批评方法和生态研究方向如此兴盛的一个重要原因。我们已经认识到，我们目前所生活的时代常常被人描绘为是一个全球化的时代，经济上的全球化导致了政治上和文化上的全球化。当然，对于文化上的全球化人们始终持有不同的看法，但实际上，与经济上的那种"一体化"的趋同性全球化所不同的是，文化上的全球化带来的是两个不同的走向：文化的趋同性和文化的多样性，而且后者的特征将随着全球化进程的加快而变得越来越明显。

近几年来人们所热衷于讨论的"全球变暖"（global warming）的现象实际上也是因地而异的：在有些地方，天气确实变得越来越暖，气候显得十分反常；而在另一些地方，原来处于暖冬的气候现在却变得更加寒冷了，甚至进入春季以来，气温依然较低。[①] 究其原因，我们无疑应该从我们所生活的生态环境中去找寻。固然，全球化对人类的现代化进程起到了有力的推动作用，给人类带来了诸多福祉，但同时也带来了一系列令人难以回避的问题甚至危机。全球化除了加剧了原有的贫富等级差别外，也在某种程度上导致了人类生存环境的危机和恶化，这也是地球上的资源被过分利用所带来的一个必然后果。从事人文科学研究的学者，尤其是从事文学创作的作家对之尤为敏感。因为在中外文学中，描写人与自然的关系历来就是文学作品中的一个重要主题。因此作家们提出了种种以地球—生态为中

---

① 这一点尤其可以从近两年春节后北京和上海的气候的突然降温见出端倪，也可以从2008年春中国南方出现的暴风雪和大幅度降温见出征兆。

心的写作模式:"生态写作""绿色写作""自然写作""环境写作"等。总
之,要将长期以来确立的人类中心主义思维模式消解,代之以"自然中心
主义",或者说更具体地,就是"环境中心主义"或"地球中心主义"。因
而有人担心,这实际上是在消解了传统的人类中心主义之后产生出的另一
种形式的中心主义意识:环境—地球—生态中心主义。对于这种新的中心
主义意识究竟会导致何种结果,我们现在还不得而知,但至少说有可能使
生态批评所力图解构的人与自然之二元对立予以恢复。这确实是值得我们
注意和思考的一个问题。

在讨论人与自然环境之关系时,首先我们应对在当今的西方和中国文
学理论批评界颇为风行的生态批评作一些思考。作为作家和文学批评家对
自然和生态的一种反应,生态批评崛起于 20 世纪 70 年代后期和 80 年代初
的英语文学界和理论批评界,目前主要活跃于美国的文学批评理论界,它
呼唤人们返回前工业时期的人与自然的那种纯朴和谐的关系,对资本主义
现代性造成的种种后果是一个强有力的反拨。面对全球化时代生态及文化
环境的污染、商品经济大潮下的物欲横流和生态环境的破坏,以及基本的
伦理道德观的丧失,从事人文学科学研究的学者不得不对我们所生活的生
态环境和文化环境进行反思,他们问道:我们的环境究竟出了什么毛病?
人与自然的关系为什么会变得愈益紧张起来?作为人文学者或文学批评家,
我们将采取何种对策?对此,生态批评家均试图面对并通过对文学作品的
写作和重新阅读来予以回答。

在中国的语境下,生态批评的出现具有两方面的因素:作为一种后现
代主义之后的理论批评思潮,它显然是来自西方,因此它是一个"旅行的
概念"或"引进的概念";但是众所周知,中国的道家哲学历来主张人与
自然的合一,并崇尚远离尘世的自然田园生活,这一点显然与西方的生
态哲学话语和文学批评观念有着相通之处。虽然生态批评已经从西方"旅
行"到了中国,并引起了新一代中国人文学者和文学批评家的强烈兴趣,[①]
但对于大多数人文学者来说,这一新兴的文学批评方法和理论话语还相当
陌生。我这里仅想强调,所谓文学中的生态批评,实际上建基于生态哲学,
旨在研究文学中人与自然及生存环境的关系。虽然生态批评(ecocriticism)

---

① 这方面可参阅两位中青年学者的著述:王诺的专著《欧美生态文学》,北京:北京大学出
版社,2003 年版;宋丽丽的论文《论文学的"生态位"》,《文学理论前沿》,第三辑(2006),
北京:北京大学出版社,第 126—161 页。

这个术语是从西方翻译过来的，但在漫长的中国哲学和文学史上，却蕴藏着丰富的生态哲学思想，尤其是道家的生态思想还对美国生态批评的先驱——超验主义思想家和文学家爱默生和梭罗产生过启迪和影响。[①] 这也就是为什么生态批评会在当代理论纷纭的中国文学批评界迅速崛起并得到回应和显示出独特风姿的一个重要原因。那么究竟何谓生态批评？我这里不妨引用美国的生态批评家彻里尔·格罗特菲尔蒂（Cheryll Glotfelty）所下的简单定义："生态批评就是对文学与物质环境之关系的研究……生态批评家和理论家提出这样一些问题：自然是如何在这首十四行诗中得到再现的？物质场景在这部小说的情节中扮演着何种角色？这出戏中表现的价值与生态学的智慧相一致吗？我们何以展现作为一种文类的自然写作之特征？"[②] 如此等等。在这里，格罗特菲尔蒂所强调的主要是人类的生存环境或自然环境，带有鲜明的生态中心主义和地球中心主义的伦理观。在这其中，所有人为的东西，包括人类中心主义的价值观也遭到了无情的批判和解构。这样一来，人们不禁问道，是不是传统的以人为本的伦理道德观也应该被抛弃呢？如果解构了传统的伦理道德观念的话，我们是否应该建构一种后现代语境下的新的生态环境伦理学呢？我想还是首先从生态批评之于建构新的一种环境伦理学的意义说起。

　　生态批评崛起于 20 世纪 70 年代后期和 80 年代初的英语文学批评界，目前主要活跃于美国的文学批评理论界。应该承认，生态批评是全球化之于文化和人类生存环境的一个必然产物。它实际上对始于哥伦布发现美洲新大陆以及接踵而来的资本主义现代性造成的种种后果是一个反拨，对传统的以人为本的伦理道德观也是一个较大的冲击。我们并不否认，在中世纪的君权神授、人性备受压抑的情况下，大力弘扬人性和人的主体精神确实是必要的。作为人学的文学着力描写和刻画高大完美的人物形象，这自然无可厚非。但是任何事情都有其相辅相成的两面：过分地强调人的中心地位，甚至将其凌驾在自然之上，渲染人对自然的驾驭甚至改造作用，就

---

　　① 在 2008 年 10 月 9 日至 11 日北京举行的"超越梭罗：文学对自然的反应"国际研讨会上，一些中外学者的论文就以"梭罗与中国"或"梭罗与东方"为题，将其中的一些优秀论文发表在我为国际比较文学的权威刊物 Neohelicon 主编的专辑 Beyond Thoreau: Ecocriticism, Neohelicon, 36.2（2009）。

　　② Cheryll Glotfelty and Harold Fromm eds., *The Ecocriticism Reader*, Athens and London: The University of Georgia Press, 1996, "Introduction", p. xix.

会使得人们错误地把自然当作自己的敌人和改造的对象，因而就会造成人与自然的对立。当然，其后果就是人类必然遭到自然的报复和打击而深受其害。因此，有着强烈的自然意识和人文关怀的作家总是试图在人与自然的关系上大做文章，他们写下了一部部以此为题材的文学作品，在其中不仅刻画了一个个鲜活的人物形象，同时也描写了大自然的美好和包容以及与人的和谐关系。

因此生态批评在讴歌大自然的同时，也号召人们放弃那种不切实际的改造自然的企图，把被人类破坏了的东西再放回到自然的原生态中。面对当代消费社会人们的生活愈益奢华，生态主义者毅然返回田园，提倡一种"梭罗式的"简朴的生活，以对抗都市生活的喧嚣和奢华。这是任何一个正常的人都不难理解的。毫无疑问，生态批评探讨的一个重要方面就是文学中所表现出的人与自然及生存环境的关系。诚然，文学是人类对现实生活的审美化的反映，因而在不同的文学作品中表现人与自然之间的不同关系就是颇为正常的：在大多数情况下，这应该表现为一种和谐的关系，如在华兹华斯和陶渊明的自然诗中，自然被人顶礼膜拜，生活在其中的人甚至试图与之相认同，以达到某种人与自然的合一。在这样的情况下，人不得不屈尊于自然，按照自然的法则生活。而在少数情况下，尤其是当人们试图改造自然、重新规划生存环境的欲望无限制地膨胀时，所表现出的人与自然的关系就是一种紧张的对立关系，如在麦尔维尔的小说《白鲸》和海明威的小说《老人与海》中所呈现的就是这样一种关系。但是面对自然的无情报复和巨大力量，人无论多么勇敢和不可屈服，最后仍显得十分的微不足道。在上述两部作品中，作者都描写了人与自然搏斗所遭遇到的悲剧性结局：在《白鲸》中，主人公与白鲸同归于尽；而在《老人与海》中，虽然桑提亚哥击败了鲨鱼，但他拖回来的猎物大马林鱼却被鲨鱼吃得仅剩下一副光秃秃的鱼骨架，因而老人依然未成为一个胜利者。因此，在文学作品中表现人与自然的关系便始终是一个取之不尽、用之不竭的古老的主题。这两部作品的作者虽然讴歌了人与自然搏斗的英勇不屈的精神，但最后都将主人公置于悲剧性的结局，这不禁令人深思。虽然海明威笔下的桑提亚哥老人在睡梦中依然梦见了狮子——勇敢无敌的象征，但这也丝毫不能减少小说结尾的悲凉气氛。

因此毫无疑问，人类的现实生活总是离不开自然环境的依伴，但关键的问题是我们应该如何对待我们所生存的自然环境。诚然，使自己所生活的自然环境变得更加美好是人的本性，但是究竟是我们按照客观的自然规律来美化自然还是凭着自己的主观愿望去任意地改造自然，这是两种不同的自然观和伦理道德观。应该说，生态批评家并不反对美化自然，但他们更倾向于以自然为中心，或者更具体地说，以地球—生态为中心，让人的意志服从自然的法则，否则人就会受到自然法则的无情惩罚。从一种文学的生态环境伦理学视角来看，文学确实应当讴歌前者按照客观规律来美化自然和人类生存环境的实践，从而鞭笞任意改造自然环境的虚妄的行为。作为文学批评家，我们也应该以一种自然的视角来揭示文学作品中对人与自然之关系的再现，讴歌一种人与自然的和谐关系。这样就势必涉及一种新的生态环境伦理学的建构。由于现代主义比较注重以人为本，具有一种非此即彼的思维模式，因此我把我要建构的这种伦理学称作一种后现代的生态环境伦理学。

　　也许人们会问，文学批评家为什么要对人类中心主义意识进行"生态批评的发难"？[①]这恐怕有着一些内在的历史原因。长期以来，人们对待自然的态度始终是有问题的，他们总是希望按照自己的主观意愿来美化自然和改造自然，希望自然能够最大限度地服务于人类，当这种愿望不能实现时往往就以暂时牺牲自然为代价。这实际上是一种"以人为本"的伦理观占了主导地位，如不加以适当的限制，就会逐渐形成一种人类中心主义的思维模式。这种思维模式认为，人的意志可以主宰一切，自然毕竟是人类的附庸，因此它理所当然地应该服务于人类，并为人类所用。如果自然不能为人类所用，人类就要与之做斗争，最终迫使自然在人类面前屈服。这种二元对立式的自然环境伦理观的症结在于不能平等地对待自然，与自然为邻，与自然为友，而是把自然当作自己的对立面和敌人。显然，这种与自然对立的现代主义的"非此即彼"（either/or）的伦理观当然是不可取的，因为对自然资源的过分利用总有一天会使地球上的资源耗尽，从而导致自然对人类的无情报复。文学家既然要写出具有理想主义倾向的作品，那就更应该关注人类生活的未来和反思当下生存环境的危机。生态批评的应运而生就是对这种人类中心主义思维模式的有力回应。作为一种后现代批评理论，生态批评从德里达的解构主义那里挪用了反逻各斯中心主义的武器，

---

　　① Lawrence Buell, "The Ecocritical Insurgency", *New Literary History*, Vol. 30, No. 3（1999）: 699.

将其转化为反人类中心主义的目的,消解了人与自然的二元对立。在生态批评家看来,人类中心主义的伦理观与科学的发展观是截然对立的,它不尊重自然的规律,一切按照人的主观意志来改造自然,甚至把人从自然中抽取出来,视自然为可征服的对象,这就势必造成了人与自然的对立,用人类社会来取代整个生态世界,最终产生了目前的这种生态危机之后果。作为以关注自然和人类生存环境为己任的生态批评家,他们试图借助文学的力量来呼唤人类自然生态意识的觉醒,他们从古往今来的文学作品中读出了人与自然从一开始就存在的那种和谐的关系。应该说,这在某种程度上与建构一种后现代的"亦此亦彼"(both/and)的环境伦理学是相合拍的,只是前者着眼于整个人类的环境道德,后者则更加关注批评家自身对待自然的伦理道德。

从后现代生态语境的视角来看,我们发现,现代性在给人类带来福祉的同时也导致了一系列问题:自然和人类生存环境的破坏就是这样一种无序的发展之恶果。人类的发展固然是必要的,因为没有发展就没有人类的幸福。但是"以人为本"的伦理观与科学的发展观并不应该对立:后者认为,在最大限度地发挥人的主观能动性的同时,也应该考虑到自然界其他物种的生存状态,因为它们和人类共同形成了一种可持续生存和发展的"生物链",谁要是任意破坏了这一自然形成的生物链,他就势必受到自然的报复和惩罚。毫无疑问,在一种现代主义的"以人为本"的伦理观的指导下,现代人在使自己的国家现代化的过程中不惜以牺牲自然和生态环境为代价,做出了不少破坏自然环境的错事,导致了人类自身的一系列灾难。现在应该是我们从自身的环境伦理学角度来对之进行反思和清算的时候了。不可否认,现代性大计的实施使得科学技术有了迅猛的发展,人们的物质和精神文化生产也取得了巨大的成果。但是这种发展同样也催化了人类试图征服自然的野心,导致了人类中心主义意识的恶性膨胀。因此我们应该扪心自问,自然果真是人类可以任意征服的对象吗? 人与自然、与生存在地球上的万事万物的关系果真是那种对立的关系吗? 这个问题的答案已经从近年来频繁出现的自然灾害中显露了出来:地震、火山喷发、台风、海啸、洪水和干旱,以及几年前的"非典"等,这些无不在暗示,地球所能承受的被改造性已经达到了极限,它正在倾全力向人类进行报复,以其雷霆万钧之势毫不留情地夺去数以万计的人的生命。对此人类必须有所警觉,必须反思自己的所作所为,必须善待自然,否则进一步的后果将是不堪设想的。

在中外文学史上，描写人与自然之关系的作品比比皆是，它们为生态批评家准备了可据以阅读和研究生态文学的宝库。作为从事生态文学研究的学者，生态批评家确实走在了大多数人文学者的前面。他们提出的返回生态、返回自然并非简单地返回到过去，而是要返回一种人类与自然的原初的关系：和谐共处，天人合一。中国作为一个有着丰富的生态哲学思想和生态资源的文化大国，理应在大力发展经济的同时更加注重价值伦理观的建构。在这方面，生态批评在当代文学批评理论界的崛起实际上在某种程度上就是对人类中心主义思维模式的解构和挑战。但是它在消解了人类中心主义之后是否会导致另一种地球生态中心主义意识的形成呢？我认为这是完全有可能的。就生态批评的初衷来看，它的终极目标并非仅在于解构，而是在解构的过程中逐步建构一种新的文学批评的环境伦理学。这种新的环境伦理学不同于现代主义的"非此即彼"式的人与自然的二元对立，而是一种"亦此亦彼"的后现代环境伦理学。也即，这种新的环境伦理观认为，人与自然应始终处于一种和谐的状态，因为人类本身就是自然的一部分。人类固然需要发展，但是这种发展不应当以牺牲自然和改造自然环境作为代价，而更应该设法找出一条双方都可以接受的途径来达到人与自然的双赢。此外，在这种新的环境伦理观的指导下，人应当平等地对待自然，把自然环境当作自己的邻居和朋友，充分尊重自然发展的规律，尽可能地在不损害自然环境的情况下发展自己，从而达到人与自然的和睦相处。当人类的发展与自然的规律相悖时，切不可以一味强调以人为本，让自然屈服于人的意志，而是要寻找一条可以让自然承受的方式来解决与人类的问题，从而达到让自然最终服务于人类之目的。再者，建构一种后现代的生态环境伦理学并不意味着排除以人为本的伦理观，而是致力于在人与自然之间构筑一个可以对话和平等交流的和谐的桥梁，善待自然界的一草一木和每一物种，使其心甘情愿地服务于人类，造福于人类，最终达到与人类和睦相处的目的。我想这就是我们应该从后现代的生态视角出发对待自然的基本态度。但另一方面，我们也要警惕生态（中心）主义或环境（中心）主义意识的扩张，因为这种新的二元对立有可能再度破坏人与自然关系的和谐，导致人类最终受到伤害。

第四章

后殖民语境下的文化建构

全球化进程中的中国文化与文学发展走向

　　如果说，全球化在中国的登陆可以推至 20 世纪 90 年代初的话，那么迄今也已经有了二十多年的历史，在这期间，世界经济和政治领域里发生了巨大的变化，中国在全球化进程中的地位也发生了戏剧性的变化：从全球化的跟进者角色到其领导者的角色，这一切都无可辩驳地证明，中国从各方面说来都是最受益于全球化的国家之一，这一点也随着时间的推移变得越来越清楚了。① 人们完全可以从文化的角度这样认为，全球化使得不同民族和国家的文化变得日益趋同，但人们在批评这一趋同现象的同时，也应当注意到另一个与之相悖的重要因素，也即全球化的对立物：（文化上的）本土化。这一点尤其在中国更是如此，因为中国的传统十分牢固，因而一切外来的东西都必须首先被"本土化"才能在中国文化土壤中驻足。这样看来，中国语境中的全球化便具有这种"全球本土化"的特征，或曰全球性就在于其本土性之中。

　　虽然在许多场合全球化经常被人们看作等同于西方化，但实际上，人们常常忽视了全球化的另一个方面，也即全球化在文化和政治上说来始终热切地寻求拥抱现代性。尽管我们承认，中国语境中的现代性在很大程度上是一个"进口的"或通过翻译引进的西方概念，但是在将现代性引入中国的同时，中国本土固有的诸多因素已经消解了这种"单一现代性"的神话，为一种具有中国特色的另类现代性的形成铺平了道路。这样看来，文化上的全球化也意味着一种形式的本土化建构，或者说如前面所描述的，一种"全球本土化"（glocalization）的现象，这实际上又反过来帮助我们

---

① 参阅《俞可平、福山对话：中国发展模式目前面临的最大挑战》，《北京日报》，2011 年 3 月 28 日。

在一个本土的语境中重新界定和描绘隐形的"帝国"——全球化。本章的目的旨在表明中国何以通过吸纳更多的外国文化元素来逐步接近世界的，此外也想说明，中国文化何以在全球化的进程中仍然保持自己独特地位的。当然，除了讨论作为一种另类现代性的中国现代性外，本章还要讨论中国的语言和中国的世界文学版本是如何以其特色在国际学界产生影响的，尤其是后者对于重建全球化时代的世界文学版图所起到的重要作用。

西方媒体和学者眼中的崛起的中国

对于中国的崛起，尤其是经济、政治和社会文化等全方位的崛起，国际学界和大众传媒近年来给予了越来越多的关注，并就这一现象发表了大量的文字和报道。他们同时也建构了各种版本的"中国神话"（Chinese myth）和"中国幻想"（Chinese fantasy），仿佛中国果真是世界上最富有的国家或新崛起的又一个超级大国。但是中国真正的形象又是如何呢？毫无疑问，中国和美国一样，都是全球化的最大受益者。然而，西方学者和西方的一些主流媒体往往从不同的角度来看待崛起的中国。有些人，如社会学家道格·加斯利（Doug Guthrie），在将中国与全球化相关联的同时，也提请人们注意到这样一个现象，即在过去的二十五年里，中国人民是如何将自己的国家从一个极度贫穷的国家改变为当今世界发展速度最快的最大经济体之一的，他认为这不能不说是展现"全球化力量的一个故事"（story of the forces of globalization）。① 加斯利在自己的书中用诗一般的语言描绘了中国的上海、北京、成都和重庆这些大都市的令人印象深刻的发展之后，中肯地指出：

> 所有这些事实和形象迄今都已经为人所知了。确实，那些宣布"中国的世纪"（China's Century）、"中国的挑战"（The China Challenge）、"中国综合征"（The China Syndrome）、"购买世界"（Buying up the World）、"美国担心中国"（America's Fear of China）、"中国去购买"（China Goes Shopping）、"中国会是一成不变的吗？"

---

① Doug Guthrie, *China and Globalization: the Social, Economic, and Political Transformation of Chinese Society*, 3rd edn. New York: Routledge, 2012, p. 3.

（Can China be Fixed？）的报刊头条新闻以及其他许多报道均充斥这些杂志的封面：《商业周刊》（*Business Week*）、《经济学家》（*the Economist*）、《福布斯》（*Forbes*）、《新闻周刊》（*Newsweek*）、《美国新闻与世界报道》（*U.S. News and World Report*）以及其他许多的主要出版物。[①]

尽管上述描述和报道在很大程度上对于当今中国的形势而言是比较准确的，但是这只是当今中国的形势的一个方面，主要集中地体现在那些发展迅猛的一线大都市，因为中国本身在过去的二十年里的发展是极不平衡的。在他那本十分有影响的著作《中国与全球化：中国社会的社会、经济和政治变革》（*China and Globalization*：*the Social*，*Economic*，*and Political Transformation of Chinese Society*）中，加斯利也提出了这样一些问题：中国将变得更加民主吗？中国政府将更为严肃地对待保护人权和创造透明的法制体系吗？中国的"暴发性增长"（explosive growth）将如何影响东亚以及范围更大的全球经济？应该承认，加斯利的描述相对说来还是比较客观和公正的，因为这些言辞大都基于他在中国的亲身经历以及他长期以来从一个局外人的角度对中国的仔细观察。在分析了上述这些问题后，他仍然相信，一种具有中国特色的"民主形式"将"在中国出现，但是由于种种原因，这种形式并没有得到西方政客和时事评论员的充分理解"。[②]我认为他的这种预测也是比较中肯的，至少反映了相当一部分西方知识分子对中国的期待，同时对于我们展望中国文化和文学在全球化进程中的发展方向也不无借鉴意义。

另一些人，如在香港大学任教的美国学者胡德（Daniel Vukovich）则对中国的变化十分赞赏，因而对中国的快速发展抱有十分乐观的态度。他认为：

　　那么为什么是中国呢？我们首先假想这些对立的观点和认识论挑战，例如东方主义，因为这些看法一直统治了中西关系三百年之久……因此，同样，让我们回顾一下"我们"与中国的关系，这绝对

---

① Doug Guthrie, *China and Globalization: the Social, Economic, and Political Transformation of Chinese Society*, 3rd edn. New York: Routledge, 2012, p. 2.

② Ibid., p. 19.

是经济上的（同时也是政治上的）关系。中国的崛起，它作为"另一
个"超级大国的地位，全世界的制造商，新的亚洲霸主，世界历史的
消费市场，美元的最后买主，第二大经济体，如此等等。①

胡德试图提醒西方读者注意，随着中国的崛起和经济上的飞速增长，西方
大众媒体长期以来形成的老的东方主义观念将发生变化，一种将中国视为
新的"超级大国"的新的东方主义幻象将逐步形成。但是，胡德在批判老
的东方主义的同时又建构了一种过于理想化的新的东方主义。因此坦率地
说，这些著作的作者在承认中国的快速增长和繁荣的同时，往往忽视了这
样一个事实，即中国作为一个大国依然存在着巨大的贫富等级差距、城乡
差距和沿海与内陆之间的差距，因此中国总体上说来仍然可算作是一个发
展中国家，朝着真正的小康社会和发达国家的方向迈进。

　　还有一些人一方面承认，虽然中国作为实行改革之前"世界上最贫穷
的国家之一"，却在 21 世纪初成为"迅速崛起的经济体——世界第二大经
济体"，但是也指出，中国仍然存在着诸多问题，这些问题对中国的发展
形成了严峻的"挑战"：②

　　　　虽然主要的城市有着闪闪发光的新的基础设施以及随之而建立的城
　　市设施，实际上赶上或超过了那些发达的工业国家，但是广大农村和内
　　陆地区依然处于贫困的状态。新兴的城市中产阶级的富有靠着房地产交
　　易和炒作来运作，而这却被数百万移民劳工的贫困状态所抵消。③

因而在这些作者看来，既然中国在许多方面非常独特，仅仅因为他们"预
测这一政治体制总有一天会消失"就"无视或小视中国为解决全球问题所
做的努力，将是十分草率和简单化的"。④

　　当然，我们对上述观点无论是赞同还是反对，都不得不承认，这些作
者关于中国的不同印象和看法都是从他们自己的角度得出的，主要是出于

---

①　Daniel E. Vukovich, *China and Orientalism: Western Knowledge Production and the P.R.C.*
London and New York: Routledge, 2012, p. 142.

②　Elizabeth J. Perry, "Growing Pains: Challenges for a Rising China," *Daedalus* 143（2014），2：p. 5.

③　Ibid., pp. 5–6.

④　Ibid., p. 13.

经济的、政治的和社会方面的考虑。此外，这些看法也至少表明了这样一个事实：即当今的中国已经变得越来越像一头正在苏醒的狮子，它的崛起是不可抗拒的，它将在总体上有助于改变当今世界的格局，使之朝着多极的方向发展。这些看法都为我们从另一些不同的角度来考察全球化之于中国的影响和意义奠定了基础。作为一位中国的人文学者，我本人主要从文化和文学的角度提出我对处于全球化进程中的中国的现状及其未来发展的看法。

重构中国的另类现代性

在这一部分中，我将主要讨论中国的现代性这一论题，或将其视为一个"翻译过来的"（translated）现代性。但是我在这里所说的现代性绝不是指传统意义上的那种现代性，而且翻译也并非语言层面上的那种转换，而是一种文化翻译和重构，在这种重新建构的过程中不同的文化也许会得到重新定位。虽然现代性早已不再是西方语境中的一个新的论题，但它在近百年的历史上却始终对中国的文学和文化研究者有着极大的诱惑力。我在我的西方和国际同行弗雷德里克·詹姆逊、特里·伊格尔顿（以及梅苔·卡林内斯库等人）的先期研究之基础上，[①]从文学和文化的视角再简略地作一些理论上的发挥，然后聚焦中国的现代性。但是与他们所不同的是，我主要依据我的中国经验和中国文学和文化视角来讨论现代性问题。[②]换言之，在讨论上述文化理论问题时，我从中国现当代文学和文化的角度入手，因为在我看来，由于中国现当代文学和文化在很大程度上受到西方文学和文化的影响，因此一些西方学者便认为它与中国的文学和文化传统相距甚远，倒是更接近全球文化和世界文学。我们也许认识到，中国现当代文学

---

① 所有这些西方学者或理论家在中国的语境中都有着很高的知名度和较大的影响：詹姆逊曾于 1985 年来中国访问讲学，那次讲学直接催生了中国的后现代主义文化和文学；伊格尔顿则以其从马克思主义的角度对后现代主义及其文化理论的批判而著称；卡林内斯库则以其力著《现代性的五种形式》（Five Faces of Modernity）而在中国学界享有盛誉。前两位理论家曾多次来中国访问，并和包括我本人在内的多位中国学者有着较为密切的接触，卡林内斯库虽然也接受了我的邀请准备前来中国访问讲学，但因为早逝而未能成行。

② 关于翻译如何在重建中国和世界文学方面所起到的独特作用的较为详细的讨论，参阅英文拙作：Ning Wang, "Translating Modernity and Reconstructing World Literature," *Minnesota Review* 2012（79）：101–112.

在外国文学，尤其是西方文学的影响下，早已形成了一个自己独特的传统，也即新文学传统，经过近百年的发展流变，它现在确实更加接近世界文学主流，并已成为世界文学不可分割的一部分。但是在过去的相当长一段时间里，对这一现象的研究却在很大程度上仅限于西方的汉学界。极少有哪位非汉学界的学者在讨论全球文化和世界文学时涉及中国文学和文化。① 与西方文学和文化理论在中国的创造性接受和大力推广相比，中国现当代文学在西方只有极少数学者和读者知道，更不用说去大力译介和推广这些作品了。虽然近几年来随着莫言的荣获诺奖，中国现当代文学正在吸引着越来越多的非中文读者。② 但是无论如何，这种不平衡的文化和文学翻译确实在全球化的时代令人吃惊，同时也是实际存在的一个不可回避的客观现象。

既然全球化也是一个"翻译过来的"或是从西方"进口"到中国来的概念，那么它无疑也带有着强烈的西方中心主义的霸权意识。当全球化在中国得到学界讨论时，我们经常听到这样的论调，全球化就是西方化，而西方化实际上就是美国化，因为西方是世界上最富裕的地区，而美国则是西方国家首屈一指的强权帝国。当然这在某种程度上说来并不错，但是那些持这种看法的人往往却忽视了另一个不争之实：在全球化的进程中，帝国的霸权文化观念很快就渗入到非西方社会，但是另一方面，一些非西方的文化观念和价值也在缓缓地向帝国的中心运动，进而逐渐使得西方的文化变得混杂和不纯。中国现当代文学和文化受到西方文化和文学的影响是不可避免的，但是它们也试图与主流的全球文化和世界文学进行交流和对话。在这方面，翻译在引进西方文化方面扮演了一个重要的角色，而在与之交流和平等对话方面则显得相对的弱势，造成的一个结果便是：中国现

---

① 在这方面，戴维·戴姆拉什的著述也许是一个特例。在他的《什么是世界文学？》（*What Is World Literature?* Princeton, NJ, and Oxford: Princeton University Press, 2003）一书中，他花了一些篇幅讨论中国流散诗人北岛的诗歌以及英文翻译所导致的变异。参阅该书 "Introduction", pp. 19–24。但实际上，在他之前，美国比较文学学者孟而康（Earl Miner）也从比较文学和跨文化的视角研究过中国文学。参阅 Earl Miner, *Comparative Poetics: An Intercultural Essay on Theories of Literature*, Princeton, NJ: Princeton University Press, 1990.

② 我在此想强调指出，2012年以前，我本人也很少在英美国家的书店里见到莫言作品的英译本。正是由于他的获奖使他迅速名扬四海，就在他获奖一周后，我在出访美国时，碰巧在俄勒冈大学附近的一家书店里看到他的作品的英译本，但很快就被和我一起前往美国出席国际学术会议的中国学者抢购一空。

当代文学和文化竟然在外部世界鲜有人了解，因而长期以来便不可避免地处于一种"边缘化"的境地。

确实，中国古典文学由于长期以来的与世隔绝和对外来影响的抵制和保守态度，因而其自身的发展并未受到多少外来影响。但与其相对的是，中国现代文学的新的传统则是直接在西方的影响下形成的。当我们在讨论全球现代性和世界文学时，我们无法回避这一客观存在的事实，因为确实中国现当代文学一直在广泛深入地参与全球现代性的本土化实践，并成为这种全球现代性的一个中国变体。因而中国产生出的现代性就有着不同的形式：经济的、政治的、文学的和美学的诸种形式。这些不同的形式共同形成了一种另类的现代性，它一方面从中国的独特经验和实践出发有力地消解了西方文化和意识形态占主导地位的"宏大叙事"和"单一的"现代性，另一方面又在这种消解"宏大叙事"的过程中凸显了自己的特色，从而为多元现代性的形成奠定了基础。

正如在政治和理论话语中所出现的情形那样，具有不同特色的中国现代性在地理上也有着不同的形式：在中国大陆，现代性经常被视为一种开放和发展的民主概念，与中国的经济、政治、文化和文学的现代化和后现代化密切相关。然而，由于其过去的殖民经历，香港和台湾的现代性则通常与当地的非殖民化实践相关联，海外的中国族群中存在的现代性常常与全球化时代的流散身份和不确定认同相关联。此外，现代性无疑也与各种后现代的因素不无关系。因而中国的现代性就大大地不同于西方的现代性，因为其幅员辽阔，不同的地区和不同的人之间也存在着巨大的差异：前现代、现代与后现代的因素往往交织为一体，它的各种形式自然也就以不同的方式展现在文学和文化中。这样看来，中国的现代性的出现就是一种另类的（alternative）和复数的现代性（modernities），它有力地消解了西方中心主义意义上的单一的现代性。而全球化时代的到来则消解了现代性与后现代性的对立，使得现代性在一个新的时代又被赋予了更多的后现代因素，这一特征尤其可以在中国的上海、深圳等国际大都市的现代性中见出。

近年来，随着中国与国际社会的日益频繁的交往和经济上的相互依赖，西方主要的人文学者也逐渐开始对中国语言和中国的古典和现当代文学与文化产生兴趣了。① 既然全球化时代的文学早已超越了固定的民族和语言疆界，那么我们就有必要从一个跨文化和全球的视角来重新审视受到西方影响的中国现当代文学。如果我们将其放在一个广阔的全球文化和世界文学的大语境下来考察，我们就不难发现，中国现当代文学实际上就是在一个文化全球化的进程中试图与世界文学相认同和对话并且逐步走向世界的过程。在这方面，翻译在推进中国接近世界方面确实扮演了重要的和能动的、然而又不同的角色。② 过去，当中国处于一穷二白的状况时，我们必须通过大面积地从西方译介先进的科学和文化思想使其自身实现现代化，而现在的情况则是，由于文化知识的输入和输出的不平衡，除了为数不多的汉学家对中国文化和文学有所了解外，中国文化和文学远未达到在全世界广为人知的地步。因此对于我们中国学者来说，我们有必要不遗余力地将中国文学和文化的精华译介到世界上，或者更为具体地说，译成主要的西方语言。

我们都知道，中国文学有着悠久的传统以及辉煌的文化和文学遗产，但是随着文艺复兴之后欧洲国家的迅速崛起和发展，中国文化和文学在其后的漫长时期逐步沦落到"边缘"的地位，这在很大程度上是由于封建专制政府的腐败和无能致使中国与外部世界长期隔绝。进入 20 世纪以来，中国文学学者和人文知识分子逐步认识到中国文学在一个广阔的世界文学语境下所处的"边缘化"地位。为了恢复过去的辉煌历史，中国文学必须通过与处于强势的西方文化现代性或西方现代文学认同的方式逐步从边缘向中心运动，这也正是为什么这些学者强有力地支持大面积地译介西方文学，并通过对这种实践的文化和学术反思来达到中西文化学术的平等交流，因为在他们看来，这也许是使中国从孤立的一隅中重新崛起的最佳途径。无疑，翻译西方文学所做出的努力极大地推进了中国现当代文学和文化的国际化乃至全球化的进程，使其以崭新的面目出现在世界上。虽然一些国内的学者指责这种大面积的译介外国文学与文化的活动导致了"全盘西化"

---

① 除去詹姆逊外，希利斯·米勒近几年来也开始对中国文学越来越感兴趣了，他不仅花了大量时间通过英文译本阅读了从古到今的中国文学选本，而且还写下了一些批评性文字。这方面参见 J.Hillis Miller, "Reading（about）Modern Chinese Literature in a Time of Globalization," *Modern Language Quarterly* 69（2008）1：187–194.

② 参阅 Wang Ning, "World Literature and the Dynamic Function of Translation," *Modern Language Quarterly* 71（2010），1：1–14.

或中国文化的"殖民化"，但我始终认为，这种形式的翻译实际上扮演了双重角色：一方面确实带有某种"殖民化"（西化或现代化）的色彩，而另一方面则是实现了某种程度的"非殖民化"，也即在中西文化的融合和对话中消解了殖民主义霸权，我认为，随着全球化进程的加快，后者的成效将变得更为明显。[①]

我们都清楚地知道，西方的学术理论话语由于其强势地位，在很大程度上在一个全球文化和世界文学的语境下重塑了文学和文化研究的方向，因而中国文学和文化向世界开放的进程实际上就意味着某种程度的西化。然而，正是在这一进程中，中国文化和文学在与全球化的互动中，以本土的因素渗入到全球化的话语中，从而实现了某种程度的"全球本土化"。如果不考虑到这一客观的因素，仅仅片面地强调一方面而忽视另一方面，就不能把握当代世界文学和文化的发展方向，更无法对中国现当代文学进行重新断代了。

全球化确实影响了当代中国人的生活和工作的各个方面，中国经济的飞速发展使得政府有能力在全世界一百多个国家设立数百个孔子学院和两千多个孔子学堂，其目的在于推广和普及中国语言和文化。中国当前已进入了一个后革命和后社会主义时期，大规模的疾风暴雨式的群众运动的时代已经结束。在经济建设的主导下，中国正经历着一种"脱贫困化"的实践，其目的旨在将中国从一个"出口劳务"的第三世界大国转变为一个"输出高科技"和"输出文化"的发达国家，就文化理论而言，我们的目的是将中国从一个"理论消费"大国转变为一个"理论生产"大国。[②]

因此无论如何，对文化全球化的全方位描述如果不考虑到其在中国的"本土化"实践至少是不全面的。同样，任何一部世界文学史为了显示其客观性和完整性，也必须包括中国现当代文学创作和理论批评的成就。既然文化传播离不开语言的中介，我将在下一部分着重讨论作为文化全球化的一个直接结果的汉语在全世界的传播和普及。

---

①　这方面参阅 Wang Ning, "Translation as Cultural '（De）Colonization,'" *Perspectives: Studies in Translatology* 10（2002），4：283–292.

②　参阅 Wang Ning, "Global English（es）and Global Chinese（s）: Toward Rewriting a New Literary History in Chinese," *Journal of Contemporary China* 19（2010），63：159–174.

中国语言的海外推广及中国文化在世界的重新定位

　　毫无疑问，当今时代处于霸权地位的语言是英语，这种情形应该是历史形成的。但英语在全世界的普及和推广同时有着积极的和消极的方面，关于这一点我曾有过论述，此处毋庸赘言。[①] 在这方面，作为其使用面和影响力仅次于英语的另一大语言——汉语将如何面对全球化的强有力影响呢？既然我们并不否认，在当今时代，文化全球化带来的既是文化的趋同性又是文化的多样性，那么这一点又具体体现在哪里呢？我认为就在于这一事实：原先处于边缘地位的文化正在向中心运动，最终将有力地消解固有的中心意识——西方中心主义的意识。我们可以说，全球文化在未来的发展就取决于全球化与本土化的张力和互动。因此用"全球本土化"这一术语来描述这一张力是十分合适的。

　　在谈到语言的作用时，我们可以在这样一种"全球本土化"的文化情景中发现更多的迹象。就拿英语作为例子，一方面英语的普及极大地影响了人们的交流和文化生活；但是另一方面，英语也经历着一种"裂变"，也即从单一的标准英语分裂成诸多具有本土方言和语法规则等后殖民特色的混杂的英语（Englishes 或 englishes）。我们甚至可以预言，也许在未来的年月里，随着这种"裂变"现象的愈益明显，当我们用不同形式的英语进行交流时，或许也需要翻译了。这样一来，在文化全球化的进程中，作为一种民族—国别语言的英语的单一身份也被"无情地"消解了，因为英语已经发展演变为世界上公认的一种通用语（lingua franca）。我们经常会看到，一些来自不同国家的人们碰到一起时，往往会不约而同地暂时放弃自己的母语，而改用英语进行交流。同样，作为世界上仅次于英语的第二大语言的汉语，其当下的状况及未来走向又是如何呢？汉语将在全球文化的语境中扮演何种角色呢？这将是我在这一部分探讨的问题。

　　不可否认，全球化使得世界上几乎所有的国家都卷入其中，因而对于中国这样一个追求快速发展的国家，则更是不可避免地全方位地进入了这一进程。从政治上来看，中国已经树立了一个新崛起的大国的形象，并且与那些发达国家在讨论国际事务方面有了平等对话的话语权。中国需要更

---

　　① 参阅 Wang Ning, "Global English（es）and Global Chinese（s）: Toward Rewriting a New Literary History in Chinese," *Journal of Contemporary China* 19（2010），63: 159–74.

进一步融入世界，世界也需要中国的全方位参与。同时，中国也正在努力通过宣传推广自己的文学和文化来塑造自己的文化大国的形象，并已取得了初步的成效。在这方面，语言无疑起到了至关重要的作用。

诚然，全球化给中国带来了难得的发展机遇，它使得中国在迅速发展的过程中达到了与那些西方发达国家平等竞争的境地。就其经济的发展来看，中国确实取得了令人瞩目的卓越成就，并且在过去的十年内 GDP 得到了稳步的增长。然而，要想真正赶上并超过那些发达国家还需要相当长的时间，因为中国国内各省市区的发展是极不平衡的，而且在很大程度上以耗竭相当多的自然资源作为代价。虽然在文化生产领域内，这方面并不明显，但毫无疑问，中国作为一个幅员辽阔、人口众多的大国，历史上曾有过"中央帝国"的称号。然而，曾几何时，随着 1840 年鸦片战争后与西方、俄国以及日本等列强的一系列不平等条约的签署，相当大面积的领土被列强掠夺和霸占。昔日的"中央帝国"近乎解体并被逐步"边缘化"了。为了恢复以往的辉煌和力量，中国不得不向那些经济发达的国家学习甚至认同。在全盘西化的实践中，中国文化也几乎沦为一种边缘的"殖民"文化。在 20 世纪初的大规模译介西方文化学术思潮和著作的运动中，中国语言也被"欧化"或"殖民化"了，其中夹杂了许多外来语和翻译过来的词汇。

虽然大规模的海外移民有助于中国文化传播到国外，但是汉语起初并没有产生多大的影响。许多华人移民到国外后，首先想到的是如何跻身主流文化和社会，但是他们如果想真正进入自己所在国家的主流文化，就不得不熟练地掌握所在国的语言。而要想真正掌握所在国使用的语言的精神实质，就需要用他们的语言来思维并表达自己的思想，而暂时"忘记"自己的母语。这是许多华裔美国作家和知识分子所经历过的痛苦心酸的经历。[①] 他们中的一些人常常处于矛盾的状态中：一方面，他们努力用英语来表达自己的中国经历；另一方面，为了迎合主流文化的欣赏趣味，他们又不得不以一种批判的态度甚至歪曲的笔调来描述一些中国的文化习俗，以符合西方人所形成的"东方主义"的期待。另一些人，尤其是那些在中国改革开放后移民到北美社会去的新移民，例如哈金和裘小龙等，则活跃

---

① 确实，许多华裔美国作家，例如汤亭亭等，已经忘记了如何说汉语和用中文写作，其目的恰在于更好地与那些主流作家相认同。

在主流文化圈内用英语描写他们的独特中国经历以满足北美图书市场的需要。[①] 还有一些人,例如严歌苓等,则主要用中文写作并发表作品,偶尔也用英文写作,他/她们的作品更吸引普通的读者大众,并通过影视的媒介扩大其在国内和海外的影响。不管这些作家用英文写作还是用中文写作,他们的写作实践都已经作为中国或全球文化语境中的一种"流散写作"现象进入了比较文学和文化研究学者的视野。海外华裔流散写作的长足发展无疑也推进了中国文化在非中文世界的普及和发展。[②] 显然他们的努力在全球化的进程中已逐步证明是有效的,但是从长远的观点来看,这些努力将随着中国经济的迅速发展和综合国力的提高而日益凸显出来。

在全球化的进程中,汉语确实已经成为当今世界上另一种主要的语言,它的逐步强势将对建构新的世界语言体系起到一定的作用,这一点对于我们在全世界普及和推广中国文化也有着重要的意义。也许我们仅仅注意到汉语疆界扩大的积极方面,而忽视了其另一个方面。实际上,汉语疆界在扩大的同时,中国的民族和文化认同也有些变得模糊了,它在某些方面也像英语那样逐渐变得混杂和包容,对于这一现象,许多学者已经给予了极大的关注。然而,汉语的混杂和包容现象使其能够成为仅次于英语的世界上第二大主要语言,从而在某些方面甚至可以起到英语所无法起到的作用。在另一些方面,汉语也可以作为一种主要的交流工具与英语产生某种互动和互补的作用。这一前景已经在下面几个方面初露端倪:(1)大量的中国移民在海外保持了这种语言的活力;(2)中国经济的迅速增长使汉语日益变得普及并在越来越多的国家得到教授和研究;(3)互联网的普及以及另一些电子交流工具的普及使得中国已成为世界上最大的计算机和手机用户。而这一切又反过来对普及和推广中国文化和文学做出了重要的贡献。[③]

---

① 坦率地说,像这两位来自中国大陆的作家得以跻身美国文学主流的现象是十分罕见的,但是他们所获得的成功确实是令人赞叹的:哈金(原名金雪飞)于 2006 年当选为美国艺术与科学院院士,这至少表明他的文学创作成就得到了美国主流学界的承认;裘小龙的侦探小说和神秘故事迄今已被译成了十八种语言,这至少说明了他的作品在不同语境下的广大读者中是颇受欢迎的。

② 随着中文的日益普及和推广,一些国际学术会议组织者也尝试着用汉语作为工作语言,尤其是在讨论中国文化和文学问题时干脆用汉语来表达。例如,2004 年在新加坡举行的"国家疆界和文化塑型国际研讨会"所使用的唯一语言就是汉语。

③ Cf. Wang Ning, "Global English(es)and Global Chinese(s):Toward Rewriting a New Literary History in Chinese," *Journal of Contemporary China* 19(2010),63:159–174.

　　当然，除去上述种种原因外，也许还有另一个重要的因素：中国政府的强有力的干预和在这方面的大量投入，使汉语教学迅速地在世界范围内得到推广和普及。自 21 世纪初以来，中国的国家汉办就已经在全世界一百多个国家建立了四百多个孔子学院和两千多个孔子学堂，这些机构的主要任务就是普及和推广中国的语言和文化。但是，与中国国内全民学英语的状况相比仍然有着相当大的差距，但我们大概不难由此得出暂时的结论：文化全球化的进程已经突破了固定的民族—国别的疆界，拓展了世界主要语言的疆界，在这一进程中，一些次要的语言首当其冲受到波及，而另一些主要的语言则越来越变得普及和具有全球通用性，在这方面，汉语也和英语一样是全球化的最大受益者之一。它的日益强势和"非边缘化"努力为世界语言体系的重新构建奠定了基础。

　　因此，在未来的年代里，我们甚至可以预言，一种新的世界文化格局将逐渐形成，它不仅以民族—国别作为疆界，而且也以语言作为疆界。也即不仅有一种英语文化或汉语文化，而将会出现多种英语文化和汉语文化。在这样一个不同的文化共存和互补的新格局下，中国文化也将随着世界"汉语热"的发展而扮演越来越重要的角色。

世界文学及其中国版本的建构

　　尽管中国在经济上和政治上的崛起是一个不可否认的事实，但是其文学和文化在当今世界的影响却远未达到应有的地步。正如加斯利所指出的，"中国是否将在世界经济和政治舞台上扮演主要的角色已经不是一个问题了，问题是中国将扮演何种角色"。[①] 在当今这个后现代社会，精英文学艺术受到大众文化甚至消费文化的挑战和冲击，特别是在全球化的时代互联网文学对印刷文学构成了极大的挑战甚至威胁，网上购书的普及使得我们每天都会听到有关实体书店关门的报道。但是另一方面，世界文学这个老话题此时又再度成为一个前沿理论话题，尽管它在相当长的一段时间内，尤其是在民族主义高涨的年代里，并没有引起学者们的关注。而具有讽刺意味的恰恰是，在全球化时代精英文学受到严峻的挑战、比较文学出现危

---

　　① Doug Guthrie, *China and Globalization: the Social, Economic, and Political Transformation of Chinese Society*, 3rd edn. New York: Routledge, 2012, p. 5.

机的症状时，世界文学倒是异军突起并迅速进入国际人文学术的前沿。它的兴起在一定程度上起到了使比较文学走出危机之境地的作用。

当我们说中国是全球化的最大赢家之一时，这并不仅仅意味着中国受益于经济全球化。正如我在前面所表明的，中国也极大地受益于文化全球化，这已被世界文学近几年来在中国的再度兴起所证实。①虽然在过去的相当长一段时间里，中国与外部世界相隔绝，19 世纪以前的中国文学几乎很少受到外国文学的影响，但是中国依然与外部世界有着密切的交往。我们都知道，中国在古代发展得很快，到了唐朝时期，中国甚至成为当时世界上最强大和最繁荣的国家，这不仅体现在政治和经济上，而且在文化上也十分强大。那时的中国人将自己的国家当作"中央帝国"，由于唐诗在中国文学史上处于最为繁荣的时期，中国同时也被人看作是一个"诗的王国"，相比之下，欧洲还处于"黑暗的"中世纪，美国甚至还未建国。诸如屈原、陶渊明、李白、杜甫、李商隐、白居易这样的不同时代的杰出诗人远远早于与他们地位相当的但丁、莎士比亚和歌德这些欧洲大作家。但是令人遗憾的是，由于封建王朝的腐败和治国的无能，中国曾几何时竟沦为一个二流的封建专制国家。即使如此，中国文学依然给了歌德很大的灵感，促使这位伟大的欧洲作家和思想家提出了"世界文学"的概念并对之加以理论的阐释，这显然是由于歌德在阅读了一些包括中国文学在内的非西方作品所受到的启迪。歌德在读了一些在中国文学史上并没有什么地位的文学作品后，不禁感慨万千，提出了具有乌托邦色彩的"世界文学"的概念：

> 诗是人类共有的精神财富，这一点在各个地方的所有时代的成百上千的人那里都有所体现……民族文学现在算不了什么，世界文学的时代已快来临。现在每一个人都应该发挥自己的作用，使它早日来临。②

---

①　关于世界文学在中国的兴起，我这里仅提及两个专门讨论这方面论题的国际研讨会：由上海交通大学于 2010 年 8 月主办的第五届中美比较文学双边讨论会，以及由北京大学于 2011 年 7 月主办的"世界文学的兴起"国际研讨会，这两次国际会议的主题都是世界文学。

②　引自 David Damrosch, *What Is World Literature?* Princeton and Oxford: Princeton University Press, 2003, p. 1.

在这里，歌德以诗来指代所有的文学，他所说的世界文学是一种理想化的境界，表明了这位伟大的作家和思想家的美好愿景。但是应该指出的是，歌德虽然掌握多种语言，但他并不懂包括中文在内的其他非欧洲语言，他是通过翻译的中介阅读这些作品的，而且他本人后来也受益于翻译，因为翻译使他的作品得以从德国走向整个欧洲进而走向世界。他生前曾经是欧洲最有名的作家之一，而在欧洲中心主义占主导地位的年代，闻名全欧洲在某种程度上说就等于闻名全世界。此外，他对东方文学的情有独钟以及他的作品在中国和其他东方国家的译介和接受也给了他应有的回报，这也表明他是一位有着广阔的世界视野和博大胸怀的世界级文学大家。

尽管上面这些事实说明了中国文学的重要性，但是中国文学自晚清以来就开始逐渐在世界文学的版图上被"边缘化"了。为了改变这种局面从而使得中国文学再度兴盛并更加接近世界文学的主流，中国的知识分子发起了大规模的翻译运动，将西方的文学作品和人文学术著作译介到中国来。由于这种尝试，中国的文学翻译在今天看来仍是极不平衡的，几乎所有的西方文学名著都有不止一个中译本，而优秀的中国文学作品被译成其他语言的则不是很多，部分原因在于缺少优秀的译者，另一些原因则在于西方文学研究界以及大众传媒领域长期以来受到东方主义的偏见的主导。在当今的全球化时代，中国文学也和其他国家的文学一样，不可避免地受到通俗文化和消费文化的冲击和挑战，文学研究更是备受冲击，并且经常被人认为已经"死亡"。但是另一方面，我们也应该认识到，全球化在使民族文化趋同的同时也为中国的文化和文学走向世界提供了宝贵的机会。为了使中国文学在一个短时间内迅速成为世界文学的一部分，一些中国学者和译者，包括我本人在内，曾经认为这只是一个翻译的问题，也即我们在大量译介西方文化和文学的同时，却很少将自己的文学作品译成世界主要语言，尤其是英语。但翻译只是其中的原因之一，其中还有着更深层次的复杂原因。

坦率地说，当下的整个图书市场都不甚景气，但是当我们走进任何一家英美的书店都很少看到中国作家的作品英译本，更不用说中文的原版著作了。而与其相对照的却是另一番情景：我们走进中国的任何一家书店，都不难发现很多外国文学作品的中译本，有些专业书店甚至还可以见到一些英文的影印原版书。毫不奇怪，今天有很多青年学子们对西方思想家和作家的景仰和崇拜往往超过了对中国学术大师的景仰和推崇。我们不得不感到惊讶：为什么这样的局面会出现在当今的中国？难道中国就没有自己的文学杰作或文学大师吗？任何稍有些中国现代文学知识的人都不难回答这些问题。莫言在 2012 年荣获诺贝尔文学奖则进一步证明，中国文学正在走向世界并将在全球文化和世界文学中扮演愈益重要的角色。[①] 既然简单的回答难以服众，那么我就从三个方面来回答这些问题。

首先，由于东方主义的盛行及其意识形态的干预，西方的读者长期以来对东方以及东方人，包括中国和中国人，已经形成了某种成见，现在要他们一下子改变这种成见确实不易。甚至对那些从未来过中国的人，中国现在仍很贫穷落后，中国人较之西方人远不及后者那样文明，因而贫穷落后的国家是产生不出优秀的文学作品的，如此等等。确实，根据我的初步考察，中国人眼中的西方形象与西方人眼中的中国形象有着极大的反差。双方在彼此对对方的了解方面也大相径庭。假如一个中国的高中生不知道柏拉图、亚里士多德、莎士比亚、歌德、马克·吐温、乔伊斯、艾略特、福克纳、爱因斯坦和海明威的话，他会感到十分害臊，因为上述这些大家的著作在中国十分畅销，而且有着广大的读者群体。而相比之下，对于一位西方文学研究者来说，不知道屈原、陶渊明、李白、杜甫、苏轼、王阳明、鲁迅和钱钟书等中国一流作家者却大有人在，他们会觉得这很正常，甚至他们会理直气壮地问道：这些作家的作品有英文译本吗？更不用说那些普通读者了。上述这些文学大家的著作即使有了英文译本，但也很难说在英语世界有比较好的销路，更不用说在其他语种中的销路了。由于翻译和接受方面的不平衡状态，中国文学虽然一直在努力接近世界文学的主流，但是距离其在世界文学版图中应有的地位还有着相当的距离。因此在这方面，莫言的荣获诺奖尽管有着一定的争议，但至少表明中国文学走向世界已经初见成效并仍将沿着这条国际化的路线走下去。

第二个原因则在于优秀的译者实在是凤毛麟角，不仅在西方世界，在国内也是如此。正如我们所知道的，外语教学在中国长期以来一直是一个有着丰厚经济效益的教育产业，一些出版社也从中受益匪浅。近几年来，

---

① 按照瑞典文学院的授奖词，中国小说家莫言于 2012 年荣获诺奖是因为作为一位作家，莫言"将梦幻现实主义与历史的和当代的民间故事融为一体"，取得了别人难以替代的成就。在这方面，莫言作品的英文和瑞典文翻译起到了很大的作用。

随着中文在世界上的发展兴盛，这一产业逐渐有所式微。[①] 然而，即使在大城市里，英语教学仍然在中国的大中学校受到高度重视，几乎被当作是大学生的一门主要必修课程。而实际上的事实却是，绝大多数的中国高校师生，甚至包括英语专业的师生，学了多年英语也仅仅停留在阅读国外书刊文章和与外国人进行简单交流的水平，并不能达到与学界同行用正确的英语讨论学术问题的层次。虽然许多中国学者能够将文学或理论书籍翻译成中文，但只有极少数人能将中文著作译成准确流畅的外语，更谈不上达到在国外出版社出版的水平了。有时，即使当他们将优秀的中国文学作品译成英文或其他主要的外语后，他们的译文却由于其中的异化成分太多而很难得到母语读者的欣赏，更谈不上在目标语图书市场上流通和接受的境地了。一些中国文学的一流作家和人文学者还在等待海外汉学家去"发现"他们，进而组织人将他们的作品译成外语。但是这种等待常常近乎是徒劳的。中国古典文学名著《红楼梦》的两个英译本在英语世界所得到的不同的认可和接受就证明了这一点：霍克斯等人的英译本在英语世界十分流行和畅销，而相比之下杨宪益夫妇的译本则很少有读者问津。[②] 如果纯粹从翻译的忠实程度和语言表达的准确性来看，杨译本丝毫不逊色，但就其可读性和可接受性而言，霍克斯的译本则远远胜过前者。这当然也从另一方面说明了西方读者对中国文学的了解仅仅停留在初始的阶段。

因此就这个意义上说来，莫言荣获2012年度诺贝尔文学奖在很大程度上得益于英译者葛浩文的无与伦比的翻译，译者实际上用优美可读的英语重新讲述了莫言作品中的故事，有时甚至将原作的语言大大地润色，使之更容易为英语世界的读者所接受和欣赏。因此我认为，如果没有葛浩文的无与伦比的英文翻译，同时如果没有陈安娜的同样优秀的瑞典文翻译，莫言的获奖至少会延宕若干年，或者说他很可能与诺奖失之交臂。这在一百多年的诺贝尔文学奖颁奖史上可以举出很多例子。

第三个原因就其本身而言就是一个悖论。我们现在生活在一个后现代消费社会，在这样一个社会，严肃的文学以及其他高雅文化产品受到大众文化以及消费文化的挑战。既然有着很高审美品质的中国古典文学远离当

---

① 最近出现的一个英语教学在中国的式微之例就是在全国高校入学考试中，英语的比重大大地减少甚至在某些地方被取消了。甚至还有人提出在高考中取消英语考试。

② 这方面参阅英文拙作 "'Weltliteratur': from a Utopian Imagination to Diversified Forms of World Literatures," *Neohelicon* 38（2011），2：304.

下的消费社会现实，因而它们对当代的读者就不可能有什么吸引力，即使英文译本再好也难以打动他们。如果忠实地将其译成英语或其他主要的世界性语言，则很难受到广大读者的欣赏，更无法像那些西方文学和理论著作在中国备受追捧那样获得商业上的成功了。至于中国现当代文学，由于它是在西方的影响下发展起来的，因而翻译成英文以及其他主要外国语言后，自然无法与那些西方同行的佳作相媲美。我们中国的文学批评家和学者经常抱怨，我们当代没有像艾略特、福克纳、普鲁斯特、乔伊斯、海明威、奈保尔、马尔克斯和昆德拉这样的文学大师，更缺乏像萨特、海德格尔、福柯、德里达、赛义德和詹姆逊这样的理论大师，因此我们这个时代是一个缺乏文学和文化理论大师的时代。而在相当一部分人看来，只有继续将那些西方文学和文化理论大师的作品译成中文才能有助于提升中国文学和人文学术的水平，至于中国文学和人文学术著作的外译，则应该是外国翻译家的事，中国的翻译家无法也没有必要去承担这样的吃力不讨好的工作。如果我们不解决这个问题，我们就不能期待真正的世界文学时代的来临。

除去上述三个主要原因外，还有一个重要的原因也不可忽视：中国学者的自我封闭也阻碍了中国文学走向世界的进程。我们都知道，世界文学是一个通过翻译引进的理论概念，当它进入中国后便发生了一定程度的变形。在过去的数十年里，它始终以"外国文学"的面目出现在中国高校的课程中，与中国文学研究话语的主流相距甚远。即使在"文革"后的那些年代，它有时也叫作"世界文学"，但却被置于中国语言文学一级学科之下，其任务是教授和研究外国文学，并不是包括中国文学在内的真正意义上的世界文学。在1998年之前，这一二级学科甚至与比较文学相分离，直到1998年，教育部重新调整了专业学科目录后才将其与比较文学二级学科合并为比较文学与世界文学，但依然置于中国语言文学一级学科之下。因而今天的中国比较文学和世界文学学者以极大的热情推进世界文学，希望在这一广阔的语境中重新审视中国文学，使得中国文学真正走向世界。

毫无疑问，全球化时代的到来为中国在全世界推广自己的文学和文化提供了十分宝贵的契机，既然当今世界通用的语言是英语，那么将中国文学和文化推向世界就应充分利用这一霸权语言的中介，将尽可能多的中国文学和理论著作首先译成英语，进而通过英语的中介译成更多的其他语言。①这样中国文学和文化就有可能为全球文化的重新定位以及世界文学版图的重新绘制做出重要的建设性贡献。

全球化进程中的"全球本土化"方向

虽然中国被公认为是全球化进程中的最大赢家之一，即使从文化的角度来看也是如此，但是我在此还想论证，正是这样一种"全球本土化"的发展方向才使得中国得以在一个广阔的全球文化语境中重新定位自己。因而从这个意义上说来，我们应当说，中国在文化上更是最受益于一种全球本土化的战略，这一点将在今后的年月里得到进一步证实。正如罗伯逊多年前就已经指出的：

> 全球本土化（glocalisation）的观点实际上传达了我近年来一直在全球化问题的研究著述中的要点。就我的观点而言，全球本土化的概念包含了被人们通常称为的全球的和本土的东西——或者用更为一般性的话来说，普遍的和特殊的东西——同时存在并且相互依赖。在当下关于全球化话语的辩论中，我的立场严格说来，甚至可以这样说，而且必须这样认为，也即我以及另一些人的观点已经变成这样了：有时全球本土化可以被用来替代"全球化"……②

我想接着罗伯逊的话再加上一句：尤其是在讨论文化全球化时，我们更应该用全球本土化来代替前者。如果说，经济上的全球化可以以趋同作为其旨归的话，那么文化上的全球化则是其相反的方向：文化的多样性，尽管文化趋同性也同时存在，但是前者的效果较之后者更为明显。本章所讨论的上述三种形式，不管是引进来的概念，还是走出去的东西，都免不了受到文化上的全球本土化的制约。只有认识到这一点，才能更加有利于我们

---

① 这一点不仅为中国文学通过率先译成英语进而走向世界其他语种所证实，而且也为中国的人文学术著作的外译所证实，我本人的两部分别用英文撰写和编辑的著作就被先后译成意大利文和阿拉伯文。

② Roland Robertson, "Globalisation or Glocalisation?", *Journal of International Communication*, (1994), (1)：38–39. 也可参见 Roland Robertson, 'Situating Glocalization: A Relatively Autobiographical Intervention,' in G. Drori et al., eds, *Global Themes and Local Variations in Organization and Management: Perspectives on Glocalization*. London: Routledge, 2014：25–36.

实施中国文化走出去的战略，并取得应有的成效。

　　毫无疑问，罗伯逊的专著《全球化：社会理论与全球文化》（*Globalization：Social Theory and Global Culture*）于 2000 年在上海出版中译本以来，[①]确实有助于全球化登陆中国，他领衔主编的《全球化百科全书》（*Encyclopedia of Globalization*）的中译本于 2011 年问世以来，更是为普及这一概念并使得更多的人了解全球化的本质特征及其在当代的形态起到了极大的推进作用。[②]在这方面，我认为，罗伯逊为了帮助全球化这一概念进入中国做出了巨大的贡献。如果我们重新审视我在前面对中国语境中的文化全球化的三种形式所作的分析，这一点将得到进一步的证实。虽然中国学界欢迎全球化的来临，并且频繁地引证罗伯逊的观点，但是他们似乎忽视了他也是当今世界最早使用"全球本土化"这一概念并且将其用于描述文化全球化的学者之一。全球化在中国的实践，尤其是在中国文化和文学中的实践，无疑证实了这一点，即如果全球化不首先"本土化"并演变为一种"全球本土化"的发展方向的话，它是无法在那些有着悠久的文化传统和牢固的文化防御机制的国家得到实现的。毫无疑问，中国将继续受益于全球化，并且将在新一波全球化浪潮中充当领导者的角色。但是中国文化和文学也许更为受益于一种全球本土化的实践，因为现代性在中国的实践本身就是一种具有中国特色的另类现代性。全球现代性不应该是一种单一的现代性（singular modernity），而更应该是一个复数的现代性（modernities），这一点将随着时间的推移得到人们更为充分的认识。

---

　　①　参见罗兰·罗伯森（逊）《全球化：社会理论与全球文化》，梁光严译，上海：上海人民出版社，2000 年版。

　　②　参阅罗兰·罗伯逊和杨·阿特·肖尔特主编《全球化百科全书》（Roland Robertson and Jan Aart Scholte, eds, *Encyclopedia of Globalization*. New York and London: Routledge, 2007），中文版由王宁主编，南京：译林出版社，2011 年版。

全球化时代的后殖民批评及其对我们的启示

后殖民主义理论思潮曾在 20 世纪 80 年代后期至 90 年代初期取代处于衰落状态的后现代主义理论思潮，一度雄踞西方文学理论批评界的争论中心。之后由于文化研究的崛起而迅速地被纳入广义的文化研究大语境之下。但进入全球化时代以来，由于赛义德和斯皮瓦克的著述被重新认识以及霍米·巴巴的异军突起，后殖民理论和批评又得到了新的发展。早先的一些相关理论课题被从事全球化研究的学者发掘出新的价值进而得到进一步的深化。可以说，进入全球化时代以来，后殖民主义理论思潮的再度兴起与全球化 / 本土化、民族 / 文化身份以及流散写作 / 批评等问题的讨论密切相关。那么什么是全球化时代的后殖民理论批评之特色呢？这正是本章所要进一步探讨的。对赛义德和斯皮瓦克早期的批评理论，我已在不同的场合曾作过较为详细的评述，[①] 因此本章的论述将在过去研究的基础上集中讨论两位理论家的近著，并对巴巴的批评理论之特色作一较为全面的评述。这些理论家近期的研究标志着当代后殖民理论的新的转向，或者说是一种全球化时代的后殖民批评。他们提出的不少理论范畴都与我们今天所讨论的全球化与文化问题密切相关，而他们的成功经验则对我们在今天的全球化语境下发展中国的文学理论批评有着极大的启示。

---

① 关于赛义德和斯皮瓦克的后殖民批评理论的详细论述，分别参阅拙作《东方主义、后殖民主义和文化霸权主义批判》，《北京大学学报》，1995 年第 2 期；《解构、女权主义和后殖民批评：斯皮瓦克的学术思想探幽》，《北京大学学报》，1998 年第 1 期；以及《全球化时代的后殖民理论批评》，《文艺研究》，2003 年第 5 期。

从东方主义批判到流亡文学研究

毫无疑问,与另几位后殖民理论家相比,十多年前去世的赛义德(Edward Said,1935—2003)的知名度应当是最高的,这已为他在去世时所产生的强烈反响所证实。他的著述被人们讨论和引证之频率也始终居高不下,这当然也与他的多产和在美国学术界的较早崛起不无关系。我们可以作这样一个比较:如果说,斯皮瓦克的后殖民主义理论带有明显的女权主义和解构色彩,霍米·巴巴的理论具有较强的"第三世界"文化批判和"少数族群"研究之特色的话,那么毫无疑问,赛义德早期的理论则有着强烈的意识形态和政治批判色彩,其批判的锋芒直指西方的文化霸权主义和强权政治,其批判的理论基石就是"东方主义"建构和批判。出版于20世纪70年代后期的那本富有挑战意味的专著《东方主义》(Orientalism,1978)确实为我们的跨学科文化学术研究开辟了一个崭新的理论视野,即将研究的触角直接指向历来被西方主流学术界所忽视、并且故意边缘化了的一个领地:东方或第三世界,它在地理环境上与西方世界分别处于地球的两个部分,但这个"东方"并非仅指涉其地理位置,同时它本身还具有深刻的政治和文化内涵。但赛义德的尝试还具有强烈的"非中心化"(de-centralization)和"解构"的作用,实际上是后现代主义之后出现在西方学界的"非边缘化"倾向的先声。

但是,正如不少东西方学者已经注意到的那样,赛义德所批判和建构的"东方"和"东方主义"也不无其局限性,这种局限性具体体现在地理上、文化上和文学上,这也使我们第三世界学者和批评家有了可据以进行质疑和重新思考的理论基点。诚然,《东方主义》一书的出版,不仅奠定了赛义德本人的学术声誉和地位,同时也标志着他的后殖民理论体系建构的开始。之后,他虽然在其他场合曾对"东方主义"的内涵和外延作过一些补充和修正,但其理论核心并未有所突破。

1993年出版的鸿篇巨制《文化和帝国主义》(Culture and Imperialism)全面地审视了西方文化,从18世纪的作家简·奥斯汀一直讨论到当今仍有争议的赛尔曼·拉什迪,从现代主义诗人叶芝一直讨论到具有后现代特征的海湾战争中新闻媒体的作用,其间还透过后殖民主义的理论视角分析了显然具有后殖民性的英国作家吉卜林和康拉德的小说,以一个比较文学学者的身份对这一学科的局限进行反拨,直到在一个更为广阔的世界背景下全面描述帝国主义的文化侵略和殖民地人民的反抗的历史，等等，大大地突破了传统的学科界限。当然，这一时期的学术界也发生了巨大的变化：关于后现代主义的讨论越来越趋向全球化，并与第三世界的反殖民和反霸权斗争相关联；而比较文学的兴趣东移则更是导致了一种以东西方文学的对话和交流为特色的新的国际比较文学研究格局的出现；后现代主义之后的后殖民主义大潮不断地向中心运动，文化研究在一个全球范围内的转型期方兴未艾……这一切都使得比较文学研究者必须正视文化和文化本质问题。可以说，赛义德在沉默了一段时间后的深入思考在很大程度上是接着上述两本著作中所涉及的问题的进一步深入研究。而对这些问题的反思和深入探讨则集中体现在他出版于新世纪之交的论文集《流亡的反思及其他论文》（*Reflections on Exile and Other Essays*，2000）中所收的各篇论文中。在本章的这一部分，我主要讨论这本书中所收录的一些重要论文中的观点及创新之处。

在这部写作时间长达三十多年的论文集中，赛义德真实地记载了自己初到哥伦比亚大学任教直至世纪末所走过的道路。在这期间，美国的文学学术界也和这个国家一样经历了风风雨雨和潮起潮落。人们不难看出，"20世纪可算作是美国的世纪，也许情况确实如此，尽管对这一世纪将产生的意义作出预言仍然为时过早。"[1]在政治、经济和军事领域是如此，在美国的文学研究领域，也经历了从新批评、现代主义到后现代主义、新历史主义、后殖民主义和文化研究的变迁，文学经典的涵义和成分也发生了本质的变化。在赛义德看来，今天的人们"谈论经典就是要理解文化中心化的这一演变过程，这是我们今天仍伴随着的帝国主义和全球主义所导致的一个直接结果。这一伟大事业的特权就在于，它始终居于中心的中心，因而能够接触或包含边缘的或怪异的生活的历史经验，哪怕只是以一种浓缩的或不大看得见的形式经历的。被帝国主义搅和在一起的全球语境中的文学理论批评提供了一整套的可能性，尤其是我们若认真考虑非殖民化的历史经验的话……则更是如此。"[2]无疑，赛义德是在西方学术的中心地带以一个有着第三世界背景的后殖民地知识分子的身份发出这番言论的，因此也自然会同时受到东西方学者的重视和非议。尽管人们不免会对赛义德本人的

---

[1]　Cf. Edward Said, *Reflections on Exile and Other Essays*, Cambridge, Mass.：Harvard University Press, 2000, p.xxx.

[2]　Ibid., pp. xxx–xxxi.

双重身份提出种种质疑，但他仍然在不止一个场合为自己辩解，"也如同其他许多人那样，我不止属于一个世界。我是一个巴勒斯坦的阿拉伯人，同时我也是一个美国人。这赋予我一种奇怪的，但也不算怪异的双重视角。此外，我当然也是一个学者。所有这些身份都不是清纯的，每一种身份都对另一种发生影响和作用。"[1] 他的这番自我表述无疑也代表了大多数后殖民理论家所处的双重境遇，他们为了在帝国中心地带的众声喧哗之中发出独特的声音，不得不依赖自己所拥有的双重身份和双重文化背景：既在第一世界充当第三世界的代言人，同时又在第三世界宣传第一世界的理论，以便向第三世界知识分子进行文化启蒙。他们的流落他乡正是他们之所以具有这种双重身份的一个重要原因，因而他们对另一些流离失所的人们的关心便是理所当然的。

诚然，作为一位有着深切流亡体会的第三世界裔知识分子，赛义德对自己民族的痛苦记忆是始终记忆犹新的，在收入书中的一篇题为《流亡的反思》的文章中，他开宗明义地指出，"流亡令人不可思议地使你不得不想到它，但经历起来又是十分可怕的。它是强加于个人与故乡以及自我与其真正的家园之间的不可弥合的裂痕：它那极大的哀伤是永远也无法克服的。虽然文学和历史包括流亡生活中的种种英雄的、浪漫的、光荣的甚至胜利的故事，但这些充其量只是旨在克服与亲友隔离所导致的巨大悲伤的一些努力。流亡的成果将永远因为所留下的某种丧失而变得黯然失色。"[2] 这种流亡所导致的精神上的创伤无时无刻不萦绕在他的心头，并不时地表露在字里行间中。那么他本人究竟是如何克服流亡带来的巨大痛苦的呢？赛义德一方面并不否认流亡给个人生活带来的巨大不幸，但另一方面，他又认为，"然而，我又必须把流亡说成是一种特权，只不过是针对那些主宰现代生活的大量机构的一种不得不做出的选择。但毕竟流亡不能算是一个选择的问题：你一生下来就陷入其中，或者它偏偏就降临到你的头上。"[3] 在赛义德看来，流亡的命运是自己无法掌握的，但关键的是自己如何迅速地适应这种状况以便找到适合自己的最佳选择。他也和不少被迫走上流亡之路的第三世界知识分子一样，内心隐匿着难以弥合的精神创伤，而对于这一点，那

---

① Cf. Edward Said, *Reflections on Exile and Other Essays*, Cambridge, Mass.: Harvard University Press, 2000, p. 397.

② Ibid., p. 173.

③ Ibid., p. 184.

些未经历过流亡的人则是无法感受到的。由此可见，赛义德的不同凡响之处正在于他能够将这种痛苦转化为一种既能在帝国的中心求得生存同时又能发出批判声音的强大动力。毫无疑问，受到赛义德等后殖民理论家的启发，一大批远离故土流落他乡的第三世界知识分子也从自己的流亡经历中发掘出丰富的写作资源，从而使得"流散写作"（diasporic writing）在全球化的时代方兴未艾，并且越来越为研究全球化和后殖民问题的学者所重视。

　　众所周知，赛义德与 2008 年刚去世的哈佛大学的亨廷顿教授在当今的美国社会所处的地位是非常独特的，他们分别代表了能为美国政府的决策提供左右两方面参考的知识力量。收入书中的一篇长篇论文就反映了这两位大师级人物的论战。这篇论文题为《定义的冲突》（The Clash of Definitions）。我们大概不难从这篇未发表过的文章的标题看出作者想要讨论的主题：其矛头直指亨廷顿发表于《外交事务》（*Foreign Affairs*）1993年夏季号上的那篇引起广泛争议的文章《文明的冲突》。在此我们完全可以一睹这两位左右两方面代表的交锋之风采。针对亨廷顿所鼓吹的"文明冲突论"的偏激之词，赛义德一针见血地指出，"亨廷顿所鼓吹的其他文明必定要与西方文明相冲突的论调如此之强烈和一以贯之，他表现出为西方所规定的为了继续获胜而必须做的事如此之骄横和不可一世，以至于我们不得不得出这样的结论，即正是他本人对继续并扩大冷战最有兴趣，他所要采取的方法绝不是要人们去理解当今的世界局势或努力与不同的文化和睦相处。"[①] 因此显而易见，亨廷顿为世界的未来描绘了一幅不同的文明或文化之间有可能发生剧烈冲突的可怕图景，而赛义德则存心要把这幅虚假的图景消解掉。接着，赛义德经过仔细考证指出，亨廷顿的文明冲突论并非他首创，而是取自伯纳德·路易斯（Bernard Lewis）发表于《大西洋月刊》（*The Atlantic Monthly*）1990 年 9 月号上的文章《穆斯林仇恨的根源》（The Roots of Muslim Rage）。[②] 而亨廷顿充其量不过是重蹈了前人的覆辙，本质上并无什么创新之处，这就从问题的本质入手一下子击中了亨廷顿的要害。但是我们却无法考证出，为什么赛义德在当时亨廷顿的文章引起广泛争议时未发表这篇文章，而在多年后却将之收入作为自己一生之总结的论文集中？他是不是想让历史来检验自己的论断是否正确？对此他本人也

---

　　① Cf. Edward Said, *Reflections on Exile and Other Essays*, Cambridge, Mass.: Harvard University Press, 2000, p. 571.

　　② Ibid., p. 586.

从未作任何解释。但是不幸的是，就在他的文集出版一年后，震惊世界的"9·11"事件发生了，经过修正了的亨廷顿的"文明冲突论"再次占了上风，我们虽然不知道赛义德当时是怎么想的，但我们至少可以从他对亨廷顿观点的批判中窥见亨氏论断的片面性和缺乏原创性。

在《定义的冲突》这篇文章中，赛义德还进一步一针见血地指出了这种"文明冲突论"的荒谬之本质，"使我更为不安的是，宣称这种文明冲突论调者作为历史学家和文化分析学家似乎是多么健忘：用这种方法对这些文化所作的定义本身又是颇有争议的。我们无须接受这种十分天真幼稚和故意带有还原论的观点，即各种文明本身是彼此相同的，我们必须始终提出这样的问题：那些文明是由那些人根据什么理由提出来、创造出来并予以界定的。"① 在赛义德看来，这种论调显然有很多破绽，其中"最不堪一击的部分就在于这些文明之间假想出来的严格的分离，尽管有着强有力的证据表明，当今的世界实际上是一个混杂的、流动的和多种文明交织一体的世界"。② 因此在这样一个充满了各种不确定和偶然因素的世界，文明的冲突实际上和文明的共存及对话始终是并行不悖的，这就好比全球化与本土化的二重关系一样：时而处于冲突和对峙的状态，时而又处于共容和对话的状态。忽视这种二重性而任意强调和夸大文明之间的冲突一面只能是起到一种误导的作用。从这一点来看，赛义德的批判言辞是十分有力的，得出的结论因而也是令人信服的。

鉴于《东方主义》一书出版后引来的颇多争议，尤其是来自东方学家阵营的争议，赛义德在不同的场合作了一些回应，但最有力、并且观点最鲜明的当推发表于《种族和阶级》(Race and Class) 1985 年秋季号并收入本书的论文《东方主义重新思考》(Orientalism Reconsidered)。在这篇论文中，赛义德首先简要地重申了他对东方主义的三重定义："作为思想和专业的一个分支，东方主义当然包括几个相互交叠的方面：首先，欧亚之间不断变化的历史和文化关系，这是一种有着四千年历史的关系；其次，西方的一个学术研究的学科，始于 19 世纪初，专门研究各种东方文化和传统；第三，有关被叫作东方的世界之一部分的各种意识形态构想、形象和幻想。"但他紧接着又补充道，"但是这并不意味着东西方之间的划分是一

---

① Cf. Edward Said, *Reflections on Exile and Other Essays*, Cambridge, Mass.: Harvard University Press, 2000, p. 571.

② Ibid., p. 587.

成不变的，也不意味着这种划分只是一种虚构。"① 由于这其中的种种复杂因素，东方主义概念的提出和建构便带有各种主客观的因素，所引来的非议和争议自然也就是在所难免的了。对此，赛义德并不回避，而是透过各种表面的现象究其本质，对东方主义作进一步的界定和描述。他指出："由于对东方主义的重新思考始终与我早先提及的另外许多这类活动密切相关，因此在此有必要较为详尽地进行阐述。因此我们现在可以将东方主义视为一种如同都市社会中的男性主宰或父权制一样的实践：东方被习以为常地描绘为女性化，它的财富是丰润的，它的主要象征是性感女郎，妻妾和霸道的——但又是令人奇怪地有着吸引力的统治者。此外，东方就像家庭主妇一样，忍受着沉默和无限丰富的生产。这种材料中的不少都显然与由现代西方主流文化支撑的性别、种族和政治的不对称结构相关联，这一点正如同女权主义者、黑人研究批评家以及反帝国主义的积极分子所表明的那样。"② 我们完全可以从赛义德本人对东方主义建构的重新反思发现，经过学界多年来围绕东方主义或东方学展开的争论，他在某种程度上已经吸纳了批评者的部分意见，并对自己过去的建构作了某些修正。

在 20 世纪 80 年代初出版的论文集《世界、文本和批评家》(*The World, the Text and the Critic*, 1983) 收入了他的一篇著名的论文，也就是那篇广为人们引证的《旅行中的理论》(Traveling Theory)，在那篇文章中，赛义德通过卢卡契的"物化"(reification) 理论在不同的时代和不同地区的流传以及由此而引来的种种不同的理解和阐释，旨在说明这样一个道理：理论有时可以"旅行"到另一个时代和场景中，而在这一旅行的过程中，它们往往会失去某些原有的力量和反叛性。这种情况的出现多半受制于那种理论在被彼时彼地的人们接受时所作出的修正、篡改甚至归化，因此理论的变形是完全有可能发生的。毫无疑问，用这一概念来解释包括后现代主义和后殖民主义在内的各种西方理论在第三世界和东方诸国的传播和接受以及所产生的误读和误构状况是十分恰当的。因此这一论点所产生的影响是巨大的，对此赛义德虽然十分明白，但他总认为有必要对此作进一步的反思和阐述。在这本书中收入了他写于 1994 年的一篇论文《理论的旅行重新思考》(Traveling Theory Reconsidered)，在这篇论文中，他强调了卢卡契的理论对阿多诺的启迪后

---

① Cf. Edward Said, *Reflections on Exile and Other Essays*, Cambridge, Mass.: Harvard University Press, 2000, p. 199.

② Ibid., p. 212.

又接着指出了它与后殖民批评理论的关系，这个中介就是当代后殖民批评的先驱弗朗兹·法农。这无疑是卢卡契的理论旅行到另一些地方的一个例证。在追溯了法农的后殖民批评思想与卢卡契理论的关联之后，赛义德总结道，"在这里，一方面在法农与较为激进的卢卡契（也许只是暂时的）之间，另一方面在卢卡契与阿多诺之间存在着某种接合点。它们所隐含着的理论、批评、非神秘化和非中心化事业从来就未完成。因此理论的观点便始终在旅行，它超越了自身的局限，向外扩展，并在某种意义上处于一种流亡的状态中。"[①] 这就在某种程度上重复了解构主义的阐释原则：理论的内涵是不可穷尽的，因而对意义的阐释也是没有终结的。而理论的旅行所到之处必然会和彼时彼地的接受土壤和环境相作用而产生新的意义。可以说，赛义德本人的以东方主义文化批判为核心的后殖民批评理论在第三世界产生的共鸣和反响就证明了他的这种"旅行中的理论"说的有效性。

　　近十年来，赛义德虽然身体状况一直不好，但是他本人直到 2003 年 9 月 24 日去世前依然活跃于美国学术理论界，并且始终是人们关注的中心。作为一位有着强烈社会责任感和使命感的知识分子，他始终有着人文主义的关怀，认为"知识分子并不是要登上一座山峰或讲坛以便站在高处作慷慨激昂的演讲，显然，你想在人们能很好地听你讲话的地方说要说的话；同时，你也希望你的演讲表述得极好以便对不断发展着的社会进程产生影响，例如，对和平和正义产生影响。不错，知识分子的声音是孤独的，但它能产生共鸣，因为它可以自由地与一场运动的现实、一个民族的愿望以及共同追求的理论密切相关"，[②] 因此，知识分子在当今社会的作用是不可轻视的。和许多将自己封闭在大学校园内潜心攻读"纯粹的"学问的知识分子所不一样的是，在他看来，知识分子并不意味着只是指那些掌握了一门学问的学者，知识分子应当时刻关注当代社会的变革，有责任对当代文化的形成进行干预，并提出自己的批判性策略。他对知识分子的这种界定显然接近葛兰西的"有机知识分子"的概念。确实，赛义德始终是这样说的，也是这样做的，因此他时常针对一些尖锐的重大国际问题，如海湾战争、科索沃危机、"9·11"事件以及其后的国际反恐战争等，及时地发表

---

　　① Cf. Edward Said, *Reflections on Exile and Other Essays*, Cambridge, Mass.: Harvard University Press, 2000, p. 451.

　　② Edward Said, *Representations of the Intellectual,* New York: Pantheon Books, 1994, pp. 101–102.

自己的独特见解，因而也得罪了一些人，甚至在他生前他经常遭到恐吓和威胁。尽管他身患癌症并到了晚期阶段，但他仍在生命的最后一息出现在公众场合发表演讲，阐述自己的观点，对当代社会的一些敏感问题发表自己的看法。可以说，《流亡的反思》一书的出版既是对他一生的批评和学术生涯的总结，同时也为当今全球化语境下的后殖民批评及理论研究提出了一些有意义的新课题。

从解构到后殖民理性批判

在当今的美国乃至整个西方学术理论界和文化研究界，佳亚特里·C. 斯皮瓦克（Gayatri C. Spivak, 1942—）通常被当作其名声仅次于赛义德的当代最有影响、同时也最有争议的一位后殖民地或第三世界知识分子，或后殖民批评家，这在很大程度上也许是由于她的双重边缘身份所致：既是一位知识女性同时又有着鲜明的第三世界背景。确实，在西方生活和工作的众多后殖民批评家中，据说斯皮瓦克为了保持她的第三世界国家公民的身份，始终持印度护照，保留原有的国籍，这一点在当今美国的不少著名学者和批评家中实属罕见。1999 年，当她的专著《后殖民理性批判：走向行将消失的当下的历史》（*A Critique of Postcolonial Reason: Toward a History of the Vanishing Present*）在哈佛大学出版社出版时，她的学术声誉达到了空前的境地：她被历来对新理论思潮颇有微词的哈佛大学邀请去讲演，为她新出版的专著作了一系列广告式的宣传，随即她又获得了加拿大最有名气的多伦多大学授予的荣誉博士学位，并在 2008 年接替赛义德生前的位置，担任哥伦比亚大学校级讲席教授（university professor）。在她那本著作的封底，哈佛大学出版社是这样评价她的成就的："在对她曾经帮助界定的后殖民研究领域内所作的第一部全面探讨中，佳亚特里·C. 斯皮瓦克这位世界顶尖级的文学理论家之一，尝试着扮演在后殖民领地之内为后殖民批评家的论述负有责任的角色"。这一事实无可辩驳地说明了，无论就其本身的学术影响和批评著述的穿透力而言，还是就其对后殖民主义这一理论概念的逐步得到承认进而成为当代最前沿的一种理论学术话语所做的贡献而言，斯皮瓦克都可算作赛义德之后最有影响的一位有着自觉理论意识的后殖民批评家。而随着赛义德身体的日益衰弱直到 2003 年的溘然长逝，斯皮瓦克在后殖民批评领域内的领军作用就愈加显得重要和不可替代。

作为一位个人经历异常复杂而且理论方向也十分斑驳的后殖民理论批评家，斯皮瓦克走过的是一条发展轨迹清晰可寻的学术道路：她早年曾以德里达的解构主义理论在北美最重要的翻译阐释者而一举成名，其后又以一个颇有挑战性的女权主义批评家的身份而活跃在女性文学界和批评界。之后当这一切均为她的异军突起铺平道路后，她才尝试着独辟蹊径，逐步发展成为有着自己独特批评个性和理论风格的当代最有影响的后殖民理论批评家之一。和十分多产的赛义德相比，斯皮瓦克的专著并不算很多，其主要批评理论和实践见于她的这三部论文集以及上面提到的那部专著中：《在他者的世界：文化政治论集》(In Other Worlds：Essays in Cultural Politics，1987)，《外在于教学机器之内》(Outside in the Teaching Machine，1993) 和《斯皮瓦克读本》(The Spivak Reader，1996，[ed.Donna Landry and Gerald MacLean])。此外她还出版有访谈录，编译多部理论著作和文集，并在欧美各主要刊物发表了大量的批评论文。

毫无疑问，斯皮瓦克不仅是德里达的著作在英语世界的主要翻译者，同时也是当今的批评家和学者中对德里达的思想把握最准确、解释最透彻的人之一，这主要体现在她为德里达的代表性著作《论文字学》英译本撰写的那篇长达 80 页的"译者前言"以及其后发表的一系列论文中。尽管她后来早已脱离了翻译实践，而且并不满足于仅仅对德里达的理论进行批评性阐释，但那长篇宏论却已经奠定了她在理论和文化翻译领域内的重要地位，并且预示了之后崛起的后殖民文化翻译和对传统的翻译理论的解构性冲击。如果说，赛义德的后殖民理论主要受到葛兰西的西方马克思主义和福柯的后结构主义理论影响的话，那么，斯皮瓦克的后殖民理论则主要受惠于德里达的解构理论，可以说，正是从对德里达理论的翻译解释入手，斯皮瓦克开始了她那漫长的以解构理论为其主要理论基础的女权主义和后殖民理论批评著述的。

斯皮瓦克由于曾经全身心地投入翻译德里达的代表性著作《论文字学》(De la Grammatologie)，因而她早期的著述风格的晦涩特征在很大程度上显然受到了德里达的影响，一些有着鲜明的意识形态倾向性的女权主义批评家常常抱怨她的冗长句子和晦涩风格。但她的聪明之处恰在于，她试图超越德里达的"文本中心"之局限，来达到自己的理论建构。这具体体现在她对当代社会现实的强烈参与意识和对权威话语的挑战精神和批判锋芒，人们尤其可在她后期的后殖民批评文字中见到这一特征。当然，斯皮瓦克也和一切解构理论家一样，并不否认差异，但她对差异和踪迹的兴趣并未导致她沉溺于无端的文字游戏中，却促使她在其后的学术生涯中把大量精力花在对第三世界文本和"底层文化"的研究，这一点正是她与其理论宗师德里达和博士论文导师德曼以及另一些解构主义批评家的不同之处。

　　斯皮瓦克的批评思想是十分复杂的，即使在她全身心地投入对德里达的解构理论的翻译阐释时，仍然显露出其他观点和主义的影响之痕迹。按照《斯皮瓦克读本》的两位编者的总结，贯穿于斯皮瓦克的学术思想之始终的主要是这样三个既大相径庭同时又关系紧密的研究领域：女权主义、马克思主义和解构主义。斯皮瓦克作为一位对马克思主义有过很大兴趣并花了一番工夫对马克思主义创始人的原著作了细读和深入研究的解构主义者，时时刻刻都没有忘记马克思主义的辩证唯物主义和历史唯物主义基本思想，这些思想对于她后来既运用解构的思维方式来研究"底层话语"同时又致力于超越解构主义无疑是起了重要作用的。但是她和詹姆逊等欧美马克思主义理论家的明显不同之处恰在于，她是从解构的角度来阅读马克思主义的，同时又使自己的批判超越了解构的文字游戏，从而同时达到了马克思主义的历史和意识形态批判之高度和解构主义的文化阐释之深度。

　　作为一位有着强烈的女性挑战意识的女权主义批评家，斯皮瓦克也不同于那些全身心地投入其中的女权主义者，在某种程度上说来，她之所以对女权主义感兴趣，在很大程度上不过是因为她自己是一个女人而已。她对女权主义的态度往往是矛盾的，因此她的女权主义批评既包含了从女性本身的视角出发进行的文学和文化批评，同时更带有对女权主义理论本身的批评。一方面，她曾在70、80年代致力于北美的女权主义理论话语的建构和女性批评实践，另一方面又对女权主义的局限性有着清醒的认识并不时地提出自己的批判性见解，这样，她一般被人们认为是如同法国的克里斯蒂娃和西苏那样的"学院派"女权主义理论家。因此难怪她的观点一出笼，便同时受到来自女权主义批评内部和外部两方面的批评和攻击。但她对当代女权主义批评和性别政治的贡献和所产生的实际影响却是无人可以否认的。

　　作为一位在印度受过大学本科教育、有着清晰的后殖民地背景的第三世界知识分子或批评家，斯皮瓦克的理论特征就在于她的立场的多变性和理论基点的不确定性：她能够不断地根据西方文化和文学批评理论发展的主流嬗变来调整自己的学术研究，以便能在不同的批评主旨嬗变时刻出奇制胜地提出自己的理论洞见。在一次访谈中，她是这样为自己的灵活立场进行辩护的："我并不想为后殖民地知识分子对西方模式的依赖性进行辩护：我所做的工作是要搞清楚我所属的学科的困境。我本人的位置是灵活的。马克思主义者认为我太代码化了，女权主义者则嫌我太向男性认同了，本土理论家认为我太专注西方理论。我对此倒是心神不安，但却感到高兴。人们的警惕性由于她被人注意的方式而一下子提高了，但却不必为自己进行辩护。"① 毫无疑问，在上述三种批评理论中，她贡献最多的领域是后殖民主义理论与批评。在斯皮瓦克看来，后殖民主义本身并不是一种反对帝国主义或殖民主义的批评话语，后殖民主义的批判目的在于削弱西方对东方和第三世界国家的文化霸权。作为一位有着第三世界背景的后殖民理论批评家，她既要摆脱西方模式的影响，又要达到实现其"非边缘化"策略的目的，因而唯一的选择就是用西方的语言和（出自西方的）解构策略来达到削弱西方殖民主义和文化霸权的目的。当然，对西方文化霸权的批判和西方中心主义模式的不断消解之尝试实际上也促使她逐步完成了从"边缘"向"中心"运动进而最终消除单一"中心"的企图。可以说，从斯皮瓦克的学术地位和影响近几年来在欧美文学和文化理论批评界的与日俱增之势头来看，她的愿望应该说已经达到了。

斯皮瓦克是一位有着不可抹去的第三世界生活经验和文化背景的后殖民理论家，由于她至今仍持有印度护照，因此她和祖国的后殖民运动便有着千丝万缕的联系，并推动着印度的"底层研究"（Subaltern Studies）小组的工作。她甚至宁愿别人称她为一位"底层研究学者"，而非一位"后殖民批评家"。她首先关心的是如何正视第三世界的后殖民性或后殖民状态，既然殖民地问题是当代后殖民理论家所无法回避的问题，那么无论是马克思主义者还是女权主义者或是解构主义者，都无法回避第三世界知识分子所面对的后殖民状态，后殖民地人民的边缘性正如东方文化的边缘性一样，是长期以来的殖民地宗主国和帝国霸权的政治压迫和经济剥削所造成的。但即使如此，这一边缘地带的人民也是不可征服的，他们会抓住一切适当的时机进行"非边缘化"和"非领地化"的尝试，进而实现从边缘向中心

① Cf.Gayatri C. Spivak, *The Post-Colonial Critic: Interviews, Strategies, Dialogues*, Sarah Harasym ed., pp. 69–70, New York & London: Routledge, 1990.

的运动以便最后消解中心 / 边缘这一人为的二元对立。可以说，斯皮瓦克本人学术生涯的不断推进以及她的批评思想的演进实际上就是这方面的一个成功的范例。

毫无疑问，和其他后殖民理论家一样，斯皮瓦克的理论知识背景也体现在另一些方面，除了她所潜心研究的德里达的解构理论外，她也多少受惠于福柯的"权力—知识—话语"之概念；她还从法国思想家德勒兹和佳塔里那里借鉴了"非领地化"的策略；并且从马克思那里提取了"价值"或"价值形式"等理论概念，经过自己的带有第三世界知识分子的主体意识的理解和基于第三世界经验的创造性转化发展成为一种居于第一世界之内部的"他者"的话语，从而对帝国的权威话语形成了有力的挑战和消解。这也就是为什么后殖民批评既活跃在"边缘"同时又能在"中心"地带自如地运作的原因之所在。斯皮瓦克认为，后殖民性不能与全球性的重新绘图——即把当代世界划分为南北两部分——相隔绝。后殖民地国家或民族进入了一个并非它自己创造的世界，但它却在与自身的非殖民化进行讨价还价式的谈判，当然这种谈判的结果是争取殖民地人民的更大的自主权和独立性，以便最终实现从边缘向中心的运动和新的中心的建立。

斯皮瓦克的后殖民研究的另一大特色在于她的积极参与"底层（文化）研究"，或"非主流研究"，并成为这一研究群体实际上的精神领袖。斯皮瓦克长期以来一直从事的就是诸如女权主义、解构理论和后殖民地文化等"非主流"话语的研究，因此用这个术语来概括她的学术研究特征倒是十分恰当的，她所致力于的就是要使这些后殖民地的非主流社群喊出自己的声音，以便削弱帝国的文化霸权和主宰地位。因此，在当代各种理论思潮的角逐中，"底层研究"组织的批判性尝试对于重写殖民地的历史和为传统的文学经典注入新的成分都起到了重要的作用。

鉴于我已在不同的场合对斯皮瓦克直到 20 世纪 90 年代初的学术思想作过较为全面的讨论，因此在本章中我将集中讨论她出版于 90 年代末的专著《后殖民理性批判》。通过对这本书的主要观点的评介，我们大概不难把握斯皮瓦克本人以及进入全球化时代以来后殖民批评理论的新进展。

在斯皮瓦克迄今已经出版的整本著述中，《后殖民理性批判》可以说是她的第一部有着一定体系性和完整理论思想的专著。这本书除了序言和一篇题为《解构的开始生效》(The Setting to Work of Deconstruction)的附录外，整体部分分为四章：第一章题为"哲学"，第二章题为"文学"，第三章题为"历史",第四章题为"文化",这种分类大概使人不难看出斯皮瓦克作为一位思想家的宏伟理论抱负。其中写得最为精彩的部分当推第一和第四章,这正好也反映了她本人在这两个学科领域内的深刻造诣。按照她本人的说法,"我的目的在于通过各种实践——哲学、文学、历史和文化——来追踪本土信息提供者的形象",但是随着她的论述的展开,"某种后殖民主体反过来却一直在重新揭示殖民的主体,并且在挪用信息提供者的观点。"[①]这也许正是后殖民理论批评的一个悖论。

正如她本人所概括的,本书第一章观照的是哲学,也即探讨西方古典哲学的宗师康德是如何排斥土著居民的,黑格尔又是如何将欧洲的他者纳入其规范的偏离模式的,以及殖民主体是如何"净化"黑格尔本人的;马克思后来又是如何在差异中进行协调的,等等。这就从殖民主义的源头探讨了问题的根本,并且清晰地梳理出一条殖民和反殖民/后殖民的发展线索。在讨论了上述几位思想家对殖民和后殖民理性所做的贡献后,作者指出,这一事实"在于当今世界没有一个国家不属于这个资本主义的经济体系,或者说试图全然回避它。事实上,在经济领域里,马克思主义——充其量作为一种思考和推测的形态,是由一位活动家兼哲学家所构思的,他自学了很多当代经济学因而将其视作一门人类的(因为是社会的)科学,通过这种感觉又发起了对政治经济的一场彻底的批判——在今天的世界上只能作为对一个体制(微电子时代的后工业世界资本主义)的持续的批判而产生作用,但是这种批判却是任何政治机构都试图进入的,因为那是这种情境的'实在'"。[②]虽然马克思主义探讨的是资本主义处于上升时期的运作规律,但对资本主义本质规律的研究在当今的新马克思主义理论家那里却从未间断过,对此斯皮瓦克也十分清楚地认识到了,并试图把这一研究加以推进。这一章中的精彩之处还体现在她本人对马克思的《资本论》的细读,在细读的过程中她还发现了这样一个常常被人们忽视的事实,"尽管在经济领域内始终存在着围绕价值观念的用处而进行的热烈争论,但马克思主义的文化批判却令人奇怪地保持沉默。无论是英国的雷蒙德·威廉斯或斯图亚特·霍尔,或是德国的批判理论,或者是美国的弗雷德里克·詹姆逊或社会文本团体,或者是法国的阿尔都塞派或后阿尔都塞派,

---

① Cf. Gayatri C. Spivak, *A Critique of Postcolonial Reason: Toward a History of the Vanishing Present*, Cambridge, Mass.: Harvard University Press, 1999, "Preface", p. ix.

② Ibid., p. 84.

都未曾对其深刻的涵义作过探讨"。而斯皮瓦克则发现了这其中所隐含的意义，并建议专事思想意识研究的历史学家们去细读一下《资本论》中的一部分，这就是题为"外贸"的一个章节。在她看来，"整个这一章都值得一读，以便欣赏马克思所揭示的外贸的利益再现是如何表现为对他本人分析政治经济之有效性的消解，特别是它所坚持的一个观点，即利润的比率有可能跌落。"① 应该说，深受马克思主义影响的斯皮瓦克从来也没有忘记马克思主义的辩证唯物主义方法和唯物主义的历史观，而且对辩证唯物主义和历史唯物主义方法的坚持始终体现于她对后殖民理性的批判。因此这一章实际上也为她在后面几章更为深入的理性批判奠定了基调。

　　第二章之所以以"文学"为标题，主要是因为"文学"也许与我们的文学研究者最为密切相关。在这一章里，作者展开论述的方式与前一章中就理论谈理论或围绕理论文本进行演绎的抽象方式迥然有别，而是通过对一些蕴含着殖民主题的文学文本的阅读，试图探讨殖民主义和后殖民性是如何形成的，以便展开她的后殖民理性批判。作者所涉及的作家作品包括夏洛蒂·勃朗特的《简·爱》、玛丽·雪莱的《弗兰根斯坦》以及波德莱尔、吉卜林、莱斯、马哈斯维塔、库切等作家的作品，而在实际论述中则大大超出了这些作品的范围。通过对这些殖民/后殖民文学文本的仔细阅读，斯皮瓦克指出，"我现在想进一步推进一个论点，并做一番对比。后殖民作家的任务，也即那些由历史在实际上产生出来的殖民地女性公民的后裔，不可能仅仅局限于在《弗兰根斯坦》中强有力地展现出来的特殊的主—仆关系。"② 而在进一步阐述女权主义的任务时，斯皮瓦克则指出，"……存在于都市社会关系和机构内的女权主义具有一种与19世纪欧洲的不断向上活动的资产阶级文化政治中为个人主义而奋斗有着关联的东西。因此，即使我们女权主义批评家发现了对普遍性或学术客观性所作的具有男性主义的真理诉求的修辞性错误，我们也只好去建构一种全球姐妹关系的真理的说谎行为"。③ 毫无疑问，在斯皮瓦克的解构式后殖民理论视角下，与男性中心主义话语相对立的是，始终存在着一种女性中心主义的话语，而在这些殖民文本中也始终蕴含着某种后殖民性，它也作为前者（殖民性）

---

　　① Cf. Gayatri C. Spivak, *A Critique of Postcolonial Reason: Toward a History of the Vanishing Present*, Cambridge, Mass.: Harvard University Press, 1999, "Preface", p. 99.

　　② Ibid., p.140.

　　③ Ibid., p.148.

的对立面而存在。这就历史地说明了后殖民性也像后现代性一样，并不只说明一种与殖民性在时间上的延续关系，而是揭示出殖民性一诞生，它的对立物后殖民性也就存在了。这就像利奥塔当年在论述后现代主义与现代主义的悖论式关系那样：先出现的并不一定就是现代的，后出现的也不一定就是后现代的。这就打破了后现代主义研究领域中的人为的时间划分。同样，用于后殖民研究，先出现的也并不一定就是殖民主义的，后出现的也不一定就是后殖民主义的，后殖民在某种程度上就内在于殖民主义体系和思想话语中。由此可见，对后殖民的理解在很大程度上应将其置于殖民的语境之中来理解。

在这一章中，斯皮瓦克还讨论了吉卜林的短篇小说《征服者威廉》以及隐于其中的后殖民混杂策略。也和霍米·巴巴的文化翻译观念相类似，她认为，"作为违规的翻译（translation-as-violation）之结构较为直接地描述了第三世界主义文学教义中的某些倾向。它自然是我的总的论点的一部分，除非第三世界主义的女权主义发展出一种对这些倾向的防范措施，否则它是不可能不加入其中的。"[①]这实际上也预示了本书后面对詹姆逊的讨论和批判。她也和不少西方批评家一样，对詹姆逊等人的第三世界批评理论是持批判态度的，但与那些白人批评家所不同的是，斯皮瓦克从自己的第三世界立场出发，在肯定其积极意义的同时，指出了其明显的新殖民主义局限性，"第三世界研究，包括英语世界的第三世界女权主义研究是如此之虚幻因而竟常常忽视了文化研究中的所有语言具体性或学术深度。确实，在世界上的那些已摆脱殖民统治的地区，通常用无甚差别的英语翻译来转述或直接用英语或欧洲语言撰写的著作，或者那些在第一世界由某些有着其他种族背景的人写出的著作，正在开始形成某种'第三世界文学'"。[②]毫无疑问，对斯皮瓦克等有着第三世界和后殖民背景的批评家来说，这种所谓的"第三世界文学"与真正来自第三世界的写作是不可同日而语的。因此她的这段言辞在某种程度上也向我们揭示了所谓"第三世界文学"的虚幻性以及其人为建构的本质特征。

第三章的写作方法是进行历史档案的追踪，通过对一些历史事件的反思揭露了殖民主义者对弱势群体的欺压，表明了斯皮瓦克一贯坚持的对殖

---

①　Cf. Gayatri C. Spivak, *A Critique of Postcolonial Reason: Toward a History of the Vanishing Present*, Cambridge, Mass.: Harvard University Press, 1999, "Preface", p.164.

②　Ibid., p.170.

民主义的鲜明批判立场。这其中的不少资料是她长期介入印度的"底层研究"小组的工作而获得的，为未来的国际后殖民研究也提供了历史资料的保证。在这一章中，她还呼应了德里达对欧洲的混杂历史的讨论，从而消解了"欧洲纯正"与"第三世界殖民地混杂"这一人为的二元对立。①

应该指出的是，在这部著作中，第四章探讨的问题与当今的一些热点话题最为密切相关，诸如后现代主义，尤其是讨论了詹姆逊对后现代主义的概念界定和批判，妇女在历史上的地位以及最近颇为人文学者所热衷的全球化问题，等等。对当今关于全球化问题的理论讨论提出了不少新的见解，其中不少具有洞见性的观点已经被纳入了全球化研究学者们关注的视野，对此我将另文讨论。但仅从上述简略的评介中，我们大概已经不难看出这本专著的学术和理论分量之厚重了。当然，斯皮瓦克的著述生涯还远未结束，她在今后的年代里还将进行何种研究，我们将拭目以待。

民族叙述、文化定位和少数人化

进入全球化时代以来，后殖民主义理论思潮又重新焕发了新的活力，它的不少研究课题都与全球化语境下的民族文化身份认同问题密切相关。随着爱德华·赛义德的病入膏肓进而去世，另两位后殖民理论批评的代表人物——佳亚特里·斯皮瓦克霍米·巴巴的影响力越来越显得突出。而在这三位大师级后殖民理论家中，原先因为年轻和不甚多产而名气相对小一些的巴巴近几年来却异常活跃，他的后殖民批评著述在当今的欧美文学理论批评界、文化研究界乃至文化翻译界的引用率都是相当高的，这一点不禁令他的同辈学者望其项背。尽管巴巴迄今只出版了一本自己的专著，而且还是一本根据已发表的论文改写而成的专题研究文集，但令人不得不佩服的却是，这本书的引用率之高却很少有人能与之比拟。确实，近二十年来，几乎巴巴每发表一篇论文或编辑出版一本文集，都会有成千上万的读者和批评家争相引证并讨论，这对一个处于当代学术前沿的学者型批评家来说，确实是难以做到的。

作为西方文化学术界最具有冲击力和批判锋芒的当代后殖民理论家之

---

①　Cf. Gayatri C. Spivak, *A Critique of Postcolonial Reason: Toward a History of the Vanishing Present*, Cambridge, Mass.: Harvard University Press, 1999, p.200.

一，巴巴在理论上的建树主要体现在这几个方面：（1）他创造性地将马克思主义和后结构主义理论糅为一体，并且颇为有效地将其运用于自己的批评实践，从而发展了一种颇具挑战性和解构性的后殖民文化研究和文化批判风格；（2）他的混杂理论影响了当今全球性后殖民语境下的民族和文化身份研究，提出了第三世界批评家进入学术主流并发出自己声音的具体策略；（3）他的模拟概念以及对一些殖民地题材的作品的细读则对第三世界批评家的反对西方文化霸权的努力有着巨大的启迪作用，对文学经典的重构也有着推进作用；（4）他所发展出的一种文化翻译理论强有力地冲击了翻译研究领域内长期占统治地位的以语言转述为主的文字翻译，从文化的层面消解了以语言为中心的逻各斯中心主义，为翻译研究领域内出现的文化转向提供了理论的依据。

相对于他的另两位后殖民批评界的同事，巴巴现在还不那么为中国读者和理论批评界所熟悉，因此本章的这一部分将集中对巴巴其人以及他的后殖民批评理论之特色作一评介。

霍米·巴巴（Homi F.Bhabha，1949—）出生于印度孟买邦的一个商人家庭，从小受的是印度学校的教育，据说他的血统中还有波斯地区人的成分，这种"混杂"的民族身份倒使得他在研究民族和文化身份以及少数族裔文学和文化方面有着切身的经历，因而有很大的发言权。巴巴后来在英国求学，师从著名的马克思主义理论家特里·伊格尔顿，在著名学府牛津大学获得博士学位。毕业后长期在萨塞克斯大学任教，但其间却不断地应邀赴美国的一些名牌大学讲学。1994年，巴巴被芝加哥大学聘请担任该校切斯特·D.特里帕人文科学讲座教授（Chester F. Tripp Chair of the Humanities），其间又以客座教授的身份在伦敦大学讲学。自2000年底起，巴巴来到哈佛大学，担任安娜·F.罗森伯格英美语言文学讲座教授（Anne F. Rothenberg Professor of English and American Literature and Language），并且兼任该校专为他设立的历史与文学研究中心主任，后来又改任哈佛大学人文中心主任和主管文科的副教务长。到这时，可以说，巴巴也和他的后殖民批评同行一样，实现了自己多年来的"非边缘化"和跻身学术主流的愿望。

与当今十分活跃和多产的赛义德和斯皮瓦克这两位理论家相比，巴巴的著作确实少了一些。除了他那些并不算很多的论文外，他至今只出版了一本著作《文化的定位》（*The Location of Culture*，1994）。在此之前，还出过一本编选的论文集《民族和叙述》（*Nation and Narration*，1990）。他的专著《全球性的尺度》(*A Global Measure*)和另一本基于雷内·韦勒克讲座的专题讲演集将于近年分别由哈佛大学出版社和哥伦比亚大学出版社出版。可以预见，随着他的这两本书的出版，已经日渐冷却的后殖民主义理论思潮将再度"热"起来，并进入一个新的发展阶段。

《民族和叙述》虽是一本编著，但仅从这本书的题目来看也足以说明巴巴独具慧眼的编辑眼光，这是他首次对那些试图通过假设有趋同性和历史连续性的传统来界定并归化第三世界民族性的"本质主义"观点的批判，因为在他看来，那些批评文字虚假地界定并保证了它们的从属地位，因而是不可靠的。他在导言中开宗明义地指出，"民族就如同叙述一样，在神话的时代往往失去自己的源头，只有在心灵的目光中才能全然意识到自己的视野。这样一种民族或叙述的形象似乎显得不可能地罗曼蒂克并且极具隐喻性，但正是从政治思想和文学语言的那些传统中，西方才出现了作为强有力的历史观念的民族。"[1] 这就是说，民族本身就是一种叙述，是一种人为的话语建构，它的不确定性也如同叙述的不可靠性一样。如果说，赛义德的后殖民批评始于对东方主义的批判，那么巴巴的后殖民批评则可以说始于对民族神话的解构，正是这种对民族之本真性的解构从某种程度上奠定了巴巴的后殖民批评理论的基础。在这之前及其后，巴巴一直坚持其"混杂"的策略，在自己的著述中发展了一整套具有强有力解构性的"含混"或"模棱两可"(ambivalence)的术语，可以说，巴巴在其后的一系列著述中都不同程度地发展了这种文化批判策略，而且也正是这种反本质主义和反文化本真性的"混杂"批评策略使得巴巴在自己的批评生涯中一直处于一种能动的和具有创造性活力的境地。

那么这种模棱两可性究竟体现为何种特征呢？它在批判殖民话语时将起到什么样的颠覆和消解作用呢？这正是这本书中巴巴的导言和论文所要阐述的。在介绍这种"模棱两可性"的批评策略时，巴巴指出，"这本书中所探讨的就是这种现代社会的模棱两可的文化表征。假如民族的模棱两可性是其处于过渡时期的历史、概念的不确定性和各种词汇间的摇摆性的问题的话，那么它对意味着一种'民族性'的叙述和话语所产生的影响便是一种从中枢进行的海姆利克式施压"。[2] 也即是说，从殖民话语的内部对其

---

[1] Homi Bhabha ed., *Nation and Narration*, London & New York: Routledge, 1990, "Introduction", p.1.

[2] Ibid., p. 2.

实行压迫，使之带有杂质进而变得不纯，最后其防御机制彻底崩溃，对殖民主义霸权的批判和颠覆也就得以实现。因此，巴巴接着写道，"通过叙述性言说来研究民族不仅是要把注意力放在其语言和修辞上，它的目的还在于改变概念性的对象本身。如果有问题的文本性'封闭'对民族文化的'整体性'提出质疑的话，那么它的积极价值便在于展现那种广泛的播撒，通过这一过程来建构与民族生活相关联的意义和象征场。"① 由于语言本身所具有的含混性和不确定性，因此对民族的叙述本身就是一种不确定的言说。对此，巴巴在指出了民族及其叙述话语所具有的"雅努斯式"（janus-faced）的双重性后，便进一步阐述道，"民族文化的'本土性'既非统一的也非仅与自身相关联，它也没有必要仅仅被视为与其外在或超越相关联的'他者'。"② 既然当今这个世界充满了各种偶然性和不确定性，那么任何"纯真的"东西都是靠不住的，内在/外在之界限也绝不是泾渭分明的，倒是混杂的和多种成分交融一体的东西也许正是新的意义和变体可赖以产生的平台。因此可以看出，巴巴的解构策略仅仅是一种手段，而非最终的目的。他的最终目的是要建构自己的具有后殖民文化批判特征的元批评话语。《播撒：时代、叙述和现代民族的边缘性》（DissemiNation：Time，Narrative，and the Margins of the Modern Nation）这篇引用率颇高的论文更是体现出巴巴受到多种理论影响和启迪，包括巴赫金的对话理论，克里斯蒂娃的精神分析符号学，但首先正如他本人所言，论文的题目就取自解构理论大师德里达的同名著作。文章所取得的直接效果就在于创造性地将解构主义的播撒概念运用于对殖民话语的批判。文章的副标题表明了他所要讨论的时代、叙述和现代民族的边缘地位等问题，但实际上所涉及的问题却远远不止这些，包括民族的时代、人民的空间、少数族裔的边缘性、社会的无特征和文化的失范、语言的异性以及英语的气候。通过对上述一系列概念的"解构"和"播撒"，巴巴实际上重新建构了一种现代的民族，即一种存在于历史的叙述中的民族。在含混和模棱两可这些中心词的主导下，巴巴指出，"现代性疆界的或然性就在民族—空间的这些矛盾的短暂性中展示了出来。文化和社群的语言是放在当下的裂缝上的，因而成了一个民族过去的修辞手段。专注于民族事件和起源的历史学家们从来就不会问

① Homi Bhabha ed., *Nation and Narration*, London & New York: Routledge, 1990, "Introduction", p. 3.
② Ibid., p. 4.

这样一个尴尬的问题：在这样一个民族的双重时代，社会表征已经变得支离破碎，而那些拥有民族的'现代'整体性的政治理论家们……从来不会提出这个问题的。"[①] 而巴巴却要以叙述话语的力量去完成这种建构。在对民族的意义进行播撒的同时，巴巴依然涉及了他所一贯关注的老话题：文化认同问题。在他看来，"文化认同因而便被置放在克里斯蒂娃所声称的'身份缺失'或被法农描述为一种深刻的文化'不确定性'的边缘处。作为一种言说形式的人民便从表述的深渊浮现了出来，因为在那里，主体分裂，能指'枯竭'，说教性和施为性均得到了不自然的表达。具有民族集体性和一致性的语言此时此刻正处于危机之中。"[②] 包括巴巴本人在内的一些第三世界知识分子始终面临着这样一种身份认同上的两难，他们的身份早已经历了从一种身份裂变为多重身份的过程，因而对自己的民族和文化的认同也是双重的：既有殖民地的怀旧又不乏宗主国的遗风。

毫无疑问，在后现代主义大潮日渐衰落、后殖民主义异军突起的年代，巴巴的这本书所起到的作用是巨大的，它为他日后从边缘向中心的运动奠定了基础。后殖民理论大师赛义德和斯皮瓦克都曾对这本书给予了极高的评价，尤其是他的印度同胞斯皮瓦克认为，这本书是"一本充满激情的文集，以其全球范围之广度给人以深刻的印象，并使得民族的异质问题清晰可见"。确实，在巴巴看来，正如历史之于叙述一样，叙述也就是历史，因此在这本书中，"文学批评实际上具有了历史的特征"。换言之，民族就是一种"叙述性的"建构，它产生于处于各种竞争状态中的文化成分的"混杂性"的互动作用。既然民族的"混杂性"是不可避免的，文化的身份和认同也是如此。他的这一思想在其后的著述中也得到了相对一以贯之的体现。

《文化的定位》作为巴巴的代表性著作，粹集了他于 20 世纪 80 年代中至 90 年代初撰写的重要论文，相当全面系统地体现了他的以探讨身份认同和少数族裔问题为特征的后殖民理论批评思想。这也正是他为什么在赛义德和斯皮瓦克平分后殖民理论批评话语之秋色后仍能异军突起并后来者居上的重要原因所在。正如赛义德所中肯地指出的，"霍米·巴巴属于那样一种罕见的奇人：一位有着巨大的敏锐和智慧的读者，一位充满了超常能量的理论家。他的著作是不同时代、文体和文化之间交流的标志性成果；同

[①]　Homi Bhabha ed., *Nation and Narration*, p. 294.

[②]　Ibid., p. 304.

时具有殖民的、后殖民的、现代主义的和后现代的张力。"① 这就相当准确地概括出了巴巴理论的多重源头和多种成分：他既对前人有所继承，但更多的却是对既定的传统和成规的消解和批判性扬弃，而在这种消解和批判的过程中逐渐形成了他自己的元批评理论话语。确实，巴巴在书中开启了后殖民知识计划的概念性教义和政治上的一贯性。他在那一篇篇闪烁着思想者火花的论文中解释了为何要将西方的现代性文化置于后殖民视角中加以重新定位。在收入书中的《理论的奉献》(The Commitment to Theory) 这篇论文中，巴巴将一些批评家建构的理论与政见所形成的不幸的、甚或虚假的对立突显了出来，以便质疑并批判那些主导着后殖民理论争鸣的精英主义和欧洲中心主义。他尖锐地指出，"认为理论必须是一种社会和文化所特有的精英语言，实际上假设了一个具有毁灭性的和自欺欺人的特征。据说，学院派批评家的位置不可避免地要置于一种帝国主义或新殖民主义西方的欧洲中心主义档案中。"② 作为一位来自后殖民地国家印度的学者，巴巴的一个重要使命就是要从内部摧毁欧洲中心主义的堡垒，而他的策略则是从内部首先使其失去本真性，变得混杂和不纯，进而使其固有的权威性被消解。具有讽刺意味的则是，巴巴本人却在自己的整个学术生涯中，始终受到那些充满精英主义、欧洲中心主义和资产阶级学术特权的责任的影响，尤其是受到新马克思主义和欧洲后结构主义思潮的影响。这一点尤其体现在他的文化批判思想和著述风格上。因而他的不少最严厉的批评者指责他不知不觉地重复了那些"新帝国主义"或"新殖民主义"的思维模式之于第三世界的话语霸权。但是巴巴为了显示自己不同于那些主流西方学者的特征，总是对西方中心的思维模式予以严厉的批判。就产生于西方语境的批判理论所具有的二重性，巴巴指出，"批判理论冠之以'西方的'究竟有什么问题呢？显然，这是一种制度性权力和意识形态欧洲中心性的名称。批判理论往往在那些熟悉的殖民地人类学传统和环境之内部介入文本，其目的或者是为了使之在自己的文化和学术话语内普遍化，或者为了激化它内部对西方逻各斯中心符号，即理想主义的主体的批判，或者说确实是那些民间社会的幻觉和谬见。"③ 显然，受其后结构主义大师的启迪和影响，巴巴并不追求与其认同，而是寻求与其的差异，这一点尤其体现在

---

① 参见该书封底的批评性介绍。
② Cf. Homi Bhabha, *The Location of Culture*, London & New York: Routledge, 1994, p. 19.
③ Ibid., p. 31.

他对全球化给文化带来的两种后果的理解上：文化上的趋同性和文化上的多样性，而后者的特征则更加明显。

在这篇论文中，巴巴就目前文化研究界普遍关注的全球化所导致的文化趋同性和文化多样性问题发表了独特的见解。他也和大多数研究全球化与文化问题的学者一样，并不赞成文化上的趋同性，他更强调文化上的差异性和多样性，认为这正是后殖民语境下文化翻译的一个重要成果。关于这种文化翻译的意义，本章限于篇幅将不予以展开，留待今后专文论述。在他看来，"文化多样性是一个认识论的对象，即文化作为经验知识的客体，而文化差异则是把文化当作'知识的'、权威的加以表述的过程，它完全可用于文化认同体系的建构。如果文化多样性是一个比较伦理学、美学和人种学范畴的话，那么文化差异便是一个指义的过程，通过这个过程，文化的表述和关于文化的表述便对力量、参照、应用和能力场的生产加以区分和区别，并予以认可。文化多样性是对预先给定的文化内容和习惯的认可；由于它居于一种相对论的时间框架内，因此便会产生多元文化主义、文化交流或人类文化的自由概念。文化多样性同样也是一种表达整体文化分离的激进修辞的表现……文化多样性在某些早期的结构主义人类学描述那里，甚至可以作为一个表述体系和文化符号的交往。"[1]这样，他便把后现代主义的差异和多元原则成功地转移到了对殖民话语的考察和研究中，形成了自赛义德和斯皮瓦克之后后殖民批评领域中又一种独特的声音。

在《文化的定位》中，巴巴创立并阐释了"阈限的"或"间隙的"（interstitial）、"之间的"（in-between）等一系列具有后现代主义的不确定性特征的范畴，认为正是这些范畴占据了各种具有竞争性的文化传统、历史时期和批评方法之间的空间。通过使用一种溶符号学和解构主义精神分析学为一体的准则，巴巴审视了殖民主义法则的矛盾性，指出这种矛盾性使得隐匿在对"英文书籍"的某种具有表演性的模拟之中的抵制成为可能。巴巴的讨论出发点显然是文学文本，或更确切地说是一些具有后殖民特征的英语文学文本，所涉及的作家和艺术家包括托尼·莫里森、约瑟夫·康拉德、塞尔曼·拉什迪、V.S.奈保尔和奈丁·戈迪莫，通过对这些作家的作品的细读和分析，巴巴试图发现居于那些主导性的社会结构之间的边缘的、"挥之不去的"和"无家可归的"空间中文化究竟是如何定位的。显

---

[1]　Cf. Homi Bhabha, *The Location of Culture*, London & New York: Routledge, 1994, p. 34.

然，通过这种貌似戏拟实则犀利的非边缘化和解构性批评方法，巴巴终于实现了对帝国话语霸权的消解，使第三世界批评家得以从边缘向中心运动并最终占据中心。

与赛义德和斯皮瓦克一样，霍米·巴巴的后殖民批评理论也有着诸多来源，其中比较明显的有早期从他的老师伊格尔顿那里继承来的马克思主义，其后的拉康式结构主义和后结构主义精神分析学，德里达的解构批评理论和葛兰西的文化霸权概念。毫无疑问，巴巴这位当代后殖民理论批评家，受到殖民主义研究先驱弗朗兹·法农的影响更为明显，而且他在几乎自己所有的著作中都免不了要引证或讨论法农。在《质疑身份：弗朗兹·法农和后殖民特权》（Interrogating Identity：Frantz Fanon and the Postcolonial Prerogative）这篇论文中，他再次讨论了法农和后殖民特权的问题，并和近几年来学术界所热衷的文化记忆问题放在一起讨论。他指出，"回忆法农实际上是一个认真的发现和迷失方向的过程。记忆从来就不是一种默默的反思和追忆的行为。它是痛苦的记忆：将支离破碎的过去拼在一起以便使当下的创伤富有意义。它是这样一种种族和种族主义、殖民主义以及文化认同问题的历史，以至于法农以比任何别的作家都更为卓越的深度和诗意予以了揭示。"[1] 正是在法农精神的启迪下，巴巴从来就没有忘记殖民主义统治时期留给殖民地人民的痛苦记忆，这些痛苦的记忆必将作为一种文化表征不时地展现在后殖民写作中。

但巴巴毕竟很早就离开了自己的祖国印度，他也和大多数生活在第一世界的第三世界知识分子一样，对殖民主义宗主国的批判在相当的程度上仍停留在文字上。他尤其受到善于玩弄文字游戏的解构批评家德里达的影响，往往将各种不同的理论话语"混杂化"，使之溶注在具有自己独特个性的批评话语中，这具体体现在具有模拟（mimicry）和表演（performance）特征的后现代理念中。而巴巴则运用这一后现代／后结构批评的武器，对民族主义、再现和抵制都予以了严格的审视，尤其强调了一种带有殖民论争之特征的"模棱两可性"和"混杂性"，正是在这种"阈限的"（liminal）有限空间内文化上的差异实现了某种接合，所产生的结果便是对文化和民族身份的想象性"建构"。巴巴在许多篇论文中都试图发现一种对殖民主义话语具有摧毁性的"模棱两可"或"含混"之特征的话语，它既对原体

---

① Cf. Homi Bhabha, *The Location of Culture*, London & New York: Routledge, 1994, p. 63.

有着某种模仿性，同时又与之不同，这样便对殖民主义宗主国的话语的原体产生了强有力的解构作用。这一点尤其体现在他对"模拟"概念的阐述。在《关于模拟和人：殖民话语的模棱两可性》（Of Mimicry and Man：The Ambivalence of Colonial Discourse）这篇广为人们引用的文章中，他开宗明义地指出，"后启蒙以来的英国殖民主义话语常常以一种模棱两可而非虚假的腔调发言。假如殖民主义以历史的名义掌握权力的话，那么它便常常通过闹剧的形式来施行它的权威……在从殖民想象的高级理想向其低级的模仿性文学效果的这种喜剧性转折中，模拟以最使人难以捉摸和最为有效的一种殖民权力和知识策略的形式出现了。"[1] 既然模拟本身就失去了其严肃性，因而巴巴的态度便显而易见了：他采取的实际上是一种论辩而非对抗的态度。这大概也是他为什么始终能够为主张多元和差异的美国学术界接受并认可的一个重要原因。

但是这种模拟究竟在何种程度上显示出自己的特征和力量呢？巴巴接着指出，"被我称之为模拟的殖民话语的那种模式的权威性因此也就显示出了某种不确定的特征：模拟显示出的是一种差异的再现，这种差异本身就是一种拒绝全盘接受的过程。这样看来，模拟实际上是一种双重表述的符号；一种复杂的改良，规约和律令的策略，它在将权力具象化的同时'挪用了'（appropriates）他者。"由于巴巴本人在表述上的含混性和模棱两可性，他又对模拟的另一方面特征加以了限定："然而，模拟同样也是不可挪用的符号，是一种差异或桀骜不驯，它与殖民权力的主导性策略的功能相一致，强化了监督机制（surveillance），并且对'已经被规范化的'（normalized）知识和学科权力构成了内在的威胁。"[2] 由此可见，模拟对殖民话语所产生的讽刺性效果是深刻的和令人不安的，但并不是那种毁灭性的打击。这也许正是巴巴的后殖民批评策略的目的所在。

与赛义德和斯皮瓦克这两位主要的后殖民批评家相比，巴巴不仅在年龄上轻一些，其政治态度和批评观念也相对灵活一些，但由于他在近期异常活跃，他的批评话语也显示出批判的锋芒和犀利性，因而大有后来者居上之势。由于巴巴本人的民族和文化身份以及知识背景较之前两位学者更为复杂，因此随着世界进入全球化的时代和身份认同问题越来越引人关

---

[1] Cf. Homi Bhabha, *The Location of Culture*, London & New York: Routledge, 1994, p. 85.

[2] Ibid., p. 86.

注，巴巴的后殖民理论变得越来越重要。他的后殖民批评策略是以一种介于游戏性和模拟性之间的独特方式来削弱西方帝国的文化霸权，也即表面上在模仿西方主流话语，实则通过这种戏拟削弱并破坏了西方的思维和写作方式的整体性和一贯性。这具体表现在：一方面，他对第三世界人民的反殖斗争深表同情和支持，并在不同的场合有所表示，他认为，长期以来的"反对殖民主义压迫的斗争不仅改变了西方历史的方向，而且对作为一种进步的和有序的整体的时间观念也提出了挑战。对殖民主义的非人格化的分析不仅从启蒙时代的'人'的概念疏离了出来，而且也对作为人类知识的一个预先给定的形象的社会现实之透明度提出了挑战。"① 但是另一方面，与斯皮瓦克和赛义德不同的是，他又总是把后殖民主义的话语看作仅仅是论辩性的而非对抗性的，在他看来，可以通过这种论辩而达到削弱甚至消解西方的话语霸权之目的。诚然，在后结构主义的语境之内，这种批判性的尝试依然具有强有力的解构性，而非实证性，其目的在于动摇和消解关于帝国的神话和殖民主义的意识形态。巴巴一方面也支持赛义德的主张，在不同的场合对帝国主义的文化霸权予以抨击和批判，另一方面，他又总是通过对帝国话语的模拟来产生出一种相对于前者的权威的杂体，其最终的目的在于解构和削弱权威的力量。既然第三世界话语对于帝国话语来说是一个"他者"，那么它就只能与后者相关联才得以存在，一旦没有了后者，这个"他者"显然也就无甚意义了。这样看来，有一段时期，巴巴的态度在不少场合下与其说是严肃的倒不如说是游戏性的，因而他的著述也总是用一种模棱两可的方式写出的，对之的解释也就应是多元的和不确定的。毫不奇怪，由于巴巴对西方的文化霸权抱如此反讽和戏拟的态度，因此他很难使人相信他的这种解构尝试的真正目的。例如，巴巴曾对模仿（mimesis）和模拟（mimicry）这两个概念作过区分，他认为，这两者的根本区别在于，前者的特征是同源系统内的表现，后者的目的则在于产生出某种居于与原体的相似和不似之间的"他体"，② 这种"他体"既带有"被殖民"的痕迹，同时又与本土文化话语糅为一体，因而在很大程度上基于

---

① 参见巴巴为弗朗兹·法农的著作《黑色的皮肤，白色的面罩》（*Black Skin, White Masks*）英译本撰写的序言，转引自 Patrick Williams and Laura Chrisman eds., *Colonial Discourse, and Post-Colonial Theory: A Reader*, New York: Columbia University Press, 1994, p. 114.

② Cf. Bhabha, "Of Mimicry and Man: The Ambivalence of Colonial Discourse", in *The Location of Culture*, pp. 85–92.

被殖民的一方对殖民地宗主国的文化和理论话语的有意识的、并且带有创造性的误读之上。在当前的中国文化语境中，巴巴的"混杂"策略和解构式批评对一批有着西方理论背景的先锋派批评家颇有影响：张颐武、陈晓明、戴锦华、王一川和陶东风等当代新锐批评家就是在巴巴理论的启迪下不断地提出具有中国特色的后现代、后殖民及第三世界批评的策略。他们的批评已经引起了巴巴等西方后殖民理论家和国际汉学界的注意，并对第一世界的文化霸权产生了强有力的批判和解构作用。因此，随着后殖民主义论争在中国语境下的日益深入，巴巴的批评实践和话语策略将越来越对这批有着后现代主义 / 后结构主义倾向的中青年批评家产生诱惑力，这主要体现在关于全球化 / 本土化、第一世界 / 第三世界、现代性 / 后现代性、殖民 / 后殖民这类二元对立的讨论和消解上。

近几年来，巴巴的后殖民批评理论又发生了新的转向：从居于第一世界内部的后殖民论辩性逐步转向关注真正的后殖民地人们的反殖反霸斗争，并对他过去的那种具有戏拟特征的后现代风格有所超越。根据他十多年前在中国以及亚洲其他国家和地区的一系列演讲以及他几年前对中国的再次访问，我们了解到，他目前关注的一个课题就是"少数族裔"或"少数族群体"所面临的困境。他认为，"反殖民主义的少数族的策略向殖民主义体制提出了挑战，这种策略是'重新划分'帝国主义强行分割的种族歧视的范围，将其分成外部领域（物质的机构）和内部领域（文化的认同）。通过将内部领域 / 外部领域的区分模式印刻到歧视性霸权的主要帝国主义话语内部的、殖民主义的自我 / 他者的二元模式上，反殖民主义策略逆转了帝国主义霸权，或者创立了一种'不恰当的'反殖民的模拟；这种歧视性霸权的帝国主义话语包括：社会生活领域的公开和隐私，法律领域的风俗和合同，土地和所有权领域的财物和房产等。在物质领域内西化的影响越大，在精神和文化的飞地之中的抵制就越激烈。"[①]这种理论兴趣的转向将体现在他即将出版的两本专著和文集中。在这些著作中，一个艰深晦涩的巴巴不见了身影，出现在我们面前的是一个充满激情和睿智并具有自己独特风格的文化批判者和思想家。

综上所述，随着全球化时代的人们越来越关注身份认同问题，霍

---

① 关于巴巴最近以来的学术思想之转向，参见他于2002年6月25日在清华—哈佛后殖民理论高级论坛上的主题发言《黑人学者和印度公主》（The Black Savant and the Dark Princess），中译文见《文学评论》2002年第5期。

米·巴巴的后殖民批评理论便越来越显示出新的活力。巴巴经常往返于欧美两大陆传播自己的学术思想,并逐渐把目光转到亚太地区,认为在这些殖民地和宗主国的中间地带可以实践他的混杂理论和"少数人化"策略。由于巴巴的另两部近著尚未出版,再加之他仍处于自己的著述盛期,因此对他的全面评述还有待于未来的进一步深入研究。但巴巴十几年前在中国的系列演讲和在中国发表的论文无疑将有助于我们了解巴巴的后殖民批评理论以及他近期研究中的新的转向:即他所提出的"少数人化"(minoritization)策略,他认为这也是一个过程,实际上标志着另一种形式的全球化。在《黑人学者和印度公主》这篇公开演讲中,他从细读美国已故黑人作家杜波依斯的作品入手,认为"杜波依斯的核心洞见在于强调少数族形成的"邻接的"和偶然的性质;在这里,是否能够团结一致要有赖于超越自主性和主权,而赞同一种跨文化的差异的表达。这是一个有关少数族群体的富有生气的、辨证的概念,它是一个亲善契合的过程,是正在进行的目的和兴趣的转化;通过这种转化,社会群体和政治团体开始将它们的信息播向临近的公众领域。少数族化(minoritization)这一理性概念远比少数族的人类学概念优越,后者在国际民权与政治权利大会的第二十七条中有规定。它实际上是另一种类似全球化的过程。"① 但是这种过程将在何种程度上产生多大的影响,还有待于时间的考验。鉴于巴巴目前在学界正如日中天,他的后殖民批评理论和学术思想之价值将随着他两部新著的问世而逐渐显示出来,因此对他的批评理论和学术思想作一较为全面的总结还有待进一步深入的研究。

几点启示:后殖民语境下中国文学理论的国际化战略

熟悉我近十多年来著述的读者大概不难看出,最近十多年来,我在研究后殖民主义理论思潮以及全球化与文化的关系等理论问题时,常常关注中国的文学理论和文化研究如何进入国际理论争鸣的主流,并发出强有力的声音,以及中国的人文社会科学期刊如何进入国际权威刊物之列,并使

---

① 参见巴巴于2002年6月25日在清华—哈佛后殖民理论高级论坛上的主题发言《黑人学者和印度公主》(The Black Savant and the Dark Princess),中译文见《文学评论》2002年第5期。

中国学者撰写的论文对国际同行产生影响。① 这自然是不足为奇的，因为我始终认为，中国不仅曾是这样一个地大物博并有着众多人口的第三世界大国，而且中国有着世界上最庞大的人文社会科学研究队伍。改革开放几十年来，中国的政治、经济、社会和文化发生了翻天覆地的变化。就其经济实力而言，中国已经成为一个经济大国，随之而来的就是中国的政治大国地位的确立。而就文化以及人文社会科学研究而言，中国仍然是一个文化弱国，至少说与其大国的身份是不相称的。因此中国不仅应当从整体上对人类做出较大的贡献，而且更应当在人文社会科学的研究领域内对世界做出重大的贡献。但是实际情况如何呢？ 正如我们所看到的，中国的文学理论工作者在国际性的理论争鸣中发出的声音微乎其微，虽说没有陷入完全失语的境地，但至少说还没有对我们的国际同行产生应有的影响和启迪，因而致使不少西方文学理论研究者和部分比较文学学者竟然对中国文学一无所知，或者对有着几千年传统的中国文学理论视而不见。更有甚者，不少中国的文学理论研究者一方面在国内对外行人大谈某个西方文学理论流派或观点，把自己打扮成这方面的专家或权威，而另一方面，真正和国际同行在一起时却不能与他们进行有效的交流和对话，更不能在国际权威刊物上发表论文，并提出可供我们的国际同行来引用和讨论的话题。这确实让人觉得悲哀。有人认为这是因为中国学者的英语水平不够好，因而无法用英文撰写论文到国际权威刊物上去发表，这可能是其中的一个原因，但绝不是根本的原因。更有人天真地试图等待西方的汉学家来"发现"中国的文学理论价值。我认为，这与近十多年来飞速发展的中国经济形成鲜明的对比。造成这种状况的根本原因在于两个方面：其一是一些有着固有的"西方中心主义"思维模式的西方学者根本忽视中国文学理论的存在，一些国际性的刊物检索机构也未能将一些已达到国际水平的中文刊物列入其中，因而导致了国际人文社会科学领域内实际上存在的英语霸权或西方的话语霸权。但目前随着中国的综合国力的日益强大和对外学术交流的日益频繁，这种情况已经开始有所改观，已经有越来越多的西方学者开始对中国文学及其理论产生兴趣，并自觉地通过翻译来阅读中国的文学作品和理论著作了。此外，也有一些西方的主流学术出版社在大量出版直接用英文撰写的

---

①　这方面，尤其参阅拙作《全球化进程中中国文学理论的国际化》，载《文学评论》，2001年第 6 期；以及葛涛对我的访谈《人文社科期刊如何进入国际权威领域——王宁教授谈 SSCI 和 A&HCI》，载《中华读书报》，2003 年 9 月 3 日。

中国问题研究性著作同时，也愿意组织人力将中国的人文社会科学学者的优秀著作翻译成英文出版。[①] 其二则在于我们本身。作为理论工作者，我们应该扪心自问，我们究竟是不是提出了能够在一个广阔的国际语境下显示出新意的理论观点？我们的研究是不是已经达到了与国际同行平等对话的层次了？如果真的达到了这一境地，即使我们的著作和论文用中文来写作，也会有人将其翻译介绍给国际同行。当然，在现阶段，单单指望西方的汉学家来翻译我们的理论著作可能不大现实，因此这就要求我们自己向世界推介一些力著。尤其对我们专攻比较文学和西方文学理论的学者来说，用英文写作并在国际刊物上发表论文应当是我们最起码的训练，如果连这一点也做不到，怎么能谈得上去进行比较并影响西方的学术同行呢？在这方面，几位后殖民理论大师们的成功经验足以供我们在发展中国文学理论的国际化战略方面参照。当然，不可否认，他们的成功在相当的程度上取决于他们的英文水平，但仅仅这一点是远远达不到成功的境地的。更为重要的是，他们能够针对西方学者已经说过的话接下去说，或反过来说，在于他们在讨论和对话的过程中能够提出自己的批判性见解，从而达到与西方和国际同行进行平等对话的层次。我想，这正是后殖民理论家对我们的最重要的启示。

---

① 在这方面尤其值得称道的是美国哈佛大学出版社和普林斯顿大学出版社，它们已经出版了一些并正在组织更多的中国学者撰写的优秀学术著作的翻译出版。

"全球本土化"语境下的后现代、后殖民与新儒学重建

  "后革命氛围"是笔者为美国历史学家和汉学家阿里夫·德里克（Arif Dirlik）编译的一本论文集的标题，[①]因为在他看来，在当今的中国社会，大规模的急风暴雨式的阶级斗争和群众革命运动已经基本结束，中国现已进入一个全球化的时代，或者说一个后革命或后社会主义的时代，这一时代的主要潮流是市场经济占主导地位。[②]这对于描述中国自 20 世纪 90 年代以来即进入的社会主义市场经济体制而言，显然不无道理。毫无疑问，自 90 年代后期以来，结合后现代性和后殖民性来讨论文化上的全球化现象已经越来越引起国内的文学和文化研究学者的关注。实际上，上述后两种话语在学界已经变得有些陈旧和过时了，因为自 80 年代后期以来，关于后现代或后殖民问题的论题就已经吸引了一大批具有先锋意识的中国艺术家、文学批评家和文学及文化研究者的注意。通过热烈的讨论、针锋相对的对话和理论争鸣，东西方的学者们大致得出了这样的共识，即后现代主义再也不只是西方后工业社会的一个独特现象，而后现代主义的理论作为一个旅行的概念，也早已越过了历史分期和文化传统的界限，旅行到了包括中国在内的一些东方和第三世界欠发达国家或发展中国家，并产生出一些不

---

  ① 参阅阿里夫·德里克《后革命氛围》，王宁等译，北京：中国社会科学出版社，1999 年版。需要说明的是，这本书并没有现成的英文版本，而是我应出版社之约为德里克编选的一本专题研究文集，由作者提供发表过或未发表过的论文，我组织翻译并按照其不同的主题编成两个专题研究文集，分别定名为《后革命氛围》和《跨国资本时代的后殖民批评》，北京：北京大学出版社，2004 年版。《后革命氛围》这个书名是我和当时的责任编辑汪民安共同商定的，在此特向汪民安致谢。

  ② 德里克的这一基本观点近年来又得到了进一步的发展，这方面可参阅他最近的论文《当代视野中的现代性批判》，吕增奎译，载《南京大学学报》2007 年第 6 期。

同的变体。① 尽管后现代主义作为一种曾经占主导地位的文化和文学思潮早已随着后殖民主义理论思潮以及文化研究大潮的兴起而成了历史，但后现代主义作为一种理论话语仍然为人们所频繁地使用，并结合全球化给当今社会带来的种种后果试图对现代性提出一些新的理解。既然我们现在处于一个后革命的氛围，我这里不妨提出我本人对当今中国的文化和文学话语建构的反思，并结合近十多年来在汉语世界兴起的儒学热作出自己的批评性反应和建构。

后现代主义：从西方中心到"全球本土化"

尽管后现代主义在今天已经被认为是一个历史现象，但如果我们从后现代的理论视角来描述中国当代的后革命氛围的话，我们就不得不参照后现代主义或后现代性在中国及世界各地所产生的影响。正如保尔·鲍维（Paul Bové）所中肯地指出的，在关于后现代主义的所有定义和理论描述中，弗雷德里克·詹姆逊的定义是最有影响的，特别是将其用于中国语境下进行的关于后现代主义的讨论时更是如此。② 詹姆逊对后现代主义的批判和研究之所以在中国有着如此广泛的影响，不仅在于早在 20 世纪 80 年代中期，当后现代或后现代主义之类的理论术语对中国学者还相当陌生时，他就在中国的一些主要高校和研讨会上发表了系列演讲，把在西方理论前沿为人们热烈讨论的最新观点和进展及时地介绍给中国学者，更在于他站在马克思主义文化批判的高度，通过对介入后现代主义讨论的各种理论话语的辨析，一方面承认各家理论的合理之处，另一方面则将其纳入他的马克思主义元批评话语中，最终建构出一种具有詹姆逊特色的马克思主义—后现代阐释学。随着时间的推移和他的四卷本文集在中国的出版，③ 这一点已经变得越来越明显了。在包括我本人在内的许多中国文学批评家和学者

---

① 自从詹姆逊 2002 年 7 月再度访问中国以来，中国的文学和文化研究学者又开始围绕现代性这个老话题展开了讨论，并涉及后现代性。由于理解上的出入，不少人就此展开了辩论。有关讨论的具体情况可浏览 www.culstudies.com.

② Paul Bové（ed.）, *Early Postmodernism: Foundational Essays*, "Preface: Literary Postmodernism", Durham: Duke University Press, 1995, p. 1.

③ 《詹姆逊文集》（四卷本）由王逢振主编，北京：中国人民大学出版社，2004 年版。为了宣传这一事件，中国人民大学于 2004 年 6 月初举办了关于詹姆逊学术思想的专题研讨会，他本人也应邀出席并作了发言。

看来，若从今天的角度来看，后现代至少意味着两个意义：一种始终鼓舞并不时地激励我们探索新的未知领域的开放和多元精神，此外它还是一种颠覆了任何总体的、集权的、结构的和中心意识的理论话语。这样看来，我们完全可以说，詹姆逊的努力无疑将原先仅局限于北美文学和文化批评领域内的后现代主义争鸣的理论层次大大地提高了，使其与在欧洲的哲学和知识层面进行的后现代主义讨论融为一体。[①] 随后，后现代主义大潮又迅速波及包括中国在内的一些东方和第三世界国家的文学和文化领域，在这些国家和地区产生了一些不同形式的变体。后现代主义终于从一种区域性的理论话语逐步演变成了当今全球化语境下的一种具有普适意义的话语。今天，我们谁也不可否认，后现代主义已经成为一个全球性的现象，它在客观上也预示了文化上必将出现的全球化趋势。但是由于后现代主义所具有的追寻差异的特征，这种"全球化"的文化又并非"趋同的"文化，而更是带有诸多差异的"多样性"文化。

在詹姆逊的辩证方法论的启迪下，同时也结合东方和第三世界国家的具体实践，包括我本人在内的一些中国学者始终介入了这场讨论，并在国际学术界发出了中国学者的独特声音。[②] 按照我的理解，我们应当在不同的历史时期对后现代主义作出不同的定义，[③] 也即，既然存在着与"西方中心主义"的"单一现代性"（singular modernity）相悖的"他种现代性"或曰"另类现代性"（alternative modernities），那么后现代主义也应当被看作是多元的，特别是在当今这个全球化的时代更是如此。因此我仍然认为，尽管后现代主义首先是西方后工业社会的一个文化现象，但是我们切不可忘记这一事实，即它一旦进入一些经济发展异常迅速、并且大众传媒十分发达的国家和地区，它就会驻足并发生某种形变。近十多年来后现代主义在中国的传播和变形就足以证明这一点。但是另一方面，在这些地

---

① Cf. Jameson's Foreword to Lyotard's book *The Postmodern Condition: A Report on Knowledge*, trans. Geoff Bennington and Brian Massumi, Minneapolis: University of Minnesota Press, 1984, pp. vii-xxi. 另外，詹姆逊在 2002 年 7 月 31 日中国社会科学院发表的演讲中指出，"现代性在当代若不与后现代性相关联便没有意义"。

② Cf. Arif Dirlik and Zhang Xudong eds., *Postmodernism and China*, a Special Issue, in *boundary 2*, 24. 3（fall 1997），在这本专辑中，出自国内学者和海外华裔学者之手的论文广泛地探讨了中国的后现代主义或后现代性及其不同的实践。可以说，这本专辑为英语世界的学者进一步深入研究这个专题提供了大量的第一手资料和思想资源。

③ Wang Ning, "The Mapping of Chinese Postmodernity", *boundary 2*, 24. 3（fall 1997）：19–40.

区，后现代主义的话语常常与更多的带有民族和地域特色的成分和批评建构融为一体。这样一来，我们便发现，后现代主义在中国的理论批评和文学创作中的接受十分接近中国知识分子反对新殖民主义的政治和文化渗透的斗争。在这样一种复杂的情境中，西方的影响始终与本国／民族的抵抗和文化重建并存并发生某种互动。由于中国文化有着悠久的牢固的儒学传统，因此近十多年来，传统的儒学在中国以及一些汉语国家和地区经过改造和重新阐释，以新儒学的面目再度复兴，并迅速演变成为一种反抗西方价值观念和对他国／地区进行话语霸权的新的后殖民主义变体。所以很自然，在全球化的时代，本土化的努力总是伴随着全球化的势力而存在，或者我们干脆说，这是从西方后现代主义那里衍生而来的一种"全球本土化"（glocalized）的"混杂的"（hybridized）理论话语。

毫无疑问，从带有强烈的西方中心主义色彩的后现代主义概念演变为更带有包容性的后现代性概念或后现代性话语，不仅取决于西方学界内部对现代主义的总体性话语的解构和去中心化努力，而且在一个更大的层面，更取决于东方和第三世界知识分子试图弘扬自己的民族和文化认同的不懈努力。同它的前辈现代性一样，全球化时代的后现代性再也不是专一的西方理论话语，而更是一种既带有普遍主义特征同时又"全球本土化"了的理论话语，尤其在当今这个后革命氛围下，一方面是西方帝国的强势文化向弱势文化的渗透，另一方面则是这些处于弱势的本土力量对之的顽强抵抗和反渗透努力。这样便形成了一个"另类现代性"与"单一现代性"对峙的格局，也即全球化与本土化的对抗。对此我将在下面予以讨论。

通过多年来的讨论甚至辩论，我们完全可以得出这一大致相同的结论：从一个全球文化的角度来看，实际上存在着三种形式的后现代主义：以解构为特征的后结构主义层面上的后现代主义，先锋派的文学艺术实验对陈腐的现代主义成规的反叛，以及当代通俗文化和消费文化对精英文化的挑战。所有这三种形式都或多或少地在中国的文化语境下有所反映，并形成了一种与后殖民讨论、文化非殖民化以及全球化相关的另一种变了形的后现代话语，同时也标志着中国进入了一个后革命的氛围。在这样一种大的氛围下，大规模的阶级斗争和群众革命运动自中国实行改革开放以来已逐步为市场经济所取代。此外，全球经济的迅速发展，赛博时代传媒的作用以及由计算机和智能手机的普及而带来的知识储存和传播，都大大地推进了文化全球化的进程，其特征表现为大众传媒的无限扩张和无所不在的作用以及精英文化市场的萎缩和经典文学生产的低迷。精英文学和文化产品，包括批评理论，通过不同形式的"包装"，也在某种程度上成了人们可以"消费"的东西。在全球化的时代，这种文化消费和知识传播已经越来越引起文化研究学者的关注。

"全球本土化" 的大众文化话语

在中国的语境下讨论全球化问题时，学者们往往要引证罗兰·罗伯逊早期的那本十分流行的著作《全球化：社会理论和全球文化》。[①]但是罗伯逊最近在自己的研究中，更倾向于使用"全球性"（globality）和"全球本土化"（glocalization）这样的包容性术语来讨论社会和文化问题："认识到人类与全球性主旨之间的亲密关系是十分重要的，因为这些主旨早在欧洲文艺复兴时期就被紧密地结合在一起了，到了18世纪欧洲启蒙时期，则更是密不可分了。这再一次包含了人类概念的丰富，并广泛和具体地拓展了关于全球多样性的各种观点。对后者的意识常常并未通过全球性的具体概念而得到清楚的表达，因为这是一个潜在的而非显在的主题。"[②]如果我们很容易看到经济和政治领域里的全球化带有某种趋同性特征的话，那么在文化和文学领域，我们便可见到这样两种相辅相成的趋向：文化的趋同性和文化的多样性，而且在当今时代后一种趋向更为明显。后现代主义或后现代性概念在中国的演变越来越与全球化和全球性密切相关，包括后现代主义在内的扩大了外延的现代性早已突破了早先的"单一性"而变成了"多元性"和"可选择性"，这已被现代性在亚洲各国的创造性实践所证实。本章主要讨论文化和艺术领域内的后现代主义：先锋派的智性叛逆（既与经典现代主义有着连续性同时又超越后者）和大众文化的通俗取向（对现代主义的反动和挑战，甚至对精英意识的批判），因为这两种形式的后现代主义变体都同时出现在中国当代文化和文学中，并且与后殖民性有着密切的关系。既然我已经在其他场合多次讨论过后现代性了，这里主要讨论

---

① 这本书由梁光严翻译，上海：上海人民出版社，2000年版。
② 引自罗伯逊2002年11月26日在清华大学发表的演讲："Globality: A Mainly Western View"．

后殖民性。①

　　根据我的初步考察，除了詹姆逊以及另一些西方学者的观点所产生的
影响外，中国当代社会还有两个不可忽视的因素：自 20 世纪 90 年代初以
来兴起的大众文化或消费文化作为市场经济的直接后果，以及国际性的后
现代主义运动的间接影响，也为广大人文知识分子消解国内的社会、政治
和文化霸权铺平了道路。因此，尽管中国从来就没有被彻底地殖民过，而
且近几年来一些海外华裔学者一直致力于重建新儒学话语的尝试也吸引了
不少文化学者，但在这一意义上，一种与后殖民性相关的具有中国特色的
后现代主义仍出现在中国的语境下。

　　毫无疑问，在过去的十年里，世界政治、经济和文化诸领域内都发生
了巨大的变化，因此后革命氛围下的后现代主义就越来越与当代消费文化
密切相关。批判后现代主义及其直接后果消费文化，也始终是西方马克思
主义理论家在文化批判和文化研究方面的一个重要任务。在这一点上，中
国的后现代主义研究者往往只注意到后现代主义与中国先锋文学艺术的相
互关系，而未能去深入探讨后现代主义与当代消费社会及其消费文化之间
的密切关系。在他们看来，现代主义，尤其是在西方文学艺术的发展过程
中，似乎比浪漫主义和现实主义更为前卫，因此，后现代主义就理所当然
地要比现代主义更加前卫，这一点尤其体现在 20 世纪 80 年代后期的那些
先锋派作家的作品中。另一种可能性也许是詹姆逊对现实主义、现代主义
和后现代主义的"断代式"描述所产生的影响所致。我这里应当指出的是，
实际上，早在 80 年代初，詹姆逊就在一篇题为《后现代主义和消费社会》
（Postmodernism and Consumer Society）的演讲中指出，除了注意到后现代
主义的各种特征外，"人们还可以在其他地方停下来，通过考察近来社会生
活的角度描述……一种新的社会已经初露端倪（被人们从各种角度描绘为
后工业社会，多国资本主义，消费社会，传媒社会，等等）……这些不过
是其中的一些特征，它们似乎标志着与战前社会的根本断裂，而在此之前，
高级现代主义仍然是一种潜在的力量。"② 在这里，詹姆逊已经隐隐约约地

---

　　① 　Wang Ning, "The Reception of Postmodernism in China: The Case of Avant-Garde Fiction," in
International Postmodernism: Theory and Literary Practice, Hans Bertens and Douwe Fokkema eds.,
Amsterdam and Philadelphia: John Benjamins Company, 1997, pp. 499–510.

　　② 　Fredric Jameson, "Postmodernism and Consumer Society", in Hal Foster（ed.）, *The Anti-
Aesthetic: Essays on Postmodern Culture*, Seattle: Bay Press, 1983, pp. 124–125.

向我们指出，后现代主义这一术语也许更为适合并有效地用来描述战后的这些现象，诸如大众文化甚或消费文化等。但令人不安的是，消费文化长期以来一直受到精英学者的有意忽视，其原因恰在于，它首先指向的是流行的或通俗的东西，而这些东西的价值尚未得到历史和文化经典化的考验和筛选，因此它们不能和那些经典艺术产品同日而语。毫不奇怪，在中国，消费文化一度在严肃学者那里竟没有一点地位。其次，消费文化属于通俗文化的范畴，而这些东西鱼龙混杂、精芜并存，常常被人认为不登大雅之堂，因而它长期以来一直被排斥在文化研究学者的理论分析视野之外。再者，消费文化使得高雅的审美趣味打上了商品经济的印记，因而便失去其独立的美和崇高的价值。总之，消费文化在中国甚或在西方学界一度并未得到过严肃认真的讨论。直到 20 世纪 80 年代末，西方和中国的一些主要学者和文化批评家才逐渐注意到大众文化作为一种强有力的解构性话语的崛起：它不仅有力地消解了主流话语的权威，同时也消解了处于霸权地位的精英话语的权威性。他们站在文化批判的高度对之进行分析，从而使其成为当今的文化批评和文化研究学者的一个重要的论题。正如对消费社会的文化颇有研究的法国后马克思主义社会理论家让·鲍德里亚所指出的，"仿真正是这样一种不可阻挡的双重物，这些有序的东西只有在受到人为的拼接和无意义的控制时才似乎具有意义。通过激进的谣言给那个事件一个拍卖的价格。给那个事件标出价码，正好与将其置入游戏和放入历史的效果相反。"① 在当前这个后现代消费社会，一切都通过这样而具有价值，同样，一切也因此而变得没有价值。意义可以通过人的主观能动性和创造性解释而被人为地建构出来，但是建构出来的意义同样又可以被消解掉。这就是所谓后现代时代的"解释的循环"（interpretive cycle），这同时也是具有多元价值取向的后现代社会所产生的必然后果。

　　现在我们再来关注一下具有后革命氛围之特征的中国当代社会的状况。面对经济全球化所导致的必然后果市场经济的强有力冲击，打上了大宗制作、商品化和消费性印记的文化毫无疑问地破坏了其固有的高雅和崇高性。虽然大众文化或消费文化被当作反对传统的人文精神的不健康东西受到批评界的严肃批判，但仍有一批中青年学者对之十分重视，并在不同的场合

---

① Jean Baudrillard, *The Illusion of the End*, trans. Chris Turner, Cambridge: Cambridge University Press, 1994, p. 14.

对之进行讨论和分析。实际上，它已经渗透到了我们的日常生活中，甚至进入了我们的学术研究和文化生产中，挑战着我们的文学艺术的精英和经典意识。

显然，在西方语境下探讨消费文化绝不只是20世纪90年代的事件。早在美国文化和文学理论界开始讨论后现代主义问题时，一大批批评家就已经涉及了后工业社会的消费文化现象。60年代的一个流行口号就体现在莱斯利·菲德勒（Leslie Fiedler）的一篇论文的标题"越过边界—填平鸿沟"（Cross the Border--Close the Gap）上，实际上这也体现了菲德勒式的后现代主义之特征，在早期的后现代主义讨论中十分有影响。①在那篇广为人们引证的论文中，菲德勒指出了后现代主义的另一个方面：精英文学与大众文化甚至消费文化的融合。他的论点预示了文化批评和文化研究在北美学界的崛起，后来进入后现代主义讨论的那些学者和批评家正是以对大众文化和消费文化的理论分析而崛起的。

在中国当代文化语境和知识生活中，一些人文学者和批评家对于近几年来消费文化艺术的流行十分担心，试图通过"拯救人文精神的危机"来抗拒这一挑战。这当然是不难想象的。但是这样做的一个结果可能是更加加剧了高雅文化与大众文化之间业已存在的对立。实际上，自20世纪90年代以来，中国已经处于一个政治、经济、社会和文化的转型阶段，或者说处于一个后革命的氛围，这一时代特征具体体现在各种不同的话语力量共存和互补。在后现代主义及其解构大潮的冲击之后，没有任何单一的话语力量可以永远主宰当代中国的文学和文化研究，也没有任何一种传媒话语可以控制人们的具有多元价值取向的想象。也许这就是后革命或后社会主义社会的一个特征，在这里，宏大的叙事已被无情地消解掉了，而那些被消解了的碎片则不时地在各个场所发挥其功能，但是它们已经无法再像以往那样永远主宰人们的话语了。可以说，文化建构和理论建构的时代来临了。

重构全球化话语：中国的视角

若从一个文化和文学的视角来看，我们也许可以将当代的后现代性视为全球化在文化层面的一个必然后果。这里我将继续探讨全球化这一具有

---

① Leslie Fiedler, *Cross the Border—Close the Gap*, New York: Stein and Day, 1972 p. 80.

广泛争议的现象。根据国际学术界已经发表的文献，我们完全可以得出这样的结论，即全球化决不只是一个当代的事件，[①] 而是一个始自几百年前并有着漫长历史的过程。在这方面，马克思和恩格斯作为最早从事全球化研究的思想家，早就在《共产党宣言》中对之作出了精辟的概括，今天我们重读他们写于一百六十多年前的文字仍觉得意味深长：

> 物质的生产是如此，精神的生产也是如此，各民族的精神产品成了公共的财产，民族的片面性和局限性，日益成为不可能，于是有许多种民族的和地方的文学，形成了一种世界的文学。[②]

显然，两位思想家清晰地指明了，全球化的运作不仅体现在经济和金融领域，同时也作用于文化生产和文学研究。作为比较文学之早期形态的世界文学就出自这一经济和金融全球化的过程，因而世界文学与其的关系自然十分密切。为了强调全球化时代文学和文化研究的功能，我们应当具备一种比较的眼光和国际的视野，这样才能在我们的研究中取得新的进展和成果。如果我们从上述引文以及之前的大段讨论中清晰地看出全球化是如何始自西方然后又如何向东运动的，我们完全可以将其视为一个"旅行的过程"（travelling process），即从西方旅行到中国，在这一旅行的过程中，全球化的概念不断地受到建构和重构而发生不同形式的变形。既然不同的学者在西方语境下建构出了诸如现代主义、后现代主义、东方主义及全球化这样的概念，我们中国学者为何不能对全球化这一"建构出来的"概念进行重构呢？在此，我受到马恩以及一些西方马克思主义者和左翼知识分子的启迪，不妨提出我结合中国的实践而建构出的关于全球化的概念。在我看来，

---

① 关于国际学术界对全球化问题的研究，我这里仅提供我本人读过的一些基本书目，其视角主要是后殖民和文化研究：Arjun Appadurai, *Modernity at Large: Cultural Dimensions of Globalization*（Minneapolis: University of Minnesota Press, 1996）, Roland Robertson, *Globalization: Social Theory and Global Culture*（London: Sage, 1992）, Roland Robertson and Kathleen White eds., *Globalization: Critical Concepts in Sociology*（6 volumes, London: Routledge, 2003）, Fredric Jameson and Masao Miyoshi eds., *The Cultures of Globalization*（Durham, NC: Duke University Press, 1998）, George Raudzens, *Empires: Europe and Globalization 1492–1788*（London: Sutton Publishing, 1999）, Michael Hardt & Antonio Negri, *Empire*（Cambridge, Mass. & London: Harvard University Press, 2000）, Ankie Hoogvelt, *Globalization and the Postcolonial World*（Baltimore: The Johns Hopkins University Press, 1997）, etc.

② 马克思和恩格斯:《共产党宣言》，人民出版社，1966年版，第30页。

全球化至少具有下列特征：

（1）全球化是一种全球经济运作的方式。
（2）全球化是一个漫长的历史过程。
（3）全球化是一个金融市场化和政治民主化的渐变过程。
（4）全球化是一个充满争议的批评概念。
（5）全球化是一种叙述范畴。
（6）全球化是一种文化建构。
（7）全球化是一种理论话语。①

对上述全球化的七个特征我已在另外的场合作过具体的论述，因此在此仅想强调其第七个特征，也即作为一种理论话语的全球化。② 既然越来越多的人文学者已经介入了关于这一问题的讨论，因而全球化便成了一个有着广泛争议的理论话语，它吸引了当今主要学者和人文知识分子的注意力，引发了激烈的讨论甚至辩论。通过这些讨论和辩论，我们实际上已经建构出一种全球化的话语。在将后现代社会的各种文化现象和症候进行理论化时，我们也可以采用更具有包容性的术语全球性（globality）来取代更具争议性的术语全球化，因为前者出现得更早，而且前者更为适合用来描述全球化在文化和文学上的发展方向。

显然，我以上结合全球化在中国的实践试图将其重新建构为一种理论话语，同时也参照了西方学者的先期研究成果。我认为，只有认识到全球化的多层面意义，我们中国学者才能提出自己的理论建构，并有资格与国际学术界就这一问题进行平等的对话，在这种平等的对话和讨论中，我们才有可能在国际性的理论争鸣中发出自己独特的声音。虽然在许多中国人以及一些东方和第三世界的人们看来，全球化实际上就是西方化，而西方化就是美国化，但是我依然认为，既然我们将全球化界定为一种理论话语，那么它就不应当只适用于西方的语境或只有一种趋向，它也应当在其他层

---

① 关于这七个方面的具体阐述，参阅拙作《全球化理论与文学研究》，《外国文学》，2003年第3期。

② 我当时在国际会议上宣读这篇论文时，成中英提醒我，应加上全球化作为一种哲学话语，我回答道，"这一点詹姆逊早就提出过了，所以我就在本文中略去了这一点"。但我仍然感谢他给我的启发。

面产生功能，也即全球化不只是从西方到中国的旅行，它也意味着从中国向世界的旅行。这一点尤其体现在两个方面：近几年来汉语在全世界的普及以及 20 世纪后期和 21 世纪初新儒学的盛行。前者显然消解了英语中心主义的权威，为不远的将来汉语成为国际交流和学术研究的一种主要语言铺平了道路，而后者则为中国从一个"理论消费国家"（theory-consuming country）逐步发展成为一个"理论生产国家"（theory producing country）提供了重要的理论依据。既然我对前一个问题已作过讨论，[①] 在此我便集中讨论后一个问题。

后殖民主义的全球化：重建新儒学话语

现在我们再回过头来讨论中国学界关于全球化与本土化之关系的讨论，因为这也是后革命条件下的一个热门话题。确实，正如我们所见到的，全球化使得世界上大多数人在政治上、经济上和文化上都边缘化了，但是全球化也始终受到另一股势力的强有力的抵抗：本土化，这一点尤其体现在人文社会科学领域。在中国以及其他亚洲国家和地区，一些人文知识分子始终在探寻一种"亚洲的认同"（Asian identity）或"亚洲性"（Asianness）；在中国则是所谓的"中国认同"或"中华性"。近几年来的儒学复兴完全可以作为挑战全球化的另一股话语力量，实际上也是后殖民主义的一种亚洲变体。[②] 确实，当全球化最初进入中国时，不少人只欢迎经济上的全球化，因为它极大地刺激了中国经济的飞速发展，但是从文化的层面来考察，人们则认为，全球化是有害的，因为它会导致中国文化的"趋同化"而非真正意义上的国际化或全球化，最终导致中国文化的"殖民化"和"全盘西化"。现在看来这种看法是十分幼稚可笑的。因为最近几年的发展使持这种看法的人不得不改变了原有的观点，不仅是政府官员，而且相当一批人文知识分子都已经认识到，全球化实际上始终在向两个方向运作：从中心向边缘运动，同时也从边缘向中心推进，进而消解了人为的单一中心，为多元的中心的形成铺平了道路。中国在过去的一二百年里

---

　　① 关于汉语在全世界范围的普及以及对文学研究的影响，参阅拙作《全球化语境下华语疆界的模糊与身份的重构》，《甘肃社会科学》，2004 年第 5 期。

　　② 参阅德里克 1999 年 9 月 25 日在北京语言大学发表的演讲："Culture Against History? The 'West' in the Search for an East Asian Identity".

有很长一段时间大大地被边缘化。既然全球化和后现代的多元思维模式赋予我们一种永无止境的探索精神，那么我们就应当努力变不利因素为有利因素，也即摈弃全球化话语中隐含的"帝国中心"思想，使其服务于中国语言、文化和思想在全世界的普及和传播。在这方面，经过改造和重新阐释的新儒学应该能够承担起这样的重任。

当前，全球化的浪潮正在席卷整个中国的经济和金融，这是任何人也预料不到同时也难以阻挡的一个历史潮流。它同时也将极大地影响或者说已经影响了中国的民族和文化认同的确立。全球化在当代的实践已经证明，中国是当今世界极少数直接受益于全球化的国家之一，正是在这样一个过程中，中国的 GDP 指数占据了世界第二的位置，并且仍有着增长的潜力。在一个全球金融风暴的大背景下，包括美国在内的西方列强也不得不希望中国以其经济实力和负责任的政治态度站出来"救世"。事实证明，中国在全球金融风暴中所起到的制衡作用已经越来越清楚地显示了出来。但是相比之下，我们的文学和文化又处于什么样的状况呢？我认为情况并不容我们乐观。在当前的全球化语境中，我们中国的人文知识分子将有何作为？我们将建构什么样的理论话语呢？至于第一个问题，我的回答是，中国政府和中国作家协会已经决定将一百部优秀的中国当代文学作品翻译成世界主要的语言，尤其是英语等西方主要语言，以便使中国文学为更多的人所了解。同样，在文化领域，随着汉语在世界范围内越来越吸引人，政府也已经决定拨出巨资在全世界建立数百个孔子学院，以便大力推广汉语和中国文化在全世界的传播。但是即使如此，我仍然感到，我们仍然较缺乏具有我们自己特色的知识和理论话语，我们在与西方乃至国际学术界进行对话时常常处于"失语"的状态或者简单地重复别人的观点。这对于我们这个有着十几亿人口和最庞大的人文学者队伍的文化大国，实在是有一些遗憾的。因此我始终认为，我们只有拥有自己独特的理论话语，才能谈得上与西方以及国际学术同行进行平等的交流和对话。[①] 否则的话，我们充其量只能扮演某种西方理论话语在中国的阐释者和实践者的角色。而一些只能够简单地阅读西方原文著作或将其译成中文而无法与西方学者直接在文字上进行交锋的中国学者，则远远不可能得到西方及国际同行的尊重，

---

① 曹顺庆在20世纪90年代中期以来的文章中也反复强调这种境况，但是他把这一现象夸大为一种理论上的"失语症"则是我不能苟同的。

他们的那些缺乏独创性的"研究成果"自然不可能在国际学界产生任何影响。因而这样的"失语"就是双重的：语言层面上的失语和知识理论（话语）层面上的失语。

当然，不少人也许会认为，在世界范围内建立数百个孔子学院似乎旨在恢复传统的儒学。在我看来，这种误解也是大可不必的。实际上，"孔子"在这里只是传统中国语言文化的一个象征性符号。儒学在当今的复兴正好与当前建立和谐社会的既定国策相吻合。但是儒学在当代中国绝不应当只是简单的"复活"，而应当得到新的理论阐释和扬弃，从而经历某种程度的"变形"：弘扬其人文主义的教义，摈弃其陈腐和封建保守的传统。因此有选择地并批判地"复兴"传统儒学的伦理价值观念在当今时代是大有裨益的，而在全球化时代重建一种新的后现代儒学话语也是完全可能的，因为新儒学的巨大影响早已超越了中国乃至中华文化传统的疆界，它已经成为一种全球性和具有相对普适意义的话语。在这方面，杜维明、成中英、牟宗三等海外华裔知识分子进行了长期的不懈努力和尝试，并取得了令人瞩目的成就。杜维明这位新儒学大师不仅经常到中国各主要高校访问发表演讲，而且还在中央电视台等主流媒体接受采访，以便向更广大的电视观众宣讲新儒学的教义，他的努力不仅使新儒学具有了广泛的普及性，同时也至少使其得以与那些已经被新一代中国青年广泛接受的西方文化理论和道德准则共存和互补。既然后现代主义和新儒学都具有解构性，也即既消解了现代性的整体性和专断性话语的权威，同时也向我们提供了具有东方和中国特色的另一种形式的现代性，因而这二者便完全可以在现代性和全球化这个层面进行有效的互补和对话。

按照杜维明这位对后现代主义颇有兴趣的当代新儒学代表人物的看法，我们需要从传统儒学中汲取的并非是直接政治参与的精神，而更是其内涵的人文精神，因为儒学在当代所召唤的是"具备一种更为深沉的人文主义视野，而非像人们所广泛设想的那样，仅仅适应于政治上的参与。儒学为其自身的发展和人类社群理想的实现而具有的象征性资源不仅体现于政治上，同时也体现于宗教伦理上。实际上，他们对'政治'的感觉不仅体现于在经济和社会层面来管理世界，而且也在教育和文化意义上改造世界的同时促使其政治领导地位扎根于社会良知中。儒学知识分子也许并不积极地寻求官职来将自己的理想付诸实施，但他们始终通过其诗学的敏感性、社会的责任性、历史的意识以及形而上的洞见在政治上积极地介入对现实的变革。"① 杜维明本人这十多年来的奔波和努力实际上就是基于普及儒学进而建构一种新的普适性理论话语之目的。应该说他的努力尝试已经取得了初步的效果:经过改造和扬弃的"新儒学"已经成为当今全球化多元文化理论格局中的"一元",它既不想征服或涵盖其他话语力量,也无法为别的话语力量所替代。

成中英作为另一位有重要影响的新儒学代表人物,近几年来也异常活跃,他不仅在汉语世界大力推广新儒学,而且还利用自己主编的杂志和丛书,发表自己对在全球化时代重建新儒学的观点,他的观点可以说更接近全球化时代的后现代思维模式,因而更容易与后者融合、互补和对话。在他主编的最近一期《中国哲学杂志》(*Journal of Chinese Philosophy*)上,他不仅在总体上阐述了民主与中国哲学的关系,而且还提供了他本人从新儒学的角度建构出的关于民主的范式。在他看来,民主的目的是"双重的"(twofold):"它旨在取得社群的持久的秩序和和谐,因为在社群中,个体成员依然可以享有自我表现的自由和不受他人主宰的自由;它同时也致力于产生并支持具有自由意识的个人,因为这些人的自由将是建立一个有序的和谐社会和社群的基础。我相信,这两个目的都应当同时实现。"② 至于政治权力与德行的关系,成中英显然不同于他的欧陆哲学同行,他认为,"对儒学而言,一个人一旦成为统治者或公众的官员,也不应当因此而放弃自己的德性。倒是与其相反,内在的私有德行常常会变成服务于外在公共社会和政治德行和权力中的个体的基础和灵感的来源。我们有任何理由可以说明,充满美德的儒家哲学完全有可能被看作并实际上作为具有双重方向的民主化的积极中介而发挥作用:成为权力的美德,同时也成为美德的权力。"③ 这当然是成中英等新儒家学者的善良愿望和美好理想,至于能否在实践中付诸实施还有待于各级官员的努力,但至少在一个价值取向和信仰发生危机的年代,提供一种好的选择仍不失为上策。因为一个人总应该有自己的理想,就像一个作家在创作自己的作品时,明知道充满乌托邦的

---

① Tu Wei-ming, *Way, Learning, and Politics: Essays on the Confucian Intellectual*, Albany: State University of New York Press, 1993, "Preface", pp. ix–x.

② Cf. Chung-ying Cheng's "Preface: the Inner and the Outer for Democracy and Confucian Tradition" to the special issue on Democracy and Chinese Philosophy, *Journal of Chinese Philosophy*, Vol. 34, No. 2 (2007), p. 152.

③ Ibid., p. 154.

想象不可能实现也偏要绞尽脑汁把虚构的故事讲得真实可信一样。毫无疑问，对儒学的人文精神和伦理道德方面的强调显然与当前"建立和谐社会"和"建立和谐世界"的既定国策相吻合，因而具有广阔的发展空间。由于越来越多的人都抱有过上没有战事和阶级斗争的稳定生活的愿望，新儒学的崛起和发展将使其有资格成为后革命条件下的另一种强有力的话语。它既保持了传统儒学的积极进取和入世精神，同时也摈弃了其专断的排他性，使之成为一个不断可供后来者阐释和建构的开放的话语体系。

　　总之，儒学自孔子创立以来经历了各个时代的修正和完善，已经逐步成为中华文明和文化的一种带有主导性意义的话语力量。在当前西方文明大举入侵进而渗透到非西方文明的情况下，重提儒学的复兴无疑具有一定的积极意义，但这同时也是一把双刃剑：一方面它可以起到弘扬中华文明和文化的积极作用，另一方面，作为（西方中心式的）全球化的对立物，是否会引发新的"文明的冲突"？我的答案是否定的。我认为，作为中国土生土长的儒学在经过了数千年坎坷的经历之后，在全球化时代的后现代语境下得到了重新建构，它作为中国文化土壤里的独特产物，是中国的人文知识分子据以与西方后现代理论进行平等对话的重要文化理论资源。在当前西方社会物欲横流、人文精神受到挑战进而发生危机的时刻，呼唤（重新阐释和建构了的）儒学的复兴并以此将中国文明和文化的精神在全世界加以弘扬，应该是我们难得的契机，因此我们中国的人文知识分子应采取积极的对策。一方面，从后现代和全球性的视角对传统的儒学进行改造、批判、扬弃并加以重构，使其成为当前构建和谐社会的一个重要理论资源。另一方面，则从全球化时代的新儒学的视角对西方的各种后现代理论进行质疑、批判和改造，从而使得重新建构的后现代新儒学成为全球化时代的多种文明和多元话语共存之格局中的一个重要方面。随着中国经济的飞速发展和综合国力的不断提高，中华文明和文化的强势地位将得到确立，因此，在这个意义上，重新把中国的文化土壤里生长起来的儒学当作建构中国文化学术话语的基础无疑有着重大的现实意义。中国不仅应当对全球经济做出自己的贡献，同时也应该为多元的全球文化格局的形成做出自己的理论贡献。由于新儒学内部流派纷呈，观点各异，专门讨论它需要更长的篇幅，因而本文在有限的篇幅内不可能全面展开。但是在结束本文时，我只想再次强调，在当今具有后革命和后社会主义特色的中国语境下，新儒学的潜在功能将得到越来越深入的发掘和阐释。本章在此仅想起到某种抛砖引玉的作用。

全球化语境下的中国当代文学和文化研究

  如前所述，我们目前正处于一个全球化的时代，经济上的全球化已经引发了文化上的全球化趋势，因此进一步讨论全球化语境下的中国当代文学和文化问题，已经成为越来越多的中国学者所必须面对和共同关心的话题。本章将继续笔者近十多年来的思考以及已发表的著述中的观点，把中国当代文学和文化研究放在一个全球化的语境下来考察，并且从文学和文化的角度探讨我们目前所面临的问题，以便为今后的深入研究及进一步的思考和讨论提出一己之见。

精英文化与大众文化的对立与对话

  既然全球化已经对中国当代文化和文学生产及研究产生了强有力的影响，那么它带来的一个直接的后果就是大众文化对精英文化艺术的挑战。在全球化的时代，文学和文化的内涵已经发生了质的变化，许多过去被我们精英文学和文化研究者所不屑关注的"亚文化"产品或大众文化产品统统跻身高雅的文学殿堂，甚至产生于全球化时代的网络文学也堂而皇之地与纸质文学出版物争夺市场，并大有取代后者的势头。尤其是今天的青年读者，很少能够静心地坐下来阅读印刷出来的精英文学作品，他们更乐意在网络上快速地浏览那些通俗文学或纪实文学作品。在文学研究领域也出现了一些"泛文化"的趋向：一方面是传统的文学研究的领地日益萎缩，文学研究能否在全球化时代生存下去也成了一个严峻的问题；另一方面则是文学研究范围的无限制扩大，大量的"亚文化"或"边缘文化"研究课题进入文学研究的领地，致使文学研究的疆界日益模糊，并大有被文化研究吞没的趋势。这样一来，两种文化的对立状态便再次出现。面对这一状况，我们同时从事文化研究和文学研究的学者应抱何种态度？这是我们要正视从而消解这一人为对立的一个出发点。

首先，我们要搞清楚我们现在所讨论的"文化研究"之含义。与传统意义上的精英文化研究不同，当今的"文化研究"（Cultural Studies）是一个舶来品，来自英语学术界，它并非指向传统的精英文化及其产品——文学艺术，而恰恰是指向当代大众文化和非精英文化，它包括区域研究、种族研究、性别研究和传媒研究等几个方面，同时也致力于对文学艺术的文化学视角进行考察和分析。因为始自英国伯明翰学派的文化研究实际上就是建基于对文学的文化学研究之上，并逐步扩展到对大众传媒和消费文化的研究，而且许多在当今十分活跃的文化研究学者本来就是在某个领域内卓有成就的文学研究者，这种情况在中国更是突出，可以说，文化研究在中国的推进和发展在很大程度上恰恰得助于文学研究者的努力。因而我们不妨从文化研究的跨学科、跨民族/国别、跨文学文类和跨文化等级的多元视角出发来考察中国当代文学和文化生产及研究的现状和未来走向。

其次，我们要对当今风行的各种大众文化现象作出冷静的思考和学理的分析。确实，自 20 世纪 90 年代以来，中国的社会主义计划经济逐步转向市场经济，整个中国也由此而进入了一个新阶段，或者说一个政治、经济、社会和文化的转型阶段。在这一阶段，各种话语力量处于一种共存和互补的态势：有些学者仍在探讨文化理论本身及其价值取向，旨在新的世界文化格局中建构中国自己的文化理论；频繁的国际文化学术交流使中国学者得以登上国际论坛与西方乃至国际学术界进行直接的对话；高雅文化产品的生产在市场经济体制下以文学艺术的形式来运作，而相比之下，先锋派的探索精神则日益衰落；消费文化的崛起对传统的精英文化生产构成了强有力的挑战，但是也吸引了部分精英文学研究者的注意力。所谓"日常生活中的审美化"就是目前不少学者经常讨论的一个话题。[①] 不管人们对这一客观存在的现象持何种看法，但至少已经不能全然忽视它的存在了。

进入新世纪以来，随着中国市场经济步伐的加快，消费文化正在越来

---

① 这方面可以参阅周宪的《日常生活的"美学化"——文化视觉转向的一种解读》，载《哲学研究》2001 年第 10 期，陶东风的《日常社会的审美化与文艺研究的兴起——兼论文艺学的学科反思》，载《浙江社会科学》2002 年第 1 期，以及童庆炳的回应性文章《"日常生活审美化"与文艺学》，《光明日报》2005 年 2 月 3 日。

越明显地显示其对既定的经典文化及其产品——文学艺术的消解力量。网络写作的普及使得一亿多网民活跃在硕大无垠的赛博世界，他们充满热情的写作、交流和发表有力地削弱了传统的写作方式：芙蓉姐姐在青年学子中的走红消解了传统的青春偶像；李宇春的"超级女声"则对长期占主导地位的西洋美声唱法及音乐评价的标准构成了一定的挑战；对一些经典文学作品的改写或甚至在电视和通俗图书市场上播放和发行的现象则无情地对既定的文学经典进行了重构；刘心武对《红楼梦》的解读、易中天对《三国》的通俗式重构以及于丹对《论语》的研究心得等，无疑都削弱了这些领域内的权威学者的地位，但另一方面也剥去了"经典只能由少数专家解读"的神话。人们对"超级女声"的大肆炒作自然也破坏了高雅音乐的传统审美标准，使得被压抑的音乐想象力得到极大地释放；一些装帧精美但内容空洞的杂志的广为流行使得精英文学和人文学术期刊被大大地边缘化了。建设小康社会和和谐社会的既定国策无疑使得一部分人先富了起来，他们需要"审美地"享受生活和消费文化。既然他们无法仅仅满足于现存的物质享受，就必然以一种艺术的和审美的方式来消费文化商品。一天的繁忙工作之后，他们需要放松自己，因而宁愿坐在电视机前享受轻松的艺术表演，或通过"家庭影院"来观看最新的好莱坞大片，而无须去电影院买票。他们宁愿阅读一些与自己的生活十分贴近的短小纪实作品，而不愿坐在书桌旁阅读厚厚的长篇经典小说。这样看来，高雅的文化产品成了可供他们消费的商品，而非以往我们所认为的那些精神食粮。面对这一情形，我们同时也从事文学研究的文化研究学者将有何对策？难道我们只能居高临下地像过去那样对通俗文化生产者和消费者进行"启蒙"或说教吗？或者说，我们倒不如置身其中，通过对这些现象的考察研究而实现某种"后启蒙"的作用？我认为，后一种态度也许更为可取，同时也更有助于消除全球化时代高雅文化与通俗文化的人为对立。

第三，中国文化和文学的发展在过去的一百多年里深深地受到西方文化和文学观念的影响，尤其是20世纪的两次大规模的"西学东渐"更是使得中国文化与世界的距离大大地缩小了。但中国的文学和文化本身也有着自身的发展逻辑。我们之所以要借助西方的文化研究理论视角来分析新世纪的中国文学艺术，恰恰是因为目前的中国正处于一个全球化的大背景之下，就文化本身的意义而言，它则处于东西方文化的冲突与交融之语境下。中国当代文学在经历了20世纪70年代末现实主义的复归和现代主义的引

入、80 年代先锋派的挑战和新写实派的反拨之后早已进入了一种新的发展
态势：这是一个多元共生的时代。在这个时代，各种宏大的叙事已经解体，
原先被压抑在边缘的各种属于非精英范畴的文学的或亚文学的话语力量则
异军突起，对精英文学和主流话语形成了强有力的挑战。包括电影和电视
在内的大众传媒的异军突起，更是占据了本来就在日渐萎缩的精英文学和
文化的领地。人们不得不对进入新世纪以来文学和文化的走向以及其在未
来的发展而担忧、而思考、而憧憬。

　　在过去的十多年里，特别是大众文化的崛起越来越引起了中国知识分
子和经典文学研究学者的不安。我们可以轻而易举地注意到 90 年代中国知
识界和文学艺术界的一个明显的现象。后现代主义在中国产生的先锋派的
智力反叛这一变体逐步变形为大众文化对精英文化的挑战。文学市场上不
见了往日的"宏大叙事"作品，而充满了各种亚文学作品和影视光盘。严
肃的作家很难再找回自己曾在新时期有过的那种荣耀感和广阔的活动空间，
为人生而写作或为艺术本身而写作的现实主义和现代主义美学原则一度变
成为市场而写作，或者为迎合读者的口味而写作。当然，对于这种种现象，
中国的人文知识分子和文学研究者均作出了不同的反应。我作为同时从事
文化研究的文学研究者，始终认为，只要有人类存在，就会有文学存在；
同样，只要世界上还有人愿意花费时间去欣赏文学，文学就不会消亡。即
使是在当今这个全球化的时代，文学受到了来自各方面的挑战，它仍有存
活的理由，它仍能够在我们的文化生活中占据一席位置。但是曾经出现在
20 世纪 80 年代的那种"文学热"和"文化热"恐怕再也不会再现了。对
此我们应当有足够的认识，这样我们就能在纷繁杂沓的变化面前保持清醒
的头脑并提出相应的对策。

　　另一方面，大众文化的滥觞和对精英文化和文学的冲击并非中国语境
下发生的独特事件，而是一个具有全球特征的普遍现象。高科技的迅猛发
展，信息化和数字化的快速进程自然使得有着传统人文精神的高雅文化和
文学创作再度被边缘化，精英文学的领地变得越来越狭窄，高等学校中的
人文系科也不得不经历萎缩、重新结构和重新组合，从事纯文学创作和研
究的人变得越来越少，等等。这一切均发生在物质生活高度发达的西方后
工业社会，后现代理论思潮和后现代条件给人们提供了多种选择的机会，
他们完全有理由从原先所致力于从事的写作和研究领域里退缩到一个更为
广大的市场指向的"公共空间"去发挥作用。在中国这个现代性大计虽未

完成但却打上了不少后现代性印记的东方国家，我们的文学艺术也经历了
80年代后期后现代主义的冲击、90年代初市场经济的波及和新世纪伊始全
球化浪潮的冲击。后现代主义在中国文学艺术中的直接作用导致了两个极
致的变体的产生：一方面是先锋派的智力反叛和观念上和技巧上的过度超
前，另一方面则是大众文化乃至消费文化的崛起。一切以市场所需为目标，
文化生产之成败均以经济效益来衡量，这样便造成了人们普遍文化品位的
下降，使得一切有着强烈社会责任感的知识分子和文学研究者担心：在大
众文化的冲击下，未来的文学艺术究竟有没有前途？我认为这样的担心虽
不无道理，但大可不必为两种不同形态的文化的对立推波助澜，从一个灵
活的文化研究的角度来消解这种人为的对立倒是更有助于中国当代文化和
文学朝着健康的方向发展。我将在下面集中讨论精英文化的形式——经典
的形成和重构问题。

经典的形成与重构面临的挑战

"经典"（canon）自进入英语世界以来一直有着宗教和文化上的双重含
义，而当代文化和文学研究中所讨论的经典则主要是指文学的经典。本章
继续前面的讨论，所论述的主要也还是文学经典的形成和重构。在这方面，
西方学者已经作过许多界定和论述，我本人也发表了不少文字，并在前面
的章节里作了一些讨论。[①] 在这里，我仍想强调指出，就其文学意义而言，
所谓经典必定是指那些已经载入史册的优秀文学作品，因此它首先便涉及
文学史的写作问题。仅在20世纪的国际文学理论界和比较文学界，关于文
学史的写作问题就曾经历了两次重大的理论挑战，其结果是文学史的写作
在定义、功能和内涵上都发生了变化。首先是接受美学的挑战，其次是新
历史主义的挑战。接受美学的挑战不仅之于文学史的编写，同时也对比较
文学的影响研究模式予以了刷新，在接受美学的挑战面前，比较文学的单
一的"影响研究"逐步过渡到双向的"接受与影响研究"。也即既强调一
国文学对另一国文学事实上存在的影响，更强调一国文学对另一国文学的
能动的、创造性的接受。而新历史主义的挑战则为文学经典的重构提供了

---

　　① 关于我本人对文学经典问题的讨论，参阅拙著《文化翻译与经典阐释》，中华书局，2006
年版，尤其是中编"文化阐释与经典重构"中的章节。

重要的合法性依据。作为这一挑战的一个直接后果，文学经典的重构问题理所当然地被提到了议事日程上。在 20 世纪 80 年代末和 90 年代初的欧美文学理论界和比较文学界，讨论文学经典建构和重构的问题甚至成为一个时髦的话题，同时也主导了不少学术研讨会的讲坛。[①] 近年来，在中国的文学和文化研究领域，也有不少学者开始关注文学经典的内涵及构成因素，但远没有上升到国际性的关于文学经典的形成与重构的理论讨论之层次。因此有必要对国际学术界围绕经典的构成和重构问题展开的理论讨论进行简略的回顾。

　　首先是比较文学界对经典的关注和对经典问题讨论的介入。由于比较文学首先涉及两种或两种以上的文学的比较研究，有时甚至涉及文学与其他学科及艺术门类的比较研究，因而比较文学研究者对经典问题自然十分敏感和关注，他们在这方面发表了大量的著述，对于从跨文化的视角重构经典做出了重要的贡献。尽管比较文学这门学科在一个相当长的时期内，一直是在欧洲中心主义的范围内发展的，但在 20 世纪 80 年代后期，经过后现代主义理论争鸣和后殖民主义理论思潮的冲击，文化研究逐步形成了一种更为强劲的思潮，有力地冲击着传统的精英文学研究。在文化研究大潮的冲击下，比较文学学科也发生了变化，它逐步引入一些文化研究的性别研究、身份研究和后殖民研究的课题，并有意识地对经典文学持一种质疑的态度，以便从一个新的角度来对经典进行重构。比较文学学者首先关注的问题是究竟什么是经典？经典应包括哪些作品？经典作品是如何形成的？经典形成的背后是怎样一种权力关系？当经典遇到挑战后应当做何种调整？等等。这些均是比较文学学者以及其后的文化研究学者们必须面临的问题。在这方面，两位坚持传统立场的欧美比较文学学者的观点值得一提。

　　首先是前面提到的美国耶鲁大学的哈罗德·布鲁姆。他在出版于 1994 年的鸿篇巨著《西方的经典：各个时代的书籍和流派》(*The Western Canon：The Books and School of the Ages*) 中，站在传统派的立场，表达了对当前风行的文化批评和文化研究的反精英意识的极大不满，对经典的内涵及内容

---

　　① 实际上，在西方文学理论界，不仅是《新文学史》这样的权威刊物组织编辑过讨论文学经典问题的专辑，另一权威理论刊物《批评探索》(*Critical Inquiry*) 也组织相类似的专题研究和专辑。由于这两个刊物对西方文学理论批评的"导向"作用，关于经典形成及重构问题的讨论在英语世界至今仍是一个前沿理论课题。

做了新的"修正式"调整，对其固有的美学价值和文学价值做了辩护。[①]在他看来，文学经典是由历代作家写下的作品中的最优秀部分所组成的，因而毫无疑问有着广泛的代表性和权威性。正因为如此，对经典构成的这种历史性和人为性是不容置疑的，但是长期以来在西方的比较文学界和文学理论界所争论的一个问题恰恰是，经典究竟是怎样形成的？它的内容应当由哪些人根据哪些标准来确定？毫无疑问，确定一部文学作品是不是经典，并不取决于广大的普通读者，而是取决于下面三种人的选择：文学机构的学术权威，有着很大影响力的批评家和受制于市场机制的广大读者大众。但在上述三方面的因素中，前二者可以决定作品的文学史地位和学术价值，后者则能决定作品的流传价值，当然我们也不可忽视，有时这后一种因素也能对前一种因素作出的价值判断产生某些影响。

另一位十分关注经典构成和重构的理论家当推荷兰的比较文学学者杜威·佛克马（Douwe Fokkema）。他对文学经典的构成的论述首先体现在他对西方文化思想史上袭来已久的"文化相对主义"的重新阐释，这无疑为他的经典重构实践奠定了必要的理论基础。文化相对主义最初被提出来是为了标榜欧洲文化之不同于他种文化的优越之处，后来，由于美国的综合国力不断强大，它在文化上的霸主地位也与日俱增，有着"欧洲中心主义"特征的文化相对主义自然也就演变为"西方中心主义"，这种情况一直延续到包括中国文化在内的整个东方文化的价值逐步被西方人所认识。[②]在比较文学领域，佛克马是最早将文化相对主义进行改造后引入比较文学研究者视野的西方学者之一。

在今天的全球化语境下，我们可以这样重新理解文化相对主义的内涵。它旨在说明，每个民族的文化都相对于他种文化而存在，因而每一种文化都有自己的初生期、发展期、强盛期和衰落期，没有哪种文化可以永远独占鳌头。所谓全球化时代的文化趋同性实际上是不可能实现的，全球化在文化上带来的两个相反相成的后果就是文化的趋同性和文化的多样性并存。有了这种开放的文化观念，对有着西方中心主义色彩的文学经典提出质疑乃至重构就顺理成章了。佛克马和蚁布思（E.Ibsch）在一本近著中对"谁

---

① 参阅 Harold Bloom, *The Western Canon: The Books and School of the Ages*. New York: Harcourt Brace & Company, 1994, p. 17.

② 关于文化相对主义和文化相对性的定义及其作用, Cf. Ruth Benedict, *Patterns of Culture*, London: Routledge & Kegan Paul, 1935, p. 200.

的经典""何种层次上的经典"等问题也提出了质疑后，便大量引证中国文学的例子，指出，"我们可以回想起，中国也有着经典构成的传统，这一点至少也可以像欧洲传统那样表明其强烈的经典化过程之意识"。[①]佛克马不仅在理论上为中国文学的"经典化"摇旗呐喊，在实践上也身体力行，从自己所涉猎的中国现当代文学中选取素材，甚至在"欧洲中心主义"的腹地有力地冲击了这种顽固的思维模式。

新历史主义对文学经典的构成和重构的贡献主要体现于消解了文学史的"客观性"和"科学性"之神化，为文学撰史学的多元方向铺平了道路。此外，新历史主义也揭示了经典构成之背后的强势话语的主宰作用和各种权力关系的运作，为一些长期被排斥在正统文学史和经典之外的"边缘"文学作品的进入文学史和经典的行列提供了合法性的依据。可以说，在今天的中国文化和文学研究界，对既定的经典的质疑和对文学史的重写之尝试从来就没有停止过，而体现于当今对文学经典的重读和"漫画式"重构在很大程度上也可以从新历史主义的批评原则中找到理论的依据。

另一个不可忽视的话语力量就是文化研究，它对经典的质疑乃至重构作出了最为激进的实践和尝试。文化研究的两个重要特征就在于非精英化和去经典化（decanonization），它通过指向当代仍有着活力、仍在发生着的文化事件来冷落写在书页中的经过历史积淀的并有着审美价值的精英文化产品，另一方面，它又通过把研究的视角指向历来被精英文化学者所不屑的大众文化甚或消费文化来挑战经典的地位。这样一来，文化研究对经典文化产品——文学艺术产生的打击就是致命的：它削弱了精英文化及其研究的权威性，使精英文化及其研究的领地日益萎缩，从而为文学经典的重新建构铺平了道路。但文化研究招来的非议也是颇多的，上述两位学者就是其反对者或怀疑者：布鲁姆随时都不忘记抨击文化研究和文化批评，而佛克马则主张用一种更带有科学意义的"文化科学"（cultural science）来取代文化研究。但更多的一批早先的文学研究者则主张，文学研究与文化研究呈一种对话和互补的关系：把文学研究的越来越狭窄的领域逐步扩大，使之置于一个广阔的文化研究语境下来考察，这也许有助于摆脱目前的文学研究遭遇到的"危机"之境遇。我将在最后一部分讨论这个问题。

---

① Douwe Fokkema & Elrud Ibsch, *Knowledge and Commitment: A Problem-Oriented Approach to Literary Studies*, Amsterdam/Philadelphia: John Benjamins Publishing Company, 2000, p.40.

我们今天在中国的语境下讨论经典的形成与重构问题,就无法回避中国现代文学在世界文学中的"边缘化"地位。实际上,在西方文学的影响之下,中国现代文学已经形成了一种既不同于自己的古代传统同时又与西方现代主义和后现代主义文学有着一定差异的独特的传统,或者说已经成为另一种"现代"经典:它既可以与中国古典文学进行对话,同时也可以与西方现代文学进行对话。它应该成为所有西方汉学家研究现当代中国社会和文化的一个重要资源。因此,随着全球化时代中国综合国力的强盛,中国文学的"边缘化"地位必将发生改变。这样看来,我们对于既定的"西方中心主义式的"经典进行质疑乃至重构也具有一定的合法性。因为经过关于经典的形成与重构问题的讨论,我们已经达成了一种相对的共识:文学经典的确立并不是一成不变的,昨天的"经典"有可能经不起时间的考验而在今天成了非经典;昨天的被压抑的"非主流"文学(后殖民文学和第三世界文学等)也许在今天的批评氛围中被卓有见识的理论批评家"重新发现"而跻身经典的行列。但是究竟从何种角度来确立经典进而重写文学史,则是我们首先应当确定的。过去,在"欧洲中心主义"和"西方中心主义"的阴影笼罩下,西方的汉学界长期以来几乎形成了一种固定的思维模式,即中国古代文学几乎不受任何外来影响,而且有着与西方文学迥然不同的独特传统,因此中国古典文学堪称另一种形式的"东方经典";而 20 世纪以来的中国现代文学由于受到西方文学的深刻影响,甚至被人们看作是一种"西化"的汉语文学,因而其经典地位大可令人怀疑。我认为除去这些学者政治上的偏见外,另一局限就是他们中的不少人缺少最基本的理论训练和素质。今天的中国学者在讨论经典时,不仅要把过去被长期压抑的"潜在的"经典发掘出来,更要在一个广阔的世界文学背景下为提升整个中国现代文学的经典地位有所作为。

在整个漫长的中国文学史上,20 世纪的文学实际上是一个日益走向现代性进而走向世界的过程,在这一过程中,中国文学日益具有了一种整体的意识,并有了与世界先进文化及其产物文学进行直接交流和对话的机会。一方面,中国文学所受到的外来影响是无可否认的,但另一方面,这种影响也并非消极被动的,而是更带有中国作家(以及翻译家)的主观接受——能动阐释的意识,通过翻译家的中介和作家本人的创造性转化,这种影响已经被"归化"为中国文化和文学的一部分,它在与中国古典文学的精华的结合过程中,产生了一种既带有西方影响同时更带有本土特色的新的文学语言。虽然它所使用的语言带有明显的"欧化"或"西化"痕迹，所使用的艺术技巧也大多为西方同行所使用过，但是它所描写的内容或所讲述的故事却是地地道道发生在中国的民族土壤里并具有自己的民族特色的。在与世界先进文化和文学进行对话与交流的过程中，中国文化和文学也对外国文化和文学产生了不可忽视的影响。^① 但可惜的是，这一事实尚未引起西方汉学家的足够重视，也大多没有能被列入海外的中国现代文学研究者的研究课题。随着中国的综合国力的日益增强和汉语在全世界的大规模推广，西方的中国问题研究者会越来越重视反映了 20 世纪中国的时代精神和美学精神的中国现代文学，因此可以预见，在当今的全球化语境之下，文学翻译的重点将发生转变：从大面积地引进国外文学和理论思潮转变为致力于把中国文学和文化的精华翻译介绍到世界，让全世界的文化人和文学爱好者共同分享中国文化的博大精深。在这方面，"五四"的新文学先行者所走过的扎实的一步至少是不可缺少的和可供我们借鉴的。但是从今天的全球化的眼光来看，他们的文化翻译也有着很大的局限性：在大量地把国外，尤其是西方，文化理论思潮和文学作品翻译成中文的同时，却很少借助于翻译向国外介绍中国的文化成果和优秀的中国文学作品。我想这无疑是他们的一个历史局限，而这一历史局限无疑应当由我们这一代学人来克服和超越。我们今天讨论中国现代文学经典的形成和重构问题，一定要对前人和西方汉学界的既定思维模式有所超越：把中国现代文学放在一个全球化的语境之下来考察，通过打破"西方中心主义模式"的经典体系，来实现中国文学的"非边缘化"和"重返中心"之策略。

走向一种文学的文化批评

　　针对当代文学研究和文学批评中出现的"泛文化倾向"，不少恪守传统观念的学者都表示出了不同程度的非议。他们担心总有一天文化研究和文化批评的大潮会把已经日益萎缩的文学研究和文学批评的领地全然吞没。尽管目前的文化研究对文学研究形成了严峻的挑战和冲击，致使不少恪守传统观念的学者，出于对文学研究命运的担忧，对文化研究抱有一种天然

---

　　① 至于中国现当代文学在西方的翻译、介绍和研究之现状，参阅拙作《中国现当代文学研究在西方》，载《中国文化研究》，2001 年第 1 期。

的敌意，他们认为文化研究的崛起和文化批评的兴盛，为文学研究和文学批评敲响了丧钟。这种警觉也不无道理，它向我们敲响了警钟，使我们认识到，如果一味强调大而无当的文化批评而忽视具有审美特征的精英文化研究，有可能会走向另一个极端。

那么，文化研究是否天然就与文学研究有着对立的关系？能否在这二者之间进行沟通和对话？二者究竟有没有共同点？在我看来，文化研究与文学研究不应当全然对立。如果着眼于一个更加广阔的世界文化背景，我们就不难看出，在当前的西方文学理论界，早已有相当一批著述甚丰的精英文学研究者，开始自觉地把文学研究的领域扩大，并引进文化研究的一些有意义的课题。在近二十多年内出版的《新文学史》（New Literary History）杂志的各卷，编者都别出心裁地组织了一系列颇有分量的文章从不同的跨文化和跨学科角度来讨论文学史上的老问题或当代文学现状，从而推进了一种文学的文化研究和文学的文化批评的形成。[①] 他们认为，研究文学不可忽视文化的因素，如果过分强调文学的形式因素，也即过分强调它的艺术形式的话，也会忽视对文化现象的展示。所以他们便提出一种新的文学的文化研究方向，也就是把文学的文本放在广阔的社会文化语境之下来考察和研究，通过理论的阐释最终达到某种文学的超越，这就是文学的文化学研究。它不仅能够活跃当代的研究气氛，同时也能起到对历史上的文学经典进行重新阐释和重新建构的作用。应该指出，正是在经典的形成和重构的讨论中，文学研究和文化研究有了可以进行对话的共同基点。既然比较文学发展到今天已经进入了跨文化的阐释和研究之境地，那么从跨文化阐释的角度来质疑既定的"经典"并重新建构新的"经典"就应当是比较文学学者的一个新的任务。针对当前中国的文学批评中的"泛文化"倾向，我不妨提出一种文学的文化批评之设想，以实现文学批评和文化批评之间的对话和沟通。

我认为，中国当代的文学批评已经经过了古代的点评式、近现代的直觉印象式批评和当代的作家作品意义的"附庸式"注解和文本叙事形式分析等阶段，现在应该进入文学的文化批评之境地了，因此将蕴含着深刻意识形态内容和丰富审美精神的文学作品放在一个广阔的社会文化语境之下

---

① 参阅最近的一期《新文学史》，主题是"现今什么是文学？"（What Is Literature Now?），Vol. 38（Winter 2007），No. 1.

来考察，无疑是使我们走出文学批评和文化批评之二元对立的必然之路，同时也有助于我们中国的文学批评和文化批评走出国门，进入跨文化的批评和国际性的理论争鸣。就文学经典的形成和重构而言，我们通过对历史上文学经典的形成的考察，完全可以得出这样的结论，即任何经典文化和经典文学在一开始都是非经典的，诸如莎士比亚的《哈姆雷特》、歌德的《浮士德》、托尔斯泰的《复活》、曹雪芹的《红楼梦》这样的传世之作，一开始问世时也不是经典。甚至还有学者对莎士比亚的著作权提出过质疑，因而导致莎学界的一桩公案持续了多年。经过历史的考验和文学研究的发展，今天的学者已经认识到，《哈姆雷特》等优秀剧作是不是莎士比亚写的已经无关紧要，因为它们已经成为一个社会的产品，也即它们已成为我们广大读者和欣赏者鉴赏的经典文学作品，对我们产生了极大的启蒙和启迪作用，对我们的生活认知和审美情趣也产生了直接的影响。此外，它们也已经成为历代文学史家必然讨论的对象，历代文选编者必定选取的佳作，所以，它们的经典地位已经确立。而对于另一些一开始属于流行的通俗文化产品，情况则有所不同。随着时间的推移和批评家的阐释，这些作品有可能会发展成为精英文化产品，进而进入经典的行列，目前的网络文学中的一些佳作就有这种可能。如此看来，文学批评和文化批评并非要形成这种对立，而是应该进行整合，这种整合有可能会促使文学批评的范围越来越宽广，也可能把日益萎缩的文学研究领域逐步扩大，使它能够再度出现新的生机。因此我提出的一个具体措施就是：文学批评（文化）语境化，文化批评（文学）审美化，这样一来，也就形成了一种文学的文化批评：批评的范围在逐步扩大，它不仅指向文字文本，同时也指向视觉文化文本和各种图像。在这方面，我认为理论的阐释始终有着广阔的发展空间，但是这种阐释不应当只局限于精英文学文本，它也可以指向视觉文化文本和大众文学文本。从一个跨文化的视角来看，批评的路径也不只是单向的从西方到东方，而应是双向的。即使我们使用的理论大多来自西方，但通过对中国文学作品的批评性阐释，这种理论本身已经发生了变形，成了一种不东不西的"混杂品"。我认为这正是跨文化比较文学研究的一个必然结果。所谓"纯真的"理论或文学作品是不可能出现当今这个全球化时代的。文学的经典在发生裂变，它已容纳了一些边缘话语力量和一度不登大雅之堂的东西。通过一段时间的考验和历史的筛选，其中的一些糟粕必然被淘汰，而其中的优秀者则将成为新的经典。我对此始终充满信心。

"世界文学"的演变及翻译的作用

在当前的国际比较文学和文学理论界，讨论世界文学已经成为一个非常重要的前沿理论话题，特别是随着全球化在文学和文化中的进程的加快，对世界文学的关注就更是令人瞩目。虽然学者们也许对全球化究竟对世界文学的发展产生着积极的还是消极的影响仍然意见不一，但我们应当承认，世界文学作为比较文学的最早的阶段，正是全球化在经济、文化和知识生产的各个领域的出现所带来的直接影响下诞生的。在今天的全球化语境下，随着欧洲中心主义和西方中心主义的解体和东方文学的崛起，比较文学发展到其最高阶段也自然应当是世界文学的阶段。既然文化全球化同时带来了文化上的趋同性和多样性，那么翻译在建立民族和文化认同方面不仅起着越来越重要的作用，而且在重建新的世界文学概念和经典的过程中也举足轻重。这一点尤其体现在翻译不仅跨越了语言和民族的界限，同时也跨越了文学和文化传统的界限。可以说，正是通过翻译的中介，世界文学在不同的民族／国家有了不同的版本，从而消解了所谓单一的"世界文学"的神话。

"世界文学"重新思考

在全球化的语境下，"世界文学"这一话题不仅为比较文学学者所谈论，而且也为不少国别／民族文学研究者所谈论，因为后者已经发现他们的民族／国别文学实际上正是世界文学的一部分。但是对于世界文学在这里的真实含义究竟是什么仍然不断地引发讨论甚至争论。显然，根据现有的研究，"世界文学"（Weltliteratur）这一术语是德国大文豪和思想家歌德在 1827 年和青年学子艾克曼谈话时创造出来的，当时年逾古稀的歌德在读了一些包括中国文学在内的非西方文学作品后总结道，"诗是人类共有的精神财富，这一点在各个地方的所有时代的成百上千的人那里都有所体现……民族文学现在算不了什么，世界文学的时代已快来临。现在每一个人都应该发挥自己的作用，使它早日来临。"①但是实际上，在歌德之前，世界上不同的民族/国别文学就已经通过翻译开始了交流和沟通。在启蒙时期的欧洲，甚至出现过一种世界文学的发展方向。②但是在当时，呼唤世界文学只是一种乌托邦式的幻想。后来，马克思和恩格斯在《共产党宣言》（1848）中，用这一术语来描述作为全球资本化的一个直接后果的资产阶级文学生产的"世界主义特征"："物质的生产是如此，精神的生产也是如此。各民族的精神产品成了公共的财产。民族的片面性和局限性日益成为不可能，于是由许多种民族的和地方的文学形成了一种世界的文学。"③显然，马克思主义创始人在这里清楚地指明了，随着经济全球化步伐的加速和世界市场的扩大，一种世界性的文学已经诞生。我们今天从学科的角度来看，世界文学实际上就是比较文学的早期阶段，它在某种程度上就产生自经济和金融全球化的过程。为了在当前的全球化时代凸显文学和文化研究的作用，我们自然应当具有一种比较的和国际的视野，这样我们就有可能在文学研究中取得进展。这也许正是我们要把文学研究放在一个广阔的全球文化和世界文学语境下的重要意义。

如果我们说，上面提及的这一现象仅仅是一种乌托邦形式的世界文学的话，那么在今天的全球化语境下，随着世界文化和世界语言版图的重新绘制，重新强调世界文学的建构就有着特别重要的意义。我们都知道，在今天的文学研究中，传统的民族/国别文学的疆界已经变得越来越模糊，没有哪位文学研究者能够声称自己的研究只涉及一种民族/国别文学，而不参照其他的文学或社会文化背景知识，因为跨越民族疆界的各种文化和文学潮流已经打上了区域性或全球性的印记。从这个意义上说来，世界文学也意味着"超民族的"（transnational）或"翻译的"（translational）意义，意味着共同的审美特征和深远的社会影响。由此看来，世界文学就远不止是一个固定的现象，而更是一个旅行的概念。在其旅行和流通的过程中，翻译扮演了重要的角色，可以说，没有翻译的中介，一些文学作品充

---

① 引自 David Damrosch, *What Is World Literature?* Princeton and Oxfrod: Princeton University Press, 2003, p. 1.

② Cf. Douwe Fokkema, "World Literature," in *Encyclopedia of Globalization*, edited by Roland Robertson and Jan Aart Scholte, New York and London: Routledge, 2007, p. 1290.

③ 参见马克思恩格斯《共产党宣言》，北京：人民出版社，1966 年版，第 30 页。

其量只能在其他文化和文学传统中处于"死亡"或"边缘化"的状态。同样，在其世界各地的旅行过程中，一些本来仅具有民族／国别影响的文学作品经过翻译的中介将产生世界性的知名度和影响，因而在另一些文化语境中获得持续的生命或来世生命。[①] 而另一些作品也许会在这样的旅行过程中由于本身的可译性不明显或译者的误译而失去其原有的意义和价值，因为它们不适应特定的文化或文学接受土壤。

正如杜威·佛克马所注意到的，当我们谈到世界文学时，我们通常采取两种不同的态度：文化相对主义和文化普遍主义。前者强调的是不同的民族文学所具有的平等价值，后者则更为强调其普遍的共同的审美和价值判断标准，这一点尤其体现于通过翻译来编辑文学作品选的工作。由于佛克马的比较文学研究从一开始就具有总体文学的视野，因而他对世界文学的关注就不足为奇了。他从考察歌德和艾克曼的谈话入手，注意到歌德所受到的中国文学的启发，因为歌德在谈话中多次参照他所读过的中国传奇故事。在收入一本题为《总体文学和比较文学论题》（*Issues in General and Comparative Literature*，1987）文集的一些论文中，佛克马也多处论及了世界文学问题，认为这对文学经典的构成和重构有着重要的意义。[②] 可以说，他的理论前瞻性已经为今天比较文学界对全球化现象的关注所证实。虽然"世界文学"的不同文选编辑者们经常用这一术语来指向一个大致限于欧洲的文学经典的市场，但在最近的三十年里却产生了一种大大扩展了的文学兴趣和价值。例如，诸如戴维·戴姆拉什的《什么是世界文学？》（2003）这样的著作就把世界文学界定为一种文学生产、出版和流通的范畴，而不只是把这一术语用于价值评估的目的。当然，这一术语也可用来评估文学作品的客观影响范围，这在某些方面倒是比较接近马克思恩格斯的原意。因此，在佛克马看来，在讨论世界文学时，"往往会出现两个重要的问题。其一是普遍主义与文化相对主义之间的困难关系。世界文学的概念预设了

---

① 在这方面，除了赛义德的"理论旅行"概念外，我们还可以参见 J. Hillis Miller, *New Starts: Performative Topographies in Literature and Criticism*, Taipei: Academia Sinica, 1993, "Foreword", p. vii, and p. 3.

② Cf. Douwe Fokkema, *Issues in General and Comparative Literature*, Calcutta, 1987, especially in such articles as "Cultural Relativism Reconsidered: Comparative Literature and Intercultural Relations"（1–23）and "The Concept of Code in the Study of Literature"（118–136）.

人类具有相同的资质和能力这一普遍的概念。"① 同样，在看到文化全球化的加速发展时，我们往往只会看到其趋同的倾向而忽视其多样性，实际上后一种趋向在文化全球化的过程中已经变得越来越明显。即使用同一种语言表达的两种不同的文学，例如英国文学和加拿大文学，其中的差别也是显而易见的，因而一些英语文学研究者便在英美文学研究之外又创立了一门国际英语文学研究（international English literature studies），他们关注的重点是那些用"小写的英语"（english）或不同形式的英语（englishes）写作的后殖民地文学。② 这样，我在此不妨采用一种文化相对主义的态度来对待世界各国的文化和文学。在我看来，这样一种世界文学正是通过不同的语言来表达的，因此世界文学也应该是一个复数的形式。也就是说，我们有两种形式的世界文学：作为总体的世界文学（world literature）和具体的世界各国的文学（world literatures）。前者指评价文学所具有的世界性意义的最高水平的普遍准则，后者则指世界各国文学的不同表现和再现形式，包括翻译的形式。我在本章中将主要从理论的视角讨论前者。

在讨论世界文学是如何通过生产、翻译和流通而形成时，戴姆拉什提出了一个专注世界、文本和读者的三重定义：

1. 世界文学是民族文学的椭圆形折射。
2. 世界文学是在翻译中有所获的作品。
3. 世界文学并非一套固定的经典，而是一种阅读模式：是超然地去接触我们的时空之外的不同世界的一种模式。③

在这本富有深刻理论洞见的著作中，戴姆拉什详尽地探讨了非西方文学作品所具有的世界性意义，他在讨论中有时直接引用原文，而多数情况下则通过译文来讨论，这无疑标志着西方主流的比较文学学者在东西方文学的比较研究方面所迈出的一大步。既然世界文学是通过不同的语言来表达的，

---

① Douwe Fokkema, "World Literature," in *Encyclopedia of Globalization*, edited by Roland Robertson and Jan Aart Scholte, New York and London: Routledge, 2007, p. 1291.

② 确实，国际英语文学研究在近三十年里的长足发展，一些重要的研究成果常以单篇论文的形式发表在加拿大卡尔加里大学主办的刊物（*ARIEL: A Review of International English Literature*）上。

③ David Damrosch, *What Is World Literature?* Princeton and Oxford: Princeton University Press, 2003, p. 281.

那么人们就不可能总是通过原文来阅读所有这些优秀的作品。因为一个人无论多么博学，他总不可能学遍世界上所有的主要语言，他不得不在大多数情况下求助于翻译。从这个意义上说来，翻译在重建不同的语言和文化背景的世界文学的过程中就扮演了一个十分重要同时又必不可少的角色。在过去的几十年里，后殖民文学试图证明，即使在同一种语言——例如英语——之内，文学创作也越来越呈现出多样性特征，于是国际英语文学研究便应运而生了。这样，"世界文学"的概念就再也不是确定不变的了，因为它在各国文学的发展史上已经发生了演变。

我在此从戴姆拉什的定义出发，通过参照中国文学的发展历程将其作些修正和进一步发挥，以便提出我本人对世界文学概念的理解和重建。在我看来，我们在使用"世界文学"这一术语时，实际上已经至少赋予它以下三重涵义：

（1）世界文学是东西方各国优秀文学的经典之汇总。

（2）世界文学是我们的文学研究、评价和批评所依据的全球性和跨文化视角和比较的视野。

（3）世界文学是通过不同语言的文学的生产、流通、翻译以及批评性选择的一种文学历史演化。

虽然所有上述三个因素都完全能够对世界文学的建构和重构做出贡献，而且也都值得我们作更进一步的深入探讨。但是本章限于篇幅，我只能把着重点放在翻译对世界文学建构的作用上。

超越逐字逐句的翻译

讨论翻译的作用及其文本的可译性历来是翻译理论家和研究者们争论不休的一个重要课题，他们一般分别从语言学的层面和文化的层面来研究翻译。虽然比较文学学者也对翻译比较重视，但比较文学学者更为注重一国文学通过翻译而在另一个国家的传播和接受，对翻译文本的可译性和精确性并不是十分关注的。最近出现的一个趋向就是研究世界文学的学者们也开始重视翻译对于世界文学经典重构的重要作用。这在戴姆拉什等人的著作中尤为明显。诚然，在讨论翻译对文学作品在外国语言中的走红和经典化的作用时，我们必须首先想到德国思想家和文艺批评家瓦尔特·本雅明（Walter Benjamin）的贡献，他在讨论（文学）翻译者的任务时，曾十分中肯地指出，"因为译作往往比原作迟到，又由于重要的世界文学作品在其诞生之时都没有发现适当的译者，因此它们的翻译就标志着它们的生命得以持续的阶段。艺术作品中的生命和来世生命的看法应该以不带任何隐喻的客观性来看待。"① 在本雅明看来，翻译绝不仅仅止于语言上的相互转换，或者说逐字逐句的翻译。翻译还有另一些功能，它可以帮助一部文学作品成为具有国际性和世界性意义的不朽之作。因此按照本雅明的看法，正是翻译才赋予文学作品以"持续的生命"（continued）或一种"来世的生命"（afterlife）。没有翻译的中介，一部作品也许会在特定的文学和文化传统中始终处于死亡或"边缘化"的境地。

　　确实，当我们决定翻译一部我们自认为具有超民族性或国际性意义的作品时，我们必须预测这部作品原作的内在"可译性"（translatability）以及潜在的市场价值。如果一部作品在另一种语言中具有"持续的"生命的话，它就具有了一种可译性，这就能够确保这部作品被翻译成另一种语言时有所获。在这个意义上，本雅明指出，

　　　　可译性是某些作品的本质特征，但这并不是说对于正在被翻译的作品本身是本质的。它意味着内在于原作中的某种特定的含义在可译性中得以自我展示。显然，任何译作不管多么优秀，较之原作都不具有任何意义。然而，它确实由于原作本身的可译性而接近原作；事实上，这种关联更加紧密，因为它不再对原作具有重要的意义。我们可以将它叫作一种自然的关联，或更具体地说，一种至关重要的关联。正如生命的各种形式与生命现象本身紧密关联而对生命并没有什么意义一样，译作虽来源于原作，但它与其说来自原作的生命，倒不如说来自其来世的生命。因为译作往往比原作迟到，又由于重要的世界文学作品在其诞生之时都没有发现适当的译者，因此它们的翻译就标志着它们的生命得以持续的阶段。艺术作品中的生命和来世生命的看法

---

① Walter Benjamin, "The Task of the Translator", in *Theories of Translation: An Anthology of Essays from Dryden to Derrida*, edited by Rainer Schulte and John Biguenet, Chicago and London: The University of Chicago Press, 1992, p. 73.

应该得到不带任何隐喻的客观性的看待。①

显然，在本雅明看来，译者绝不只是原作的被动的接受者，而更应是原作的一个能动的阐释者和创造性再现者，因为由原作者创造出的作品远非一部完成了的作品。确实，一旦一部作品已经发表或出版，它就不再仅仅属于原作者，而且原作者甚至都无法对其可能的"持续"生命和来世生命产生任何影响。因为它的意义只能够被它的同时代或后代的不同读者—阐释者所发掘出来。这样看来，译者就同时扮演了三种不同的角色：价值判断者，他可以确定他试图翻译的这部作品是否值得或是否会有潜在的市场或是否具有可译性；趋向原作品的一位仔细的和亲密的读者，因为优秀的译作一定是译者与原作者配合默契而共同完成的产品；试图完成原作者未竟事业的一位能动的阐释者和创造性再现者，尤其是在文学翻译中，译者自身的文学修养和语言再现技能往往能决定他的译作是否能够获得成功。因此在这个意义上，译者的作用应当被看作与原作者具有同等的价值和地位。

除去上述种种作用外，译者的作用也许还体现于这样一个事实：一部译作的好坏将直接决定原作是否将在另一种语言和文化背景中获得"持续的"生命或来世生命。根据当今中国的翻译现状，我们不难看出，在译者与作者之间的关系存在着下列三种情形：(1)译者的水平高于作者；(2)译者的水平与原作者相当；(3)译者的水平低于原作者。显然，在第一种情况下，译者最有可能对原作进行过多的干预和创造性改写，就像19世纪末20世纪初的中国翻译家林纾所做的那样。林纾虽不通任何外文，但自认为古文功底扎实，在和懂外文者合作翻译作品时，总是把任何一种文体的作品都纳入他的古汉语暴力之下，最终所有的译文，不管其原作出自何人之手，统统带有了林纾的译文风格。所以在那些注重语言转换作用的翻译研究者那里，林纾的译文质量总是受到怀疑：不仅文字上的误译和任意添加的成分比比皆是，而且所有原作者的风格都被他本人的语言风格统一和"归化"了。上述第二种情况倒是最为理想的境地，因为这样一来，译者可以与作者配合默契，共同完成对作品的理解，在翻译的过程中，译者不仅

① Walter Benjamin, "The Task of the Translator", in *Theories of Translation: An Anthology of Essays from Dryden to Derrida*, edited by Rainer Schulte and John Biguenet, Chicago and London: The University of Chicago Press, 1992, pp. 72–73.

将原作的字里行间甚至文字之背后的隐含意义转达出来，而且还能再现原作者的风格。这尤其体现在 20 世纪 50 至 60 年代中国的翻译家傅雷对巴尔扎克作品的翻译中，经过傅雷翻译的中介，巴尔扎克成了中国最有名的法国文学经典作家。这当然与傅雷的翻译风格有关。第三种情况在当今的中国翻译界十分普遍，由于翻译高手的短缺，一大批初出茅庐的新手仅仅初通外文就匆匆上阵，他们十分胆大，仅借助于一两本词典就敢于问鼎世界名著，因而生产出大量粗制滥造的翻译作品，更有甚者，他们还染指文学名著和重要学术著作的翻译。这也就是为什么不少外国文学及其理论著作的中译本不堪卒读甚至令人费解的原因所在。

由此可见，译者的作用远远比仅作为信息的忠实传达者的作用更为重要。优秀的译者完全可以使原本的佳作更为出色，乃至成为目的语中的经典，而拙劣的译者则不仅会把一部原本优秀的作品损坏，更有甚者，他还有可能使这部佳作在目的语中失去经典作品的地位。这种例子在中国和西方文学中不胜枚举。作为解构翻译理论的先驱者，本雅明的那篇讨论译者任务的短文影响了当今整个一代翻译理论家或文学研究者：保罗·德曼不仅在很大程度上赞同他的看法，甚至后来还发展了他的一些观点。[1] 在解构主义大师德里达看来，翻译是既"必不可少同时又不可能做好的"（inevitable and impossible），但是只要译者去努力实践，最终还是有可能达到"确当的"（relevant）翻译之境地的。德里达总结道，"简而言之，一种确当的翻译就是'好的'翻译，也即一种人们所期待的那种翻译。总之，一种履行了其职责、偿还了自己的债务、完成了自己的任务或尽了自己义务的翻译，同时也在接受者的语言中为原文铭刻上了比较准确的对应词，所使用的语言是最正确的，最贴切的，最中肯的，最恰到好处的，最适宜的，最直截了当的，最无歧义的，最地道的，等等。"[2] 虽然德里达的翻译理论并不被认为能够指导翻译实践，但至少为译者的继续探索开辟了可能的空间，同时也为后代译者重译优秀的原作提供了合法性依据。因为在他和另一些解构主义者看来，你不可能说你已经掌握了真理（忠实），你只能说你所做到的只是更接近了真理（原作）。因此，翻译始终是一个未完成的过程，它需要一代又一代的译者去共同努力完成。在翻译

---

[1]　Cf. Paul de Man, "'Conclusions': Walter Benjamin's 'The task of the translator'", in *The Resistance to Theory*, Minneapolis: University of Minnesota Press, 1986, pp. 73–105.

[2]　Jacques Derrida, "What Is a 'Relevant' Translation?" *Critical Inquiry*, Vol. 27, No. 2, p. 177.

理论家安德烈·勒弗菲尔看来，翻译是一种"改写"（rewriting），它甚至能操纵原作及其作者的名声。① 由此可见，对翻译的这种作用我们绝不可小视。

也许在 20 世纪能够真正操控作者及其作品的最有力量的机构性权威当推瑞典文学院以及它所颁发的诺贝尔文学奖，因为它们完全可以使一个不甚有名的作家在短时间内成为蜚声世界的大作家，他的作品也随之被"经典化"。但经过多年来的实践，人们发现，诺贝尔文学奖的权威性已经不断地受到挑战，它所被人们公认的"普世性"权威正在逐渐萎缩。人们从世界文学的角度问道，在已经获得这一奖项的一百多位作家中，有多少人的作品今天仍属于世界文学经典？正如瑞典文学院前常任秘书贺拉斯·恩格达尔（Horace Engdahl）所坦然承认的那样，尽管人们总认为诺贝尔文学奖掌握着文学经典化的权力，但实际上，"诺贝尔文学奖基本上依赖于由施莱格尔兄弟形成的西方文学的概念。"② 而至于说它是否拥有经典化的权力，他接着指出，"经典性是一种力量的作用，它是不可控制的，而且也不会形成一个封闭的可识别的系统。文化权威只是这些力量中的一个方面，也许都不是最强有力的力量。这一百多年来诺贝尔奖金所积累下来的象征性权力显然还不足以使一位作者成为经典作家，但却足以唤起后代人对他的兴趣。"③ 如果他是出于谦虚而贬低了诺贝尔文学奖在使一部作品经典化方面的权力的话，那至少我所引用的最后一句话则是千真万确的：获得诺贝尔文学奖将至少能使这位作者获得很大的世界性声誉，同时他的作品也随之畅销并有可能成为世界文学的一部分。而他本人及其作品也将得到后代的批评家和学者的研究。④ 在这方面，翻译无疑起到了十分重要的作用，对于莫言的获奖，翻译则起到了至关重要的作用。当今世界的许多人文学者或理论家也是如此：德里达在世界上的巨大声誉和影响在很大程度上取决

①　André Lefevere, *Translation, Rewriting and the Manipulation of Literary Fame*, London and New York: Routledge, 1992, p. 9.

②　Horace Engdahl, "Canonization and World Literature: The Nobel Experience," in *World Literature. World Culture*, edited by Karen-Margrethe Simonsen and Jakob Stougaard–Nielsen, Aarhus: Aarhus University Press, 2008, p. 204.

③　Ibid., p. 210.

④　确实，这种情况在当今的中国尤为明显。许多出版社对出版诺贝尔文学奖获奖作家的作品表现出极大的兴趣，他们甚至能够在短时间内组织人力赶译出获奖作家的代表作以便获得较大的经济效益和社会效益。

于他的重要著作的英文翻译，因为正是通过翻译的中介他才有可能成为一位享誉世界的人物。而他的一些法国同行虽然在本国的地位和他不相上下，但终因缺乏英文翻译和美国学术界的推介而未能走向世界。既然我们认识到了英文翻译的重要性，那么我们中国的翻译家在将中国文学译介到全世界时将采取何种积极的对策呢？关于这一点，我将在本章最后一部分加以讨论。

全球语化境下的中国文学翻译

如果我们承认，全球化已经或多或少地影响了民族／国别文学的研究，那么与其相反的是，它倒是从另一个方面促进了比较文学和世界文学的教学和研究：它使得传统的精英文学研究大大地扩展了自己的研究领域，同时使得比较文学与文化研究和世界文学相融合。在今天的东西方比较文学界，普遍出现了这样一种具有悖论意义的现象：一方面，比较文学学科的领地不断地被别人侵占而日趋萎缩；另一方面，比较文学学者又十分活跃，他们著述甚丰，频繁地出没于各种学术会议，但其中大部分人都不在研究文学，或至少不涉及传统意义上的精英文学，而更多地涉及大众文化甚至影视传媒。但他们的文学功底和文学知识则使他们明显地高于一般的学者，或者如美国学者苏源熙（Haun Saussy）所自豪地声称的，"我们的结论已成为其他人的假想"，[①]只是他们把文学研究的范围大大地拓展了，使其进入了文化研究的领地。如果我们仍然过分地强调早已过时的形式主义—结构主义的原则而拘泥于文学形式分析的话，我们就很可能忽视文学现象的文化意义。也就是说，我们完全有可能将文学研究放在一个广阔的文化研究的大语境下来考察，这样我们就能超越文学自身。

辩证地说来，全球化给中国的文学和文化研究带来了两方面的影响：它的积极方面在于，它使得文化和知识生产更接近于市场经济机制的制约而非过去的社会主义计划经济的管束。但是另一方面，它也使得精英文化生产变得越来越困难，甚至加大了精英文化与大众文化之间的鸿沟。在当今时代，形式主义取向的文学理论已经为更为包容的文化理论所取代。任

---

① Huan Saussy, ed. *Comparative Literature in an Age of Globalization*, Chapter One, "Exquisite Cadevers Stitched from Fresh Nightmares: Of Memes, Hives, and Selfish Genes", Baltimore: The Johns Hopkins University Press, 2006, p. 3.

何一种产生自西方语境的理论要想成为普世性的或全球性的理论，那就必须要能够被用于解释非西方的文学和文化现象。同样，任何一种产生自非西方语境的理论要向从边缘走向中心进而产生世界性的影响，那就不得不首先被西方学界"发现"并翻译到英语世界。中国的文学翻译目前也处于这样一种情况。

在过去的一百年里，在西方文化和文学思潮的影响下，中国文学一直在通过翻译的中介向现代性认同进而走向世界。但是这种"走向世界"的动机多少是一厢情愿的，其进程也是单向度的：中国文学尽可能地去迎合（西方中心主义的）世界潮流，仿佛西方有什么，我们中国就一定要有什么。久而久之，在那些本来对中国文学情有独钟的西方汉学家看来，中国现当代文学并不值得研究，因为它过于"西化"了，值得研究的只是19世纪末以前的中国古典文学。因此，在中国的保守知识分子看来，这种朝向世界的开放性和现代性实际上是一种将中国文化和文学殖民化的历史过程。但在我看来，这无疑是不同于西方的中国现代性的一个直接的结果，其中一个突出的现象就是大量的外国文学作品和理论思潮被翻译到了中国，因而极大地刺激了中国作家的创造性想象。甚至鲁迅这位中国文化和文学的先驱，在谈到自己的创作所受到的影响时，也十分坦率地承认，他的创作灵感主要来源于先前所读过的"百来部外国小说"以及一些"医学知识"。①

正如我们所知道的，尽管鲁迅有着深厚的中国文化和文学造诣，但他仍试图否定他的创作所受到的传统文化和文学的影响，这在很大程度上是出于他试图推进中国文学和文化现代化的强有力动机。实际上，对于鲁迅这位兼通中西的大文豪来说，这只是一种文化和知识策略。他本来是想学医的，试图通过医学来救国，但后来却改学文学，因为他知道，文学也可以通过唤起民众反抗吃人的封建社会而达到救国的目的。在他的小说《狂人日记》中，他生动并不无讽刺地展示了旧中国的人吃人的状况。他唯一的希望就是新一代的孩子，因此他呼唤"救救孩子"，因为在他看来，孩子们仍然天真无邪，并未被传统的封建文化毁坏，孩子们很容易接受一个变革的社会和世界。当然，鲁迅决不想全然破坏传统的中国民族主义精神，他试图弘扬一种超越本民族的文化精神，从而在一个广阔的全球文化和世

---

① 参见鲁迅《鲁迅全集》第四卷，北京：人民文学出版社，1989年版，第512页。

界文学的大语境下重建一种新的中国民族和文化认同。

另一些"五四"作家，如胡适和郭沫若等，也通过翻译大量西方文学作品强有力地解构了传统的中国文学话语。经过这种大面积的翻译，中国现代文学更为接近世界文学的主流，同时，也出现了一种中国现代文学经典：它既不同于中国古典文学，也迥异于现代西方文学，因而它同时可以与这二者进行对话。在编写中国现代文学史时，我们应该充分认识到翻译所扮演的重要角色。但是这种形式的翻译已经不再是那种传统的语言学意义上的语言文字之间的转换，而更是通过语言作为媒介的文化上的变革。正是通过这种大面积的文化翻译，一种新的文学才得以诞生并有助于建构一种新的超民族主义和世界主义。

另一方面，世界文学始终处于一种旅行的状态中，在这一过程中，某个特定的民族／国别文学作品具有了持续的生命和来世生命。这一点尤其体现于中国近现代对西方和俄苏文学的大面积翻译。我们可以说，在中国的语境下，我们也有我们自己对世界文学篇目的主观的能动的选择。[①] 当然，我们的判断和选择曾主要依据马克思主义经典作家对一些西方作家的评价，现在看来，之于西方 20 世纪以前的经典作家，这样的判断基本上是准确的。但是对于 20 世纪的现代主义和其后的后现代主义作家作品的选择，则主要依赖我们自己的判断，同时也参照他们在西方文学研究界实际上所处的客观地位以及他们作品本身的文学价值。正是这种对所要翻译的篇目的能动的主观选择才使得世界文学在中国不同于其在西方和俄苏的情形。这也是十分正常的现象。就在五四时代，一批中国作家曾受到无政府主义和世界主义的影响，其中的一些人，甚至自学了世界语，而且还尝试着用这种人造的语言来进行文学创作，但终因为这种所谓的"世界语"既没有进入世界性的流通渠道，也没有为世人所使用因而未能实现使中国现代文学成为世界文学之目的。我们可以说，超民族主义在中国也有着自己的独特形式：在旧中国，当中国处于贫穷状况、中国文化和文学由于自身的落后而难以跻身世界文学之林时，我们的作家只能呼吁大量地将国外先进的文学翻译成中文，从而中国现代文学得以从边缘向中心运动进而走向世界；而在今天，当中国成为一个经济和政治大国时，一个十分紧迫的任

---

① 关于中国的文学翻译实践的适用主义目的，参见 Sun Yifeng, "Opening the Cultural Mind: Translation and the Modern Chinese Literary Canon," *Modern Language Quarterly*, Vol. 69, No. 1 （March 2008）: 13–27.

务就是要重新塑造中国的文化和文学大国的形象。在这方面，翻译又在促使中国文学更接近世界文学主流方面起到了更为重要的作用。但是在当下，我们翻译的重点无疑应该由外译中转向中译外，尤其是要把中国文学的优秀作品翻译成世界上的主要语言——英语，这样才能真正打破全球化所造成的语言霸权主义状况。

在中国语境下的文化全球化实践绝非要使中国文化殖民化，其目的倒是恰恰相反，要为中国文化和文学在全世界的传播推波助澜。因此在这一方面，弘扬一种超民族主义和世界主义精神倒是符合我们的文学和文化研究者将中国文化推介到国外的目的。正是在这样一种世界主义的大氛围下，世界文学再度引起了学者们的兴趣。①但人们也许会提出另一个问题：在把中国文学和文化推介到国外时，翻译将扮演何种角色？

确实，不管我们从事文学研究还是文化研究，我们都离不开语言的中介。但是在形成中国现代文学经典的过程中，翻译所起的作用更多的是体现在文化上、政治上和实用主义的目标上，而非仅仅是语言和形式的层面上。毫无疑问，全球化对文化的影响尤其体现于对世界语言体系的布局和对世界文学版图的重新绘制。在这方面，英语和汉语作为当今世界的两大语言，最为受益于文化全球化的进程。众所周知，由于美国的综合国力的强大和大英帝国长久以来形成的殖民传统，英语在全世界的普及和所处的强势地位仍是不可动摇的，它在全世界诸种主要语言序列中仍名列第一。那么人们不禁要问，全球化给汉语这一仅次于英语的世界上使用人口最多的语言带来何种后果呢？我们已经注意到，汉语也经历了一种运动：从一种民族/国别语言（主要为中国人所用）变成一种区域性语言（同时也为新加坡和马来西亚等国的华人所用），最终成为一种主要的世界性语言（甚至在北美和欧洲的华人社区广为人们所用）。汉语目前在全世界的普及和推广无疑改变了既定的世界文化格局和世界语言体系的版图。②而对中国现代性的建构同样也消解了带有西方中心印记的"单一的现代性"的神话。

---

① 尤其应该指出的是，由于哈佛大学和耶鲁大学的领衔作用，世界文学的教学也进入了一些西方大学的课堂，尽管目前在很大程度上仍依赖翻译的中介。

② 杜维明最近在一次学术会议发言中对他早先所提出的"文化中国"的范围又作了新的扩大和调整，他认为有三种力量：(1)中国（包括港澳台地区）的公民；(2)流散海外的华裔侨胞；(3)研究中国文化的外国人。我这里不妨先提出一个"汉语中国"的概念，详细的讨论将在另外的场合展开。

全球化时代的到来更是导致了民族—国家的疆界以及语言文化的疆界变得愈益模糊，从而为一种新的世界语言体系和世界文学经典的建构铺平了道路。在这样一个新的世界语言文化格局中，中国语言和文化的超民族性将进一步凸现，因而我们完全可以考虑既从跨语际的层面（interlingual level）同时又从跨文化的层面（intercultural level）来向世界译介中国：因为后者将更为有效地把中国文学和文化推向世界，而前者则有助于中国文学为更多的非汉语世界的读者所知。

后　记

　　本书各个章节的写作可以追溯到 2003 年，也即英国的马克思主义理论家和文化批评家特里·伊格尔顿出版那部颇有影响和较大争议的专著《理论之后》之时。当时，我针对伊格尔顿那本书，从三个方面作了回应：其一，和美国芝加哥大学合作于 2004 年 6 月在北京举行了"批评探索：理论的终结"国际研讨会，从各个方面探讨了全球化时代文化理论的形式和功能转变；其二，和美国学者 W.J.T. 米切尔共同撰写了关于该会议的评述，发表在《批评探索》上，从而从国际文化理论的角度回应了伊格尔顿关于"文化理论的黄金时代已经过去"的断言；其三，撰写了中文论文《"后理论时代"西方理论思潮的走向》，该论文的一部分先于 2005 年发表在《外国文学》第 3 期上，后来经修改扩充又发表在《文学理论前沿》第三辑（2006）上，从而在中文的语境下对伊格尔顿的著作作了介绍和批评性回应。当然，在我后来的著述生涯中，我一直沿着这一思路撰文，从而逐渐形成了这本书的一个雏形。

　　应该承认，本书之所以能以现在这样的专著形式展现在读者的眼前，自始至终得到了海内外许多学术机构和学界同行的支持和帮助。首先我要感谢清华大学亚洲研究中心的立项资助，我因此而有了更多的机会出席国内外各种学术会议，并购买大量中外文图书资料。其次，国外一些高校的科研机构的研究基金使我得以有一段空余时间专心致志地阅读和写作，在此我特别要感谢美国（圣路易斯）华盛顿大学人文中心主任杰拉德·厄利（Gerald Early）教授和该校麦道国际学者研究院院长詹姆斯·沃希（James Wertsch）教授，他们为我慷慨提供的"杰出访问研究员"（distinguished visiting fellowship）基金为我书中大部分篇章的写作提供了保证。就在本书的主要章节即将完成之际，我得到了剑桥大学艺术与人文社会科学研究中心（CRASSH）提供的访问研究员（visiting fellowship）基金，在此我特向该中心主任玛丽·雅各布斯（Mary Jacobus）教授致谢。此外，一些国际学界的朋友们热情邀请我前往他们所在的大学演讲，从而使我有机会与国际学术同行率先进行学术交流，对我日后修改书中已经先行发表的论文有了很多帮助。我在此谨向下列国际同行致以衷心的感谢：美国哈佛大学人文中心主任霍米·巴巴教授和执行主任斯蒂芬·比尔（Steven Biel）博士，哥伦比亚大学校级讲席教授（university professor）兼比较文学与社会中心前主任佳亚特里·斯皮瓦克和时任该校英文和比较文学教授的哈佛大学比较文学系主任戴维·戴姆拉什，耶鲁大学东亚研究中心前任主任孙康宜（Kang-i Sun Chang）教授和该中心时任主任、比较文学系主任的芝加哥大学校级讲席教授苏源熙（Haun Saussy），芝加哥大学盖洛德·多耐利和艺术史杰出教授 W.J.T. 米切尔教授，杜克大学文学系威廉·莱恩讲座教授弗雷德里克·詹姆逊和东亚系教授刘康，英国剑桥大学艺术与人文社会科学研究中心主任玛丽·雅各布斯教授等。再者，国内外一些学术刊物和杂志的主编们先行将本书的一些论文发表，使我有机会得到学界同行的批评指正，在此，我谨向下列刊物致谢：《文艺研究》《学术月刊》《社会科学》《外国文学》《文艺理论研究》《南京大学学报》《理论与现代化》《中国比较文学》《文景》《探索与争鸣》《清华大学学报》《中国文学批评》以及国际学术刊物 Neohelicon，Journal of Chinese Philosophy，ARIEL，Semiotica，Modern Language Quarterly，因为本书的一些章节分别以不同的形式用英文在上述刊物上发表，从而使我的研究得到国际学术界的瞩目。此外，在我专心致志写作时，我的妻子也为我承担了家务，并悉心照顾我的生活，使我能够不必为那些家庭琐事而烦恼，在此我也表示感谢。

此次，我应深圳大学邀请，出任该校美学与文艺批评研究院访问教授，在此期间，我又对本书初版作了修订，并增补了三篇文章，作为我担任该校访问教授的一个阶段性成果。当然，书中的不当之处由我本人负责，对此我期待着广大学界同行和读者的批评指正。

王宁

2017 年 10 月于北京